You Are My Star

Cornelia Franke

Impressum

Verlag: BoD · Books on Demand GmbH, Überseering 33, 22297 Hamburg, bod@bod.de
Druck: Libri Plureos GmbH, Friedensallee 273, 22763 Hamburg
ISBN: 978-3-8192-0677-1

Vertreten durch: Cornelia Franke, Zermatter Str. 22, 13407 Berlin
cornelia.franke@yahoo.de

Lektorat: Sabrina Schumacher, www.sabrina-schumacher.com
Cover: Cover Up Buchcoverdesign, www.cover-up-books.de

Cornelia Franke wurde 1989 in Mönchengladbach geboren, studierte Kulturwissenschaften mit Schwerpunkt Literatur und ist mittlerweile Berliner Großstadtpflanze. Den Traum, Bücher zu schreiben, fasste sie schon früh, seit 2010 veröffentlicht sie im Bereich Fantasy, Jugendbuch und Romance. Wenn sie nicht schreibt, bleibt sie weiterhin den Wörtern treu und arbeitet als freiberufliche Lektorin.

www.corneliafranke.org
Instagram: cornelia.franke.autorin
Patreon: corneliafrankeautorin

Cornelia Franke

You Are My Star

Sun, Moon, and Stars #3

ANMERKUNG DER AUTORIN

Alle Details, die das Berklee College of Music betreffen, stammen von den öffentlich zugänglichen Seiten des Colleges.

Die Personen, die in dieser Geschichte am College studieren und arbeiten, sowie die Aufgabenstellung der Gruppenarbeit von Isaac, Ren und Sophia sind frei erfunden.

Die erwähnten Online-Kurse, an denen man von überall in der Welt teilnehmen kann, gibt es jedoch wirklich. Man kann sich am Berklee weiterbilden, ohne dass man zwingend einen Studiengang absolvieren muss.

Liebe Lesenden,

diese Geschichte beschäftigt sich mit den Themen Ableismus, Krebserkrankung und häusliche Gewalt. Eine genauere Auflistung potenziell triggernder Inhalte findest du am Ende des Buchs in den Content Notes.

Isaacs queere Identität und das Gefühl, der unsichtbare Teil der LGBTQIA+-Community zu sein, entspringen meinen eigenen Erfahrungen und meinem persönlichen Einordnen des im Buch erwähnten Spektrums.

Ähnlich wie im Band zuvor war es mir ein Bedürfnis, einen Protagonisten mit diesem Hintergrund zu schreiben und in den Fokus zu stellen. Obwohl Menschen wie Isaac viel zu selten in den Medien repräsentiert werden, sind wir alles, aber nicht unsichtbar.

Wenn du dich also mit Isaac identifizieren kannst, hier meine Nachricht an dich:

Auch wenn es sich manchmal anfühlt, als würdest du stets gegen den Strom anschwimmen –

Es ist keine Phase.

Du bist nicht allein.

Pass auf dich auf und alles Liebe

Cornelia

PLAYLIST

Dancing on My Own – Vitamin String Quartet

Gedosanka – FantasticYouth

Encounter Love Song – IDOLiSH7

Nobody Like You – Da-iCE

Feel Good – Gryffin feat. Daya

Dynamite – BTS

Call You Mine – The Chainsmokers

Gangnam Style – Jayesslee

Please Don't Stop The Rain – James Morrison

Koshaberibiyori – Fantastic Youth

Celestial – Ed Sheeran

Melody – Loi

You're The First, The Last, My Everything – Hafdís Huld

Shape of Love (The First Take Edition) – Dish//

Zu finden auf Spotify, Amazon Music und YouTube.

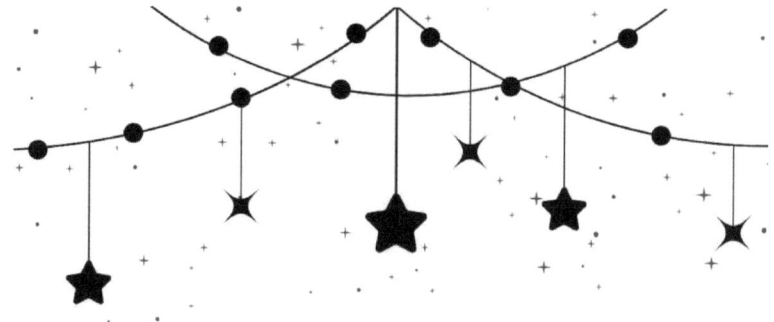

PROLOG

zwei Jahre zuvor

Isaac liebte Musik so sehr, dass er dafür bereit war, alles hinter sich zu lassen. Die Kleinstadt, in der er aufgewachsen war, erst recht seine Familie. Ohne lange zu zögern. Er liebte Musik so sehr, dass er lieber von zu Hause abhauen würde, statt einen Tag länger als nötig in seinem jetzigen Dasein zu verweilen.

Mit zitternden Fingern drückte Isaac auf den Aufnahme-Button, rückte ein Stück von seinem Smartphone ab, bis er gut im Bild zu sehen war, und begann mit wild klopfendem Herzen zu sprechen:

»Mein Name ist Isaac Taylor, und seitdem ich denken kann, wollte ich Musik machen. Ich halte jedoch geradeso einen Ton, sodass meine Eltern, mein ehemaliger Chorleiter und jeder in meinem Umfeld mir immer davon abrieten, es weiter zu versuchen. Ihrer Meinung nach ist es besser, sich eine Niederlage einzugestehen, statt einem unerreichbaren Ziel hinterherzujagen.

Doch ich gab nicht auf. Als Nächstes versuchte ich es mit Instrumenten, da man dabei nicht unbedingt singen muss, terrorisierte meinen Bruder und meine Nachbarn mit schief klingenden Gitarrenmelodien und hackte so lange auf dem hart

ersparten Keyboard herum, bis mir ein paar Songs gelangen.«
Isaac holte tief Luft, bevor er weitersprach. Er war nicht
nervös, geschweige denn unsicher. Er hatte auch keine Angst,
vor anderen aufzutreten und zu sprechen.

»Ich bin weder ein Sänger noch ein Musiker, aber ich liebe,
wie Musik die eigene Stimmung widerspiegeln oder komplett
verändern kann. Wie ein Popsong den Zuhörenden neue E-
nergie verleiht oder ein trauriges Lied dazu führt, dass ich mit
dem Sänger Rotz und Wasser heule. Ich liebe, wie bedächtig
meine Grandma Vinyl-Alben auf ihren Plattenspieler aufgelegt
hat. Die stolzen und zufriedenen Gesichter der Highschool-
Marching-Band, wenn sie einen grandiosen Auftritt hingelegt
haben und vom Publikum beklatscht werden.«

Isaac zwang sich, nicht den Blick auf seine Notizen zu sen-
ken, sondern sah weiterhin seine unsichtbaren Zuschauer an.

»Mein Verständnis von Musik änderte sich jedoch schlagartig, als ich von meinen Eltern einen Laptop und ein paar
gebrauchte Kopfhörer geschenkt bekam. Nicht, um damit
Musik zu hören«, erzählte er, »sondern für Schulaufgaben, Er-
klärvideos und so weiter … und um meinen großen Bruder,
der für seine SATs lernte, bloß nicht zu stören.«

Wenn es nach seinen Eltern ginge, würde Isaac wie sein
Bruder ein renommiertes College besuchen.

Doch dafür brauchte man Geld oder sehr gute Noten, und
da in der Familie Taylor Geld Mangelware war, blieb Isaac nur
eine Möglichkeit: Irgendjemand musste seine Ausbildung fi-
nanzieren wollen. Er brauchte so gute Noten, dass sie ihm ein
Stipendium ermöglichten.

Nur damit würde er die Kleinstadtöde in Massachusetts
hinter sich lassen. Er würde auf eines der berühmtesten Colleges weltweit gehen – jedoch nicht das, das sich seine Eltern
erhofften.

»Dank des Laptops hatte ich Zugang zu YouTube und anderen Musik-Plattformen«, fuhr Isaac fort, während er gleichzeitig überlegte, ob er zu viel blinzelte oder zu viele Füllllaute

wie *äh* benutzte. »Fand Leute, die Musik genauso liebten wie ich. Die sich darüber austauschten, selbst zusammengeschnittene Videos hochluden, Fan-Events organisierten oder eine Community pflegten, die sich rund um eine Band gebildet hatte. Niemand davon sang oder spielte ein Instrument, aber sie *machten* Musik. Auf eine Art, die ich mir bis dahin nicht vorstellen konnte.«

Isaac hing kurz der Erinnerung nach und blickte dann so fest entschlossen in die Kamera, wie es ihm möglich war.

»Und an einem Abend, als ich einen Aufsatz für Geschichte schreiben sollte und mir stattdessen das neuste Vocaloid-Video reinzog, das gerade trendete«, sein Bruder sich mit seinem Vater über einen möglichen Studiengang stritt und seine Mutter sie alle zum Essen rief, damit wieder Frieden einkehrte, »entschied ich Folgendes: Ich werde Musik-Manager. Ich werde vielversprechenden Talenten zu einer herausragenden Karriere verhelfen, finde die nächste Taylor Swift, die nächsten BTS oder einen zweiten Hiroyuki Sawano. Nichts wird mich davon abhalten, Teil der Musikbranche zu sein. Deswegen bewerbe ich mich hiermit auf einen Stipendiumsplatz für den Studiengang *Bachelor of Music in Music Business*.«

Isaac unterdrückte den tiefen, erschöpften Seufzer, bis er die Aufnahme gestoppt hatte, und lauschte dann in die Stille. Wären seine Eltern schon nach Hause gekommen, hätte er dies nicht überhören können, er musste sich also keine Sorgen machen, dass sein Vater in sein Zimmer platzte. Noch war diese College-Bewerbung Isaacs Geheimnis und er musste sich nur fragen, ob sein Video gut genug war, seine Noten waren es auf jeden Fall. Und sich für den Kampf mit seinem Vater wappnen, sollte er angenommen werden.

»Bin ich zu forsch gewesen?«, fragte er in die Stille hinein, ohne eine Antwort zu erwarten. »Oder zu wenig selbstbewusst?«

Letzten Endes war diese Ansprache das Beste gewesen, was ihm eingefallen war. Das Gremium des Berklee würde ihn nicht aufgrund seiner Ernsthaftigkeit ablehnen, das würde Isaac nicht gelten lassen, nicht, wenn seine Zukunft davon abhing.

»Hätte ich es doch erwähnen sollen?«

Für seine Bewerbung hatte er nur die halbe Wahrheit erzählt, aber er wollte nicht seine Chance auf einen Stipendiumsplatz aufgrund einer naiven Teenager-Verliebtheit verlieren, die ihn bis heute verfolgte.

Die Geschichte dahinter hatte es niemals über die Grenzen seiner Heimat geschafft, niemand sonst wusste davon, warum sollte das Gremium bei etwas nachforschen, über das niemand sprach? Nichts würde Isaac von seinem Traum abbringen, eines Tages frei und unabhängig zu sein, erst recht nicht sein eigener Fehler.

Immer noch mit wild klopfendem Herzen verschob Isaac die Aufnahmen, die er in den letzten Tagen gemacht hatte, in einen Cloud-Ordner und schrieb Takumi im Chat eine Nachricht: *Kannst du mir helfen, die beste Version auszuwählen?*

Es war schon seltsam, dass ein Mann, den Isaac nur über Nachrichten und Videotelefonate kannte, ihm mehr bedeutete als seine Eltern und sein Bruder zusammen. Dass Takumi ihn mehr unterstützte als jeder andere. Er hatte ihm sogar ein Empfehlungsschreiben aufgesetzt.

Trotz der Zeitverschiebung von drei Stunden kam die Antwort prompt: *Klar. Soll ich es dir zusammenschneiden?*

Isaac verneinte sogleich.

Er würde es aus eigener Kraft schaffen.

Aber du kannst mir gerne erklären, wie das geht.

Nur noch elf Monate. Wenn er die Zeit bis zu seinem Studienbeginn überstand, wäre er endlich frei.

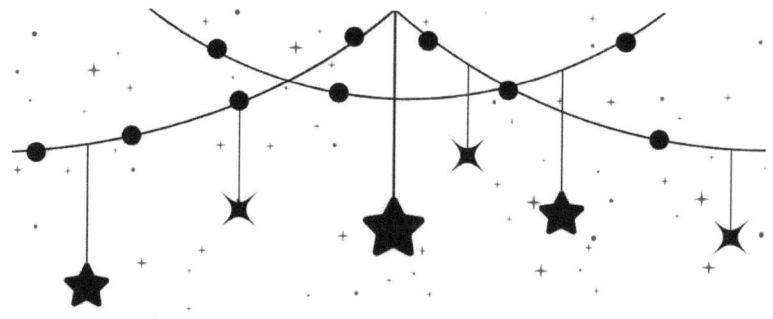

KAPITEL 1

Keine neuen Nachrichten.

Ren drehte sein Smartphone mit dem Display nach unten, um diesen traurigen Fakt zu verdrängen, und legte sich in seinem Bett auf den Rücken.

Auf seinen privaten Accounts herrschte seit Wochen eine bedrückende Stille, selbst seine früheren Kontakte antworteten ihm kaum noch. Und im College-Chat wandten sich die anderen nur an ihn, wenn es relevant für ihren Kurs oder ihre Aufgaben war.

Das *andere* Postfach quoll zwar an Nachrichten und Benachrichtigungen über, aber das war immer so, wenn *Ai* einen neuen Song veröffentlicht hatte. Dabei ging es nicht um ihn als Person, sondern ihre Fans wollten die euphorische Stimmung über die Lyrics oder das neue Video mit ihnen teilen.

Frustriert setzte sich Ren auf, schlug die Decke zurück und starrte durchs Fenster in den regengrauen Januarhimmel. Er hatte diesen Samstagmorgen komplett verschlafen, und doch nichts verpasst. Noch im Schlafanzug schlurfte Ren zu seinem Aufnahmestudio, das den größten Teil des Zimmers einnahm, ließ sich in den Stuhl gleiten und weckte den Laptop aus dem Dämmerzustand.

Heute war einer jener Tage, an dem er sich nicht sicher war, ob er sich zu einer Joggingrunde aufraffen konnte, geschweige denn Kontakte knüpfen. In den Filmen und Serien, die er früher verschlungen hatte, hatte das immer so leicht ausgesehen. Da fanden Studenten mühelos Laufpartner, Freunde am College oder trafen sich mit ihren Nachbarn und wirkten ... glücklich. Einfach so. Was hätte er dafür gegeben, *einfach so* eine Einladung zu irgendetwas zu erhalten?

Seit fünf Monaten lebte Ren nun in Boston und hatte noch immer keinen Anschluss gefunden. Warum sich also die Mühe machen, zu duschen, die Haare zu föhnen und so weiter, wenn er das Wochenende allein verbrachte?

Kaum war der Laptop hochgefahren, checkte Ren die Likes und Kommentare, die seit gestern dazugekommen waren, hinterließ Herzen und ein paar höfliche, aber unpersönliche Dankesbekundungen und prüfte zum Schluss die neuen Zahlen und die aktualisierten Statistiken auf der Meta-Business-Seite. Er selbst hielt davon nicht viel, dieses Zahlengedöns war ätzend, aber er war nicht allein Ai und die andere Hälfte bestand darauf. Organisation war wichtig, um den Überblick zu behalten und die nächsten Schritte zu planen, das war ihm klar, Spaß machte es dennoch nicht.

Als sein Magen knurrte, machte sich Ren auf dem Weg in die Küche und schüttete sich lustlos eine Portion regenbogenfarbene Cornflakes mit Mini-Marshmallows in eine Schüssel, bevor er sie in Milch ertränkte und den Wasserkessel aufsetzte. Er war allein, niemand konnte ihm vorhalten, wie ungesund dies war, dass Vitamine und so weiter wichtig seien.

Warum bin ich nur so down? Regelrecht niedergeschlagen, fragte sich Ren, während er dem Wasserkocher bei seiner Arbeit zusah.

Ais neuer Song war gut angekommen, die Klickzahlen waren vielversprechend, dafür, dass sie ihn in der ersten Januarwoche veröffentlicht hatten. Dazu war die Melodie catchy, er hatte sogar schon ein Fan-Cover entdeckt. Er sollte mit dem breitesten Grinsen durch die Wohnung tanzen, feiern, und den freien Tag in vollen Zügen genießen.

Stattdessen kaute er lustlos auf seinen Cornflakes und kritzelte nebenbei auf dem Schreibblock, der auf dem Tresen lag. In der Wohnung befanden sich überall Blöcke, Stifte und Notizzettel, immerhin war das Texten und Komponieren seine Leidenschaft. Er liebte es, wenn eine neue Melodie in ihm heranwuchs, seine Seele zum Vibrieren brachte, ihn ausfüllte und dann durch seine Finger in Noten, Takte und Sequenzen floss.

Wie die fehlenden Nachrichten bewiesen, besaß er keinen Ausbund an Gesprächspartnern. Er hatte noch nie so lange mit jemanden gesprochen, dass ihm die Worte fehlten oder der Mund vom vielen Reden trocken war – aber er hatte die Musik. So konnte er unzähligen Menschen erzählen, was in ihm vorging, was ihn bewegte. Und hoffen, dass er eines Tages damit den einen Menschen erreichte, der ihm ehrlich und aufrichtig gestand: »Ich weiß, was du mir damit sagen wolltest, ich fühle genauso.« Und Ren ihm oder ihr das auch glaubte. Die Fans überschütteten Ai zwar mit Liebe, aber diese Zuneigung war flüchtig.

»*I just wanna dance all night, but I'm all messed up*«, murmelte Ren leise, darauf achtend, dass er nicht wirklich sang. Er würde nie wieder singen, doch dieses Flüstern, dieses kleine Zugeständnis, das konnte ihm nichts und niemand nehmen. Und er wollte es auch nicht aufgeben. »*I keep dancing on my own.*«

Mit bald vierundzwanzig Jahren war es nicht verwunderlich, dass er solche Gedanken hegte, doch wie oft er auch den ersten Schritt auf seine Mitstudenten zu wagte, es funktionierte nicht. Obwohl er von Anfang an versucht hatte, seinen Jahrgang kennenzulernen, blieb er ein Außenseiter. Das lag zum einen an seinem Alter. Die Studenten im ersten Jahr waren acht- oder neunzehn Jahre alt, benahmen sich jedoch eher wie Teenager. Ren hatte sich nie als besonders erwachsen eingeschätzt, aber die meisten waren so kindisch, dass ihre Ansichten nicht kompatibel waren.

Die letzten fünf Monate hatte er damit verbracht, bei neuen

Bekanntschaften vergeblich auf Gemeinsamkeiten zu hoffen, darauf, dass eine Verbindung zwischen ihnen entstand. Doch zwischen College, der Arbeit rund um Ai, Komponieren, Training, Check-ups und den Besuchen von seiner Familie blieb ihm nicht genug Zeit, sich wirklich auf jemanden einzulassen. Das größte Hindernis schienen seine Geheimnisse zu sein.

Dass er seine chronische Erkrankung verheimlichte. Dass er nicht über Ai sprechen konnte. Er nicht gestehen konnte, dass es Tage gab, an denen er niemanden treffen wollte, weil er lieber einen Song komponierte und darüber sogar vergaß zu essen.

In seinem Schlafzimmer bimmelte der ihm vertraute Skype-Klingelton und schlagartig fiel Ren wieder ein, dass heute einer der Kontrollanrufe stattfinden sollte. Verdammt. Achtlos riss er sich das Schlafanzugoberteil über den Kopf, drehte den Wasserhahn auf und feuchtete seine Haare so weit an, dass es aussah, als wäre er gerade aus der Dusche gekommen. Japp, Joggen, Duschen, ein erfüllter Samstag.

Ren griff sich einen Apfel aus der Obstschale, biss hinein, sprintete kauend zurück in sein Schlafzimmer und nahm dem Anruf von seiner Schwester Ryoko an, während er sich noch über den Schreibtisch beugte.

»Igitt, zieh dir was an«, maulte sie und verzog auf dem Bildschirm angewidert das Gesicht.

»Guten Morgen«, grüßte Ren, verschwand aus dem Bild, um sich einen Hoodie überzustreifen, und freute sich, dass sein Manöver funktioniert hatte. Wenn Ryoko ihn in Schlafanzug erwischt hätte, hätte sie eine Salve von Fragen abgefeuert, die er letzten Endes ehrlich beantworten musste. Er liebte seine Zwillingsschwester, aber ihre Überfürsorglichkeit war regelrecht erdrückend.

»Hi Brüderchen«, meinte Ryoko versöhnlicher, als er sich wieder zu ihr setzte. »Alles in Ordnung bei dir?«

»Ich habe die Wohnung nicht in Brand gesteckt.« Demonstrativ biss er in den Apfel, bevor er ihn außer Sichtweite ablegte, und kaute langsam. Seine Laune war heute so im Keller, dass er sich zwingen musste, zu schlucken, ohne das Gesicht zu verziehen.

»Was bin ich stolz auf dich«, scherzte sie, statt darauf einzugehen, dass es unhöflich war, vor laufender Kamera zu essen. »Dennoch kannst du dem wöchentlichen Check-up nicht entkommen.«

Ren lächelte zerknirscht, woraufhin Ryoko nur lachte.

»Wie spät ist es bei dir?«, fragte er nach. Seine Schwester hielt sich gerade für einen Synchronsprecher-Workshop in Tokyo auf, zu dem sie eingeladen worden war, weil sie eins der wenigen aufstrebenden amerikanischen Schauspieltalente war, die sowohl fließend Englisch als auch Japanisch sprachen.

»Gleich zwei Uhr morgens«, erwiderte Ryoko und drehte das Tablet, um auf Häuserfassaden hinter ihr zu zeigen. Ren erhaschte einen Blick auf bunte Videoreklametafeln. »Ich bin gerade von einem Essen mit den anderen Sprechern zurück ins Hotel gekommen, aber —«

»Dann mach, dass du ins Bett kommst«, fuhr Ren dazwischen. »Mir geht es gut.«

»Sicher?« Ryoko ließ sich nicht abwimmeln. »Mom ist dieses Wochenende in New York und ich ...« Sie hielt kurz inne. »Wir machen uns Sorgen.«

»Das braucht ihr nicht«, wiegelte Ren ab und unterdrückte ein Seufzen. »Die ersten Tage des Frühjahrssemesters waren ziemlich ereignislos, es wurden nur unsere Projekte besprochen. Die Kurse starten erst am Dienstag.«

»Also nicht so anstrengend?«

»Eher langweilig.« Ren schalt sich innerlich für diese Lüge, denn er fand jeden Tag am *Berklee College of Music* spannend und aufregend, egal, was sie machten. Aber wenn er zu viel Enthusiasmus zeigte, würde Ryoko ihn gleich wieder ermahnen, auf sich achtzugeben. »Ein Projekt klingt okay, wir sollen mit Leuten aus dem Business Department und einem Künstler oder einer Künstlerin ein Mini-Album produzieren. Da es fakultätsübergreifend ist, kommen wir alle aus unterschiedlichen Semestern.«

Diese Gruppenarbeit würde zwar keine Herausforderung sein, im Gegenteil, er würde eher aufpassen müssen, dass er sich bezüglich Ai nicht verplapperte. Dennoch sollte Ryoko nicht mitbekommen, was in ihm vorging, sonst schaltete sie erst recht in den Ich-bin-deine-große-Schwester-Modus.

Dabei war er zehn Minuten älter als sie. Nur mal so am Rande bemerkt.

»Dann steht ja einem wilden Partywochenende mit deinen Freunden nichts im Wege«, warf Ryoko wie beiläufig ein.

Ren würde nicht in diese Falle tappen.

»Schwesterchen«, jammerte er und gab sich alle Mühe, verletzt zu klingen. »Als ob ich Verbindungsbesäufnisse besuche. Also echt, dass du so wenig von mir hältst.«

Er war sich nicht einmal sicher, ob es am Berklee Verbindungen gab, aber so genau würde Ryoko nicht recherchieren. Hoffentlich.

»Was machst du wirklich?«

»Nichts«, nicht seufzen, nicht traurig klingen, alles war super, »die nächsten Wochen werden anstrengend genug, also nur Akkus aufladen und Netflix. Anya hat vorgeschlagen, dass wir uns Montagabend auf einen Tee treffen, aber das kommt darauf an, ob ihr Prof ihre Übungsaufnahmen von Ravels ‚Gaspard de la nuit‘ absegnet.«

Anya und er trafen sich zwar zum Klavierspielen und tauschten sich über Ai aus, aber sonst hielt Ren sie auf Abstand. Er hatte so viele schlechte Erfahrungen mit den Leuten aus seinem Jahrgang gemacht, er wollte das lose Band, das er mit ihr hegte, nicht ebenfalls verlieren. Wobei er Ryoko niemals verraten würde, dass er Anya über den Ai-Discord-Fan-Server gefunden hatte, den er vor Jahren mitgegründet hatte.

»Ich weiß, dass es nicht leicht ist, aber ich bin wirklich stolz auf dich, dass du so gut auf dich achtgibst«, erwiderte Ryoko mit einem Lächeln, das so herzlich und aufrichtig war, dass

Ren sich, tausende Kilometer entfernt, wie in eine feste Umarmung gehüllt fühlte.

Während sich Ryoko in einer Erzählung darüber verlor, was sie in den letzten Tagen beim Workshop gelernt hatte und wem sie aus der Anime-Branche über dem Weg gelaufen war, driftete Ren halb in Gedanken ab.

Wie viele Leute musste er noch durchsieben, bis er jemanden fand, der sich wirklich für ihn interessierte? Trotz seiner Versuche, freundlich und offen zu sein, hatte er schnell einen Ruf weggehabt: Er war mit Abstand der Beste in seinem Music-Engineering-Kurs. Jeder wollte sich mit ihm austauschen, aber kaum einer konnte seiner Denkweise folgen. Handgriffe, die Ren wie nebenbei erledigte, versetzten andere in Staunen. Gleichzeitig hatte sich das Gerücht verbreitet, er sei Sohn reicher Eltern und ein weltfremdes Genie.

Die Wahrheit könnte nicht weiter entfernt sein. Er war ein Autodidakt, und obwohl er sich nicht scheute, Geld in seinen Laptop, seine Kopfhörer und sein Aufnahme-Equipment zu stecken, war er definitiv kein Hedgefonds-Kind. Stattdessen wollte er zum ersten Mal sein neues Leben feiern, in dem er sich gut kleidete.

Ren hatte viel zu viele Tage in Schlafanzügen verbringen müssen.

Und so wiederholte sich seit Wochen das gleiche Spiel. Bewunderer oder Leute, die auf sein Geld scharf waren, scharrten sich um ihn, stellten fest, dass er seltsam war, nicht mit Hundert-Dollar-Noten um sich warf – und verschwanden. Erst gestern hatte einer von ihnen ihm vorgeworfen: »Du bist zwar anwesend, aber nie wirklich da, und erzählst nie etwas von dir. Warum sollte ich also in diese Verbindung investieren, wenn du es nicht machst?«

Ren schockierte es, wie viele am College eine Freundschaft wie ein Business betrachteten und wie oft er sich aufgrund seiner Geheimnisse disqualifizierte.

»Es tut mir übrigens leid, dass ich mich im Moment nicht

um Ai kümmern kann«, meinte Ryoko und Ren zwang sich dazu, ihr wieder seine volle Aufmerksamkeit zu schenken.

»Und ich habe dir versichert, dass ich das für die drei Wochen übernehme«, erwiderte Ren ungerührt. Sie hatten den neuen Song aufgrund ihrer Abreise früher fertiggestellt und hochgeladen. Der Großteil war erledigt, bis auf die alltäglichen Aufgaben, die anfielen, wenn man einen Musikkanal bespielte. Aber selbst für Social Media hatte Ryoko schon Posts, Videos und Storys vorgeplant, Ren musste sich nur um den Ablauf kümmern.

All das war wirklich keine Herausforderung.

»Du weißt, nie mehr als das Nötigste schreiben«, wiederholte Ryoko zum hundertsten Mal, »keine direkte Kommunikation mit Fans und ...«

»... immer schön höflich bleiben«, gurrte Ren, obwohl er innerlich genervt war. Ai existierte seit bald fünf Jahren, er kannte die Grundregeln.

»Und bei Hasskommentaren? Bei dummen Idioten, die nur Stunk machen wollen?«

»Eisern ignorieren oder am besten gar nicht erst lesen«, spulte Ren ab. »Ich krieg das hin. Wirklich.«

Ryoko runzelte kurz die Stirn, statt jedoch weitere Punkte aufzuführen, die sie bereits mehrfach durchgekaut hatten, wechselte sie das Thema.

»Soll ich dir zum Dank was mitbringen?«, fragte sie, während sie ihre langen, seidig-schwarzen Haare zu einem Zopf hochband. »Tokyo ist das Otaku-Wunderland.«

Ren zog die Nase kraus. Er mochte Animes, aber deswegen war er noch lange kein Otaku.

»Ein Dakimakura-Kissen von Levi Ackermann? Eine Seite in seiner schicken Aufklärungstrupp-Uniform und die andere ...« Sie wackelte anzüglich mit den Augenbrauen.

»Hm.«

»Doch lieber Mikasa?«

Darauf würde er nicht antworten, es ging seine Schwester

nichts an, für wen oder was er schwärmte. Genauso wenig wollte er wissen, was für ein Kissen mit einer halb nackten Anime-Figur in ihrem Bett lag.

»Das passt nicht in deinen Koffer«, lehnte er ab, »aber es gibt eine neue Hiroyuki-Sawano-Collection mit einer Dokumentation über sein Lebenswerk. Dann müsste ich kein Vermögen an Porto und Zollgebühren bei *CDJapan* lassen.«

»Ich halte Ausschau.« Ryoko salutierte spielerisch und warf dann einen Blick auf die Uhr an der oberen Ecke ihres Tablets. »Ich sollte langsam ins Bett, um acht geht die nächste Session los. Pass auf dich auf, ja?«

»Pass du lieber auf dich —«

Und schon war die Verbindung unterbrochen. Wie immer ignorierte Ryoko seine Worte, dass sie auch auf sich achtgeben sollte.

Ren hievte sich aus seinem Schreibtischstuhl, schlurfte zurück zum Bett und fiel mit dem Gesicht voraus in die Kissen.

In Momenten wie diesen, wenn Ryoko an einem exklusiven Synchronsprecher-Training in Tokyo teilnahm, merkte er, wie unterschiedlich ihre Leben verliefen. Sie waren zweieiige Zwillinge und doch wie Tag und Nacht. Ryoko strahlte so hell, sie war so erfolgreich, so klug, zielstrebig und hatte dazu eine grandiose Stimme. Dabei hatte sie keine klassische Sängerausbildung genossen, die tiefen und hohen Töne, das Volumen und die Kraft, mit der sie sang, hatte sie von Geburt an gehabt.

Und er?

Er war nicht wie sie.

Niemand mochte die Nacht. Die Dunkelheit. Die Stille.

Die Geheimnisse.

Mit bald vierundzwanzig hatte er es endlich ans College geschafft. Seine Tante Tori hatte in dem Alter bereits bei einem aktiennotierten Unternehmen gearbeitet, Jae-Sun hatte sein eigenes Geschäft eröffnet und Henry seinen Master abgeschlossen … Ren fühlte sich dagegen wie ein Versager.

Ja, er hatte mit Ai viel erreicht. Aber die einstige Spielerei auf YouTube hatte sich bloß verselbstständigt, er wusste nicht, ob er es als Können oder Glück bezeichnen sollte. Und selbst wenn, Ai änderte nichts an der Einsamkeit, die sich wie ein nachtschwarzer Umhang um ihn legte und ihn von der strahlend hellen Welt abschnitt.

Er war anders. Immer schon gewesen.

Er war nicht in der Lage, einfach ...

Er konnte nicht ...

Mit einem Seufzen drehte sich Ren auf den Rücken und starrte an die weiße Zimmerdecke. Tastete mit einer Hand nach seinem Smartphone, entsperrte das Display und – oh, welch Wunder – keine neuen Nachrichten.

»*I just wanna dance all night, but I'm messed up*«, flüsterte er, und seine Stimme klang dabei so zerbrechlich und verzweifelt wie schon lange nicht mehr. Niemand durfte ihn je so hören. Niemals. »*I keep dancing on my own.*«

KAPITEL 2

Isaac schritt zügig durch die Gänge des administrativen Bereichs des *Berklee College of Music*, auf dem Weg zu einem Treffen mit seinem Dozenten, das dieser überraschend einberufen hatte. Es gab kein Problem oder Unstimmigkeiten, vermutlich war es ein Standardgespräch, das die Fakultätsmitarbeiter zum Semesterstart führen mussten. In einem College voll mit musikalischen Genies hakte man regelmäßig bezüglich des Wohlbefindens nach.

Nur war Isaac im Bereich Business eingeschrieben und keines dieser vielversprechenden Talente.

Isaac beschleunigte zwar seine Schritte, neugierig, warum er herbestellt worden war, bewahrte jedoch seine kühle, unnahbare Fassade. So wenig wie möglich von seinen Emotionen zu zeigen und sich auf niemanden einzulassen, hatte ihn ans College gebracht, diese Strategie würde ihm auch sein nächstes Ziel ermöglichen.

Machte ihn das einsam? Ein wenig.

War das schlimm? Nein. Denn im Vergleich zu der Alternative, die ihn in seiner Heimatstadt erwartet hätte, konnte er sein Einzelgängerdasein am Campus locker ertragen. Er war frei. Ständig pleite und dauergestresst, aber definitiv frei.

Die Studenten, die er passierte, warfen ihm kurze Seitenblicke zu, bevor sie ihrer Wege gingen. Keiner grüßte ihn, fragte, was er hier machte. Isaac hielt jeden bewusst auf Abstand, er hatte in seinem Leben genug Menschen getroffen, die ihn nur für ihre Zwecke benutzen wollten. Selbst wenn jemand nach akademischer Unterstützung fragte, lehnte Isaac strikt ab. Es schmeichelte ihm, aber er hatte mit seinem eigenen Lernpensum und den Nebenjobs genug zu tun.

Alles, was über das Mindestmaß an Kontakt hinausging, würde ihn in Gefahr bringen und erneut verletzen.

Isaac holte einen tiefen Atemzug, bevor er an der Bürotür seines Dozenten klopfte, obwohl diese nur angelehnt war.

Mr. Faubrey, blond, blauäugig, Ende zwanzig und mit der Aura eines Golden Retrievers, saß hinter seinem Schreibtisch und sah kurz auf, als Isaac eintrat, ehe er etwas an seinem Laptop fertig tippte.

Isaac nahm vor dem Tisch Platz und grüßte höflich mit: »Isaac Taylor, Prinzipien der Musikproduktion, MB-201, Sie wollten mich sprechen?«

»Ah, Mr. Taylor.« Faubrey klappte seinen Laptop zu und musterte ihn über den Rand seiner Brille aufmerksam, sodass sich Isaac verbat, sich wegzuducken. Er hatte nichts falsch gemacht. »Einige meiner Kollegen haben sich besorgt über Sie geäußert, daher wollte ich mit Ihnen persönlich darüber sprechen.«

Kollegen? Plural?, echote Isaac in Gedanken. *Was hat das zu bedeuten?* Er hatte noch nie einen Kurs verpasst, gab immer pünktlich ab, sog alles an Stoff auf, was er zwischen die Finger bekam, arbeitete sorgfältig und detailliert. Was daran war ein Grund zur Sorge?

»Inwiefern, Mr. Faubrey?«, presste Isaac hervor. Er hatte nur diese eine Chance, deswegen achtete er so penibel darauf, Perfektion anzustreben. Im Moment war er zwar frei, aber nur, wenn er erfolgreich das Berklee abschloss, würde er langfristig in Sicherheit sein.

»Wissen Sie, was Sinn und Zweck meiner Kurse ist?«

»Führungskräfte auszubilden, die die bestmöglichen Entscheidungen treffen. Außerdem sollen wir lernen, wie man sein eigenes Business erfolgreich aufbaut und sich am Markt etabliert.«

»Eine Antwort wie aus dem Lehrbuch.« Mr. Faubrey musterte Isaac ungewohnt scharf. In seinen Kursen forderte der Dozent zwar Leistung, dennoch zeichnete er sich durch seine Gutmütigkeit aus. Insgeheim mochte Isaac, dass Mr. Faubrey niemals die Stimme erhob oder aggressiv wirkte.

Isaac gab sich weiterhin freundlich interessiert, er musste stets sein bestes Verhalten präsentieren. Er war auf sein Stipendium angewiesen, das nicht nur sein Studium finanzierte, sondern auch einen Platz im Wohnheim garantierte. Neben der Uni kratzte er geradeso das Geld für die preiswerte Miete und Haushaltskosten zusammen, eine normale Wohnung plus Collegegebühren könnte er sich nie leisten.

Zweieinhalb Jahre. Diese Zeitspanne trennte ihn von einem Abschluss, mit dem sich eine Menge Türen öffnen würden. In zweieinhalb Jahren würde sich Isaac nie wieder Sorgen machen müssen, dass man ihn rauswarf und das Geld an allen Ecken und Enden fehlte.

»Nun«, fuhr Mr. Faubrey fort und Isaac richtete seine volle Aufmerksamkeit wieder auf ihn. »Uns, also meinen Kollegen und mir, ist immer wieder das Gleiche zu Ohren gekommen.«

Isaac nickte und wartete gespannt ab.

»Einerseits loben Ihre Mitstudenten Ihre Intelligenz und sind sich alle einig, dass man sich zu hundert Prozent auf Sie verlassen kann.« Das klang doch gut, zumindest nicht nach einem Grund zur Sorge. »Andererseits beschreiben alle Sie als kalt und emotionslos.«

»Das ist etwas Schlechtes?«, hakte Isaac nach, unsicher, ob er seinen Dozenten richtig verstanden hatte.

Mr. Faubrey seufzte. »Sie sind überaus effizient, interessieren sich nicht für Zwischenmenschliches.«

»Ich bin also was?«, hakte Isaac verblüfft nach. »Ein Roboter?«

Effizienz war seine Stärke, war das, was seine Welt zusam-
menhielt. Er war kein kreatives Genie, kein chaotischer Musiker – das passte nicht zu ihm. Er wollte derjenige sein, der
im Hintergrund die Fäden in der Hand hielt und dafür sorgte,
dass alles reibungslos ablief. Und darin war er zu gut?

»Ist das ein schlechter Witz?«

»Nein, Mr. Taylor, ich kann Ihnen versichern, dass ich das
ernst meine.«

»Und was soll ich dagegen tun?« Schlampig arbeiten? Oh
nein, auf gar keinen Fall. Das widersprach all seinen Prinzipien.

»Wie wäre es damit, Freunde zu finden?«

Daraufhin schnaubte Isaac bitter. »Ich bin nicht hier, um
Freundschaften zu schließen.« Darum könnte er sich kümmern, wenn er nicht ständig einen Blick über die Schulter werfen müsste. »Sind Sie etwa mit all Ihren Kollegen befreundet?«

»Nein, nicht mit allen. Aber die wenigen, mit denen ich
Freundschaft geschlossen habe, bedeuten mir sehr viel.« Mr.
Faubrey schenkte ihm einen Blick, der an Mitleid grenzte.
»Haben Sie jemanden, der Ihnen etwas bedeutet?«

Isaac spannte sich an, um größer zu wirken. »Auf diese Frage muss ich nicht antworten, das hat nichts mit meiner Arbeit
zu tun.« Wäre ja noch schöner, wenn er hier private Details
ausplauderte.

Sein Dozent seufzte erneut und klang dieses Mal ein klein
wenig genervt. »Ihnen fehlt außerdem der kreative Funke.«

Isaac hatte Mühe, nicht laut loszulachen, aber er war so angespannt, dass das Lachen wie ein Stein in seinem Magen fest-
saß. »Ich will keine Musik machen, Mr. Faubrey. Wofür brauche ich Kreativität, wenn Effizienz auch zum Ziel führt?«

»Das tut es im Moment noch«, meinte sein Dozent. »Aber
Ihre Mitstudenten setzen mit ihrer Leidenschaft, ihrer Lebensfreude und ihren Verbindungen Ideen um, auf die Sie

niemals kommen werden, wenn Sie sich so eisern an die Regeln und Vorgaben klammern.« Mr. Faubrey musterte ihn über den Rand seiner Brille und fuhr dann in eher versöhnlichem Ton fort. »Sie sind erst im zweiten Jahr, Ihnen bleibt genügend Zeit, um diesen Funken zu finden.«

Isaac starrte ihn verständnislos an. Glaubte sein Dozent, dass wenn Isaac dies in bald zwanzig Jahren nicht geschafft hatte, würde es einfach so passieren, weil er darum bat?

»Versuchen Sie, sich weniger zu isolieren und mehr mit anderen zusammenzuarbeiten.«

Zusammenarbeit war das Letzte, das sich Isaac wünschte. Am Ende liefen menschliche Bindungen immer auf das Gleiche hinaus. Darauf, dass ihm etwas fehlte, dass er kaputt war, und sich alle von ihm abwandten. Darauf, dass man ihn dafür bestrafte, dass er die Erwartungen anderer nicht erfüllen konnte. Selbst wenn er sich einen Freund wünschte, tief vergraben im hintersten Winkel seines Herzens, so war jetzt nicht der richtige Zeitpunkt.

»Ihnen fehlt Seele«, fuhr Mr. Faubrey fort.

»Seele?«, echote Isaac. »Verdammt noch mal, ich bin kein Jazz-Musiker. Können Sie das so ausdrücken, dass es Sinn ergibt?«

Sein Dozent ging nicht auf die Spitze ein. Es war allgemein bekannt, dass Mr. Faubrey Fan von Miles Davis war, ein Poster des Künstlers nahm sogar die Wand hinter ihm ein.

Gerade beim Jazz stand die Seele der Musik immer im Fokus, aber selbst die Größten dieses Genres hatten im Hintergrund kühle, effiziente Manager, die den Laden am Laufen hielten. Zu gern hätte Isaac dies erwidert, doch er wusste, dass er damit nicht weit kommen würde. Er musste so tun, als würde er sich die Kritik zu Herzen nehmen, und dann einen Weg finden, dass er diese Seele vortäuschte. Er hatte seine Fassade seit der Highschool-Zeit mehrfach angepasst. Alles kein Problem.

Mr. Faubrey durchschaute ihn jedoch sofort. »Nur etwas

vorzuspielen, wird nicht reichen, Mr. Taylor. Ihre Kommilitonen haben in der Regel große Empathie und wir vom Board werden das auf jeden Fall bemerken. Es geht auch nicht darum, diesen Rat perfekt umzusetzen. Stattdessen möchte ich, dass Sie neue Perspektiven kennenlernen und sich in andere hineinversetzen.«

»Und das geht nur, wenn ich *Seele* habe?« Zum Glück klang Isaac dabei nur halb so spöttisch, wie er gerne gewollt hätte.

»Finden Sie etwas oder jemanden, für das oder den Ihre Seele brennt, Ihr Herz schlägt.«

Und mit diesem wenig hilfreichen Ratschlag wurde Isaac postwendend entlassen.

Anstatt weiter darüber zu diskutieren, trat Isaac den Rückzug in eine der Lounges auf dem Campusgelände an. Zu wenig Seele! Was sollte all der Blödsinn? Warum sollte er sich um irgendwelche Fremden scheren, die sich eh nicht für ihn interessierten? Effizienz und Unfehlbarkeit waren die einzigen Verbündeten, die Isaac kannte. Warum sollte er sich den anderen anpassen? Warum zeigten die anderen keine Empathie und versuchten, seine Perspektive der Dinge zu verstehen?

Es war so ungerecht.

Seit der Highschool hatte es funktioniert – so gut funktioniert – und jetzt sollte er alles über den Haufen werfen? Und für was? Für ein wenig Leidenschaft. Großartig. Wenn sein College-Abschluss von seiner Leidenschaft abhing, war Isaac zum Scheitern verurteilt.

Vermutlich gab er gerade ein furchteinflößendes Bild ab, die Hand der Barista zitterte, als sie ihm einen To-go-Becher über den Tresen schob und ihn abkassierte. Seine Laune würde heute definitiv nicht besser werden, also suchte sich Isaac einen Platz am Fenster, weit weg von den anderen Besuchern der Lounge. Kaum hatte er jedoch von seinem viel zu bitteren Kaffee genippt, biss sich Isaac unauffällig auf die

Wange, um keinen verräterischen Laut von sich zu geben.

Kenneth hatte seinen Kaffee immer schwarz getrunken.

Es war bald vier Jahre her, und doch bestellte Isaac noch immer das Gleiche wie er. Und als wäre diese Erkenntnis nicht schlimm genug, kreuzte das nächste Unheil Isaacs Weg. Nun, kein direktes Unheil, aber jemand, der ihm auf die Nerven ging.

Ren Tachibana.

Sie hatten noch nie ein Wort miteinander gewechselt, dennoch kannte Isaac den Namen des Freshman, der seit letzten August am College eingeschrieben war, allerdings im Bereich *Music Production and Engineering*. Isaac hätte ihn eher für einen Sänger gehalten, so auffällig, wie er durch die Hallen und Gänge des Colleges schritt.

Ren Tachibana war laut, sein falsches, überdrehtes Lachen schallte über alles hinweg und er liebte Aufmerksamkeit. Er war kein K-Pop-Idol wie Jimin von BTS und doch trug Ren alle paar Wochen eine andere Haarfarbe zur Schau. Seit der Winterpause war er ein kaugummipinker Fleck, sodass Isaacs Blick ständig auf ihm landete.

Isaac gab vor, ins Leere zu starren, während er an seinem bitteren Kaffee nippte, obwohl er das Grüppchen weiter beobachtete, das draußen auf den Treppen Platz genommen hatte und gestenreich diskutierte. Dieser Ren war das komplette Gegenteil von ihm. Er scharte immer einen Hofstaat Bewunderer um sich, als könnte er keine drei Sekunden allein sein. Als Freunde würde Isaac sie jedoch nicht bezeichnen, denn die Gesichter wechselten ständig.

Diesem Ren sollte man den Roboter-Vorwurf machen, moserte Isaac in Gedanken und klappte nebenbei seinen Laptop auf. Der Typ war immer fröhlich, immer voller Energie, ließ sich immer mitreißen. Doch er spiegelte nur die Stimmung der Gruppe, die ihn umgab, reagierte entsprechend, machte perfekt getimte Gesten und überzogene Gesichtsausdrücke. Nur seine Augen, die erzählten eine andere Geschichte – und zwar:

Lasst mich in Ruhe.

Kopfschüttelnd riss Isaac seinen Blick von Ren los. Sein Leben war kompliziert genug, daher sollte er sich nicht für Ren interessieren. Typen wie er bedeuteten nur Ablehnung und Schmerz. Außerdem trennte ein Collegejahr sie voneinander, ihre Wege würden sich nie kreuzen.

Isaac kramte seine Kopfhörer hervor und verband sie mit seinem Laptop, um sich seiner neusten Zusatzaufgabe zu widmen: der Entdeckungsreise zu seiner vor Leidenschaft brennenden Seele ... Nach außen hin gab er den perfekten Studenten ab, konzentriert arbeitend, während er sich – wie schon in der Highschool-Zeit – mit etwas völlig anderem beschäftigte, eine Playlist öffnete und sich von den Songs gefangen nehmen ließ.

Es gab nur eine Sache, wegen der sein Herz seit Jahren schneller schlug: Ai. Eine V-Tuberin.

Ai zeigte niemals ihr wahres Gesicht, sondern präsentierte sich als niedlicher, computergenerierter 3D-Avatar. Die Frau, die sich dahinter verbarg, hatte jedoch eine Wahnsinnsstimme und begeisterte ihre Fans mit ihren J-Pop-Songs und Musikvideos im Anime-Stil. Isaac liebte ihre Texte und Melodien sogar noch mehr als ihre Stimme, in den letzten Jahren hatten ihre Lyrics ihm so oft geholfen, Trost gespendet und ihn wieder aufgebaut.

Isaac warf einen flüchtigen Blick durch die Lounge, aber niemand schenkte ihm Aufmerksamkeit. Auch Ren und seine Entourage waren weitergezogen. Gut, dann konnte er sich ungestört auf ein weiteres Ventil konzentrieren, das ihm half, seinem Ärger Luft zu machen: Internettrolle. Idioten, die sich hinter anonymen User-Namen versteckten und Ai beschimpften, auf YouTube, in den sozialen Medien, im Discord-Server, den die Hardcore-Fans unterhielten. Sie überschütteten die Sängerin mit Hass, mit dummen Kommentaren, hatten die seltsamsten Argumente und unendliche Energie, die eigene Meinung zu verbreiten. Oh, Isaac liebte es,

Trolle in Grund und Boden zu diskutieren. Es war eine virtuelle Schlacht, die er stets gewann, denn für Ai würde er sie alle – verbal – auseinandernehmen, bis sie vor ihren Bildschirmen in Tränen ausbrachen.

War das ein wenig übertrieben? Definitiv. Aber er liebte Ai – auf die Art, wie ein Fan seine Lieblingssängerin liebte. Abgesehen von Takumi, der im weit entfernten Seattle lebte, fühlte sich Isaac nur mit dieser virtuellen Persönlichkeit verbunden. Bis zum heutigen Tag hatte er darin nie ein Problem gesehen.

Um sich davon abzulenken, machte er sich ans Werk. Es dauerte nicht lange, bis Isaac einen Troll aufstöberte, der Ai schon mehrfach Unaussprechliches unterstellt hatte. Kurz ließ er die Fingerknöchel knacken, dann zog er in den Kampf. Wenn er mit diesem Idioten fertig war, würde zumindest er sich besser fühlen.

Zurück in seinem Wohnheim, wo sich Isaac ein Appartement mit Serge teilte, war zumindest die größte Wut auf Mr. Faubrey verraucht, auch wenn er an diesem Nachmittag nichts Produktives mehr zustande gebracht hatte. Morgen, mit seiner Arbeit in der Musikbibliothek und der darauffolgenden Extra-Schicht bei Sodexo, würde er kaum Zeit haben, seine Kurse vorzubereiten, aber es würde irgendwie gehen. Schließlich war er ein emotionsloser, hochfunktionaler Roboter.

Diese Beschreibung ging ihm nicht aus dem Kopf. Es sollte ihn nicht verletzen, und doch schmerzte es. Aber der Schmerz darüber, niemanden zu haben, war erträglicher, als jemanden zu verlieren. *Wobei, ganz allein bin ich nicht*, grübelte er weiter, während er seine abgewetzte Schultertasche auf sein Bett warf, den Mantel aufhängte und zurück in die Pantryküche schlurfte, um zu prüfen, was sein Vorrat beziehungsweise der Kühlschrank noch hergaben. *Ich habe Takumi und Serge, ich habe die Community, die sich um Ai gebildet hat.*

Er hatte nur niemanden in seinem Jahrgang am College.

Beruhigt setzte sich Isaac mit einer Tasse Früchtetee und einem Erdnussbutter-Marmeladen-Sandwich an den Schreibtisch und klappte den Laptop auf, um wahllos ein paar Songs auf YouTube abzuspielen. Vielleicht sollte er Takumi fragen, ob er Zeit für ein Telefonat hatte. Bestimmt hatte er einen guten Rat, wie er mit Mr. Faubreys Kritik umgehen sollte.

Der Tab, in dem Instagram geöffnet war, zeigte eine Benachrichtigung an, daher klickte er zuerst auf die Nachricht dort:

Hey Born2Music, vielen Dank, dass du mich immer gegen diese Trolle verteidigst.

Isaac starrte irritiert auf die neu eingegangene Nachricht. Blinzelte, aktualisierte, blinzelte erneut.

Es war keine Einbildung.

Da war eine Nachricht von Ais offizieller Instagram-Seite. Sie kommunizierte darüber nicht mit ihrer Community, zumindest hatte auf dem Server nie jemand davon erzählt. Sie bedankte sich manchmal für die Unterstützung oder hinterließ ein Herz-Emoji als Kommentar, aber die Reaktionen waren immer neutral und höflich. Dies hier war eine persönliche Nachricht.

Isaac war sich absolut sicher, dass so etwas noch nie passiert war. Wie sehr sich Ai bedeckt hielt, war beinahe legendär. Die Fans wussten, dass sie nie mehr als ein Herz bekommen würden, und respektierten Ais Wunsch, anonym und unerreichbar zu bleiben. Dafür schenkte sie ihnen diese wunderschönen Songs und ihre wahnsinnig gute Stimme.

Isaac schüttelte den Kopf und aktualisierte zur Sicherheit noch einmal den Tab. Die Nachricht von Ai war immer noch da.

Er brauchte drei Anläufe, bis er eine Antwort zusammengepuzzelt hatte, die nicht nach Hardcore-Fanboy klang: *Gern geschehen. Ich mag deine Musik schon lange und musste den Idioten zurechtweisen.*

Ai schickte daraufhin ein verlegenes Smiley.

Ah, das war es wohl. Das Emoji, das alles beendete. Dennoch freute sich Isaac, dass sie es schätzte, wenn er sie online verteidigte.

Der Chat blieb stumm, Isaac wusste auch nicht, was er Unverfängliches fragen sollte. Smalltalk gehörte definitiv nicht zu seinen Stärken.

Zehn Minuten später piepte es erneut. Dieses Mal blinkte jedoch Discord auf. ChoCho, von dem Isaac in den letzten Monaten kaum etwas gelesen hatte, hatte ihm eine Nachricht geschrieben. Als fester Bestandteil des Servers kannte er die Leute, die genauso lange wie er dabei waren, und ChoCho, was so viel wie Schmetterling hieß, gehörte zu den Gründungsmitgliedern. Isaac war es immer schon leichtgefallen, online Kontakte zu knüpfen. Vielleicht, weil dies viel weniger Konsequenzen mit sich brachte und man Menschen online mit einem Mausklick aus seinem Leben löschen konnte.

Allerdings war ChoCho noch zugeknöpfter als Isaac, bei dem, was er oder sie von sich preisgab, und nur zu seltsamen Zeiten online. In der Anfangszeit von Ai hatte Isaac ihn privat angeschrieben und ein paar höfliche Fragen gestellt, auch die, woher sein Username stammte. Die Antwort lautete: *In Japan glaubt man daran, dass der Schmetterling die Seelen von Verstorbenen ins Jenseits begleitet. In meinem nächsten Leben wäre ich gerne ein Schmetterling.*

Danach hatte Isaac die Kommunikation auf ein Minimum beschränkt, weil er hinter dem Alias einen Rentner oder eine Rentnerin, irgendwo in Japan, vermutet hatte. Jemand, mit dem man sich als Teenager nicht anfreunden sollte. Nicht einmal über das Internet.

Warum schrieb ChoCho ihn aus heiterem Himmel an? Sie hatten sich schon in den öffentlichen Threads über den neuen Song unterhalten. Vielleicht hatte er Isaacs Meinung gelesen und wollte mit ihm darüber diskutieren? Denn irgendwie – er konnte es nicht richtig beschreiben – gefiel ihm der neue Song nicht. Er war gut gemischt und toll gesungen, aber er wirkte so traurig … Auf dramatische Weise traurig, wie ein Hilfeschrei hinter einer Maske erzwungener Fröhlichkeit.

Doch da niemand von ihnen Kontakt zu Ai aufnehmen konnte, konnte auch keiner nachfragen, ob alles in Ordnung war.

Isaac klickte auf Chos Nachricht und war froh, dass seine Tasse noch unberührt neben ihm stand. Sonst hätte er den Tee in hohem Bogen über die Tastatur gespuckt.

Hey. Wenn du magst, können wir hier schreiben. Ich würde gerne mehr über dich wissen. Ai

Es folgte ein zwinkerndes Emoji, das Isaacs Herz schneller schlagen ließ.

Lass die Scherze, Cho, schrieb er dennoch zurück.

Statt einer Antwort folgte eine Audio-Datei mit dem Namen ‚Butterfly'. Isaac setzte seine Kopfhörer auf, verband sie mit dem Laptop und spielte die Musik ab. Das war Ais Stimme, aber das Lied kannte er nicht. Er konnte jeden Song mitsingen, die guten wie die schlechten. Nicht einmal die japanischen Worte hatten Isaac abgeschreckt, er hatte die Abfolge der Laute schlicht auswendig gelernt.

Diesen Song hatte er noch nie gehört.

Er war auch nicht fertig gemischt, nur die Aufnahme von Ais Stimme, die auf Japanisch etwas über Hoffnung und Schmetterlinge sang.

Isaacs Hände zitterten, als er tippte: *Kein Scherz?*

ChoCho: Ich würde dir ja ein Foto schicken, aber das geht mir zu schnell. Lade mich erst mal auf eine Tasse Tee ein.

Born2Music: Warum Tee? Magst du keinen Kaffee?

ChoCho: Ich sollte kein Koffein trinken. Das ist ... nicht gut für mich.

Die drei Punkte, das Zeichen, dass ChoCho schrieb, erschienen und Isaac starrte wie gebannt darauf.

ChoCho: Shit, das klang gerade zu sehr nach Date, das war nicht meine Absicht. Ich wollte nur reden, wirklich. Ein bisschen was über meinen Ritter in digitaler Rüstung erfahren, der Hater und Trolle fertigmacht.

Isaac zögerte einen Moment, ob er wirklich Kontakt aufnehmen sollte. Aber Ai lebte sonst wo auf der Welt und daher würden sie sich nie im echten Leben begegnen. Er würde sie nie auf einen Tee einladen können, selbst wenn er sich das vielleicht wünschte. Und eine Unterhaltung im Chat des Discord-Servers würde keine Spuren hinterlassen, über die man Isaac zurückverfolgen konnte. Ai war sicher.

Mit einem ungewohnt breiten Lächeln packte Isaac seinen Laptop, setzte sich aufs Bett und tippte eine Antwort. Und noch eine und noch eine weitere, da Ais Fragen nicht abrissen.

Erst als am nächsten Morgen sein Wecker klingelte, bemerkte Isaac, dass er überhaupt nicht schlafen gegangen war. Sein Sandwich und der mittlerweile kalte Tee warteten noch immer auf seinem Schreibtisch.

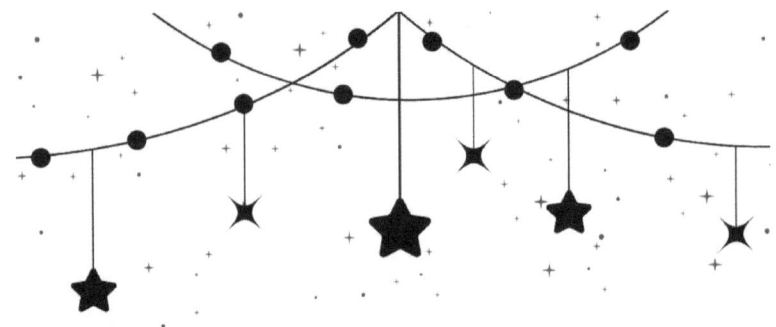

KAPITEL 3

Ren wusste, dass er sich in seinen Kursen am College leicht ablenken ließ, wenn ihn das Thema nicht völlig packte. Doch heute hatte er ein neues Level an Unaufmerksamkeit erreicht. Am Morgen hatte Born2Music Ai über den Discord-Server eine letzte Frage gestellt, über deren Beantwortung er noch immer grübelte. Versonnen scrollte er dabei durch die Textnachrichten der letzten Tage, las sie wieder und wieder.

> *ChoCho: Was wolltest du immer schon mal ausprobieren?*
> *Born2Music: Ich habe achtzehn Jahre auf dem gleichen Quadratkilometer verbracht. Daher will ich reisen. New York, Chicago, Europa. Aber weil das Geld als Student immer knapp ist, will ich so viele neue Dinge entdecken wie möglich. Museen besuchen und Stadtführungen machen.*
> *ChoCho: So mit Bus für Touristen?*
> *Born2Music: Ja, meine erste Tour war interessant. Findest du das langweilig?*
> *ChoCho: Das weiß ich nicht, hab ich noch nie gemacht. Aber ich könnte es ausprobieren und dir dann sagen, ob es mir gefällt.*
> *Born2Music: Was würdest du gerne machen?*
> *ChoCho: Backen.*

Born2Music: Inwiefern?
ChoCho: Manchmal steht in den Lokalnachrichten geschrieben, wer im Viertel den besten Apfelkuchen bei einem Gemeindefest gezaubert hat. Daher möchte ich einen richtig leckeren Kuchen backen können. Mit mehreren Schichten und Obst und Cremefüllung und so.
Born2Music: Und dann den Wettbewerb gewinnen? Damit du in der Zeitung stehst?

»Ist dir dein Studium so egal, dass du lieber chattest, anstatt dich auf deine Aufgabe zu konzentrieren?«

Ren holte tief Luft, bevor er von seinem Smartphone aufsah, in Gedanken verweilte er noch immer bei seiner Antwort. Zusammen mit den anderen Mitgliedern saß er am Tisch im zugeteilten Gruppenraum und fühlte sich nicht einmal schuldig wegen seiner Unaufmerksamkeit. Denn die Nachrichten von B2M waren seit drei Wochen das Highlight seines Tages.

Es war zuerst nur ein Test gewesen, jemanden von den Hardcore-Fans des Discord-Servers einzuweihen, dass er Ai war. Er wollte herausfinden, ob das Geheimnis ihn wirklich davon abhielt, Freundschaften zu schließen. Laut Takumis Erzählungen müsste B2M deutlich jünger als der Rest der Gründungsmitglieder sein, mit ein bisschen Glück sogar im Alter der meisten Freshmen am Berklee. Ren hatte nur üben wollen, wie es war, als er selbst zu agieren, und hatte dabei *wirklich* einen Freund gefunden. Oder eine Freundin.

»Hörst du mir überhaupt zu?«

Nein, absolut nicht. Das schlechte Gewissen stellte sich erst bei Isaacs zweiter Ermahnung ein und wurde noch etwas stärker, als sich dieser drohend von seinem Platz erhob.

Isaac Taylor. Der Eiskönig des Berklee aus dem zweiten Jahr, zumindest hatten die anderen Freshmen ihn so getauft. Obwohl Ren gewusst hatte, dass ihnen jemand aus dem Business-Department zugeteilt werden sollte, beklagte er dennoch sein Pech. Warum musste es ausgerechnet Isaac Taylor sein?

»Wir werfen nur Ideen durch den Raum, das erfordert nicht

meine volle Konzentration«, erwiderte er betont gelangweilt.

Isaacs Augen schienen Laserstrahlen auf Ren abzufeuern, so sehr reizte ihn der dumme Spruch. Alles an diesem Mann war hart und unnachgiebig, von der Stimme bis hin zu den hohen Wangenknochen, die seinem Gesicht einen Hauch von andauernder Arroganz verliehen.

»Leg das Handy weg«, meinte Isaac scharf, doch Ren tippte blind seine Antwort zu Ende. Sein Herz klopfte dabei wild vor Aufregung, denn selten rebellierte er so offen.

Nah. Nicht zwangsweise. Zweiter Platz wäre auch okay. Ich melde mich später, College und so.

Wie durch ein Wunder vibrierte es in Isaacs abgewetzter Ledertasche und Ren nutzte sogleich den Wink des Universums für einen Konter. »Oh, hat da jemand vergessen, sein Handy lautlos zu stellen? Der Fehler würde mir nicht passieren.«

Wenn Ren ehrlich zu sich war, schüchterte Isaac ihn immens ein. Er war alles, was Ren sein sollte. Selbstbewusst, in sich ruhend, und so verdammt erwachsen. Wie alt konnte er sein? Vielleicht zwanzig? Aber ihn umgab eine Aura, als hätte er schon fünf Jahre Berufserfahrung, als wäre er so viel besser als sie alle zusammen. Der Business-casual-Look – heute in Form eines dunkelgrauen Sweaters, aus dem ein weißes, zugeknöpftes Hemd hervorlugte – und die Tatsache, dass ihn nie jemand etwas aus Spaß machen sah, hatten ihm seinen Spitznamen eingebracht.

Sowie die Augen, graublau wie ein zugefrorener See. Nachdem man im Eis eingebrochen war und von unten mit den Fäusten gegen die Eisfläche hämmerte, war die Mischung aus Hellblau und schmutzigem Grau das Letzte, das man sehen würde. Ren könnte einen Song über diese Farbkombination verfassen, besser, er erwähnte das nicht in Isaacs Beisein.

Stattdessen öffnete er den Shortcut zu seiner Notizen-App

und tippte weiter zusammenhangloses Zeug, damit dies Isaac zur Weißglut brachte.

»Ich mein's ernst, Tachibana«, knurrte dieser. »Wir haben noch nicht mal ein Konzept zusammengestellt ... Wirst du dich bei den Aufnahmen auch so leicht ablenken lassen?«

Ren hielt beim Tippen kurz inne. Selbst wenn Isaac sein Telefon konfiszieren würde, würde er das Kauderwelsch aus japanischen Schriftzeichen nicht deuten können.

»Also *ich* freue mich auf die Zusammenarbeit«, verkündete ihr drittes Gruppenmitglied, Sophia, mit ihrer stets losgelösten Singsangstimme. »Ich bin eine hervorragende Sängerin und wirklich für alles zu haben.«

Ren ignorierte die Doppeldeutigkeit und auch Isaac zuckte nicht einmal.

Um die Zusammenarbeit der Bereiche des Berklee zu stärken, nahmen sie an einem fakultätsübergreifenden Projekt teil, bei dem Business-Studenten, Music-Engineer-Leute und Gesangstalente zusammen ein Mini-Album aufnehmen und in einer geschlossenen Sandbox-Umgebung auf den Markt bringen sollten. Während für Ren das zweite Semester gestartet hatte, befanden sich Isaac und Sophia bereits im vierten.

Doch Rens Part war eindeutig, er wusste also nicht, was der Aufstand sollte. Was Isaac für sein virtuelles Unternehmen machen musste, interessierte ihn herzlich wenig, Isaac würde sie eh nicht miteinbeziehen. Der Eiskönig, so die Meinung des gesamten Colleges, arbeitete mit niemandem zusammen.

»Dann sollten wir uns endlich auf ein Thema einigen«, warf Isaac ein und ließ sich wieder auf seinen Stuhl sinken.

Sophia zählte sogleich ein paar Künstler auf, die sie perfekt imitieren konnte. Ren verkniff sich den Kommentar, dass diese alle amerikanischen Pop machten und mehr erwartet wurde, als gut im Karaoke zu sein.

»Wie sieht es mit anderen Genres aus?«, hakte Isaac nach und verzog kurz das Gesicht. »Jazz?«

»Aber natürlich! Ich habe sogar bei Mr. Faubreys Jazz-Performance-Lab-Kurs mitgemacht«, schoss es so schnell und motiviert über Sophias Lippen, dass Isaac noch ein bisschen finsterer guckte.

Witzig, dass ihre Dozenten ausgerechnet sie drei in eine Gruppe gesteckt hatten. Oder pure Absicht, um Ren erneut darauf hinzuweisen, in welchen Aspekten er Verbesserungspotenzial hatte. »Sie müssen Ihr Studium ernster nehmen«, die Worte seines Dozenten hallten immer noch in ihm nach. Er war gut, seine Arbeiten waren kreativ, wenn auch nicht ganz Mainstream. Aber bis auf seinen Fakultätsleiter sah jeder sein Alter und wunderte sich, was er seit der Highschool getrieben hatte. Jeder schloss aus seiner stets positiven Einstellung und Zerstreutheit, dass Ren sorglos und unzuverlässig war.

Wie gerne würde er allen ins Gesicht sagen, dass es ihm vorher nicht möglich gewesen war, ein College zu besuchen. Die ersten Wochen war er jeden Morgen mit der Angst aufgewacht, dass sein neues Leben nur ein Traum gewesen sein könnte. Natürlich ließ er sich deswegen leicht ablenken, es gab so viel Spannendes am Berklee zu erleben, er würde am liebsten alles gleichzeitig ausprobieren.

Und als wäre das nicht genug an Glückshormonen, chattete er seit drei Wochen mit Born2Music. Ren hatte alle Regeln seiner Schwester gebrochen, aber er bereute nichts. B2M war witzig und lieb und …

»Kannst du das echt nicht lassen?«

Ren starrte Isaac mit hochgezogenen Brauen nieder, während er blind zurück zur Chat-App wechselte, für B2M ein Herz-Emoji einfügte und auch diese Nachricht abschickte. Erneut vibrierte es kurz darauf in Isaacs abgewetzter Schultertasche. Vielleicht jemand aus seiner Heimatstadt, denn der Eiskönig hatte keine Freunde am Berklee. Dafür waren sie alle nicht gut genug.

Auch Sophia starrte auf die Tasche, die Augen überrascht aufgerissen, schwieg jedoch.

»Wir haben wirklich Wichtigeres zu tun«, meinte Isaac kühl. »Schaffst du es, dich für die verbleibende halbe Stunde zu konzentrieren?«

»Du wirst es kaum glauben, aber ich kann zwei Dinge gleichzeitig. Auf meine Nachricht antworten und dir zuhören«, stichelte Ren ungewohnt scharf zurück. »Und in den letzten Minuten kam von deiner Seite auch nichts Produktives.«

Demonstrativ legte Ren sein Smartphone mit dem Display nach unten auf den Tisch und ließ Isaac dabei nicht aus den Augen.

»Es bringt nichts, sich zu streiten«, warf Sophia ein, woraufhin Isaac genervt seufzte. Die Gerüchte, die am College herumschwirrten, entsprachen auf jeden Fall der Wahrheit. Isaac war unausstehlich. Im direkten Vergleich zu B2M ein regelrechter Arsch.

Und auch bei Sophia hatte die Gerüchteküche recht. Nach der Verkündung der Gruppen hatte sich Ren behutsam nach ihr erkundigt und die Sprüche ertragen, dass er scharf auf sie sei. Allerdings erwähnte jeder seiner Mitstudenten den gleichen Punkt: Bei den Gruppenarbeiten in vorherigen Semestern hatte Sophia mit einem der Teilnehmer angebandelt, ohne dass die Beziehung im Anschluss lange gehalten hatte.

»Ich finde, wir sollten die Zeit so gut wie möglich nutzen«, warf Sophia ein und strahlte Isaac regelrecht an. Seit Beginn des Treffens spielte sie nebenbei mit ihren Haarsträhnen. Ihr Finger drehte und drehte sich und streifte dabei wie zufällig ihren Ausschnitt. *Ahhh, daher weht der Wind.*

Zweifellos, sie war hübsch. Babyblaue Augen, ein schmales Gesicht und lange, blonde Locken, aber das war es auch schon. Ren bezweifelte, dass sie den Gletscher namens Isaac Taylor für sich erwärmen konnte.

»Mary hat mir erzählt, dass sie ein Weihnachtsalbum aufnehmen«, fuhr Sophia fort. »Was haltet ihr davon?«

»Hm«, machte Isaac nur, was die freundliche Variante einer

Abfuhr war.

»Jeder mag Weihnachtssongs, oder?«

»Anscheinend magst du gerne Weihnachtssongs«, meinte Isaac. »Schließ nicht von dir auf alle.«

Ren machte eine wegwerfende Handbewegung. »Weihnachten ist ein christlicher Brauch, in Japan wird das kaum gefeiert. Da ist Heiligabend ein normaler Tag.«

»Und was geht uns das an?«

Ren deutete auf sich, es war nicht zu übersehen, dass er asiatischer Abstammung war, und Isaac schnaubte fast belustigt. Ren hatte mit einer weiteren Rüge gerechnet.

»Wir sind in Boston, Amerika. An einem amerikanischen College.« Sophia gab nicht auf. »Was spricht also gegen schöne, amerikanische Weihnachtslieder?«

»Wenn du deinen Markt so sehr einschränken möchtest.« Isaacs spöttische Augenbraue hob sich, doch Sophia strahlte unerbittliche Fröhlichkeit aus.

»Was ich damit sagen will«, startete Ren einen weiteren Versuch. »Du kannst nicht behaupten, dass jeder Weihnachtssongs mag. Die Aussage ist schlichtweg falsch.« Es sperrte sich alles in ihm, Isaac recht zu geben, aber Ren würde nicht so kleinlich sein, sich nur aus Prinzip mit diesem nervigen Typen anzulegen.

Zu dem sich endlos drehenden Finger gesellte sich ein Schmollmund.

»Außerdem würde ich davon abraten, dasselbe zu machen wie eine andere Gruppe«, warf Isaac ein. »Das führt zu Vorwürfen, dass wir ihre Idee kopiert hätten, wenn Mary nicht dichthält.«

Den Studenten war es zwar nicht verboten, sich auszutauschen, dennoch sollten sie ihre Sandbox-Alben wie bei einem echten Release bis zu der abschließenden Präsentation vor Publikum im Mai geheim halten.

»Ach, Mary wird auf jeden Fall schweigen. Sie war doch so nett und hat mir den Tipp gegeben.«

»Oder so hinterlistig, um uns damit eins auszuwischen«, führte Isaac erbarmungslos an. »Daher ist der Vorschlag abgelehnt.«

»Ich verstehe einfach nicht«, jammerte Sophia nun, »warum wir es uns so kompliziert machen. Ich bin eine umwerfende Sängerin, mit mir zusammen kann es nur ein Erfolg werden. Lasst mich *Baby, It's Cold Outside* singen und alle werden mir zu Füßen liegen.«

»Das ist ein Duett«, murmelte Ren.

»Wie bitte?«

»Das Lied. Das ist ein Duett. Allein kannst du es nicht einsingen, weil dir die männliche Stimme fehlt.«

»Hast du nicht eben gesagt, dass du keine Ahnung von Weihnachten hast?«, erwiderte Sophia spitz, was Ren schief grinsen ließ, und fragte dann: »Kann einer von euch den Part übernehmen?«

»Ich singe nicht«, meinte Ren sofort.

»Das Weihnachtsthema ist eh vom Tisch«, erwiderte Isaac.

»Ach kommt schon!«

Durch seine Zwillingsschwester hatte Ren einige Mädchen und Frauen kennengelernt und ab und zu hatte eine von ihnen kurz für ihn geschwärmt, bevor sie das volle Ausmaß an kompliziertem Chaos begriffen hatte. Daher kannte Ren Mädchen wie Sophia. Sie machte auf niedlich und hilflos und benahm sich gleichzeitig wie eine Königin, der man jeden Wunsch von den Lippen ablesen sollte.

Hoffentlich würde sie nie mit ihm flirten.

Ren versuchte sich an einem zerknirschten Lächeln, während er in Gedanken den Tag fürchtete, wenn er mit ihr allein im Aufnahmestudio sein musste.

Erst als Ren das College verlassen hatte, durch den anliegenden Park spaziert war und nun auf die kleinen Cafés und Shops weiter die Straße runter zuhielt, traute er sich, den Chat mit B2M erneut zu öffnen. Es war albern, Isaac würde nicht aus dem nächsten Busch springen und ihm erneut etwas vorwerfen, dennoch wollte er genügend Abstand zum Berklee gewinnen.

Endlich raus aus der Jingle Hell, schrieb Ren und machte ein Foto von der Häuserzeile und dem strahlend blauen Himmel. *Endlich frische Luft.* Nicht, dass es am Berklee stickig oder beklemmend war, aber Isaacs andauerndes Stirnrunzeln machte Ren nervös.

Eine Antwort kam überraschend prompt: *Was machst du in Boston?*

»Äh«, murmelte Ren, als er die Frage noch einmal las.

Wer sagt, dass ich in Boston bin?, schrieb er zurück und hoffte, dass B2M nicht weiter darauf einging.

Born2Music: Das ist der Fenway Parc im Hintergrund. Stadion der Boston Red Sox.

Ren sah auf. War es das? Er hatte keine Ahnung von Sport, daher hatte es ihn nicht interessiert, warum bunt gekleidete Menschenmassen dorthin pilgerten. Besser, er beschränkte sich auf ein verlegenes Smiley. Er hatte genug Regeln gebrochen, indem er mit Born2Music schrieb. Denn Ai hielt weder Kontakt mit Fans noch verriet sie ihren Wohnort.

Sein Smartphone vibrierte erneut und Ren warf einen Blick auf die neue Nachricht.

Born2Music: Nicht, dass es nach einem Date klingen soll, ich steh eigentlich nicht auf Frauen. Aber ich lebe zurzeit in Boston. Lust auf eine Tasse Tee? The Thinking Cup, Tremont Street am Common Park, Sonntag, 13.00 Uhr?

Vor Schreck ließ Ren sein Smartphone fallen, das mit einem Knacken auf dem Bürgersteig landete. Er ging in die Knie und rechnete mit dem Schlimmsten, aber das Panzerglas hatte das Display gerettet.

Was sollte er jetzt schreiben? *Verdammt.* Er konnte nicht zusagen. Born2Music würde schnell feststellen, dass er ihn an der Nase herumgeführt hatte. *Verdammt, verdammt.* Sollte er ablehnen? Und wenn er damit ihn oder sie verletzte? Was dann? Sie verstanden sich gut, chatteten nächtelang und Ren hatte, seitdem er am Berklee war, zum ersten Mal das Gefühl, einen Freund gefunden zu haben. Okay, eine Online-Freundschaft, von der er bis vor drei Sekunden nicht gewusst hatte, dass er oder sie in der gleichen Stadt lebte und ...

Ren umklammerte sein Smartphone und holte tief Luft. *Einatmen, ausatmen. Wiederholen.* In Panik zu verfallen, brachte ihn nicht weiter. Sein Handy vibrierte erneut und Ren bemerkte schlagartig, dass er vergessen hatte zu reagieren.

Born2Music: Ich will dich zu nichts drängen, daher mein Vorschlag: Ich bin auf jeden Fall im Café. Wenn du kommst, freue ich mich, wenn nicht, ändert das nichts zwischen uns. Du entscheidest.

Ren, noch immer auf der Straße hockend, stieß einen gequälten Seufzer aus. Er war nicht Ai, also schon, irgendwie, aber er war ein Mann und Ai hatte eine weibliche Stimme, einen weiblichen Avatar. ChoCho, sein privater Account, zeigte nicht an, ob er männlich oder weiblich war, sein Schmetterlingsbild verriet dies ebenso wenig.

ChoCho: Ich überlege es mir.
Born2Music: Danke.

Danach wechselte B2M tatsächlich das Thema und stellte harmlose Fragen nach seinem Tag am College – ja, dabei hatte er sich auch verplappert. Ren antwortete so wahrheitsgemäß wie möglich, ohne zu sehr ins Detail zu gehen, während er auf seine Haltestelle zuhielt, damit er mit dem Bus nach Hause fahren konnte. Doch so sehr er die Gespräche der letzten

Wochen auch genossen hatte, er konnte sich nicht mehr richtig darauf konzentrieren.

Er brauchte eine Lösung, und zwar schnell. Eine, die zu hundert Prozent klappte. Er brauchte eine Schauspielerin, er brauchte die Stimme von Ai.

»Fuck«, murmelte Ren, ignorierte die Blicke der Passanten und suhlte sich in seinem Elend. Er würde die Wahrheit gestehen müssen. Entweder Ryoko oder seiner Chatfreundschaft. Doch welche Variante würde schlimmer für ihn enden?

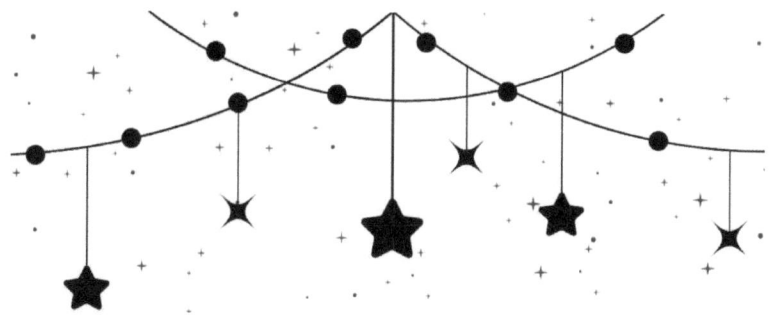

KAPITEL 4

Freitagnachmittag, nach einer anstrengenden Woche am College, in der Ren viel zu oft Isaacs absolut entnervten, eisigen Blicken ausgesetzt gewesen war, schlug Ryoko nach ihrem Synchronsprecher-Workshop bei ihm im Appartement auf. Genau genommen war sie schon seit ein paar Tagen zurück in New York, aber sie hatte sich das Wochenende für Ren Zeit genommen. Sie würden Videospiele zocken, Filme schauen, Take-out ordern und dann irgendetwas machen, das dafür sorgte, dass das böse Fastfood nicht Ryokos Figur ruinierte.

Ren würde es nie laut sagen, aber er hatte seine Schwester in den letzten Wochen vermisst. Es war komisch, den eigenen Tag zu starten, während ihrer zu Ende ging.

»Ey!«, beschwerte sie sich lautstark und schlug ihm spielerisch gegen die Schulter, während sie in Jogginghosen und Hoodies auf der Couch zockten. »Das war fies!«

»Wenn ich nett sein soll, such dir keinen Shooter aus, sondern Singstar«, stichelte er lachend zurück.

Ren liebte seine Zwillingsschwester dafür, dass sie immer Zeit füreinander fanden. Die Themen, für die sie sich interessierten, hatten sich zwar in den letzten zehn Jahren geändert, abgesehen von der Musik, aber manchmal benahmen sie sich noch genauso kindisch wie als Teenager.

»Du schummelst!«, beschwerte sich Ryoko lautstark, als er alles daranlegte, ihre Figur möglichst schnell aus dem Spiel zu nehmen.

»Nope. Du bist schlecht.«

»Du hast einfach mehr Zeit gehabt, mit diesem Teil zu üben.«

»Faule Ausrede, die Tasten sind genauso belegt wie zuvor. Du bist einfach schlecht.«

Ohne Vorwarnung erschütterte eine Explosion das Spielfeld und auf den gesplitteten Bildschirmen erschien der Hinweis, dass beide Figuren tot waren.

»Unentschieden?«, fragte sie in ihrer zuckersüßen Mädchenstimme.

»Hast du uns beide gerade mit einer Kamikaze-Aktion in die Luft gejagt, anstatt deine Niederlage zu akzeptieren, und nennst das jetzt *unentschieden*?«

Statt einer Antwort grinste Ryoko breit und losgelöst. Das war wohl der beste Moment, ihr die Wahrheit zu gestehen. Wenn er sie mit schlechter Laune einweihte, würde es in einer mittelschweren Katastrophe enden.

»Ich muss dir was sagen, Schwesterchen«, begann Ren und platzierte den Controller auf dem Sofatisch, um ihrem Blick auszuweichen.

Ryoko reagierte mit einem alarmierten Luftschnappen auf den Kosenamen, der meist fiel, wenn er etwas ausgefressen hatte. Ihre Dynamik war ein wenig verdreht, immerhin war er der große Bruder, aber Ryoko hatte nie zugelassen, dass er auf sie aufpasste und für sie da war. Sie war genauso unabhängig und stark wie ihre Mom und Tante Tori.

Ryoko legte den Controller ab, als Ren mit seiner Erzählung startete, setzte sich aufrecht hin beim Geständnis der Kontaktaufnahme zu B2M und nahm einen ernsten Gesichtsausdruck an. Als er damit schloss, wie er sich nach Wochen des Chattens verraten hatte, kniff sie die Augen zusammen.

»Du hast was?!« Sie wurde nicht laut, aber aus jeder Silbe sprach Wut.

Ren wiederholte die wichtigsten Punkte mechanisch und schrumpfte in sich zusammen. Das würde eine Standpauke sondergleichen werden.

»Du bist seit Jahren auf einem Ai-Discord-Server unterwegs? Obwohl ich klipp und klar gesagt habe, dass wir keinen Kontakt zu unseren Fans haben?«

Darauf versteifte sie sich? Damit hatte er nicht gerechnet.

»Ja, und zwar ohne mich zu verraten. Die Leute sind nett und ich mochte es, mich mit ihnen über Ai auszutauschen«, erwiderte Ren. Er würde sie weder einweihen, dass Takumi, der zuständig für all ihre Animationen war, diesen damals mit ein paar Fans gegründet und ihn direkt zum Start dazu eingeladen hatte. »Immerhin bin ich dein größter Fan, ich habe dich schon Singen gehört, da konnten wir kaum zehn Worte sprechen.«

Das nahm ihr den Wind aus den Segeln, auch wenn Ren wusste, dass er sie nicht mit Komplimenten beschwichtigen konnte. Aber Ryoko war ein wenig eitel, sie hörte gern Lob zu ihrer Stimme oder ihren schauspielerischen Leistungen. Als Kind hatte sie ihn mit ihren Darbietungen nicht nur aufheitern wollen, sondern brauchte regelrecht den Applaus. Den Ren ihr gerne schenkte, weil er schon damals gewusst hatte, dass seine Krankheit auch Ryokos Kindheit negativ beeinflusste. Sie hatte so oft seinetwegen zurückstecken müssen.

»Und du hast dich ChoCho genannt?« Ryoko zog die Brauen hoch und musterte ihn genau. »Schmetterling?«

»Was dagegen?«, murrte Ren. »Der Schmetterling ist ein Symbol für Liebe und Ai heißt Liebe. Es war ein Hinweis, den niemand verstanden hat ...« Er ging nicht darauf ein, dass er sich das Schmetterlingssymbol ausgesucht hatte, weil er fest davon überzeugt gewesen war, dass seine Tage gezählt waren und schon bald ein Schmetterling ihn zu seiner letzten Reise begleiten würde. Den Song ‚Butterfly', den er damals zu diesem Gefühl geschrieben hatte, weigerte sich Ryoko noch immer zu singen.

Die Chancen, dass er den Lungenkrebs überlebte, hatten schlecht gestanden, im schlimmsten Fall wäre er vor seinem Highschool-Abschluss gestorben. Bei dem er sowieso ein Jahr hinterhergehangen hatte, weil er durch Therapien und Kuraufenthalte zu unregelmäßig zum Unterricht erschienen war.

Ohne Vorwarnung hatte sein Leben ein Ablaufdatum erhalten und Ren blieben nur noch Wochen, vielleicht Monate Zeit. Während Ryoko in Manhattan Schauspiel studierte und sich bei Agenturen bewarb, hatte er es aufgrund seiner Krebserkrankung an manchen Tagen nicht einmal aus dem Bett geschafft.

Seine daraus resultierende Depression war der Grund, warum es Ai überhaupt gab. Ryoko hatte sich einen seiner Texte und einige Melodien geschnappt, ihn eingesungen und als verrauschte Akustikversion unter Ais Namen ins Netz gestellt. Eines Nachmittags war sie mit ihrem Tablet in sein Zimmer gestürmt, hatte ihm den YouTube-Link und die Kommentare gezeigt und ihn quasi angeschrien: »Ich liebe deine Songs! Und nicht nur ich! Auch so viele andere! Schau! Was nehmen wir als Nächstes auf?«

Es war keine wirkliche Frage gewesen, eher eine Aufforderung, nicht aufzugeben.

Bald fünf Jahre später hatte sich Ai in der Szene etabliert, sie hatten Fans, verdienten gutes Geld mit ihrem einstigen Hobby und hatten immer noch Spaß daran. Und das Wichtigste? Sie saßen hier gemeinsam, machten Musik, alberten herum und waren unzertrennlich, weil Ren überlebt hatte. Weil zuerst Ryoko es ihm nicht erlaubt hatte, sich selbst aufzugeben, und Ren durch die Freude, die das Musikmachen für Ai ihm schenkte, dann nicht mehr hatte aufgeben wollen. Die Erkenntnis, dass er seinen Traum nur ausleben konnte, wenn die Chemotherapie die Tumore verkleinerte und er die Operationen überstand, hatte Ren wieder mit Kampfgeist erfüllt.

»Wie stellst du dir dieses Treffen vor?«, fragte Ryoko und riss Ren aus seinen Erinnerungen. Abwehrend verschränkte sie die Arme vor der Brust und musterte ihn mit einem abschätzigen Blick von oben herab. Immerhin redete sie es ihm nicht sofort aus.

Ren räusperte sich, bevor er seinen Plan ausbreitete. »Du gehst an meiner Stelle? Ich briefe dich so weit, dass Born2Music nicht den Unterschied merken wird, immerhin bist du die Stimme von Ai. Deswegen habe ich nur Textnachrichten geschrieben, um mich nicht zu verraten.«

Ryokos Mundwinkel zuckte, der Griff um ihre Arme verstärkte sich, ehe sie antwortete: »Und dann? Soll ich jedes Mal, wenn ihr euch trefft, für dich einspringen? Ist es ein Mann oder eine Frau?«

»Keine Ahnung, das war mir nicht weiter wichtig.« Ren zuckte mit den Schultern. »Es ist kein Date, also im romantischen Sinne, nur ein Treffen.«

Ryoko lächelte einen Moment zerknirscht, bevor sie gleich wieder ernst wurde.

»Ich dachte«, schlug er vor, »dass du ihm oder ihr sagst, dass Ai nur kurz in Boston ist, für ein Praktikum oder so. Und ich dann alle weiteren Anfragen für ein Treffen verneine, bis wir – theoretisch – irgendwo anders hinziehen und –«

»Du willst deine Freundschaft also anlügen.«

Ren biss sich auf die Lippe, bevor er antwortete. »Was bleibt mir anderes übrig? Es weiß doch niemand, dass wir beide hinter Ai stecken.«

»Und das soll auch niemand herausbekommen«, zischte Ryoko auf einmal erbost.

Manchmal fragte sich Ren, ob sich seine Schwester für ihn schämte. Oder sie ihn bewusst im Hintergrund hielt, damit er diese unterschwellige Eifersucht weiter hegte. Es war dumm, Ryoko für ihre Stimme zu beneiden, dafür, dass sie singen konnte und er nicht. Denn ohne sie würde niemand seine Songs hören.

Aber der Gedanke blieb, dass Ryoko aus Ai ein Mysterium gemacht hatte, nicht weil sich die Creeps oder der Stress negativ auf Rens Gesundheit auswirken könnten, sondern weil sie den Ruhm nicht teilen wollte.

»Gib mir dein Handy«, forderte Ryoko auf einmal.

»Was?« Wollte sie es an seiner Stelle beenden? So wie damals, als ein widerlicher Typ sie in der Middleschool bedrängt hatte und sich Ren bei einem Telefonat als verärgerter fester Freund ausgegeben hatte. »Warum?«

»Ich muss genau wissen, was du geschrieben hast. Das ist wie die Vorbereitung auf eine Rolle, nur wenn ich alles weiß, kann ich mich als Schauspielerin hineinversetzen.«

»Das heißt, du machst es?«

Ryoko streckte die Hand aus. »Gib schon her.«

Doch Ren schüttelte den Kopf und barg das Gerät an seiner Brust. Er wollte nicht, dass Ryoko *alles* las. Das war privat, das waren seine Gedanken und nicht Ais. Schlimm genug, dass sie während der Chemo all seine Nachrichten hatte mitlesen wollen – ohne speziellen Grund.

»Kann ich dir nicht das Wichtigste erzählen?«, erwiderte Ren. »Ich bin dein Zwillingsbruder, niemand kennt mich so gut wie du.«

Seine Schwester zog plötzlich ihre Hand zurück, als hätte sie sich verbrannt. »Sag mir nicht, dass ihr schon versaute Sachen ausgetauscht habt.«

»Was?«

»Habt ihr?«

Ren schüttelte den Kopf, hielt sein Smartphone noch fester und spürte, wie seine Wangen vor Verlegenheit brannten. Er schrieb doch nicht als Ai so was ...

Natürlich entging seiner Schwester diese Reaktion nicht, doch deutete sie es dieses Mal richtig. »Wenigstens das hast du bedacht. Dass Ai mit ihren Fans Sex-Nachrichten austauscht, den Skandal hätten wir nicht überlebt.«

»Bitte, Ryoko«, murmelte Ren und richtete den Blick zu

Boden. »Ein Treffen, mehr verlange ich nicht. Ich sage dir auch, über was wir gesprochen haben. Denn er oder sie ist nett und ich möchte weiter Kontakt halten.«

»Ein Treffen«, willigte Ryoko ein. »Aber mach so einen Blödsinn nie wieder, klar?«

Als seine Schwester im Anschluss entschied, wieder Ais Social-Media-Kanäle zu übernehmen, und eine Einladung zum Discord-Server forderte, wagte Ren es nicht, zu widersprechen.

Wie abgesprochen platzierte sich Ryoko am Sonntag an einem der Außentische des ‚The Thinking Cup‘, einem der vielen Cafés, die sich rund um den Common Park tummelten. Ren setzte sich auf eine Bank gegenüber im Park und gab vor, er würde die Sonne genießen. Falls das Treffen länger dauern sollte, hatte er seine College-Sachen und einen Block dabei.

Er war sich jedoch sicher, dass er kein Wort zu Papier bringen würde. Dafür war er viel zu aufgeregt. Jeden Moment würde B2M auftauchen. Sie hatten weder Fotos noch Nummern ausgetauscht, und doch hatte Ren das Gefühl, ihn oder sie wie einen Freund zu kennen. Sie hatten sich natürlich über Ai unterhalten, wobei Ren sehr sparsam mit Details gewesen war, waren jedoch schnell zu anderen Themen abgedriftet: Musik, Filme, auch Alltägliches, wenn B2M angedeutet hatte, dass er oder sie ebenfalls aufs College ging. Der Mensch hinter dem Alias war ein Süßschnabel, mochte Kuchen und Schokolade. Und – was zwar Verlegenheit ausgelöst hatte, aber Ren dafür umso bezaubernder fand – er oder sie mochte niedliche Dinge. B2M überlegte seit Wochen, wie man an das Ai-Merch, bunte Schlüsselanhänger, Buttons, Lanyards und Totebags, kommen sollte, das es nur in einem einzigen Otaku-Store in Queens zu kaufen gab.

All diese Details, die Ren zusammengetragen hatte wie einen Schatz, hatte er Ryoko anvertraut, damit sie keinen Fehler beging. Dennoch, der Gedanke, B2M so zu betrügen, schmerzte. Niedergeschlagen kramte er Lernunterlagen und Block hervor, um sich irgendwie abzulenken, auch wenn es ihm an Konzentration mangelte.

Noch mehr schmerzte es jedoch, dass er nicht der Richtige war. Schon wieder.

Seine Zwillingsschwester war so schön und selbstbewusst, wie sie an diesem Februartag in ihrem blauen Trenchcoat und Sonnenbrille am Tisch wartete; die Haltung gerade, die Beine elegant übereinandergeschlagen. Sie war eine Frau, die mitten im Leben stand. Sie war es, die B2M erwartete und kennenlernen wollte. Nicht Ren. Keinen Mann. Und schon gar nicht jemanden, der so kaputt war wie er.

Wenn es zwischen Ryoko und B2M klickte, dann würde die Online-Freundschaft ein jähes Ende finden, vermutete Ren, während er zusammenhangslose Wörter auf seinem Block niederschrieb. Dann würde B2M seine Schwester wollen und Ren wäre der seltsame kleine Bruder, den jeder in Watte packte. Das war nichts Neues für ihn, und falls es so kam, musste er dies akzeptieren und weitermachen. Zwar hatte B2M gesagt, dass er oder sie nicht auf Frauen stand, aber Ren wusste um Ryokos Ausstrahlung. Es würde ihn nicht wundern, wenn seine Schwester die Ausnahme der Regel war und B2M eine überraschende Erkenntnis bevorstand.

Gäste kamen und gingen, zwei Frauen, vermutlich Freundinnen, eine Gruppe Teenager, die sich jedoch ins Innere verzog. Fünf Minuten vor der ausgemachten Zeit erspähte Ren am Ende der Straße eine männliche Silhouette, die sich mit schnellen Schritten dem Café näherte. Der Mann trug einen schwarzen Wintermantel und eine abgewetzte Ledertasche, die wirkte, als wäre er direkt vom College aufgebrochen. Leider konnte Ren nur erkennen, dass er dunkle Haare hatte. Er hatte sich so positioniert, dass er B2M gut ausspähen konnte, sobald das Treffen begann.

Der Neuankömmling sah sich einen Moment suchend um,

bevor er Ryoko entdeckte und dann zaghaft die Hand zum Gruß hob. *Also ist es doch ein Mann,* registrierte Ren und sein Herz schlug vor Aufregung schneller.

Seine Schwester erwiderte die Geste und Born2Music kam direkt auf sie zu. Eine etwas steife Begrüßung folgte, er nahm Platz und ...

Isaac.

»Was zum Teufel?«, wisperte Ren, griff blindlings nach einem seiner Bücher und hielt es aufgeschlagen hoch, damit er über den Seitenrand spionieren konnte. Erst Sekunden später merkte er, dass er das Buch falsch herum hielt, und drehte es rasch um.

Das war Isaac. Sein Gruppenpartner für das Semesterprojekt. Die eiskalte Wand aus Kompetenz und Effizienz, die für niemanden ein Lächeln übrighatte. Wie konnte dieser überaus ernsthafte Mann, der es mit einem Blick schaffte, dass Ren all seine Fähigkeiten anzweifelte, seine Online-Freundschaft sein? Sie waren völlig unterschiedlich. B2M war zwar direkt, aber lustig, er hatte ihn so oft zum Lachen gebracht. Seine Wortwahl hatte so sanft geklungen, so rücksichtsvoll, weil er Ai keine Geheimnisse entlocken, dennoch mehr über Ren wissen wollte.

Wie passte das zusammen?

Ren ließ das Buch sinken.

Außer Isaac versteckte sich ebenfalls hinter einer Maske.

Ren trug seine unerschütterliche Fröhlichkeit am College wie einen Schild. So sorglos, wie er auftrat, würde niemand einen Blick hinter die Fassade werfen. Niemand ahnte etwas von seinen Ängsten, Problemen und schlechten Erfahrungen. Was, wenn Isaac auch Gründe hatte, niemanden an sich heranzulassen?

»Du hast alles kaputtgemacht«, zischte Ren und die Vorwürfe, was er alles nicht war, stachen wie ein Messer in seiner Brust. Er hätte nicht so ein Feigling sein dürfen. Er hätte Ryoko nicht vorschicken dürfen. Aber woher hätte er wissen sollen, dass Isaac auftauchte? Der ihn bereits kannte! Und vielleicht, nur vielleicht wäre es zu Beginn seltsam gewesen, aber Ren hätte eine Freundschaft mit ihm aufbauen können – als er selbst.

Er hätte sich nur trauen müssen.

Ren wischte sich mit einer Hand über die Augen, bevor die verräterischen Tränen über seine Wangen rollten. Gab es noch eine Chance für ihn? Sollte er aufstehen und neben dem Café vorbeischlendern und »Oh, Isaac, was machst du denn hier?« rufen? Nein, zu vertraut, ihre Zusammenarbeit in der Uni lief frostig ab. Was dann? Was konnte er tun?

Rechtzeitig bemerkte Ren, wie schnell sein Herz hämmerte und wie sein Atem stockte. *Langsam*, ermahnte er sich. *Einatmen. Eins, zwei, drei, vier. Ausatmen. Fünf, sechs, sieben, acht.*

Er sollte zusammenräumen und verschwinden. Jetzt, da er herausgefunden hatte, dass Isaac und Born2Music ein und derselbe waren, wollte er keine Minute länger bleiben. Er würde sich eh den Rest der Gruppenarbeit fragen, warum sich Isaac ihm so feindlich gegenüber verhielt und sie sich gleichzeitig so gut im Chat unterhalten hatten.

Während Ren seine Unterlagen und den Notizblock verstaute, nahm er aus dem Augenwinkel eine Bewegung aus Richtung des Cafés wahr und richtete schnell seinen Blick auf Ryokos Tisch. Isaac war aufgesprungen und griff bereits nach seiner Tasche. Was war da los? Ryoko rührte sich nicht, aber selbst auf die Entfernung erkannte Ren, dass Isaac verärgert war. Regelrecht wütend. Was hatte seine Schwester getan? Er hatte sie detailliert eingewiesen, damit sie sich so benahm, wie Isaac es von ihm, Ren, erwarten würde.

Isaac warf ein paar Dollarscheine auf den Tisch, schnappte sich seine Tasche und marschierte in einem Stechschritt los, der fast an Joggen grenzte. Auf der gegenüberliegenden Straßenseite passierte Isaac ihn bereits, während Ren ihm noch entgeistert hinterherstarrte. An der nächsten Ecke bog er ab, sodass er außer Sichtweite war.

Ehe er sich versah, warf sich Ren den Rucksack über die Schulter und sprintete los. Er hatte Glück, dass die Autos an dieser Stelle langsamer fuhren, wirklich auf sie geachtet hatte er nicht. Er musste Isaac einholen, sich entschuldigen, sich erklären, sich irgendwas. Noch nie hatte er so eine Verbundenheit zu einem Menschen gespürt, was albern war, wenn man es genau bedachte, aber Ren wollte dies nicht aufgeben.

All das Lauftraining der letzten Jahre war wie vergessen, als Ren Isaac hinterherjagte, nach Luft ringend und sich doch dazu antreibend, noch ein bisschen schneller zu rennen. Ganz gleich, wie sehr sein Herz in seiner Brust hämmerte. Wenn er Isaac nicht einholte, würde er nie wieder so mit ihm reden können. Denn Isaac würde nur noch der steife, schlecht gelaunte Student sein, der mit ihm in die gleiche Gruppe eingeteilt worden war. Und das würde Ren nicht ertragen.

»Isaac!«, rief Ren, so laut er konnte, und schlitterte um die Kurve, um gleich darauf wieder loszusprinten. Seine Lunge rasselte, unter seiner Winterjacke lief ihm der Schweiß über den eiskalten Rücken und er spürte, dass er nicht genug Sauerstoff bekam, aber er durfte nicht aufgeben.

»Is...« Der Mantel, die Schultertasche aus abgewetztem Leder, Isaac ging vor ihm die Straße entlang. Nur noch ein paar Schritte trennten sie voneinander. Die wenigen Passanten beachteten Ren nicht, als er sich an ihnen vorbeischob.

»Isaac.« Sein beabsichtigter Ruf klang eher wie ein Pfeifen. Er sollte stehen bleiben. Zu Atem kommen, sich beruhigen, seine Übungen machen, doch Ren beschleunigte seine Schritte. Hatte Isaac ihn gehört? Bestimmt nicht. Er musste ihn aufhalten.

Letzten Endes blieb Isaac unverhofft stehen, weil sein Handy in seiner Manteltasche klingelte, und Ren, der seinen Schwung nicht rechtzeitig drosseln konnte, rannte voll in ihn hinein. Doch stürzte er nicht zu Boden, Isaac fing den Aufprall instinktiv ab und richtete Ren wieder auf.

»Was machst du denn hier?«

Statt einer Antwort beugte sich Ren vor, stützte die Hände auf den Knien ab und rang keuchend nach Luft. »Ich wollte ... du ...«

Es waren Wochen vergangen seit seiner letzten Atemnot. Warum also jetzt? Weil er Panik hatte? War das eine Panikattacke? Wenn sich die Gedanken immer schneller drehten, die Worte einem den Hals zuschnürten und man alles und nichts sagen wollte, während die Lungen rasselten und schwarze Flecken vor den Augen tanzten?

»Is-«, japste Ren. »Is-sac.« Sein Atem ging pfeifend und er wünschte, dass er dies mit bloßer Willenskraft ändern könnte. »Nicht gehen«, würgte er hervor. »Bleib ... bitte.«

Es half nicht. Seine Lunge krampfte sich zusammen, ihm blieb die Luft weg, während das Adrenalin pumpte und er Isaac alles, was ihm auf der Seele brannte, entgegenschreien wollte. Stattdessen verlor er das Gleichgewicht und landete mit seinem Hintern auf dem Gehweg. Er hatte Isaac eingeholt, dieser kniete sich sogar neben ihm auf den Boden, er hatte es geschafft, nun ja, halb.

Er brauchte Luft.

»Pu-pu-ster«, zwang sich Ren zu sagen und bekam die Silben irgendwie über die Lippen. Doch seine Finger zitterten so stark, dass er seinen Rucksack nicht geöffnet bekam. Isaac hatte allerdings seine Bitte verstanden, wühlte durch den Inhalt, bis er eine durchsichtige Medikamenten-Tasche hervorholte. Im Innern befanden sich sein normales Spray *und* das für Notfälle, welche Ren nicht beschriftet hatte.

Schwarze Punkte tanzten vor seinen Augen, während Isaac die beiden Asthma-Sprays betrachtete, unschlüssig, welches er nehmen sollte.

Nicht den blauen, wollte Ren erwidern, er brauchte den roten. Der war für Notfälle. Wie sollte er das Isaac erklären? Wenn Ryoko nur in der Nähe wäre, sie wusste Bescheid. Bei dem Gedanken stiegen ihm Tränen in die Augen. Er wollte sich nicht so hilflos fühlen.

»Ganz ruhig«, meinte Isaac überraschend sanft, während er die blaue Kappe des Pusters abzog und an Rens Lippen hielt. »Auf drei, ja? Eins, zwei, drei.«

Und dann drückte er bloß einmal auf dem Mechanismus – was der Dosis entsprach, die Ren jeden Morgen zu sich nahm. Viel zu wenig, damit sich seine Bronchien entspannten.

»Wie lange dauert es, bis es wirkt?«, fragte Isaac und hoffte wohl, dass Ren mit dem Fingern eine Zahl anzeigte. Stattdessen würgte er ein letztes Husten hervor, bevor sich die Welt zu drehen begann.

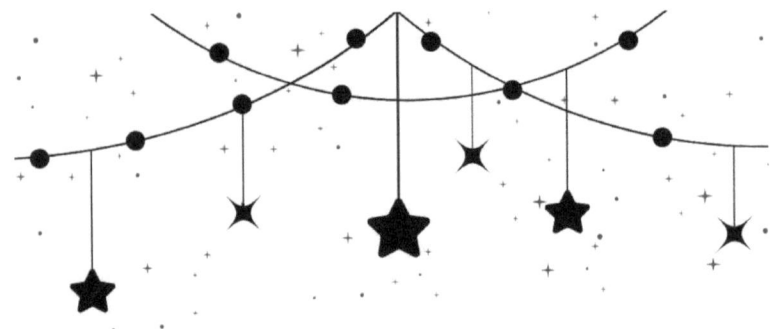

KAPITEL 5

Seit über einer Stunde saß Isaac neben dem Krankenhausbett, in dem Ren tief und fest schlief, und wusste nicht mehr weiter. Konnte dieser Tag noch seltsamer verlaufen? Vor Wochen hatte Ai Kontakt mit ihm aufgenommen und dann hatten sie sich angenähert, sich zu einem Treffen verabredet. Doch anstelle von Ai war diese Hochstaplerin im Café aufgetaucht.

Isaac konnte Lügner nicht ausstehen. Durch Zufall hatte das Handy am Nachbartisch mit einem Song von ‚My Chemical Romance' geklingelt und die Hochstaplerin hatte daraufhin lächelnd gefragt, ob er die Band mochte. Isaac hatte Cho jedoch per Chat erzählt, dass er sie nicht ausstehen konnte. Der Grund dafür war Kenneth' niemals endende Playlist ihrer Songs, aber das hatte er natürlich nicht erwähnt.

Er hatte der Hochstaplerin zwar noch eine Chance gegeben, jedoch schnell erkannt, dass nur einstudierte Worte aus ihrem Mund kamen, und das Schauspiel schnell durchschaut.

Es tat weh, dass Cho nicht abgelehnt, sondern jemanden an seiner Stelle geschickt hatte, dabei hätte Isaac eine Absage wirklich akzeptiert. Auch wenn es ihn enttäuscht hätte, dadurch hätte sich nichts zwischen ihnen geändert.

So viele Menschen waren über seine persönlichen Grenzen

getrampelt, dass er sich geschworen hatte, anders zu sein.

Dennoch war er so wütend wie schon lange nicht mehr gewesen, als er das Café fluchtartig verlassen hatte, bereits im Kopf eine Nachricht an Cho schreibend, dass er sich nicht verarschen ließ, nicht einmal von Ai. Aber dann war Ren Tachibana in ihn hineingerannt. Hatte geklungen wie Darth Vader und ihn kaum verständlich angefleht, dass er bleiben sollte. Bleiben? Wobei? Für heute war kein Gruppentreffen angesetzt gewesen. Wieso war Ren also beim Café aufgetaucht? Oder war es bloß Zufall gewesen?

Die Gruppenarbeit am College machte es Isaac bereits so viel schwerer, seine Fassade aufrechtzuerhalten. Ren war so laut und bunt und hatte immer eine Meinung – meistens sogar eine vernünftige, verdammt noch mal – und er legte es darauf an, ihn ständig zu provozieren. Aber er strahlte auch eine unglaubliche Freude aus, wenn er über Musik sprach – insofern Sophia ihn nicht reizte –, sodass sein Lachen, einfach alles an Ren viel weniger fake wirkte. Isaac hatte sich bereits vor Monaten dabei ertappt, dass er sich für den Mann interessierte, aber mittlerweile wurde er regelrecht von Ren angezogen und er überlegte, ob ...

Nein. Das war nicht möglich. Seine Distanziertheit am College diente seinem Schutz und er würde diesen nicht für ein dummes Gefühl aufgeben. Isaac verdrehte genervt die Augen über sich selbst. Er hatte bisher ein einziges Mal für einen Menschen geschwärmt und er wusste, wie katastrophal das geendet hatte.

Trotzdem fiel ihm Ren immer wieder am College auf, und bei ihren Gruppentreffen nutzte er jede Chance, um mit ihm zu reden, okay, zu ermahnen oder anzufeinden, und ... Nach seinem Zusammenbruch hatte Isaac Ren ins Krankenhaus bringen lassen und war seitdem nicht von seiner Seite gewichen, zumindest, solange er das Pflege- und Arztpersonal der Notaufnahme dadurch nicht behinderte.

»Du musst aufhören, ständig an ihn zu denken«, schalt sich

Isaac und holte sein Smartphone aus der Jackentasche hervor.

Isaac wollte Cho alles vorwerfen, das ihm durch den Kopf ging, und wartete nur darauf, dass der Mensch hinter dem Alias wieder online erschien. *Du bist so ein Idiot.* Es war viel wahrscheinlicher, dass Cho die Sichtbarkeit seines Status für ihn beschränkt hatte, damit Isaac ihn nicht wegen der Hochstaplerin zur Rede stellte.

Frustriert steckte Isaac das Smartphone weg und nahm Ren wieder in Augenschein. Viel mehr gab es in dem mit Vorhängen abgetrennten Bereich nicht zu sehen. Geschäftige Geräusche, leise Stimmen, Rauschen und Schritte drangen von der Station her, aber Isaac konzentrierte sich auf Rens gleichmäßige Atemzüge. So friedlich, wie Ren schlief, hatte er fast etwas Niedliches an sich.

Hatte ich mir nicht vorgenommen, weniger an ihn zu denken? Diese lästige Gefühlsduselei hatte ihn sonst nie im Griff, warum passierte ihm das ausgerechnet bei Ren?

Außerdem lag der Mann aschfahl in einem noch bleicheren Krankenhausgewand vor ihm, an einen Herzmonitor angeschlossen. Eine Sonde steckte in Rens Nase und der Schlauch verschwand in einer Sauerstoffflasche, die neben dem Krankenhausbett ruhte. Zusätzlich hatte man ihm eine Infusion gelegt und pumpte ihn mit etwas voll, dessen Name Isaac weder aussprechen noch richtig vom Etikett ablesen konnte.

Der Anblick war beängstigend, auf keinen Fall niedlich.

»Hör auf, dir um einen Wildfremden Sorgen zu machen, und geh endlich«, ermahnte er sich. Natürlich änderten die Worte weder etwas an seinen Gefühlen noch rührte er sich.

Isaac hatte gewusst, dass die Ärzte und das Pflegepersonal ihm nicht sagen würden, was los war, aber er weigerte sich, Ren allein zu lassen. Wenn ihm die Luft wegbleiben würde, würde er es tröstlich finden, dass beim Aufwachen jemand an seiner Seite war. Dabei sollte Ren Tachibana ihn überhaupt nicht interessieren. Sie kannten sich nicht, sie mussten bloß am College zusammenarbeiten. Ja, genau, er war nur hier, um sicherzustellen, dass sie die Gruppenarbeit auch schafften.

Ohne es verhindern zu können, streckte Isaac die Finger nach Rens Hand aus, berührte einen Augenblick lang die kalte Haut und zog sich dann so schnell zurück, als hätte er sich verbrannt.

Warum belog er sich eigentlich selbst? Seitdem Ren hustend und japsend vor ihm aufgetaucht und schließlich zusammengebrochen war, hatte ihn ein seltsamer Beschützerinstinkt ergriffen. Isaac hatte sich sogar dabei erwischt, wie er Ren die verschwitzten Strähnen aus der Stirn gestrichen hatte, die ihm ins Auge gefallen waren. Bei einem ihm fremden Mann.

Verdammt. Verdammt. Verdammt.

Besser, er konzentrierte sich auf das Problem mit Cho und suchte das Weite, sobald jemand von Rens Leuten auftauchte. Über die Notfallkontakte in seinem Smartphone sollte das Krankenhaus jemanden erreichen, warum dauerte das bloß …

»He-hey …«, flüsterte auf einmal eine leise, kratzige Stimme und Isaac brauchte einen Moment, um zu begreifen, dass Ren die Augen aufgeschlagen hatte.

»Selber hey.« Isaac schluckte seine Fragen herunter, da Ren schwerfällig eine Hand hob, als würde sie zentnerschwer wiegen. Zu Isaacs eigener Überraschung griff er vorsichtig nach Rens Fingern, weit weg von der Infusionsnadel, und übte sanften Druck aus. Er konnte sich nicht erinnern, wann er das letzte Mal die Hand eines anderen Menschen gehalten hatte, aber hier saß er nun und spendete Trost.

»So-sorry«, stammelte Ren und drückte zurück.

Leider war das der Moment, als der Vorhang schwungvoll zur Seite gezogen wurde. Reflexartig wollte Isaac Platz machen, hielt jedoch inne, als sich Ren kraftlos an ihn klammerte. Doch statt Pflegepersonal erkannte Isaac die Frau aus dem Café. Ihre Wangen glühten rot und ihr Atem ging schwer, als wäre sie hierher gerannt.

Für einen kurzen Moment schien sie verwirrt, Isaac an Rens Bettseite anzutreffen, dann ignorierte sie ihn komplett.

Mit Laserfokus nahm sie Ren in Augenschein, die fahle Gesichtsfarbe, die Werte auf dem Monitor.

»Ryoko ...«, flüsterte Ren so leise, dass Isaac es fast überhört hatte.

Er biss sich auf die Wange, ehe er ein verräterisches Geräusch von sich gab. Die beiden kannten sich! Wieso kannten sie sich?

Die Frau aus dem Café, Ryoko, platzierte sich sofort an Rens Bett. »Was machst du nur für Sachen?«, fragte sie tadelnd, aber sanft. »Ich dachte, du bist nach Hause gegangen, als ich dich im Park nicht mehr gefunden habe, und als Nächstes bekomme ich einen Anruf aus dem Krankenhaus.«

Ren murmelte etwas auf Japanisch, das Isaac nicht verstand.

»Entschuldigung angenommen, aber mach das nie wieder.« Ren nickte zaghaft.

»Was willst *du* hier?«, fragte Isaac und klang dabei angriffslustiger, als er erwartet hatte.

»Was willst *du* hier?«, echote sie genauso eisig. »Hast du nicht schon genug angerichtet? Deinetwegen ist Ren im Krankenhaus gelandet.«

»Ich soll ...?« Es geschah selten, aber Isaac war sprachlos. Was definitiv nicht daran lag, dass sich Ren immer noch an ihm festhielt, sondern an der Dreistigkeit dieser Lügnerin.

»Nicht streiten, bitte«, murmelte Ren und daraufhin entwich Ryokos Angriffslust mit einem lang gezogenen Seufzen.

»Was ist hier los?«, fragte Isaac langsam. »Ich habe das Gefühl, ich habe etwas Entscheidendes verpasst. Woher kennt ihr euch?« *Und was habt ihr mit Ai zu tun?*

Mit einem erneuten Seufzen schob sich Ryoko eine rabenschwarze Strähne aus der Stirn. »Ren ist mein Zwillingsbruder und somit bin ich einer seiner Notfallkontakte«, stellte sie klar und für einen Moment verweilte ihr Blick darauf, wie sich Ren an ihm festhielt.

Isaac hingegen versuchte abzuschätzen, ob sie ihn erneut

anlog. Zwillingspaare mit unterschiedlichen Geschlechtern ähnelten sich weniger, aber die identisch honigbraunen Augen bewiesen die Familienzugehörigkeit.

»Damit eins klar ist«, Ryoko taxierte ihn mit einem eisigen Blick, »wenn du das irgendwo online verbreitest, bist du tot. Ich habe Verbindungen zu den Yakuza.«

Das sagte sie so ernst, dass Isaac ihr dies einfach glaubte. Auch, da Ren es nicht verneinte, sondern nur müde blinzelte. Allerdings wunderte er sich noch einen Moment, warum niemand wissen sollte, dass Ren eine Zwillingsschwester hatte und ... Oh.

»Ihr seid also beide Ai«, schlussfolgerte er und wandte sich an Ren. Doch der gab vor, den Infusionsbeutel zu studieren.

Ryoko deutete auf sich. »Stimme, Social Media und PR.« Dann auf den zunehmend erschöpft aussehenden Ren. »Texte, Arrangements und Produktion.« Zum Schluss verengte sie die Augen zu Schlitzen. »Gleiche Warnung: Wenn ein Wort davon an die Öffentlichkeit oder ins Netz dringt, wird niemand deine Leiche finden.«

Mit einem gequälten Husten meldete sich Ren zu Wort. »Auch am College darf das niemand herausfinden, nur mein Fakultätsleiter und der Dekan wissen Bescheid.«

Ryoko riss die Augen auf. »Du gehst auch aufs Berklee?«

Isaac nickte. »Zweites Jahr.«

»Kleine Welt«, murmelte Ren und lächelte zu Isaacs Überraschung versonnen. So, als würde dieser Umstand ihn eher freuen, dabei hatten sie sich während der Gruppenarbeit nur angefeindet. Korrektur, Isaac und Ren hatten sich angefeindet, nicht Cho und B2M.

»Wer von euch ist Cho?«, fragte Isaac. Ohne diese Antwort würde er keinen klaren Gedanken mehr fassen. »Ist überhaupt einer von euch Cho?«

»I-ich ...« Der Herzmonitor piepte schneller und Ren starrte nun eisern auf die Bettdecke. »Wi-wir haben gecha-«

»Du solltest jetzt gehen«, entschied Ryoko und fiel ihm ins

Wort. »Mein Bruder hatte genug Aufregung für einen Tag. Ich bringe ihn nach Hause, sobald die ihn hier entlassen.«

Zwar klang dies immer noch frostig, aber nicht mehr danach, dass sie ihm gleich die Augen auskratzen wollte, daher löste sich Isaac aus Rens erschreckend schwachem Griff. Wenn seine Zwillingsschwester übernahm, wurde er nicht mehr gebraucht.

Zu Isaacs Überraschung langte Ren jedoch nach seinem Arm, erwischte bloß den Ärmel seines Hemdes und stammelte ein paar Silben, die keinen Sinn ergaben. Als wollte er etwas sagen, wusste jedoch nicht, was.

»Wenn es dir besser geht, meldest du dich bei mir«, schlug Isaac vor. »Und dann erklärst du mir, was das heute sollte.«

Ryoko bedachte diesen Austausch stumm, bevor sie sich zum Monitor wandte, um erneut die Werte zu studieren.

»Okay«, murmelte Ren verlegen und nahm vorsichtig die Hand zurück.

Isaac raffte seine Sachen zusammen, verließ die kleine Kabine, zog den Vorhang hinter den Geschwistern zu und marschierte in seinem gewohnt schnellen Tempo aus dem Krankenhaus. Erst draußen auf der Straße erlaubte er seinen Gedanken, ihn einzuholen. Warum hatte er diesen Vorschlag gemacht? Hatte ihn die Situation überrumpelt? Er müsste wütend sein, weil sie ihn hereingelegt hatten, aber er war nur unendlich froh, dass er nicht so reagiert hatte. Dass er nicht wie sein Vater war, sondern sich – zum ersten Mal seit Jahren – mehr wie er selbst fühlte.

Vermutlich hatte Ren genauso wenig geahnt wie er, wer sich hinter ihren Online-Aliasen verbarg, aber er hatte etwas geschafft, das bisher keinem anderen Menschen gelungen war: Er hatte ein winziges Loch in Isaacs eisige Fassade geschmolzen, das stetig größer geworden war.

Und wenn Isaac ehrlich zu sich war, wollte er nicht, dass Ren damit aufhörte.

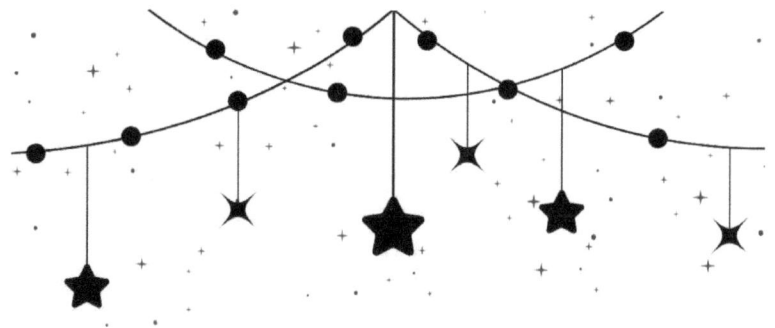

KAPITEL 6

Als Ren am Tag nach dem Treffen mit Born2… mit Isaac erwachte, starrte er als Erstes auf die Fülle an Nachrichten im Familien-Gruppenchat, in dem Ryoko detailliert über seinen Krankenhausaufenthalt berichtet hatte. Zum Glück hatte sie nicht den Grund dafür erwähnt.

Ren hatte nicht die Kraft gehabt, darauf zu reagieren, er wollte sich weder entschuldigen, noch versprechen, dass er es bessermachen würde. Denn das wäre eine Lüge gewesen, diese Attacken würden ihn immer wieder heimsuchen, egal, wie viel Mühe er sich gab. Solange er versuchte zu leben, würde er wieder in der Notaufnahme eines Krankenhauses landen.

Er hatte sich bloß für eine private Nachricht bedankt, bevor er das Smartphone in seinen Rucksack warf. Henrys Zeilen waren so simpel wie einfühlsam gewesen: *Gute Besserung, Kleiner. Falls du einfach raus möchtest, geht auf mich.* Gefolgt von einem Link zum Angebot eines halbtägigen Bootausflugs, der vom Hafen aus startete und bei dem man Wale und Delfine beobachten konnte. Keine Leute, die nervende Fragen stellten, viel frische Seeluft.

Ren war bei der Idee fast in Tränen ausgebrochen und hatte sich nur eins gewünscht: dass er dies nicht allein machen müsste.

Danach hatte er die Zeit durchgestanden, bis Ryoko zum Bahnhof aufbrechen musste, um dann den endlos scheinenden Weg zum Berklee zu fahren und sich durch die endlos scheinenden Gänge zu schleppen. Er hasste sich dafür, dass er zum ersten Mal in bequemen Jogginghosen, Hoodie und seiner wenig stylishen, aber perfekt isolierenden Allwetter-Jacke erschien, die Haare ein Vogelnest, eine medizinische Maske über Mund und Nase. All das erinnerte ihn viel zu sehr an die letzten Jahre, doch ihm hatte die Energie für mehr als das Nötigste gefehlt.

Dazu sprach ihn niemand der anderen Studenten an, als wäre er unsichtbar geworden. Als hätten sie sich nur von seiner lauten, fröhlichen Seite einfangen lassen.

Eigentlich müsste Ren an seinem ersten Kurs an diesem Montag teilnehmen oder wenigstens das Büro seines Dozenten aufsuchen und bezüglich seiner Krankschreibung Bescheid geben. Wenn er es denn schaffte, einen Anruf bei seinem Lungenarzt zu bewältigen. Stattdessen schlurfte Ren in den Bereich des Colleges, in dem die psychologische Beratungsstelle eingerichtet war. Er würde Hunter einen Besuch abstatten, hoffentlich konnte dieser seine Gedanken klären.

Ren hatte während seiner Therapie gelernt, dass sich sein Kopf in düsteren Gedanken verfing, wenn es ihm körperlich schlecht ging. Und dass es half, sich einem Außenstehenden anzuvertrauen, einem, der ohne Vorwürfe reagieren würde. Oder noch schlimmer, voller Mitleid.

Für alle anderen am College war er Mr. Peterson, Ren hatte Hunter jedoch während seines Umzugs nach Boston kennengelernt, als Henry und Jae-Sun ihm den psychologischen Berater bei einem gemeinsamen Essen vorgestellt hatten. Er konnte sich noch gut an den Moment erinnern, als er den beiden vor bald zwei Jahren gestanden hatte, dass er nicht nur die Onlinekurse des Berklee belegen, sondern nach Boston wollte und Henrys Reaktion aus »Dann sollten wir mit Hunter darüber reden, wie du das schaffst« bestanden hatte.

Die Sekretärin, die im Vorraum die Termine aller Mitarbeitenden verwaltete, winkte Ren durch und wenig später klopfte er zaghaft an Hunters Tür. Sofort folgte das »Herein« und Ren wurde als Erstes von Nimue begrüßt, die bei seinem Eintreten auf ihn zutrottete. Ren kraulte die weiße Pudelhündin kurz und ließ sich dann auf einen der Stühle vor Hunters Schreibtisch gleiten. Nimue rollte sich in ihrem Korb zusammen.

»Wie geht's dir?«, fragte Hunter, während Ren die Maske abzog. Hier im Büro brauchte er sie nicht. »Du siehst ziemlich fertig aus.«

»Das weißt du längst.« Obwohl Henry und Jae-Sun vor Rens Familie kein Wort darüber verloren hatten, dass sie den Kontakt zu Hunter für ihn eingefädelt hatten, hatte Ryoko dies herausgefunden und sich sogar Hunters Handynummer organisiert. Sie hatte ihm mit Sicherheit eine Nachricht geschrieben, dass Ren in der Notaufnahme gelandet war.

»Ich habe Ryokos Bericht bekommen.« Hunter klang absolut neutral dabei. »Aber ich will es von dir hören.«

»Mies.«

»Möchtest du mehr ins Detail gehen?« Hunter schmunzelte und Grübchen erschienen auf seinem Gesicht. »Immerhin habe ich bereits fünf E-Mails in meinem Postfach gefunden, wie mies es allen heute geht. So ein Montag kommt immer überraschend unerwartet.«

Hunter hatte damals ein gutes Wort für Ren eingelegt, dass Ai am College ein Geheimnis bleiben würde und er komplett neustarten konnte. Es gab für ihn keine Extrabehandlung, solange Ren seine Gesundheit selbst managen konnte. Wäre Hunter in einem Gespräch gewesen, hätte Ren wie jeder andere warten müssen.

»Ich vermisse mein Zuhause, ich wünschte, ich könnte einfach zu Granny über die Straße gehen oder mich in den Zug setzen und wäre bei Henry.« Natürlich vermisste er auch Jae-Sun, beide gehörten für ihn zur Familie, aber wenn sich Ren schlecht fühlte, waren Henrys Umarmungen das Beste. Ohne große Worte gab er ihm das Gefühl, dass er für ihn da war, sagte jedoch niemals, dass alles wieder gut werden würde.

»Das ist albern, ich bin kein Kind mehr, ich —«

»Hey«, meinte Hunter sanft. »Du bist gestern wegen Sauerstoffmangel im Krankenhaus gelandet, das ist eine völlig verständliche Reaktion.«

»Ich wünschte, ich könnte mich an mein Klavier setzen, abends mit den beiden kochen und nichts würde mir das Gefühl geben, dass meine Krankheit mein Leben bestimmt.« Er holte tief Luft und fuhr fort. »Aber ich bin in Boston und muss da allein durch.«

Nachdem er gestern aus der Notaufnahme entlassen worden war, hatte Ryoko den restlichen Sonntag wie ein Wasserspeier an seiner Seite gehockt, versteinert und grimmig dreinguckend. Sie hatte einen Streit beginnen wollen, aber sie konnte es nicht, weil Ren viel zu müde und erschöpft gewesen war. Dennoch hatte ihr »Ich hab's dir doch gesagt, das war eine dumme Idee«-Gesichtsausdruck gereicht, dass er sich noch schlechter fühlte. Wenn er ehrlich zu sich war, hatte er seit seinem Anfall erst zweimal wieder richtig Luft bekommen. Als sich Ryoko heute Morgen zum Bahnhof verabschiedet und als Isaac im Krankenhaus beruhigend seine Hand gehalten hatte.

Da Hunter ihm eine Denkpause gewährte, ließ Ren seinen Blick durch das Büro schweifen. Im Regal hinter den Schreibtisch saß wie immer die handgroße Ai-Häkelpuppe, von denen es nur rund zwanzig Exemplare gab. Während einer seiner Chemotherapien hatte seine Granny Ren Häkeln beigebracht, um ihn von seinem Unwohlsein abzulenken. Er hatte es mit Mühe geschafft, die kleinen Ai-Schlüsselanhänger herzustellen, während seine Granny bis heute wie am Fließband Exemplare zauberte, die ausschließlich im ‚Tori to Neko‘ verkauft wurden.

Nachdem er mit Jae-Sun zusammengekommen war, hatte

Henry sich dem Häkeln angeschlossen, und war oft an seiner Seite gewesen, wenn er Infusionen bekam und es Ren danach schlecht ging. Nur dass er auf Anhieb so gut gewesen war, dass er die großen Ai-Puppen entworfen und hergestellt hatte.

Vielleicht hätte sich Ren eine von diesen Puppen sichern sollen, bevor er damals mit Henry entschied, sie zu verschenken. Denn seitdem der Krebs in Remission gegangen war, hatte Henry nie wieder eine gehäkelt.

»Willst du mir auch den Rest erzählen?«, fragte Hunter und holte Ren damit aus seinen Erinnerungen. »Da das Verhalten deiner Schwester nichts Neues ist … habe ich das Gefühl, dass dich mehr beschäftigt.«

»Ich hab' Mist gebaut«, gestand Ren, kurz und schmerzlos. Wenn er sich alles von der Seele sprach, würde der morgige Tag vielleicht weniger belastend sein. »Ein Student am Berklee weiß von Ai. Er weiß, dass Ryoko und ich Ai sind.«

»Und warum ist das schlimm?«, fragte Hunter nach. Mit dieser Reaktion hatte Ren nicht gerechnet, sondern mit Bestürzung und Sorge.

»Es ist besser, wenn es niemand weiß«, wiederholte Ren die Phrase, die Ryoko so oft gepredigt hatte. Es war besser für seine Gesundheit, für seine Verfassung, für ihn, wenn er im Hintergrund blieb. Es bedeutete weniger Stress und Verantwortung, sodass Ren das machen konnte, was ihm am meisten Spaß brachte: Songs texten und Melodien komponieren.

»Befürchtest du, dass er diese Information gegen dich verwenden könnte?«

Ren blinzelte Hunter verständnislos an.

»Hat dieser Student angedeutet, dass er dein Geheimnis verrät, außer du«, Hunter beobachtete ihn mit einem forschenden Blick, »bist ihm gefällig oder zahlst ihm Geld?«

»Ich werde nicht erpresst«, erwiderte Ren schnell. »Ist so was schon mal vorgekommen?«

»Die Antwort darauf möchtest du nicht wissen.«

Das wollte Ren wirklich nicht.

»Ich weiß nicht, warum ich solche Angst davor habe«, fuhr Ren fort. »So viele Menschen in meinem Umfeld sind eingeweiht, was wäre so schlimm daran, wenn Isaac … wenn ein Fremder es ebenfalls weiß?« Hunter ging nicht darauf ein, dass er den Namen ausgeplaudert hatte, sondern ließ ihn weiterreden. »Wäre es vielleicht sogar besser? Dann müsste ich mich nicht mehr verstellen, jedoch müsste ich … ich selbst sein.«

»Hier in Boston bist du nicht du selbst, sondern eine andere Version von dir?«

»Ja, Boston-Ren sozusagen.«

Hunter runzelte die Stirn. »Was wäre schlimm daran, wenn du wieder Queens-Ren bist?«

»Das geht nicht, ich bin hier auf mich gestellt. Und das ist gut so, ich wollte das so. Queens-Ren war alles, nur nicht unabhängig, schließlich war ich immerzu krank. Ich habe hier natürlich keine Wunderheilung erfahren, aber niemand ahnt etwas davon und sie behandeln mich, als wäre ich normal.«

»Was hat deine chronische Krankheit damit zu tun, dass ein Mitstudent herausgefunden hat, dass du Ai bist?«

»Weil ich ihn angelogen habe.« Ren seufzte schwer. »Weil ich mich hinter meiner Schwester versteckt habe. Ich will nicht, dass Isaac nur Kontakt mit mir hatte, weil er Ai mochte. Weil er meine Schwester kennenlernen wollte.« Er suchte Hunters Blick, doch der Mann musterte ihn weiterhin neutral. Er saß völlig entspannt in seinem Wollpullover da, die Finger auf der Tischplatte verschränkt, er machte sich nicht einmal Notizen. »Aber ich habe auch Angst davor, dass er mich kennenlernen will und dann enttäuscht ist.«

Ren hatte in den letzten Wochen eine Kostprobe davon erhalten, wie es war, mit einem Freund in seinem Alter über alles und nichts zu reden. Er war süchtig danach geworden, obwohl ihn wegen der Heimlichkeiten gleichzeitig das schlechte Gewissen geplagt hatte. Aber das war noch nicht alles: Er konnte nicht vergessen, wie sich Isaacs Finger, fest, aber sanft, besorgt, aber fürsorglich, um seine Hand geschlossen hatten.

Sie hatten in ihren Chats nie geflirtet, nicht einmal zwischen den Zeilen, doch Ren sehnte sich danach, dass Isaac erneut seine Hand halten würde.

»Wir sprechen von Isaac Taylor, richtig?« Ren riss zwar schockiert die Augen auf – woher wusste Hunter das? – erwiderte jedoch nichts, sodass Hunter fortfuhr. »Ich habe mich mit Kollegen über ihn unterhalten … Sei nicht zu traurig, wenn er dich wie alle anderen ablehnt.«

Selbst Hunter sah in Isaac nur den Eiskönig, stellte Ren erschrocken fest.

»Isaac ist ganz anders!«, beharrte Ren energisch und erzählte zum ersten Mal, wie gut ihm das Chatten getan hatte, wie völlig anders sich Isaac abseits des Berklee verhalten hatte. Er konnte Hunter vertrauen, nichts davon würde dieses Büro verlassen.

Hunter hörte ihm schweigend zu, Ryoko hätte längst eingeworfen, dass er sich getäuscht hatte und Isaac irgendeinen perfiden Plan verfolgte. Sie war immer so misstrauisch.

»Was hält dich davon ab, mit Isaac befreundet zu sein?«, fragte Hunter schließlich, nachdem er voll im Bilde war. »Ich gehe jetzt vom besten Fall aus, dass Isaac dies auch möchte, sonst hätte er sich kaum nächtelang mit dir ausgetauscht.«

»Ich will kein Mitleid.« Ren atmete tief durch, wie um sich zu sammeln. »Aber darauf wird es hinauslaufen, Isaac wird mich mitleidig ansehen. Weil ich …«

Hunter machte eine auffordernde Handbewegung.

»Weil jeder nur meine chronische Krankheit sieht und nie mich«, flüsterte Ren und senkte den Blick auf seine verkrampften Finger.

Das stimmte so nicht. Seine Mom, seine Granny und Tante Tori gaben sich alle Mühe dabei, Jae-Sun und Henry nahmen zwar Rücksicht, aber bei ihnen konnte er immer er selbst sein. Doch Ren erinnerte sich an die Male, als er nach einer Reha zurück an die Schule gekommen war und er Mitleid oder Unverständnis begegnet war.

Besonders schlimm war es gewesen, als er, nachdem der Krebs in Remission gegangen war, seinen Highschool-Abschluss nachgeholt hatte. Die Blicke am Berklee, warum er erst zu studieren begann, waren auch fragend gewesen, aber niemand hatte ihn deswegen mit Samthandschuhen angefasst.

Zumindest am College wollte er wie ein normaler, gesunder Mann behandelt werden. War es denn zu viel verlangt, dass er sich das wünschte? Dass er sich dies auch von Isaac wünschen würde, wenn sie sich aussprachen und das Missverständnis klärten?

Schwankend erhob sich Ren und griff nach seiner Jacke, die über der Stuhllehne hing. Er hatte Hunters Zeit genug in Anspruch genommen. Er sah nun klarer, eine Lösung für seine Probleme hatte er dennoch nicht gefunden. Diese würde sich erst ergeben, wenn er mit Isaac das Gespräch suchte.

»Ich muss zu meinem Kurs«, murmelte Ren, schlagartig müde und fertig wie lange nicht mehr, »ich muss all diese Dinge tun, die andere Studenten tun und … mit Isaac …«

In Momenten wie diesen hasste Ren seinen Körper. Ja, die Attacke gestern war anstrengend gewesen, die Medikamente und Ryokos Überwachungsterror belasteten ihn zusätzlich, aber er hatte nur ein Gespräch mit Hunter geführt. Er sollte sich nicht wie nach einem schweren Cardio-Training fühlen.

Ren holte noch einmal tief Luft, aber der Sauerstoff änderte absolut nichts an seiner Erschöpfung.

»Nein, du solltest bleiben«, befahl Hunter streng, aber weiterhin sanft. Sofort hatte er seinen Schreibtisch umrundet und hielt ihn stützend am Arm fest. »In den nächsten Stunden habe ich keine weiteren Termine. Daher legst du dich jetzt auf diese Couch und ruhst dich aus, Ren.«

»Aber —«

»Kein aber. Du kannst dich kaum mehr aufrecht halten.«

»Hunter, das geht nicht, ich —«

»Ich sag deinem Dozenten Bescheid und Isaac läuft dir nicht weg. In Ordnung?«

Nein, nichts war in Ordnung. Er wollte nie wieder diese Angst ausstehen, dass er Isaac nicht erreichen konnte. Weil er wie immer nicht genug war. Doch das Gespräch hatte seine Energie aufgebraucht und Ren war sich nicht einmal sicher, wie er die Strecke bis zur Bushaltestelle vorm Campusgebäude schaffen sollte. »Okay …«

Kaum dass er sich auf der Couch ausgestreckt und Hunter ihm eine herrlich schwere Decke übergelegt hatte, war er eingeschlafen.

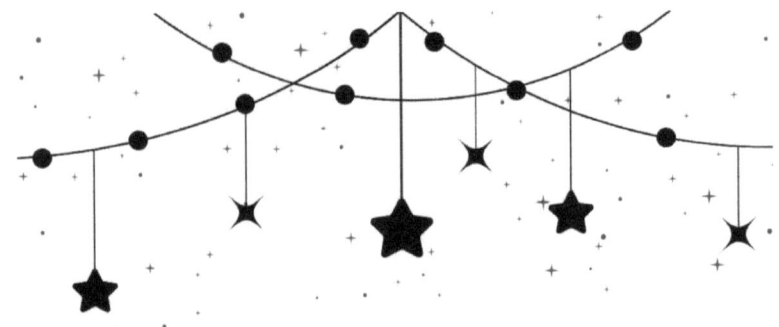

KAPITEL 7

Am Tag nach dem Zusammentreffen mit Ai spürte Isaac seltsamerweise keine Wut in sich brodeln. Stattdessen türmten sich die Sorgen in seinen Gedanken, sodass er weder Notizen machte noch im Nachhinein sagen konnte, was in seinen Kursen behandelt worden war.

Falls es jemandem aufgefallen war, hatte ihn niemand darauf angesprochen. Nur Serge, sein Mitbewohner, hatte ihn zur Rede gestellt, aber ihm war Isaac mit einer Halbwahrheit ausgewichen: dass das Treffen mit einem Bekannten in der Notaufnahme geendet hatte.

Oder hatte er die Nachfragen seiner Mitstudenten ignoriert, während seine Gedanken um Cho kreisten? Ging es ihm bereits besser? Sollte er ihm eine Nachricht schreiben? Aber bisher hatte er Ren nur für das Gruppenprojekt kontaktiert.

Oh verdammt, realisierte Isaac schlagartig, während er an seinem üblichen Fensterplatz in der Lounge unverrichteter Dinge auf seinen Laptop starrte. *Du hast Ren dafür angemault, dass er bei den Gruppentreffen chattet, dabei hat er dir in diesem Moment eine Nachricht geschrieben.* Natürlich war ihm aufgefallen, dass sein Handy vibriert hatte, während Ren mit seinem Chat beschäftigt gewesen war, aber er hatte den absolut absurden Schluss nicht gezogen.

Isaac verzog das Gesicht zu einer Grimasse, trank einen Schluck des bitteren, schwarzen Kaffees und wünschte sich einen süßen Snack herbei. Aber wenn er sich einen Donut mit pinkem Zuckerguss holte, würde vermutlich in der nächsten Stunde ein Foto davon durch die Foren und Chatgruppen des Colleges schwirren ...

Abgelenkt scrollte er durch den Reader, zu dem er sich eigentlich Notizen machen sollte. Seiner Konzentration half es jedenfalls nicht, wenn er sich ständig fragte, wann sich Ren bei ihm melden würde. Am Berklee hatte er ihn jedenfalls nicht erspäht. Und dass Isaac extra einen weiten Bogen gemacht hatte, um durch Rens Fakultät zu laufen, würde er niemals zugeben.

Was war nur los mit ihm? Seine Mitmenschen kümmerten ihn sonst herzlich wenig. Nur dass Ren schlagartig nicht mehr irgendwer war, sondern Cho. Sein Schmetterling war seit Wochen um ihn herumgeflattert, mit seinem pinken Haar und − verdammt. Seit Wochen hatte er das Mantra abgespult, dass Ai eine Frau war und Frauen ihn erst recht nicht auf diese Weise interessierten, aber Ren ...

»Isaac?«

Der Ruf ging im lauten, vollgestopften Loungebereich des Colleges fast unter, seit gestern würde er diesen Laut jedoch immer hören. Vermutlich würde Isaac ihn sogar gegen die Geräuschkulisse des ausverkauften *Fenway Parks* ausmachen.

Isaac klappte betont langsam seinen Laptop zu und drehte sich herum. Da stand er. Cho. Ren. Einen guten Meter vom Fensterplatz entfernt, den er oft für sich beanspruchte. Hatte Ren ihn etwa genauso beobachtet wie Isaac ihn? Oder war er hier zufällig aufgetaucht?

»Geht es dir besser?«

»Ja ...«, murmelte er, doch das Wort wurde von einer medizinischen Maske gedämpft. Ren sah noch erschöpfter aus als gestern im Krankenhaus, sein Haar war zerzaust und helle

Linien zeichneten sich auf seinem Gesicht ab. Wie Kissenfalten, wenn man auf zerknautschtem Stoff einschlief.

»Warum trägst du eine Maske?« Irgendwie kratzte Isaac die Worte zusammen, während er vom Barhocker aufstand.

Ren tippte gegen den Stoff, der sein halbes Gesicht verdeckte. »Hilft gegen unangenehme Gerüche und filtert Staub sowie Abgase, damit ich meine Bronchien nicht wieder reize.«

Die ersten Studenten wandten sich in ihre Richtung, musterten sie von verwirrt bis sensationslüstern. Ren Tachibana und Isaac Taylor verband nichts miteinander und das schürte die Neugier.

»Was machst du hier?«, fragte er weiter.

Ren zuckte mit den Schultern, als wüsste er das selbst nicht.

Wer bist du wirklich?, wollte Isaac eigentlich wissen, hielt sich jedoch zurück. *Warum hast du mich angelogen?*

Rein logisch betrachtet verstand Isaac, warum niemand im Internet ahnte, dass hinter Ai ein Künstlerteam stand. Die V-Tuberin betrieb erfolgreich ein Solo-Marketing, ausgerichtet auf ihre Person und eine Zielgruppe, die der quirligen Kunstfigur gerne zuhörte, folgte und sie unterstützte. Ren passte nicht ins Bild.

Dennoch wäre Isaac nie auf die Idee gekommen, dass die Texte, die er seit Jahren inhalierte, von einem Mann stammten. Von Ren. Ausgerechnet von Ren Tachibana. Der ihn immer noch mit großen, unsicheren Augen anstarrte und sich so klein wie möglich machte, obwohl er gleichzeitig zu ihm aufsehen musste.

»Ich wollte meinem Dozenten erklären, warum ich ein paar Tage fehlen werde, aber seine Sprechstunde ist ausgefallen. Also muss ich morgen wieder herkommen, bevor ich den Rest der Woche von zu Hause aus arbeite«, offenbarte Ren langsam, als sei er sich nicht sicher, ob er Isaac dies anvertrauen sollte. »Mein Equipment ist gut genug dafür, denn ich …«

… denn er war für die Arrangements und das Abmischen von Ais Songs verantwortlich.

Ren war Ai. Ein Teil von Ai. Die Melodien. Die Texte. Das hatte Ryoko gesagt. Isaac liebte Ais Stimme, keine Frage, aber die Melodien hatten ihn wochenlang begleitet, die Texte hatte er – obwohl er kein Japanisch sprach – mitgesungen und sich im Netz übersetzen lassen, weil er unbedingt die tiefere Bedeutung verstehen wollte.

»War ich der Grund, warum du gestern ins Krankenhaus musstest?«

Da Rens Gesicht durch die Maske verdeckt war, konnte er seine Reaktion nicht deuten. »Willst du das wirklich wissen?«

»Was, wenn du während der Gruppenarbeit einen Anfall hast?«, erwiderte Isaac. »Dann würde ich helfen können.«

»Ach so ... okay.« Warum schaute Ren auf einmal so traurig? Hatte er etwas Falsches gesagt? Wollte er seine Hilfe nicht? Warum wollte Isaac überhaupt seine Hilfe anbieten? »Der blaue Puster ist meine Ersatzpackung, sollte ich meine tägliche Dosis vergessen, was nie vorkommt«, erklärte Ren und wich Isaacs Blick gezielt aus, indem er sich einen freien Barhocker heranzog und hinaufkletterte. »Der rote ist mein Notfallspray. Bei einer Attacke zwei Stöße«, er hob zwei Finger hoch, um dies zu unterstreichen, »ungefähr zehn Minuten warten und weitere zwei Stöße, wenn es sich bis dahin nicht bessert. Danach ist alles wieder gut.«

Isaac wollte protestieren, dass ‚alles wieder gut‘ eine sehr optimistische Formulierung war, wollte jedoch nicht mit Ren streiten. Das stimmte nicht, er war bei den Gruppentreffen ständig mit Ren aneinandergeraten. Es war Cho, der dieses Gefühl in ihm auslöste. Aber war Cho eine Lüge gewesen? Hatte er ihm online nur etwas vorgespielt?

Isaac gab sich alle Mühe, damit Ren ihm sein Dilemma nicht ansah, und nahm ebenfalls wieder am Tresen Platz. »Du hast also Asthma?«

Ren schüttelte den Kopf. »Es ist etwas komplizierter.« Er ging nicht weiter darauf ein, doch Isaac wartete auf eine Erklärung. Ein seltsames Blickduell entstand zwischen ihnen, bis sich Ren räusperte und zu einer längeren Ausführung ansetzte.

»Ich habe Alpha-1-Antitrypsin-Mangel. Es ähnelt den Symptomen von COPD, ist aber genetisch. Die meiste Zeit beeinträchtigt es mich nicht, früher war ich oft krank und nicht das Kind, das stundenlang durch die Gegend tobte.« Isaac entging nicht die defensive Haltung, die Ren einnahm. Das war ein ziemlicher Kontrast zu dem Energiebündel, das er aus dem College kannte, fühlte sich jedoch viel natürlicher an.

Trotz seiner bohrenden Neugier wollte Isaac ihm nicht zu viel zumuten, er würde später mehr über dieses Alpha-1-Dings herausfinden. Nicht, dass er Ren gleich wieder in die Notaufnahme bringen musste.

»Ich muss jetzt leider zu meinem Nebenjob«, log Isaac also. Auch, weil sie nicht im vollen Lounge-Bereich über Ai reden sollten. »Hast du morgen Zeit, nachdem du bei deinem Dozenten warst? Dann könnten wir in Ruhe reden und …«

Ren nickte plötzlich überschwänglich.

»Kennst du die Robert-Burns-Statue im Park hinter dem College?«, fragte Isaac, bevor er sich davon abhalten konnte, und klang dabei erstaunlich aufgeschlossen, wie ein Echo aus seiner Jugend. Dabei war es völlig untypisch für den Eiskönig, dass er um ein Treffen bat.

»Die in der Nähe der Feuerwache? Klar.« Ein Strahlen schlich sich in Rens Augen, als hätte Isaacs Nachfrage die Sonne an diesem wolkenverhangenen Tag angeknipst. »Ich sag dir Bescheid, wann ich mich mit meinem Dozenten treffe. Bis morgen!«

Bevor Isaac etwas erwidern konnte, sprintete Ren Richtung Ausgang der Lounge, und er blickte dem pinken Haarschopf verwirrt nach. Cho hatte sich zögerlich und zurückhaltend bezüglich ihres ersten Treffens geäußert, Ren jedoch wirkte so ausgelassen, als hätte Isaac ihn auf ein Date eingeladen … Dabei war das nicht seine Absicht gewesen. Ganz und gar nicht.

Zu Isaacs Ernüchterung tauchte Ren am nächsten Tag nicht zur ausgemachten Uhrzeit an jener Statue auf. Ren hatte ihm am Morgen zwar geschrieben, wie lange sein Treffen gehen würde, doch als Isaac ihn nach einer Viertelstunde des Wartens anrief, meldete sich bloß die Mailbox. Was bedeutete, dass entweder der Akku leer war oder das Treffen länger gedauert hatte.

»Oder er hat dich doch reingelegt«, murrte Isaac, als er sich nach anderthalb Stunden auf den Weg zum Campus machte. Er hatte die komplette Pause zwischen seinen Kursen auf einer Bank verbracht. Allein, den Park nach einem pinken Haarschopf absuchend.

Auf dem Weg zurück zum College schalt sich Isaac, dass er so heftig auf Ren reagierte. Ein trauriger Blick und Ren hatte ihn um den Finger gewickelt, sodass Isaac einen Schritt auf ihn zuging. Doch was hatte ihm das gebracht? Er war erneut enttäuscht worden. Vermutlich hatte Ren nicht vorgehabt, ihm seine Fragen zu beantworten, sondern ihm eine Ausrede aufgetischt. Schon wieder. Warum fiel er immer wieder auf Menschen herein, die nur leere Worte für ihn übrighatten?

Zu sagen, dass Sophia seine schlechte Laune abbekam, wäre die Untertreibung des Jahres gewesen. Isaac fragte sich ernsthaft, warum sie nicht nach der Hälfte ihres Gruppentreffens mit Tränen in den Augen davongerannt war. Aber er war sauer. Die Tachibana-Zwillinge hielten ihn zum Narren.

Isaac blieb nach dem ergebnislosen Treffen noch eine Weile im Gruppenraum zurück und erdolchte den Platz, auf dem Ren normalerweise saß, mit wütenden Blicken. Gestern hatte er kaum etwas von seinem Arbeits- und Lernpensum geschafft, dafür wusste er nun eine Menge über Alpha-1. Und alles, was er darüber erfahren hatte, ließ die Warnglocken in ihm schrillen. Nach Kenneth hatte er sich geschworen, so ein Gefühlschaos nie wieder durchzumachen.

Das nächste Opfer seines eisigen Starrens war Mr. Faubrey, der sich – ganz Golden Retriever – jedoch nicht von seiner miesen Laune verunsichern ließ, sondern freundlich einwarf: »Sie können ruhig Fragen zum Thema stellen, wenn Sie etwas nicht verstanden haben, Mr. Taylor.«

Nein, das konnte er nicht. Er würde nicht in aller Öffentlichkeit darüber reden, dass sein Roboterherz für einen Augenblick unter Strom gestanden und für Ren schneller geschlagen hatte.

Die anderen Teilnehmer seines Kurses tuschelten amüsiert über sein Schweigen, während Isaac nicht einmal wusste, worüber gerade diskutiert wurde. Dabei hatte er sich versprochen, dass er nie wieder unter der Last seiner Emotionen zusammenbrechen wollte. Nie wieder aufhören würde zu funktionieren, weil er zu viel auf einmal fühlte und nichts davon Sinn ergab. Er würde in einer Beziehung, egal ob platonisch oder romantisch, nie wieder abhängig sein. Nie, nie mehr.

»Und, Mr. Taylor?«, fragte Mr. Faubrey, mit einem sanften Lächeln und einem noch wärmeren Ausdruck in seinen Augen. »Möchten Sie etwas zum Thema beitragen?«

»Nein, das möchte ich nicht«, erwiderte Isaac und spürte die verwunderten Blicke seiner Mitstudenten, ohne sich nach ihnen umzudrehen.

Viel lieber wollte er seinem Dozenten vorwerfen, dass er an allem schuld war. Ohne diese verdammte Suche nach einer Seele hätte er Isaac all das nicht eingebrockt.

Kurz nach Ende von Mr. Faubreys Kurs vibrierte Isaacs Smartphone und zu seiner Überraschung erschien Rens Kontakt auf dem Display.

Einen Augenblick überlegte er, ihn wegzudrücken, dann schalt er sich für diesen kindischen Gedanken. Er würde Ren gerne spüren lassen, was in ihm vorging, aber jemanden, der am Wochenende in der Notaufnahme gewesen war, behandelte man besser rücksichtsvoll. Das wäre zudem eine gute Übung, als Manager musste er in Zukunft auch kaschieren, was in seinem Innern wirklich vorging. Isaac würde Ren kühl und emotionslos begegnen. Er würde nie mehr verwirrt wegen etwas reagieren, das der andere Mann von sich gab oder machte.

»Hey«, grüßte Isaac, nachdem er abgenommen hatte.

»Ähm ja, also ...«

Für einen Moment hörte Isaac Ren bloß tief durchatmen. Gefolgt von Stille.

»Du bist nicht aufgetaucht.«

»Hast du lange gewartet?«, wisperte Ren. Wenigstens war er sich der erneuten Zurückweisung bewusst.

»Welche Antwort wäre dir lieber?« Isaac sollte ihn nicht triezen, dennoch konnte er es nicht verhindern.

»Dass du auf mich gewartet hast und jetzt sauer bist, weil ich dich versetzt habe«, gestand Ren leise. »Das ist besser, als wenn du schnell wieder gegangen bist, weil ich dir letzten Endes egal bin.«

Isaacs Blick schweifte über seine Mitstudenten, die nach und nach den Kursraum verließen und ihn verstohlen musterten. Was war so interessant daran, dass er ein Telefonat führte? Als sich ihre Blicke trafen, zuckten die anderen jedoch zusammen und suchten schnell das Weite.

Isaac seufzte laut und deutlich. »Wärst du aufgetaucht, hättest du es selbst herausfinden können.«

»Du hast also gewartet«, schlussfolgerte Ren, obwohl sich Isaac sicher war, dass er keine Hinweise dafür gegeben hatte.

»Was ...« Warum nur kam er von diesem Mann nicht los? »... hat dich aufgehalten?«

»Eigentlich wollte ich ...« Ren holte erneut tief Luft und stieß sie langsam aus, wie um sich zu beruhigen. »Wie soll ich das erklären? Es ist dumm und ...«

Jeden anderen am College hätte Isaac abgewiegelt, gesagt, dass er es einfach lassen sollte. Aber Ren kannte B2M, kannte die andere, die echte Seite von ihm. »Ich bin dafür«, begann er, »dass du es versuchst, und wenn ich etwas nicht verstehe,

hake ich nach. Sekunde, lass mich kurz meine Kopfhörer ...«
Isaac kramte das Ladecase aus seiner Tasche und steckte sich
schnell einen Knopf ins Ohr. »So. Fertig.«

»Die Sache ist ...« Ren zögerte einen Moment. »Ich wollte
dich treffen, seit dem Wachwerden bin ich deswegen furchtbar aufgeregt. Aber ich habe es nicht geschafft. Ich bin mir
nicht mal sicher, ob ich heute die Wohnung verlassen will.«

»Ist wirklich alles in Ordnung?« Rens Erklärung weckte die
Sorge in Isaac, ob er wollte oder nicht. Er würde die Erinnerung, wie Ren nach Luft ringend zusammengebrochen war,
vermutlich nie vergessen.

»Das sind Nachwirkungen von der Behandlung im Krankenhaus.« Isaac drehte die Lautstärke seiner Kopfhörer auf
Maximum, um Ren zu verstehen. Er war mittlerweile der
Letzte im Kursraum. »Die Tage darauf bin ich meist müde,
weil sich mein Körper erholt. Dieses Mal dauert es wohl länger.« Ein erneutes Seufzen. »Ich will dich treffen, unbedingt.
Aber allein der Gedanke, aus meinen Schlafklamotten zu
schlüpfen, zu duschen und durch die Stadt zu fahren, fühlt
sich an wie ein Marathon ... Es tut mir leid, Isaac.«

Ren, so erfuhr Isaac als Nächstes, hatte – wohlwissend,
dass er nicht der Fitteste war – alles mit seinem Dozenten te-
lefonisch besprochen und sich dann noch einmal hingelegt.
Aber Schlaf hatte bei seiner Erschöpfung nicht geholfen.

»Du hast dir bestimmt was Besseres vorgestellt.«

»Ach, das ist kein Problem«, erwiderte Isaac am Ende der
Erzählung. Was redete er da? Natürlich war das ein Problem,
er hatte Sophia fast zum Weinen gebracht, weil Ren ihn versetzt hatte. Normalerweise gab er sich am College distanziert
und kühl, aber heute war er unausstehlich.

Ren sog scharf die Luft ein. »Was?«

»Wenn du mir deine Adresse verrätst, komme ich bei dir
vorbei.« Die Stille des leeren Kursraumes wurde von den Ge-
räuschen durchbrochen, wie Isaac seinen Laptop in seiner
Schultertasche verstaute. In Gedanken redete er sich ein, dass

sein Einlenken nichts damit zu tun hatte, was Ren in ihm auslöste. Zuallererst wollte Isaac die Wahrheit herausfinden, warum die Zwillinge dieses Spiel mit ihm getrieben hatten. Und ja, wenn Ren und er alles geklärt hatten, würde er gern ein paar Fragen zu Ai stellen. Die Antworten würde er natürlich mit ins Fanboy-Grab nehmen, aber er hatte Ai gefunden. Also, indirekt, denn Ai hatte ihn gefunden.

»Meinst du das ernst?« In die Frage waren so viel Hoffnung und Zweifel zugleich gepresst, als hörte Ren diesen Vorschlag zum ersten Mal. »Wäre dir so ein Abend nicht zu langweilig?«

»Wäre es so, hätte ich es nicht vorgeschlagen.« Isaac grinste einen Moment in sich hinein. Die Tatsache, dass eine aufrichtige Entschuldigung eine 180-Grad-Wende bei seiner Laune bewirkte, sollte ihn irritieren. Stattdessen fühlte er sich so losgelöst wie am Sonntagmittag, auf dem Weg zum Café, wo er sich mit Ai treffen wollte. »Du weißt schon, *Netflix und chill.*«

Verdammt, dachte Isaac, kaum dass er es ausgesprochen hatte. So zweideutig wollte er nicht klingen, er gehörte nicht zu denjenigen, die eine Person beim ersten Date ins Bett lockten. Ganz im Gegenteil. Abgesehen davon war dies kein Date. Er hatte keine Dates, schon gar nicht mit Cho-Ren. Er hatte keine Zeit für so etwas Unwichtiges.

Kaputte Roboter wie er gingen nicht auf Dates.

»Netflix haben wir«, antwortete Ren jedoch und die Freude, die in seinen Worten mitschwang, knisterte wie Elektrizität über Isaacs Haut. Als hätte Ren seiner leeren Emotionsbatterie Starthilfe gegeben. »Oh, mir fällt sogar ein Film ein, der uns beiden gefallen könnte.«

Isaac hielt sich schnell eine Hand vor den Mund, um den verräterischen Laut zu dämpfen, der ihm über die Lippen kommen wollte. Dieses unbefangene Verhalten, das Ren an den Tag legte, machte komische Dinge mit ihm.

Ren erzählte noch etwas von einem Lin-Manuel-Miranda-Film, der neu auf Netflix verfügbar war, und verabschiedete sich damit, Isaac sofort seine Adresse zu schreiben. Und tatsächlich vibrierte sein Smartphone Sekunden nach dem Auflegen und die Benachrichtigung zeigte die ersten Buchstaben eines Straßennamens.

Warum klopfte sein kaputtes Herz nur so schnell? Bloß weil er mit Ren telefoniert hatte? Das konnte nicht sein, denn das würde bedeuten, dass er dabei war, sich in Ren zu verlie-

Nein. Auf gar keinen Fall. Vermutlich lag es an Ai. Sobald es Ai betraf, war es um seine ruhige Fassade geschehen.

»*Netflix und chill?*«, hakte eine Stimme nach und Isaac zuckte so erschrocken zusammen, dass ihm der Riemen seiner Schultertasche beinahe aus der Hand gerutscht wäre.

Mr. Faubrey saß noch immer an seinem Pult, vorne an der digitalen Tafel, sortierte wie beiläufig seine Unterlagen und schenkte Isaac ein breites Grinsen.

»Das geht Sie nichts an.« Isaac war so vertieft in sein Gespräch mit Ren gewesen, dass er seinen Dozenten nicht bemerkt hatte.

Mr. Faubreys Grinsen wurde noch breiter. »Es freut mich, dass Sie sich meinen Rat zu Herzen genommen haben.«

»Warum glauben Sie, dass ich das getan habe?«, konterte Isaac und versuchte, so eisig zu klingen wie ein Blizzard, der den Bostoner Hafen mit Schnee lahmlegte.

Sein Dozent ließ sich von der Abfuhr nicht irritieren. »Sie müssen deswegen nicht verlegen sein, Mr. Taylor, manchmal entwickelt sich eine Freundschaft in diese Richtung.«

»Ich habe nichts dergleichen …« Halt. Was redete er da?

Mr. Faubrey hatte ihm aufgetragen, Freundschaften zu schließen, und Ren bot ihm eine so einfache Lösung, es war fast zu perfekt. Er könnte sich mit Ren anfreunden, dies offen am College zeigen, und sobald die Gruppenarbeit beendet war, würden sich ihre Wege wieder trennen, aufgrund von … künstlerischen Differenzen oder so. Mr. Faubrey wäre zufrieden und Isaac müsste sich keine Sorgen darum machen, dass das Berklee ihn für unfähig hielt.

»Ich mache nur das, was Sie von mir verlangt haben, und

suche meine Seele«, erwiderte Isaac beinahe patzig, schulterte seine Tasche und rauschte zur Tür des Kursraumes.

»Viel Spaß beim Date!«, rief Mr. Faubrey ihm hinterher.

Date. Isaac schnaubte. Von wegen. Er hatte einen Plan und der hatte nichts mit komischen Gefühlen zu tun. Ganz gleich, wie niedlich und faszinierend er Ren Tachibana fand.

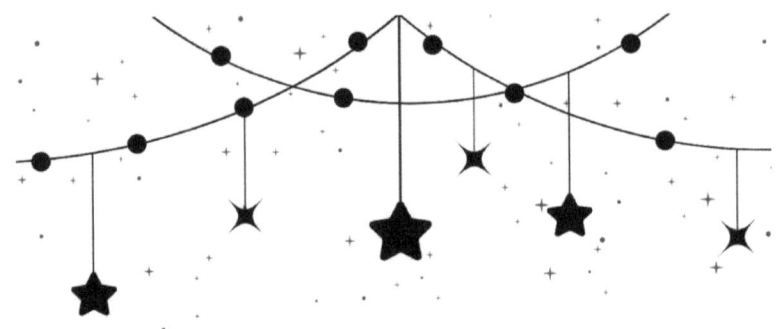

KAPITEL 8

Ren hätte nie gedacht, dass Aufregung seine Erschöpfung vertreiben konnte, aber innerhalb einer Stunde hatte er den Schlafanzug verbannt, die Wohnung aufgeräumt, Pizza bestellt und sogar die Ai-Produktionsnotizen und neuen Texte abgeheftet, die seit Wochen überall verstreut herumlagen.

Jeden Moment würde Isaac klingeln.

»Wie lange ist es her, dass ich Freunde nach Hause eingeladen habe?«, fragte sich Ren laut, während er überlegte, wie er einen Abend lang er selbst sein sollte. Dieses Mal durfte er keinen Rückzieher machen, nicht wie im Café. Er musste sich seinen Ängsten stellen und aufhören, sich zu verstecken.

Plötzlich hallte der tiefe Gong durch die Wohnung und Ren zuckte vor Schreck zusammen, bevor er Richtung Tür hastete und öffnete. Isaac war gerade dabei, sich fragend im Hausflur umzusehen, als würde er etwas suchen.

»Hey«, grüßte Ren ein wenig atemlos.

»Hey.« Isaac schenkte ihm den Hauch eines Lächelns. »Ich dachte schon, ich habe mich in der Tür geirrt, weil auf dem Klingelschild ‚Makoto Tachibana‘ steht. Du lebst also noch zu Hause?«

Mit einer Geste ließ Ren ihn eintreten. »Ähm, jein?«

»Ja oder nein?«

»Ich lebe *mit* meiner Mom zusammen? Die Wohnung läuft auf ihren Namen.«

Ohne den Eingangsbereich groß zu mustern, hängte Isaac seinen Wintermantel und die abgewetzte Ledertasche an der Garderobe auf und schlüpfte aus seinen Sneakern. »Wie in einer WG?«

»Ja, so ähnlich, also ich komme für den Großteil der Miete auf, und wenn sie hier ist, teilen wir uns die Aufgaben ...« Ren unterbrach sich, weil zu viele Informationen, und schloss lieber die Tür. »Sie ist Journalistin und für ihre Redaktion immer viel auf Reisen. Im Moment pendelt sie oft zwischen Boston und New York, wo Ryoko zu Hause lebt und arbeitet. Ich wohne also *halb allein*?«

Isaac musterte ihn mit einem fragenden Blick. »Das ist doch okay. Warum ist dir das peinlich?«

»Ich bin dreiundzwanzig!« Isaac würde das komisch finden, oder? Chronisch krank und keine eigene Wohnung, er war erschreckend unfähig. Er hatte die Sprüche so oft gehört, vor allem, dass sich seine Mom für immer mit ihm herumschlagen musste. Im Gegensatz zu Ryoko. Während ihres Schauspielstudiums hatte keiner eine verletzende Bemerkung gemacht. Sondern Ryoko dafür beglückwünscht, dass sie eine so unterstützende Familie hatte.

Warum war er die Tage nach einer Attacke so wehleidig? Dabei stand das, was er wollte, direkt vor ihm: ein Stück Normalität. Ein Abend mit einem Kommilitonen. Wenn auch nicht in einer Bar, sondern zu seinen Bedingungen.

Ren kniff die Augen zusammen und murmelte: »Ich mache es schon wieder.«

»Was genau?«

Er konnte es gleich hinter sich bringen. Wenn Isaac dann die Flucht ergriff, wäre der Weg für ihn zumindest nicht weit.

»Mir einreden, was ich alles nicht kann, dass es schlecht ist, so anders zu sein«, spulte Ren ab, er konnte diese Rede auswendig. »Ich reduziere mich auf das, wozu ich nicht fähig bin, anstatt mich darauf zu konzentrieren, was ich alles geschafft habe. Das willst du gar nicht hören, oder? Tut mir leid, ich weiß auch nicht, warum ...«

Noch nie hatte jemand ihrer Fans Ai direkt gesehen, geschweige denn mit ihr gesprochen oder die Tachibana-Zwillinge kennengelernt. War das der Grund, warum Isaac noch hier war? Wollte er wirklich Ren kennenlernen? Oder nur Ai?

»Mache ich dich so nervös?«, fragte Isaac ruhig und klang lediglich neugierig, nicht wertend.

»Du, die Situation, einfach alles, ich bin nicht gut in so was, ich ... Chatten war leichter«, gestand Ren und schlug die Augen wieder auf.

Isaac bedachte ihn mit einem Blick, den er nicht deuten konnte. Das war weder Mitleid noch die spöttisch hochgezogene Augenbraue, wenn er sich über jemanden lustig machte.

»Ich meinte eben nicht, dass es schlimm ist, wenn du einen Mitbewohner hast. Nur, dass du Hilfe brauchst, wenn es dir schlecht geht«, startete Isaac überraschend verständnisvoll einen zweiten Versuch. »Ich bin mir sicher, dass du nicht mit Ärzten sprechen kannst, wenn du kaum Luft kriegst.« Isaac machte einen Schritt ins Innere und hielt dann wieder inne. »Wollen wir?«

»Ähm ja, k-klar«, stotterte sich Ren durch eine Antwort. Warum war es so anstrengend, er selbst zu sein? »Tee? Also, möchtest du einen Tee?«

»Gern.«

»Schwarz- oder Grüntee?«

»Beides ist mir recht.«

Isaac hielt direkt auf die Küchenzeile mit Arbeitstresen zu, vor dem zwei Barhocker standen, und nahm Platz, sodass Ren ihm hinterhereilte. Tee. Er wollte Tee aufsetzen. Leider bemerkte Isaac, wie Rens Finger vor Nervosität zitterten, und fragte: »Was kann ich machen, damit du nicht so angespannt bist?«

Ren hätte fast die Tassen in seiner Hand fallen gelassen.

»Ich ... ich weiß nicht«, gestand er. »Ich hab's schon mehrfach vermasselt, aber du bist immer noch hier. Warum bist du noch hier?«

Das brachte Isaac zumindest zum Schmunzeln – noch ein Grund, die Keramik schnellstmöglich abzustellen. Ren kannte ihn nur zugeknöpft und ablehnend, schon ein halbes Lächeln löste ein seltsames Kribbeln aus.

»Ist es so verwunderlich, dass ich versuche, geduldig zu sein?«, fragte Isaac weiter und hielt dann mit einem Stirnrunzeln inne. »Liegt es an den Gerüchten? Die sind außer Kontrolle geraten, je mehr ich mich von allem abkapselte, desto kurioser wurden sie. Letztes Semester wurde überlegt, ob es mich zweimal gibt, weil ich immer pünktlich zu den Kursen erschienen bin. Mein eineiiger Zwilling und ich, wir haben uns köstlich amüsiert.«

Zwar ein wenig zittrig, aber das brachte Ren zumindest zum Lachen. Das war B2M, sie hatten sich wochenlang unterhalten, über alles Mögliche. Er kannte Isaac, ein wenig. Gut genug, um zu wissen, dass er nicht nervös sein musste.

»Ich hab' Pizza bestellt, halb Käse, halb Gemüse, falls du Vegetarier bist«, plapperte Ren drauflos, nachdem der entkoffeinierte Schwarztee in ihren Tassen zog. »Hast du Hunger?«

»Ich hab' immer Hunger.«

»Das ... ähm ... okay?«

Isaac ließ den Blick kurz durch das Appartement schweifen. Eine Sofalandschaft mit Fernseher grenzte an den offenen Küchenbereich. »Stipendium, anderthalb Nebenjobs und am Ende des Monats reicht es manchmal trotzdem nicht.« Isaac blies kurz auf den Tee, bevor er einen Schluck nahm. »So ein Leben zwischen ständig pleite und dem Drang, ein loyaler Fanboy zu sein, ist wirklich hart.«

»Eh?«

»Du und deine Schwester zieht mir seit Jahren zuerst das Taschengeld und dann mein hart verdientes eigenes Geld ab, daher glaube ich, ich habe mir Pizza verdient.«

»Das ist ein Scherz, oder?«

Isaac legte den Kopf schief. Noch etwas, das nicht zu Isaacs starrem Auftreten passte, dafür umso mehr zu B2M. »Cho hätte gelacht.« Er musterte ihn plötzlich ernst, als wollte er sagen: Bist du wirklich Cho? Oder spielst du mir etwas vor?

Der erneute Türgong rettete Ren vor einer Antwort. »Das wird die Pizza sein«, meinte er und sprintete regelrecht davon.

Mit dem Monsterkarton im Arm lugte Ren erst um die Ecke, bevor er wieder den Wohnraum betrat. Er wusste nicht, was er erwartet hatte, jedoch nicht, dass Isaac konzentriert die Bonsais betrachtete, die Ren selbst ausgesät und hochgezogen hatte. Damals hatte er Jae-Suns Geschenk mit Skepsis betrachtet, aber der Mann hatte recht behalten: Es tat gut, sich um etwas zu kümmern und zu sehen, wie es unter der eigenen Pflege heranwuchs.

Isaac wandte sich ihm wieder zu, als Ren den Karton abstellte und aufklappte. Ein Monstrum von Pizza erschien, das locker für drei reichte.

»Warum hast du mich angelogen?«, fiel Isaac mit der Tür ins Haus, kaum dass Ren in sein erstes Stück gebissen hatte. »Warum hast du deine Schwester vorgeschickt?«

»Hättest du mir geglaubt, dass ich Ai bin?« Rens Stimme zitterte gefährlich bei seiner Gegenfrage. »Wenn ich im Café erschienen wäre?«

»Nein, vermutlich nicht.« Isaac sah ihn auf eine intensive Art an, die Ren einfach nicht deuten konnte. Wonach suchte der Mann in seinem Gesicht? »Aber ich hätte sofort gewusst, dass du Cho bist. Ryoko mag sich für eine gute Schauspielerin halten, aber die kleinen Eigenheiten, die dich ausmachen, hat sie nicht drauf.«

Ren sog scharf die Luft ein. Seine Schwester hatte die Scharade keine fünf Minuten aufrechterhalten können.

»Es tut mir leid, Isaac«, sprach Ren die Entschuldigung aus, die schon lange überfällig war. »Ich hatte Angst, dass ich nicht deinen Erwartungen von Ai entsprechen würde. Was ist besonders an mir, verglichen mit Ai?«

»Ai ist keine echte Person, du schon.« Isaac bedachte ihn mit einem Stirnrunzeln, murmelte »Entschuldigung angenommen« und widmete sich dann der Pizza, die zwischen ihnen lag. Ren spürte, wie sein Herz vor Aufregung bis in seinen Hals klopfte. Hatte das wirklich gereicht?

»Kann ich dir ein paar Fragen stellen?« Als Isaac kauend nickte, fuhr Ren fort. »Warum bist du am College so abweisend? Ich meine, online verhältst du dich ganz anders.«

Isaac überlegte einen Moment, wie viel er von sich preisgeben sollte. »Weil ich es satthabe, Freundschaften zu schließen, bei denen ich ausgenutzt werde oder man mich bei der ersten Unstimmigkeit fallen lässt. Online ist das leichter«, schloss er und griff dabei auf Rens Worte zurück. »Wie mit Takumi, eurem Head Animator für einfach alles.«

»Du kennst Soy persönlich und weißt, dass er für uns arbeitet?«, fragte Ren verwirrt zurück. Takumi hatte ihm kaum etwas über B2M verraten, als er sich erkundigt hatte, vielleicht hatte er sich absichtlich zurückgehalten.

»So wie alle anderen Gründungsmitglieder, doch keiner von uns hausiert damit offen auf dem Server.« Isaac hielt kurz inne. »Wobei Takumi für mich etwas Besonderes ist. Wir telefonieren regelmäßig.«

Ren konnte seine Verblüffung nicht verbergen. »Du hast ihn nie gefragt, wer Ai wirklich ist?«

»Warum sollte ich? Ai will ihre Identität geheim halten und wir Fans respektieren das.« Isaac sagte das leichthin, aber Ren erschütterten die Worte. Im positiven Sinne.

»Warum hast du mich jedes Mal so angefeindet, wenn wir uns am College begegnet sind?« Mit jedem Wort wurde seine Stimme leiser. »Und warum hast du damit aufgehört?«

»Ich dachte, du bist noch so ein planloses Genie, davon gibt es am Berklee echt zu viele, und nimmst das alles nicht ernst«, gestand Isaac. »Aber aufgrund dieses Alpha-1 hast du genauso hart kämpfen müssen.«

Wie er. Isaac sagte es nicht, aber Ren wusste es auch so. Seine Geschichte war eine andere, aber es gab eine, einen Grund, warum Isaac alle auf Abstand hielt.

»Es liegt also nicht daran, dass ich eine Hälfte von Ai bin?«

Für einen Moment hob Isaac die Brauen. »Es gibt dieses Sprichwort, dass man niemals seine Helden treffen sollte, weil die Menschen dahinter einen enttäuschen werden. Aber hier sitze ich«, Isaac schnaubte belustigt, bevor er nach einem weiteren Stück Pizza griff, »und esse gemeinsam zu Abend mit meinem Lieblingsmusiker.«

Lieblings... Ren spürte, wie seine Wangen vor Verlegenheit glühten. ...*musiker.*

Sollte er es wagen? Ren hatte seit dem Gespräch mit Hunter am Montag für sich auseinandersortiert, dass er mehr Zeit mit Isaac verbringen wollte, wenn sich dieser wirklich als B2M herausstellte. Er wollte mehr über ihn wissen. Er wollte mehr von diesem Gefühl, das Isaac in ihm auslöste, weil er ihn um seiner selbst willen mochte.

»Würdest du ...« Ren holte tief Luft, dennoch schraubte sich seine Stimme in die Höhe »... mein Freund sein wollen?«

»Keine Lügen mehr?«, stellte Isaac zuerst die Gegenfrage.

»Ich will dir nichts mehr verheimlichen«, bekräftigte Ren und berichtigte sich dann schnell: »Du musst mir nicht alle deine Geheimnisse verraten, außer du willst es ...«

»B2M ist ziemlich dicht dran an der Wahrheit«, meinte Isaac geradezu entspannt. Gab es denn nichts, das diesen Mann verunsicherte?

»Das hatte ich gehofft.« Scheiße, er wurde rot, oder? »Ja, und das hier«, Ren deutete auf sich, »das bin halt ich ...«

»Ich habe den Unterschied schon gemerkt.«

»Ach?«

»Am Berklee bist du ganz anders, regelrecht überdreht. Wie das Kind im Bällebad, das am lautesten Spaß hat, aber eigentlich allein sein will. Ist das nicht furchtbar anstrengend?«

»Ja, ist es.« Wie lange hatte Isaac ihn schon auf dem Radar gehabt, wenn er eine so genaue Analyse bezüglich seines Verhaltens abgeben konnte? Moment, hatte er ihn etwa am Berklee beobachtet, bevor er gewusst hatte, dass er ein Teil von Ai war?

»Also ... Freunde?« Ren schämte sich ein wenig, wie sehr er dabei vor Nervosität quietschte. »Als wir selbst? Online wie offline?«

»Hmmm.« Isaac zog den Laut in die Länge, doch zu Rens Verwunderung färbten sich seine Wangen dabei rosa. »Ich glaube, ich brauche etwas Offizielleres. Wenigstens einen handgeschriebenen Zettel mit der Ja-Nein-Vielleicht-Option.«

Das brachte Ren zum ersten Mal an diesem Tag zum Lachen. Immer noch grinsend hob er ein Stück Pizza hoch, das so sehr mit Käse beladen war, dass dieser an den Seiten herunterquoll. »Isaac Taylor, nimmst du meine Freundschaft mit diesem Wasserfall aus geschmolzenem Mozzarella an?«

Isaacs Augen funkelten vor Freude, allerdings lag das wohl nicht an Ren. »Sehr gern«, erwiderte er und hielt seine Hand auf, damit Ren das Stück dort ablegen konnte.

Nach dieser Vereinbarung gelang es Ren endlich, sich zu entspannen. Isaac und B2M waren wirklich ein und derselbe und weit weg vom College und den anderen Studenten ließ Isaac diese andere Seite auch zu. Wie um ihn zu beruhigen, fragte Isaac ihn nach seiner Lieblingspizza aus, ob sie bei ihm zu Hause anders schmeckte, und erzählte davon, dass er und Sophia nicht viel geschafft hatten. Bis Ren das Gespräch mit einem herzhaften Gähnen unterbrach.

»Sorry«, entschuldigte sich Ren rasch, »glaub nicht, dass du mich langweilst, ich bin im Moment nur ... ständig müde.«

»Sollen wir den Netflix-Film auf einen anderen Abend verschieben?«, war jedoch alles, was Isaac darauf erwiderte, bevor er sich ohne große Umschweife verabschiedete.

Ren schämte sich ein wenig, dass er geglaubt hatte, Isaac würde die Verschiebung als Ausrede nutzen, um sich dann nicht mehr bei ihm zu melden. Er schämte sich noch mehr, als Isaac zwei Abende später nach seinem letzten Kurs bei ihm klingelte, beladen mit Take-out-Boxen. Aber das schlechte Gewissen verflüchtigte sich schnell, weil sich Ren in Isaacs Gegenwart einfach wohlfühlte.

»Mist, das Essen ist mittlerweile kalt«, entschuldigte sich Isaac, als er eintrat. »Verdammter Schneeregen.«

»Das haben wir gleich.« Ren nahm ihm die Kartons ab und machte sich an der Küchenzeile daran, Pfannen aufzuheizen und die zwei Varianten gebratene Nudeln hineinzugeben. »Ich weihe dich in einen Trick ein«, meinte er verschwörerisch, »dafür niemals die Mikrowelle zum Aufwärmen nutzen.«

»Was ist der Unterschied?«

Ren schnaubte belustigt. »In der Mikrowelle werden die Nudeln matschig und ungenießbar.«

»Bisher hatte ich keinen Grund, mich zu beschweren. Vielleicht liegt es daran, dass *Basil Rice* eins der besten Restaurants rund ums College ist«, erzählte Isaac, während er am Küchentresen wartete. Dem Rascheln nach holte er die Wegwerfstäbchen aus der Tüte des Restaurants.

»Es sieht authentisch zubereitet aus.«

Isaac lachte leise auf. »Für mich war es eine Offenbarung, als ich den Laden gefunden habe. In meiner winzigen Heimatstadt gab es so etwas nicht.«

Ein paar Minuten später, als sie es sich auf dem Sofa gemütlich machten, erlebte Isaac gleich seine zweite Offenbarung, als Ren ihm eine Schale mit den gebratenen Nudeln und Essstäbchen aus Edelstahl in die Hände drückte. »Im Gegensatz zu den verlängerten Zahnstochern sind die authentisch.«

Fast mühelos knüpften Isaac und er an ihre Gespräche zwischen Cho und B2M an, die Ren tatsächlich leichter fielen, jetzt, wo er nichts mehr verheimlichen musste. Sie konnten offen Geschichten über das Berklee austauschen und Ren musste nicht mehr verschweigen, was er über seine Familie erzählen wollte. Es war fast zu gut, um wahr zu sein.

Selbst als Isaac begann, Interesse an Ai zu zeigen, verflüchtigte sich das Gefühl nicht. Ren hatte sich davor gefürchtet, Fragen zu seiner Schwester beantworten zu müssen, aber alles, was Isaac interessierte, betraf Ren selbst.

»Wieso weiß niemand, dass auch du Ai bist?«

Ah. Die Frage aller Fragen.

»Da muss ich ein bisschen weiter ausholen«, begann Ren und seine kommenden Worte vibrierten vor Geschwisterliebe. »Wir haben schon als Kinder immer zusammen gesungen, uns vorgestellt, wir wären berühmte Idols. Mom musste mit schallisolierenden Kopfhörern Artikel schreiben, weil wir immer Musik gemacht haben. Aber ich darf ... ich kann nicht mehr singen.«

Isaac hakte nicht genauer nach. Vermutlich war es für jeden am Berklee verständlich, dass fehlendes Lungenvolumen und Sauerstoffunterversorgung das Singen erschwerten.

»Ryoko singt für mich, sie erfüllt mir meinen Traum, weil ich nicht ...« Nicht. Er hasste dieses Wort. Er hasste, was er alles *nicht* war.

Frustriert schob Ren sich gebratene Nudeln in den Mund, bevor er noch etwas Falsches sagte.

»Liegt das an diesem Alpha-1?« Isaac offenbarte, dass er grob recherchiert hatte, was die Krankheit bedeutete, und dafür hätte Ren ihn am liebsten umarmt.

»Auch, es ist kompliziert.« Ren unterdrückte ein gequältes Seufzen. »Ryoko hat diesen perfekten Schutzwall aufgebaut, der mich vor Stress und Negativität abschirmen soll, sodass ich mich rein auf das Musikmachen konzentrieren kann. In der Theorie zumindest. In der Praxis halte ich mich nicht an den Regelkatalog.«

»Zum Glück«, meinte Isaac mit dem Anflug eines Lächelns, »sonst hättest du mich nie angeschrieben.«

»Ich hab' Strichliste geführt, du musstest tausend Trollen

das Fürchten lehren, bevor ich mich zu erkennen gegeben habe.« Ren schmunzelte über den Anblick, wie Isaac mit den Essstäbchen kämpfte. »Ich musste die aussieben, die sich keiner komplizierten Herausforderung stellen wollen.«

»Tausend Trolle sind der Preis für die Prinzes...«, Isaac unterbrach sich, »für ein Gespräch mit dem Schmetterling?«

Flirtete er mit ihm? Er flirtete mit ihm, oder? Nein, das konnte nicht sein. Sie waren Freunde. Besiegelt mit einem Berg aus geschmolzenem Mozzarella.

Außerdem hatte nichts von diesem Abend Date-Charakter, Ren hatte sich nicht einmal Mühe mit seinem Outfit gegeben, sondern fürs spätere Filmschauen den gemütlichsten Hoodie angezogen, den er besaß. Auch Isaac wirkte ungewohnt lässig in dem marineblauen Oversized-Strickpullover, den er um sich wickeln konnte wie eine Decke.

Graublaue Augen, die einen mit einem eiskalten Blick niederstrecken konnten, musterten Ren sanft und warm. »Wie wäre es«, Isaac hielt inne, als müsse er sich erst überwinden, »wenn wir beide wir selbst sind? Auch am College. Ich kann mir nicht vorstellen, dich wieder auf Abstand zu halten, wenn du nächste Woche ans Berklee zurückkommst. Und bei mir müsstest du dich nicht im Hyperaufmerksamkeitsmodus verausgaben, weil ganz ehrlich, ich bin so weit von dieser cozy Traum-College-Illusion entfernt, wie es nur geht.«

Ren hatte Isaac in seine Vorstellungen eines erfüllten Collegelebens eingeweiht, die er in Filmen kennengelernt hatte. Dennoch zögerte er, bevor er zurückfragte: »Wenn ich darf?«

»Hätte ich es sonst vorgeschlagen?«

»Nur wir zwei?«

»Ich hatte nicht vor, Sophia mit einzubeziehen.«

Ren stand eigentlich nicht auf *tsunderes*, oh halt, doch, er stand total auf diesen Typ Mensch. Egal, welches Otome-Game er gezockt hatte, die *tsundere*-Route hatte ihm immer am besten gefallen. Harte Schale, weicher Kern. Kalt und gemein zu seinem Umfeld, aber ein Softie mit einem großen Herzen, wenn man einen Blick hinter die Fassade warf.

»Okay«, murmelte Ren verlegen und stocherte in seinem Abendessen herum. Isaac sagte das nur, weil sie Freunde waren, weil er Zeit mit ihm verbringen wollte. Nicht, weil die Zeit, die sie zusammen verbringen würden, etwas Besonderes sein sollte. Weil Isaac etwas Besonderes für ihn sein sollte. *Das ist er bereits*, stellte Ren überrascht fest.

»Okay«, echote Isaac mit dem Hauch eines selbstzufriedenen Lächelns.

‚Eiskönig‘, kein Spitzname könnte falscher sein. Wenn Isaac lächelte, brachte er Eis zum Schmelzen.

Das College war voll mit gut aussehenden, tollen Leuten, männlich wie weiblich, aber Ren war so sehr in seiner Blase aus Selbstfindung gefangen gewesen, dass er nicht groß über Dates oder Beziehungen nachgedacht hatte. Doch ein Lächeln von Isaac und Ren konnte sich weder an den Namen noch das Gesicht des Mädchens erinnern, das zuletzt versucht hatte, mit ihm zu flirten, und gescheitert war. Stattdessen fragte sich Ren, ob sich Isaacs Finger so kalt wie im Krankenhaus anfühlen würden, wenn er nach ihnen griff. Was nicht möglich war, solange Isaac mit seinen Essstäbchen hantierte …

Was hatte er da gerade gedacht?

»Netflix?«, quietschte Ren auf einmal, starb innerlich vor Scham, und konnte doch nichts dagegen tun, dass er sich zu Isaac hingezogen fühlte. Dabei sollte er nicht so gierig sein, auch eine Freundschaft wäre mehr als genug.

Ren brauchte ungefähr zehn Minuten, in denen er sich mit höchster Konzentration dem neuen Lin-Manuel-Miranda-Film widmete, um zu bemerken, dass Isaac ihn beobachtete.

Sie saßen ein gutes Stück voneinander entfernt, angemessen freundlich weit weg, sodass Ren gehofft hatte, dass die Songs und die Story ihn mitreißen würden, seinem wild schlagenden Herzen eine Pause geben würden. Aber Isaacs Blick ruhte mehr auf ihm als auf dem Fernseher.

»Was ist?«, setzte Ren an und wusste doch nicht, was er sagen wollte.

»Ich versuche, alles in Einklang zu bringen. Dich. Cho. Ai.«
Ren rümpfte die Nase, schließlich konnte er sich nicht daran erinnern, wann er zuletzt seine Identitäten so offen ausgebreitet hatte. Was musste Isaac da auseinandersortieren?

»Nicht«, meinte Isaac und plötzlich färbten sich seine Wangen rot. »Wenn du mich so süß anschaust, will ich dich nur noch mehr küssen.«

»Ich bin nicht süß, ich bin empört, es klingt, als hätte ich drei Persönlichkeiten, die … warte, was? Du willst mich küssen?«

Zu Rens Verwunderung nickte Isaac und in seiner Verlegenheit schien er zum ersten Mal völlig wie er selbst. Ren hatte bemerkt, dass sich Isaac hinter seiner unerschütterlichen Ruhe versteckt und abgewartet hatte, wie sich die Treffen entwickelten. Aber jetzt konnte er einen Blick auf den wahren Isaac werfen, der viel jünger und unsicherer wirkte.

»Wenn ich ehrlich zu mir bin, wollte ich das schon, bevor ich wusste, dass du Cho bist. Ich habe es mir nur verboten.«

»Sekunde, da komme ich nicht mit.« Isaacs Blick ruhte so eindeutig auf seinen Lippen, dass es Ren schwerfiel, einen klaren Gedanken zu fassen. »Was?«

»Du gehst mir schon eine Weile nicht aus dem Kopf, Mr. Alle-Haarfarben-des-Regenbogens.«

Rens Herz setzte einen Schlag aus und raste dann doppelt so schnell weiter. Hieß das, dass Isaac ihn seit Beginn seines Freshman-Jahres …? »Aber du dachtest, Ai ist eine Frau, oder?«, hakte Ren laut nach. »Bist du dir sicher, dass du nicht meine Schwe-«

»Schon vergessen? Ich steh' nicht auf Frauen.« Isaac rutschte ein Stück näher und Ren gab sich alle Mühe, nicht aufgrund emotionaler Panik zurückzuweichen. Er war nur überrumpelt, nicht ängstlich.

»Oh, okay. Das ist gut, denke ich. Ich dachte nur nicht, dass —«

»Ren.«

Wenn überhaupt möglich, kam Isaac ihm noch näher, und Ren drohte im Eisblau seiner Augen zu ertrinken, sodass er sich instinktiv in das Sofakissen krallte. Würde er wirklich …?

»Darf ich?«, fragte Isaac mit einer Ernsthaftigkeit, die Ren – im positiven Sinne – die Luft raubte.

Er nahm einen tiefen Atemzug und wisperte: »Ja.«

Im nächsten Moment spürte er Isaacs Lippen auf seinen und Isaacs Finger in seinem Nacken und – wow. Es war so lange her, dass Ren jemanden geküsst hatte. *Ausatmen nicht vergessen. Eins. Zwei.* Er hatte nicht damit gerechnet, dass dieser Moment jemals wiederkommen würde. Dass es einen Menschen gab, der so für ihn empfand. *Drei. Vier. Und wieder einatmen.*

Plötzlich lehnte sich Isaac zurück und musterte ihn mit zusammengezogenen Brauen. »Sag mir nicht, das war dein erster Kuss.«

»Gott, nein«, lachte Ren in einer Mischung aus Scham und Entsetzen. »Mach du mal eine sechswöchige Reha mit pubertierenden Teenagern, wir haben alles Mögliche ausprobiert, Mädchen wie Jungs … aber es war wenig romantisch, mehr wie ein Versteckspiel vor den Erwachsenen.«

Isaac runzelte immer noch die Stirn. »Und das hier war … romantisch?«

»Weiß nicht, mir fehlen da Vergleichswerte«, wich Ren aus.

»Was war dann los?«, hakte Isaac nach. »Hat es dir nicht gefallen?«

Ren, in Erklärungsnot und mit feuerroten Wangen, zog die Kapuze seines Hoodies übers Gesicht, um sich darunter zu verstecken. »Ich hab' gezählt.«

»Wie lange es dauert, bis es vorbei ist?«

»Nein!«, quietschte Ren. »Mein Herz hat so schnell geschlagen und ich war so nervös wie noch nie, ich hab' vergessen, weiterzuatmen und …«

»... zu reagieren?« Isaac stieß ein unbekümmertes Lachen aus und im nächsten Moment zupften Finger am Stoff von Rens Kapuze, bis diese zurückgeschlagen war.

Ren nahm all seinen Mut zusammen und blickte Isaac wieder in die Augen, die ihn voller Wärme und Zuneigung anstrahlten. Er nahm Ren das Ganze nicht übel, er war auch nicht besorgt, höchstens amüsiert.

»Bild dir nichts darauf ein«, murmelte Ren.

»Na gut.« Isaac war ihm noch so nah, das Ren nur die Hand auszustrecken bräuchte, um ihn zu berühren. »Dann werde ich zum Ausgleich dieses Mal stillhalten und du bestimmst das Tempo.«

»Kein Scherz?«

Wie zum Beweis schloss er die Augen und wartete. Ren sah, wie sich Isaac alle Mühe gab, entspannt und locker zu wirken, während sich glühendrote Verlegenheit über seine Wangen bis hin zu seinen Ohren ausbreitete. Das machte es irgendwie noch schlimmer-aufregender-besser und gleichzeitig wollte Ren es nicht auf sich sitzen lassen, dass er bei ihrem ersten Kuss erstarrt war. *Du kannst das*, wiederholte er in Gedanken, rutschte auf Knien ein Stück näher heran und umschloss vorsichtig mit den Händen Isaacs Wangen.

Daraufhin stahl sich ein breites Grinsen auf Isaacs Lippen.

Mehr brauchte es nicht, dass sich Ren zu ihm beugte und bewies, dass er sehr wohl küssen konnte.

Mit einem Seufzen öffnete Ren die Lippen, ein Arm schlang sich um seine Mitte, während sich Rens Finger in Isaacs Haar vergruben und er alles um sich herum vergaß.

Als sie sich das nächste Mal voneinander lösten, lief der Abspann des Films. Irgendwie hatten sie sich in eine liegende Position manövriert, Isaac thronte über ihm, eine Hand hatte sich unter seinen Hoodie gestohlen, fuhr sanft seine Rippenbögen entlang. Es fehlte nicht mehr viel, dann würde er mit

Sicherheit Isaacs Erektion an seinen Beinen spüren, während er ...

Verdammte Krebstherapie, verfluchter gestörter Hormonhaushalt.

Ren klammerte sich mit den Fingern im Stoff von Isaacs Pullover fest, wie ein Ertrinkender an einem Stück Treibholz, vor Angst erstarrt, dass die nächste Welle ihn mitreißen würde. Isaac würde mehr wollen, die Position, in der sie sich befanden, schrie Vorspiel: ineinander verschlungen auf der Couch, allein zu Hause.

Netflix und chill.

Hatte Isaac das von Anfang an vorgehabt? Hatte er das mit der Freundschaft nicht ernst gemeint und nur versucht, ihn rumzukriegen?

Was jetzt? Einfach so tun, als hätte er Ahnung ... ähm ... großartige Erfahrung, wie auch immer das hieß? Hoffen, dass er sich nicht zu dumm anstellte? Isaac war sanft und liebevoll und heiß und sexy. Doch allein bei der Vorstellung von was auch immer überfiel Ren Panik. Viel weiter als ein paar bedeutungslose Abenteuer, bei denen er nicht einmal all seine Kleidung ausgezogen hatte, hatte er sich nie getraut.

Isaac studierte derweil Rens Reaktionen – die vor Nervosität zittrigen Atemzüge und die weit aufgerissenen Augen –, drückte ihm schließlich verspielt einen Kuss auf die Nasenspitze und zog ihn mit sich in eine sitzende Position. »Ich glaube, wir müssen ein Stück zurückspulen«, meinte er unbekümmert.

Ren, glücklich, dass Isaac ihn verstanden hatte, und mit einem Schlag tiefenentspannt, verflocht ihre Finger miteinander und legte den Kopf auf Isaacs Schulter ab. »Ich bin mir nicht sicher, wie viel du mitbekommen hast«, neckte er ihn.

Isaac schnaubte belustigt und klickte auf *neu starten.*

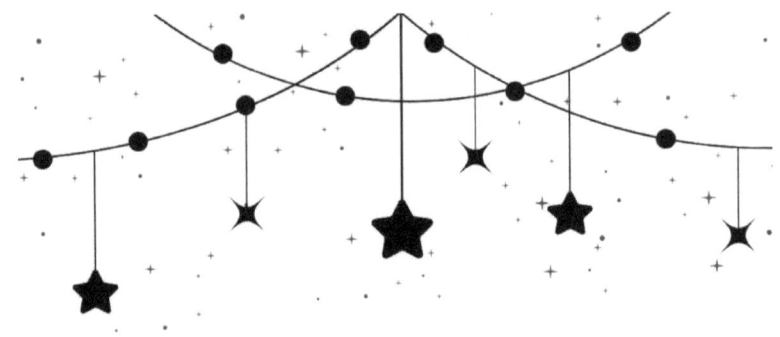

KAPITEL 9

Als Isaac am nächsten Morgen erwachte, schlief Ren friedlich neben ihm. Oder besser gesagt halb auf ihm, weil sie gemeinsam auf der Couch weggenickt waren. Er wusste weder, wie spät es war, noch, ob er Kurse verpasst hatte, und zum ersten Mal, seit er ans Berklee gekommen war, war es ihm egal.

Isaac hatte nicht vorgehabt, Ren zu küssen – warum nur hatte er sich dazu hinreißen lassen? Je mehr er über den wahren Ren erfuhr, nicht die Rolle, die er am College spielte, desto mehr fühlte er sich zu ihm hingezogen. Was schon selten genug vorkam, dennoch ... Warum hatte er nach dem ersten Kuss nicht aufhören können? Bei alldem, was Ren ihm über seine chronische Krankheit anvertraut hatte, sollte Isaac den Mann nicht zu nah an sich heranlassen. Es war zwar unfair, Ren mit Kenneth zu vergleichen, aber die Narben, die Kenneth auf seinem Herzen hinterlassen hatte, reichten für ein Leben lang.

Trotzdem, Küsse waren nicht Part seines Plans gewesen. Isaac hatte bloß vorgehabt, eine Freundschaft mit Ren aufrechtzuerhalten, so lange, bis Mr. Faubrey zufriedengestellt war. Zärtlichkeit welcher Art auch immer würde das alles verkomplizieren. Ebenso ständig bei Ren aufzuschlagen und bei ihm zu übernachten. Besser, er stahl sich im nächstbesten Moment davon und …

Als sich Ren mit einem Brummeln zu bewegen begann, hielt Isaac den Mann in seinem Arm instinktiv fester.

Nur noch ein Weilchen, sagte er sich. Denn Isaac konnte nicht leugnen, das Ren etwas in ihm auslöste. Sein Plan war nicht auf Dauer ausgelegt gewesen, Isaac würde Ren nicht halten können, er würde nicht genug sein, aber für den Moment, für die Dauer der Gruppenarbeit, wollte er Rens Nähe. In diesem Punkt sollte er endlich ehrlich zu sich sein.

»Guten Morgen«, grüßte auf einmal eine fremde, weibliche Stimme und Isaac zuckte vor Schreck zusammen. Ren vergrub sich tiefer an seiner Schulter, als wollte er noch fünf Minuten länger schlafen.

Eine Frau beugte sich plötzlich über die Rückenlehne der Couch und musterte ihn und Ren.

»Guten Morgen.« Isaac schaffte es zu antworten, ohne zu stammeln. Sie ähnelte Ryoko, als seien sie die eigentlichen Zwillinge, abgesehen davon, dass sie deutlich älter war. Sie wirkte wie Ende vierzig. »Sie sind bestimmt Rens Mom?«

Das Wort ‚Mom‘ holte Ren aus seinem Dornröschenschlaf. Zumindest setzte er sich auf und blinzelte gegen das Tageslicht. Selbst mit zerzausten Haaren und von Stofffalten zerknittertem Gesicht sah er einfach süß aus.

»Morgenichgehduschen«, brummelte Ren und schlurfte mit halb geschlossenen Augen davon.

»Er braucht ein paar Minuten, bevor er ansprechbar ist«, meinte Mrs. Tachibana mit einem Schmunzeln und richtete sich wieder auf. »Du bist vermutlich Isaac?«

»Ähm … ja.« Wollte Isaac wissen, was Ryoko über ihn gesagt hatte? Das konnte kaum etwas Gutes gewesen sein.

»Ich stell kurz meinen Koffer weg, ja?«, meinte Mrs. Tachibana unbekümmert, als wäre Isaac kein Fremder. »Sobald ich aus diesen furchtbaren Schuhen raus bin, machen wir mit der Vorstellung weiter.«

Mit klackernden Absatzschuhen und einem Trolley im Schlepptau verschwand sie tiefer in die Wohnung und ließ Isaac verwirrt zurück. Die Idee, unbemerkt zu verschwinden, konnte er wohl streichen.

Schnell zückte er sein Smartphone, um zu prüfen, ob sich etwas an seiner Nachmittagsschicht in der Bibliothek geändert hatte, denn die durfte er nicht verpassen. Doch es dauerte noch Stunden bis dahin.

Allein und nervös, in welchem Tempo er Rens Familienmitglieder kennenlernte, blieb Isaac nicht viel mehr übrig, als sich ein wenig umzusehen. Das Unverfänglichste erschienen ihm die Fotorahmen, die auf einem Sideboard aufgestellt waren oder an der Wand darüber hingen. Als Erstes entdeckte er Ren und Ryoko als Kinder, ausgestattet mit den ikonischen japanischen Grundschulranzen, Ren mit einem roten und seine Schwester mit einem schwarzen. Daneben anscheinend ein Fanbrief an Ai, allerdings auf Japanisch geschrieben, sowie eine Kinderzeichnung, die Ais Avatar darstellte. Es folgten Geburtstage oder andere Familienfeiern, immer mit mehr Menschen auf das Foto gedrängt, als Isaac für möglich hielt. Ryoko, die ihr Highschool-Diploma stolz präsentierte, während Ren, ohne Talar und Doktorhut, versuchte, nicht allzu traurig auszusehen. Ein ähnliches Bild direkt daneben, Ryoko bei ihrer College-Abschlussfeier, doch hier hielt Ren sie breit grinsend in den Armen.

Isaac selbst fühlte eine andere Traurigkeit aufkommen. Er hatte zwar einen größeren Bruder, aber er war sich nicht sicher, ob sie während seiner Teenagerzeit ein gemeinsames Foto gemacht hatten. Er besaß zumindest keines.

Mrs. Tachibana entdeckte ihn bei den Fotorahmen, die Bluse hatte sie in der Zwischenzeit gegen einen Strickpullover getauscht. Etwas Hartes stahl sich in ihren Blick, als würde sie sich für die kommenden Fragen wappnen.

»Ren hat mir erzählt, dass er als Kind oft krank war«, begann Isaac nach einigem Zögern.

Ein Seufzen rang sich aus Mrs. Tachibanas Kehle. »Das ist nur ein Bruchteil der Wahrheit. Sein Alpha-1-Mangel wurde als Kind festgestellt, weil er immer wieder unter Leberentzündungen litt.« Sie machte eine Pause, überlegte wohl, wie weit sie ins Detail gehen sollte. »Als Teenager folgten unzählige Therapien und Krankenhausaufenthalte, die die COPD-Symptome abschwächen und erträglich machen sollten.«

Ein Foto, gut versteckt zwischen den anderen, jagte Isaac jedoch einen Schrecken ein. Ryoko, nicht viel jünger, als Isaac sie kennengelernt hatte, saß zusammen mit ihrem Bruder an einem Klavier. Während sie die Augen geschlossen hatte und sang, war Ren nur ein Schatten seiner selbst, bleich und ausgemergelt, der kahle Kopf mit einer bunten Strickmütze bedeckt. Versunken in seine Melodie, zierte ein verzweifeltes Lächeln sein Gesicht, als hätte er genau gewusst, dass er nicht mehr lange spielen würde.

»Alpha-1 begünstigt im schlimmsten Fall Lungentumore«, eröffnete Mrs. Tachibana bitter. »Ren spricht darüber nicht, also sage ich es dir: Fast drei Jahre haben wir gehofft, dass er den Krebs besiegt.«

Isaac spannte sämtliche Muskeln an, um keine verräterische Reaktion zu zeigen. Natürlich hatte der erste Mensch, gegenüber dem er sich seit Jahren öffnete, ein schweres Schicksal und war dem Tod vermutlich näher als dem Leben.

Konnte er sich auf so jemanden einlassen?

Vielleicht würde ein Verlust weniger wehtun, wenn sich Isaac auf diesen vorbereiten konnte, anstatt eines Morgens in einer Welt ohne den geliebten Menschen aufzuwachen. Gleichzeitig war es erneut unfair, Ren dafür zu bestrafen, was Isaac in seiner Jugend durchgemacht hatte. Vielleicht – hoffentlich – kehrte sein Krebs nie zurück und er wurde hundertzehn, bei Japanern war ein hohes Alter ja keine Seltenheit.

Aber wollte Isaac dieses Risiko eingehen? Sich an jemanden binden, dessen Lebenszeit begrenzt war? Besser, er beschränkte sich auf eine Freundschaft. Ren völlig aus seinem

Leben streichen, das konnte er nicht. Erst in seiner Gegenwart war es Isaac gelungen, wieder mehr er selbst zu sein.

Mrs. Tachibana hatte geduldig abgewartet, während Isaac seine Gedanken sortierte, bevor sie fortfuhr: »Für den Augenblick führt Ren ein ganz normales Leben, doch …«

Mrs. Tachibana hielt mitten im Satz inne und wandte sich von Isaac ab, da Ren in der Wohnküche erschienen war.

»Mom!«, stieß er mit einem Kreischen aus. Die Haare noch feucht vom Duschen.

»Haben wir keinen Föhn mehr?«, spottete Mrs. Tachibana und ließ sich nicht anmerken, dass ihre Stimme auf einmal belegt klang.

»Was soll das?«, erwiderte Ren aufgebracht. »Warum erzählst du Isaac all das?« Offenbar hatte er einen Teil des Gesprächs belauscht, bevor er eingeschritten war.

Isaac fragte lieber nicht nach, ob er dies generell nicht wissen sollte oder ob Ren es ihm irgendwann selbst hatte erzählen wollen. Sie hatten vereinbart, ehrlich zueinander zu sein, aber diese Wahrheit hatte eine Tragweite, die Isaac nicht einfordern konnte.

»Ich sorge für klare Verhältnisse.«

»Nein, du verscheuchst meinen Freund«, murrte Ren und umfasste mit den Fingern Isaacs Handgelenk, um ihn mit sich zu ziehen. »Komm, lass uns was frühstücken. Meine Mom macht sich wie immer viel zu viele Sorgen.«

Isaac warf einen Blick über die Schulter zu Mrs. Tachibana, die den beiden in Richtung der Wohnküche folgte, und konzentrierte sich dann auf die Wärme, die von Rens Hand ausging. Würden all diese Berührungen, die Ren ihm schenkte, es wert sein, den eventuellen Verlust zu ertragen?

So leicht ließ sich Rens Mom nicht abschütteln, sie stellte jedoch zuerst zwei Tassen unter den Auslauf der Kaffeemaschine. Während sich Ren an Kühlschrank und Herd zu schaffen machte, setzte sie sich neben Isaac auf einen der Barhocker und reichte ihm das definitiv benötigte Koffein.

Kaum dass sich Ren darauf konzentrierte, Teller herauszuräumen und Spiegeleier zu braten, setzte Mrs. Tachibana ihre Einschüchterungstaktik fort. Ihr Sohn hörte sie, Isaac erkannte es daran, wie sich seine Schultern versteiften, warf jedoch nichts mehr ein.

Also musste er wohl da durch.

»Ren kann viele Dinge einfach nicht, nicht so wie ein *normaler, gesunder* Mann seines Alters. Er braucht mehr Pausen und hat oft Tage, an denen er nur müde ist und dazu furchtbar schlecht gelaunt, weil er diese Phasen selbst am meisten hasst … Du solltest überlegen, ob du wirklich ein Teil seines Lebens sein möchtest oder nur ein Kommilitone.«

Isaac war sich nicht sicher, wie offen mittlerweile die japanische Kultur gegenüber queeren Beziehungen eingestellt war. Doch schien das in den Augen von Mrs. Tachibana kein Problem darzustellen. Viel eher fürchtete sie, ob Isaac Ren schaden konnte. Wenn er bedachte, wie stark diese Frau sein musste, immerhin hatte sie sich über zwei Jahrzehnte um ihren Sohn gekümmert, konnte er ihr deswegen nicht böse sein.

»Ich weiß nicht, was ich darauf antworten soll, wir kennen uns noch nicht lange.« Dass sie wochenlang gechattet hatten, ließ er besser außen vor. Das ging sie nichts an.

Mrs. Tachibana musterte ihn über den Rand ihrer Kaffeetasse. Seine Antwort schürte wohl ihre Skepsis.

Vor zwei Tagen hatte Isaac noch den Plan ausgeheckt, Ren für seine Zwecke zu benutzen. Immerhin hatten bisher alle Menschen ihn auch nur ausnutzen wollen. Aber Ren hatte ihn ins Vertrauen gezogen, wollte nichts, außer Isaac kennenzulernen, hatte es geschafft, dass die zwei gemeinsamen Abende das Beste seit Langem waren.

»Aber danke für Ihre Offenheit?«, fügte Isaac lahm an. Immerhin war sie nicht verpflichtet, einen Fremden in die Krankengeschichte ihres Sohnes einzuweihen.

»Es reicht, Mom«, verlangte Ren erneut und wandte sich wieder zu ihnen. Bevor Isaac seine Hilfe anbieten konnte, servierte Ren drei Teller mit gebuttertem Toast, Spiegelei, Gurkenscheiben und Tomatenschnitzen. Zuletzt stellte er eine Kanne Kräutertee bereit.

»Ich weiß gar nicht, was du meinst«, erwiderte Mrs. Tachibana arglos. »Mein Sohn hat zum ersten Mal jemanden mit nach Hause gebracht, lass mich das ruhig auskosten.«

»Leb dich bei Ryoko aus«, grummelte Ren, die Wangen vor Verlegenheit dunkelrot. Isaac war vermutlich nicht viel besser dran. Daran musste er arbeiten, wenn er eine Freundschaft zu Ren aufbauen wollte.

»Bei deiner Schwester macht das keinen Spaß. So verschwiegen wie sie ist, werde ich ihren Ehemann erst bei der Hochzeit kennenlernen. Ich habe also Nachholbedarf.«

Anstatt etwas zu erwidern, setzte Ren einen Schmollmund auf, der an einen Achtjährigen heranreichte, dem man an Weihnachten das falsche Spielzeug geschenkt hatte. Isaac trank schnell einen Schluck Kaffee, um sich nichts anmerken zu lassen. Er bezweifelte, dass Ren gerne als süß bezeichnet wurde. Immerhin hatte er sich sofort gewehrt, als Isaac dies versucht hatte.

»*Itadakimasu*«, sagte Mrs. Tachibana schließlich, als könnte sie so das Thema wechseln.

Missmutig spießte Ren eine Tomate auf. Dass er nicht wütend wurde, weil seine Mom seine gut gehüteten Geheimnisse ausgeplaudert hatte, bewies nur, wie eng die Familienbande geknüpft waren.

»*Itadakimasu*, danke für das Frühstück«, erwiderte Isaac. Er konnte zwar nur eine Handvoll Begriffe, aber deren Aussprache saß.

Daraufhin ließ Mrs. Tachibana überrascht ihre Gabel sinken und Ren starrte ihn mit weit aufgerissenen Augen an.

»Es gibt Animes, okay?«, erwiderte Isaac mit einem Lachen, »ich stamme zwar aus einer Hinterweltler-Kleinstadt, aber selbst wir hatten Internet.«

»Ich war nur überrascht«, gestand Ren und konzentrierte

sich auf sein Spiegelei.

»Was soll das denn heißen?«

»Nichts, nichts.«

»Ich wollte höflich sein. Nicht jeder Amerikaner ist so ein Kulturbanause wie der Rest unserer Arbeitsgruppe.«

Isaac ertappte sich bei dem Gedanken, dass Ren wieder seinen Kopf heben sollte, damit er den Anblick der honigbraunen Augen und glänzend rosa Lippen in sein Gedächtnis einbrennen konnte. Ein letztes Mal, bevor er sich zurück auf die Freundschaftsebene begeben würde.

»Isaac ist ein Fan von Ai«, wandte sich Ren an seine Mom, die sie derweil amüsiert beobachtete, »seit Anfang an. Kaum zu glauben, oder?«

»Ach so?«, meinte Mrs. Tachibana mit einem Funkeln in den Augen. »Du hast dich also endlich getraut? In Queens gibt es genug von euren Fans, ich habe mal einen mit einem Button in der Bahn gesehen. Doch zu Hause habe ich mit keinem davon gefrühstückt.«

Statt einer Antwort senkte Ren wieder den Blick und stocherte in seinem Spiegelei herum.

Mrs. Tachibana ließ ihn jedoch gewähren und setzte das Gespräch mit Isaac fort. »Dann haben wir ja was gemeinsam. Ich könnte dir so viele Geschichten erzählen, die Ren *und* Ryoko immer noch peinlich sind. Es ist gar nicht so lange her, als die beiden ...«

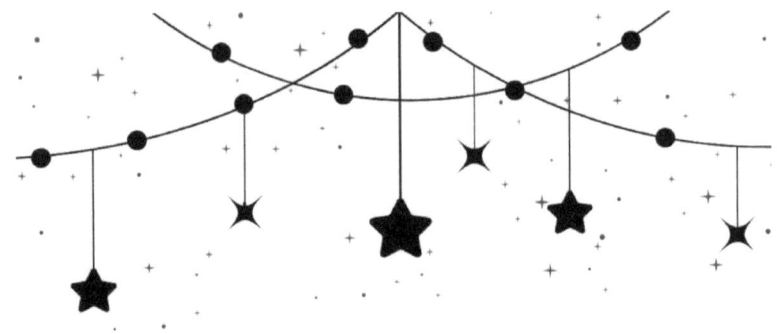

KAPITEL 10

Am Berklee er selbst zu sein, stellte sich für Ren als leichter heraus als gedacht. Bisher hatte er sich immer zurückgehalten und nur darüber nachgedacht, wie er sein Wissen verheimlichte, das er durch die Mitarbeit bei Ai erlangt hatte. Umso mehr verwirrte er seine Dozenten, als er nach einer Woche fokussierter denn je zurückkehrte.

Auch stieß er jede Menge Leute vor den Kopf, da er keine Zeit für Treffen hatte, sondern sich lieber durch Sophias Probeaufnahmen hörte, um zu analysieren, wie er ihre Stimme am besten in Szene setzte. Zum einen, weil dies Teil seiner Arbeit war, zum anderen würde es ihm einen Grund bieten, warum er Isaac wiedersehen musste. In Sophias Anwesenheit wollte er ihre Qualitäten und Mängel nicht diskutieren.

Schwieriger zu beantworten, waren die Fragen, die sich darum drehten, warum er auf einmal ständig mit Isaac erspäht wurde. Er konnte weder die Wahrheit sagen noch die furchtbaren Vermutungen widerlegen, dass Isaac ihn erpresste. All das ärgerte Ren maßlos und er fragte sich, warum er sich in den letzten Monaten mit einigen Personen am Berklee überhaupt abgegeben hatte.

Im Moment kursierte sogar ein Video im Forum und den

Chatgruppen des Colleges, das zeigte, wie Ren und Isaac vor einer der Lounges saßen, Isaac über etwas lachte und eine junge Frau, die sie im Hintergrund passierte, vor Schreck die Augen aufriss und mit einem lauten *Klonk!* gegen die nächste Glastür knallte. Das gesamte Berklee musste sich furchtbar langweilen, wenn sie nichts Besseres zu tun hatten, als die Aufnahme weiter und weiter zu teilen.

Durch die Hasskommentare, die Ai regelmäßig erhielt, war Ren abgehärtet, er hoffte nur, dass Isaac es sich nicht zu Herzen nahm. Er hatte zumindest noch keinen von Isaacs Aliasen gefunden, der online gegen die Videos vorging. Das Aufdecken der einzelnen Online-Identitäten hatten sie bereits hinter sich gebracht und seitdem folgten sie sich auf diversen Plattformen. Zwar hielten sie sich beide in den sozialen Medien bedeckt, aber für Ren war das ein wichtiger Schritt.

Er schlitterte in Richtung Verknalltheit, so schnell, dass er sich ein wenig davor fürchtete. Ohne aufdringlich zu sein, hatte sich Isaac Rens Eigenarten – kein Koffein, seine Vorliebe für Spaziergänge im Park, stundenlange Diskussionen über die Internet-Musikszene – auf die Agenda geschrieben. Er hatte sich sogar ein Farbcode-System ausgedacht, bei dem Ren mit kurzen Wörtern beschreiben konnte, wie schlimm seine Atemnot war. Grün, alles im Griff. Gelb, nicht so gut. Rot, ich brauche Hilfe. Ren konnte nicht fassen, dass er Isaac so wichtig war. Aber wollte er ihm nur ein Freund sein? Oder mehr?

»Ren?«

Was hatte seine Mom Isaac in den paar Minuten gesagt, als sie allein gewesen waren, sodass er nicht mehr seine Nähe suchte? Sie hatten sich seitdem nicht mehr geküsst, waren nicht mal in eine Situation geraten, die zu einem Kuss führte.

»Erde an Ren?«

Plötzlich berührte Isaac ihn vorsichtig am Handrücken und der Kontakt allein fühlte sich wie ein Stromschlag an. Doch kaum war Ren aus seinen Überlegungen hochgeschreckt, zog sich Isaac wieder zurück und ging auf Abstand.

»Woran hast du gedacht?«, fragte Isaac, der Ren gegenüber saß und bei seiner Arbeit am Laptop innegehalten hatte.

Letzten Endes hatten sie nur Ruhe, wenn sie den anderen Studenten aus dem Weg gingen, und so hatten sie sich in der Mittagspause vor ihrem Treffen mit Sophia in einen Arbeitsraum verzogen. Ren starrte einen Moment auf seine Song-Notizen und wurde nicht aus ihnen schlau.

»Dass du der Erste außerhalb meiner Familie und des Teams bist, der von Ai weiß«, gab er schnell zum Besten. »Ich habe zum ersten Mal jemanden, mit dem ich darüber reden kann«, fuhr Ren mit einem verlegenen Lächeln fort.

Und das taten sie. Isaac musste eine Schwäche dafür haben, denn keine Ausführung, wie Ren bestimmte Lieder arrangiert oder die Texte für Ryoko angepasst hatte, war ihm zu viel. Er interessierte sich auch brennend für die einzelnen Schritte, wie aus ein paar Wortfetzen ein Song, ein Video und schließlich eine Geschichte entstanden waren.

Allein gestern Abend hatten sie stundenlang darüber gesprochen, wie Ren und Takumi simple Motion-Animationen zu animierten Clips weiterentwickelt hatten.

»Es gibt etwas, das ich dich schon lange Zeit fragen wollte«, meinte Isaac und klappte seinen Laptop zu, obwohl er sicher noch nicht mit seiner Arbeit fertig war.

Das Spiel ‚21 Questions' war definitiv etwas für Anfänger, sie mussten bei 2100 Fragen angekommen sein. Seitdem sie ehrlich zueinander waren, fielen ihnen, immer neue Sachen ein, die sie vom anderen wissen wollten. Ren konnte immer noch kaum glauben, dass die Wahrheit Isaac darin bestärkte, bei ihm zu bleiben, statt ihn fallen zu lassen.

»Wie kann es sein, dass du aus New York bist? Ich dachte immer, Ai wäre Japanerin.«

»Geboren sind wir in Saitama, das ist eine Provinz in der Nähe Tokyos, meine Mom war Auslandskorrespondentin.« Ren trank einen Schluck seines Kräutertees. »Meine Mom ist Japanerin, hat aber eine amerikanische Staatsbürgerschaft, da

Grannys zweiter Ehemann ein amerikanischer Soldat war.«

»Was macht ihr dann in Queens?«, fragte Isaac weiter und griff nach einem Keks aus dem Sammelsurium an Snacks, das zwischen ihnen ausgebreitet war.

Isaac arbeitete nicht nur in der Musik-Bibliothek des Colleges, sondern auch bei einer Firma, die Kochboxen verkaufte, mit einem Dutzend anderer bestückte er diese mit Rezepten und Zutaten. Manchmal blieb Verderbliches übrig, sodass Isaacs Supervisor erlaubte, die Lebensmittel unter sich aufzuteilen. »Ich glaube, das darf er gar nicht, aber er hasst es, dass so viel weggeworfen wird, während Studenten oder Alleinerziehenden das Geld für Lebensmittel fehlt«, hatte Isaac mit einem versonnenen Lächeln erzählt.

Daher hatten sie eine Mischung aus Keksen, Rens Thermosflasche mit Tee, Sandwiches und Salatschalen zwischen ihnen ausgebreitet. Ren schmunzelte, da Isaacs Mittagessen bisher aus der Packung Kekse bestand.

»An der Ostküste gibt es Therapiezentren und Krankenhäuser, die sich auf meinen Alpha-1-Mangel spezialisiert haben. Als wir elf waren, hat Mom entschieden, dass ich lernen muss, so normal wie möglich damit zu leben, hat uns von der internationalen Schule genommen und wir sind ausgewandert.«

Natürlich war es ein Kulturschock gewesen, ein fremdes Land, eine fremde Kultur, neue Menschen und Gebräuche, denen er plötzlich ausgeliefert gewesen war.

»Das klingt schlimmer, als es war«, Ren machte eine abwehrende Handbewegung, »wir sind zweisprachig aufgewachsen. Außerdem leben meine Granny und meine Tante in Queens, wir waren also nicht auf uns gestellt.«

»Und dein Dad? Ist er auch hier?«

Ren schüttelte den Kopf. »Er ist der typische japanische Business-Tycoon, seine Familienehre oder was auch immer war ihm wichtiger als wir. Meine Eltern sind geschieden.«

Isaac griff nach dem letzten Keks und Ren machte sich eine gedankliche Notiz, dass er seine Backexperimente vorantrieb.

»Wie kommst du damit klar?«

»Ryoko war seine Prinzessin«, gestand Ren und zuckte mit den Schultern. »Mit mir konnte er nichts anfangen, ich war nicht der Sohn, den er sich gewünscht hat, viel zu kränklich. Doch er ist der wahre Verlierer. Denn Ryoko hat ihm vor der Scheidung ein Ultimatum gestellt: entweder wir beide oder keiner. Die Tachibana-Zwillinge gibt es nur im Doppelpack.«

»Das hätte ich zu gerne miterlebt.«

»Es war der Wahnsinn«, meinte Ren und dachte an den Moment, der seine Schwester und ihn für immer zusammengeschweißt hatte. »Ein Dutzend Anwälte in teuren Anzügen auf der Seite unseres Vaters und ein kleines Mädchen macht so eine Ansage.«

»Sie hat dich schon immer beschützt, was?«

»Das hat sie. Sie ist die beste Schwester.«

Kurz driftete Isaac in Gedanken ab, doch Ren ging nicht weiter darauf ein. Allein die Tatsache, dass Isaac nie über seine Verwandten sprach, war Hinweis genug. Ren kannte genug traurige Schicksale, um zu wissen, dass der Zusammenhalt des Tachibana-Hinazuki-Clans etwas Besonderes war. Wobei das nicht ganz stimmte, nur die Frauen seiner Familie hielten aneinander fest, knüpften Bande, die nichts zerreißen konnte, und Ren durfte sich glücklich schätzen, dass ihn ein Netz aus Wärme, Liebe und Sicherheit umspannte.

»Welche Party habe ich verpasst?«, grüßte Sophia, als sie kurz vor dem angesetzten Gruppentreffen durch die Tür rauschte und ihren tropfenden Schirm in eine Ecke stellte.

»Oh, regnet es draußen?«, fragte Ren mehr aus Höflichkeit als wirklichem Interesse.

»Typischer Februar«, erwiderte Sophia und schüttelte ihre blonden Locken, die sie unter einer Mütze verborgen hatte. »Regen, Sonne, Regen, bisschen Schnee. Aber ich gebe gut auf mich Acht, weil wir bald mit den Aufnahmen starten.«

Ren bot ihr einen Becher und Tee aus seiner Thermosflasche an, während sie sich setzte und erzählte, wie ihre Woche verlaufen war.

»Isaac?«, fragte Ren schließlich, »sollen wir anfangen?«

Doch Isaac lehnte, ohne dass Ren es bemerkt hatte, nun gegen die Außenwand des Gruppenraumes und starrte hinaus in den Regen, der in Schlieren entlang der Fensterscheibe lief. Der Blick entrückt, als würde er in eine andere Welt sehen.

»Isaac?«, fragte Ren erneut. Keine Reaktion«.

Besorgt stand Ren auf und ging auf ihn zu. Was war nur los? Sicherlich ignorierte er ihn nicht bewusst, dafür hatte er Sophia oft genug ins Gewissen geredet, dass sie pünktlich anfangen sollten.

Ren wollte ihn an der Wange berühren, um seine Aufmerksamkeit zu erlangen, besann sich jedoch im letzten Moment ihrer Zuschauerin und legte seine Hand auf Isaacs Arm. Sein Freund zuckte sofort zusammen, wich einen Schritt zurück und spannte sich an, als hätte Ren ihm wehgetan.

Bevor Ren das Wort erneut an ihn richten konnte, schüttelte sich Isaac, von Kopf bis Fuß, und sprintete zur Tür des Gruppenraums. »Ich muss kurz …« Was klang, als würde er aufs WC wollen, wirkte mehr wie eine Flucht, da Isaac nach seiner abgewetzten Ledertasche und seinem Mantel griff.

»Das«, meinte Sophia, nachdem die Tür mit einem Klicken ins Schloss gefallen war, »schreit nach Trauma. Wenn ich das früher gewusst hätte, dann —«

»Trauma?«, warf Ren ein und nahm wieder Platz. Er musste sich zwingen, Isaac nicht nachzulaufen. Doch wusste er weder, wohin er geflüchtet war, noch, ob Isaac zulassen würde, dass Ren für ihn da war.

»Ich kenne so was«, meinte Sophia wie beiläufig, als wäre es ein unwichtiges Detail. »Mein Dad hatte solche Momente nach seinem Irak-Einsatz. Da ich vermute, dass Isaac nicht in der Armee war, würde ich auf mentalen Knacks tippen.« Sie ließ den Blick über die ausgebreiteten Snacks schweifen und griff nach einem Sandwich. »Also den sollten wir von der Liste streichen, mit wem wir in Zukunft zusammenarbeiten.«

Ren war noch dabei, die neuen Informationen zu ordnen, als Sophia bereits Isaacs Platz übernahm und ihn anstrahlte, als gäbe es keinen Grund zur Sorge.

»Wir sollten die Chance nutzen und uns ein bisschen besser kennenlernen«, meinte Sophia mit einer Fröhlichkeit, die Ren mit einem Mal als abstoßend empfand. »Dann fallen uns die Aufnahmen leichter.«

Plötzlich spürte er etwas an seinem Schienbein – nein, Sophias Fuß, wie er über seine Jeans höher und höher glitt.

»Lass den Blödsinn«, erwiderte Ren scharf und rückte mit dem Stuhl außer Reichweite.

Schmollend schob Sophia die Unterlippe vor. »Jetzt hab' dich nicht so.«

»Das ist nicht professionell. Wir sollen zusammenarbeiten, nicht –«

»Schätzchen, in keinem Business haben Kollegen untereinander so viel Sex wie in der Musikbranche«, gurrte Sophia.

»Und das weißt du woher?«

»Meine Mama war Sängerin in einem Club. Sie hat mir Geschichten erzählt, da würden dir die Ohren glühen.«

Ren verbot sich die Frage, ob Sophia das Ergebnis davon war. Seine Schwester hätte sie jedoch erbarmungslos gestellt. Isaac vermutlich auch.

»So läuft das hier nicht«, entschied Ren und fühlte sich sofort wie ein Heuchler. Er hatte Isaac geküsst, ziemlich lange sogar, aber das war zu Hause gewesen, in ihrer Freizeit, nicht während der Kurse. »Ich bin nicht interessiert.«

Sie drehte eine blonde Locke um ihren Finger und beugte sich vor, um ihre Brüste zu betonen. Als ob ihr Ausschnitt das nicht von allein schaffen würde. »Bist du dir sicher?«

»Ja.«

Sophia rührte sich nicht.

»Ich hab' jemanden, okay?« Er war sich nicht sicher, ob Isaac das wirklich wollte. Jedenfalls wäre er weiteren Küssen nicht abgeneigt. Oder einfach Zeit mit Isaac zu verbringen, das wäre auch schön. »Also hör bitte damit auf.«

Sophia blies erst die Wangen auf und stieß dann die Luft langsam aus. »Das heißt, ich muss mitarbeiten? So richtig?«

»Was? Dachtest du, dass ich deine Arbeit übernehme, wenn du dich mir an den Hals wirfst?«, fragte Ren erstaunt. »Du bist die Sängerin, wie soll ich —«

»Nicht das Singen, das lästige Berichteschreiben, damit die Profs wissen, warum wir dies und jenes gemacht haben.«

Ren warf einen Seitenblick auf sein Smartphone, das offen für alle auf dem Tisch lag und die gemeinsamen Gruppenstunden mitschnitt. Als Protokollführer hatte er mit den anderen ausgemacht, dass er sie aufnahm und später die wichtigsten Punkte zusammenfasste. Sophia hatte den Umstand offenbar vergessen oder ihm nicht richtig zugehört.

»Hast du die Masche etwa auch bei Isaac versucht?« Ren schielte zur Tür. Nicht, dass Isaac in diesem Moment zurückkehrte und etwas Falsches in die Situation hineindeutete.

Sophia rollte mit den Augen. »Natürlich, in der Woche, als du krankgeschrieben warst. Aber er hat mich abblitzen lassen und ist danach biestig geworden.«

Ren konnte nicht leugnen, dass ihm ihre Worte eine gewisse Genugtuung verschafften. Er wusste, dass Isaac schwul war, aber er versteckte diesen Fakt so gut, dass niemand anderes damit rechnete.

»Lass uns lieber wirklich arbeiten«, meinte Ren und versuchte, dabei nicht das Gesicht zu verziehen. »Unsere Lösung ist zu simpel, das hat nichts Besonderes. Nichts, das catchy ist und die Leute neugierig macht.«

»Ja, aber die Aufgabe ist ein Remix, wenn man keinen eigenen Song komponieren will«, warf Sophia ein. »Und du«, sie wies mit dem Finger anklagend auf Ren, »hast abgelehnt, dass wir einen aktuellen Song nehmen und daraus eine Jazz-Nummer machen. Meine Stimme passt perfekt zu Jazz.«

»Weil es das schon gibt und teilweise sehr, sehr erfolgreich«, giftete Ren unerwartet heftig zurück und wünschte, Isaac wäre hier, um zu schlichten. »*Postmodern Jukebox*, schon mal gehört?«

Sophia spießte ihn mit einem weiteren zornigen Blick auf. »Was schwebt dir vor?«

Zumindest verschwendete sie keine Energie mehr darauf, auf niedlich zu machen. Aber ohne Fassade gefiel Ren diese Frau noch weniger. Wusste sie denn nicht, dass sie abhängig von ihm war? Wenn er wollte, könnte er ihr einen total langweiligen, generischen Sound untermischen. Was er nicht tun würde, denn dann würden auch er und Isaac darunter leiden, aber – diese Sängerin!

»Vielleicht sollten wir es andersherum machen?«, überlegte Ren. »Etwas Altes in ein neues Gewand packen.«

Sophia zwirbelte eine ihrer blonden Locken um einen Finger. »So was wie Britney Spears?«

»Ich meine, etwas richtig Altes.«

»'Baby One More Time' war vor meiner Geburt, das ist alt.«

Ren verkniff sich lieber die Antwort. Er würde nicht ertragen, mehrere Takes von Sophia aufzunehmen, die »Hit me, Baby, one more time« sang.

»Eher in die Richtung Gene Kelly. Aretha Franklin oder Barry White.« Ren zuckte mit den Schultern. »Meine Granny hat viele alte Platten, als Kind hätte ich zu gerne damit DJ gespielt, wollte sie aber nicht zerkratzen.«

Die nächsten Minuten verbrachten sie an Tablet und Laptop, um via Kopfhörer Rens Vorschläge zu hören.

»Also dieser Barry-White-Typ, der ist raus. So was kann ich nicht«, moserte Sophia, sodass sich Ren fragte, ob abzulehnen, ihre Grundeinstellung war.

»Willst du es nicht wenigstens versu-«

»Nein.« Sophia streifte sich die Kopfhörer von den Ohren.

»Ich bekomme keine Weihnachtsmusik, also kriegst du auch keinen Grannysong.«

Das konnte ja heiter werden.

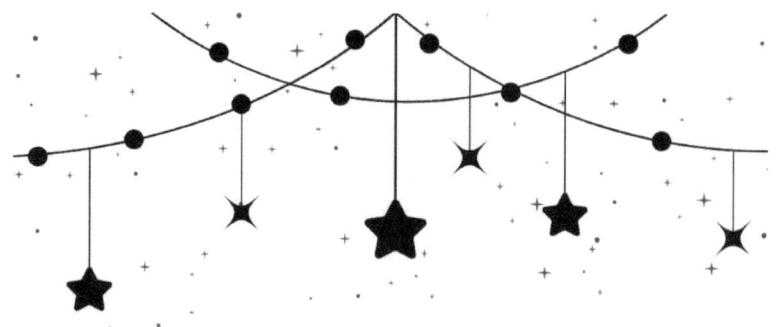

KAPITEL 11

Natürlich war Isaac nicht verpflichtet, sich bei Ren zu melden, aber je länger sich der Tag zog und keine Nachricht erschien, desto unruhiger wurde er. Sophias Vermutung, dass Isaac unter einem Trauma litt, ging ihm nicht aus dem Kopf. Ebenso die Frage, ob er vielleicht zu viel in die Verbundenheit hineininterpretiert hatte, die er zu Isaac aufgebaut hatte.

All die guten Vorsätze, sich mehr auf die Uni zu konzentrieren, verpufften bei der Sorge, die in Ren wuchs, dabei musste er sich nur trauen und einen Anruf tätigen. Oder ... Ren hielt mitten beim Anrichten seines Abendessens inne und starrte auf den bunten Salat auf seinen Teller. Er konnte nicht bei Isaac vorbeigehen, weil er die Adresse nicht kannte. Zwar wusste er, dass Isaac in einem Wohnheim des Colleges lebte, aber nicht in welchem, abgesehen davon, dass die Häuser Hunderte von Einheiten hatten.

Wieso hatte Isaac ihm nie verraten, wo er wohnte?

Ren stopfte sich eine Gabel Salat in den Mund, als ein Benachrichtigungston ihn innehalten ließ. Doch hatte ihn keine Nachricht von Isaac erreicht, nur eine neue E-Mail, deren Inhalt Ren nicht interessierte.

Er konnte Isaac nicht zwingen, sich bei ihm zu melden, aber

bei etwas anderem konnte er sich Klarheit verschaffen. Mit links wählte er die Nummer seiner Tante, sie war immer die beste Zuhörerin gewesen. Es dauerte einen Moment, bis sie abnahm. Vermutlich erledigte sie gerade letzte Aufgaben im Otaku-Store, bevor es in den Feierabend ging.

»Hi, lange nichts mehr von dir gehört«, grüßte Tori.

»Störe ich?«, fragte Ren.

»Nie und das weißt du auch«, kam prompt die Antwort.

»Kann ich dich etwas fragen? Ich will nicht mit Mom oder meiner Schwester darüber reden ...«

»Natürlich. Was ist los, mein Kleiner?« Sie hatte ihn schon immer so genannt, und obwohl er mittlerweile größer als seine Tante war, wollte Ren nicht, dass sie jemals damit aufhörte.

»Wäre es schlimm«, Ren stocherte einen Moment in seinem Salat herum, »wenn ich etwas für einen Mann empfinde?«

Zuerst blieb es einen Moment still in der Leitung, bevor sie antwortete: »Warum denkst du, es könnte schlimm sein?«

Weil er bei Tori immer alles abladen durfte, ließ er mit einem langen Atemzug alle Gedanken los, die ihn seit dem Kuss mit Isaac quälten.

»Ich habe früher immer gehofft, dass ich in Dads Augen keine Schande bin, wenn ich wie ein vernünftiger Erwachsener aufs College gehe. Dass er sich dann für mich interessiert. Aber einen kranken und dazu homosexuellen Sohn wird er noch weniger akzeptieren. Und er ist bestimmt nicht der Einzige, es gibt viele Menschen, die voller Vorurteile sind. Müsst ihr euch dann noch mehr um mich sorgen? Habe ich euch allen nicht genug Probleme bereitet?«

»Lass dir niemals von den verbohrten Vorstellungen deines Erzeugers vorschreiben, wie du zu sein hast, okay?«, forderte Tori ihn auf. Ren grinste kurz, weil sie seinen Dad seit der Scheidung stets ‚Erzeuger‘ nannte, als hätte er alle Familienrechte verloren. »So wie du bist, bist du genau richtig. Und wenn das bedeutet, dass du Männer —«

»Einen Mann«, unterbrach er sie, »über den Plural habe ich

nicht nachgedacht.«

»Wenn du einen Mann magst, dann ist das genauso richtig. Und wenn es mit euch klappt, stell ihn deiner Tante mal vor.«

»Das ist okay?«

»Hast du etwa vergessen, dass ich lesbisch bin?« Ren schüttelte den Kopf, besann sich des Telefonats und verneinte laut. »Deine sexuelle Orientierung ändert rein gar nichts daran, dass wir dich liebhaben und wollen, dass es dir gut geht und du glücklich bist.«

Toris direkte Zustimmung beruhigte Ren.

»Okay ...« Seine Mom hatte ihn und Isaac zwar an diesem Morgen erwischt, jedoch völlig gelassen reagiert. Und nach Ryokos ständigen Fragen, ob er auf gewisse männliche Anime-Charaktere stand, hatte sie schon etwas vermutet, was Ren nicht bewusst gewesen war.

»Hast du mit Henry oder Jae-Sun darüber gesprochen?«

Nebenbei spießte er sein Gemüse auf, aß jedoch nicht weiter. »Nein, nicht deswegen. Wir haben nur so telefoniert.«

Ren fürchtete sich nicht davor, den beiden von Isaac zu erzählen. Jae-Sun und Henry hatten sich in den letzten Jahren zum zentralen Element der queeren Community rund um die Shopping Street in Flushing entwickelt und hätten bestimmt Tipps für ihn, aber Ren traute sich nicht, diese zu erfragen. Noch nicht.

»Warum bist du dir so unsicher?« Er hörte quasi, wie seine Tante am anderen Ende der Leitung lächelte.

Abgesehen von der Tatsache, dass er null Erfahrung hatte? Aber das wollte er nicht mit Tori besprechen.

»Ich bin verwirrt, das ist alles. Er hat mich geküsst und jetzt fährt er die Freundschaftsschiene. Er ist ein guter Freund, wirklich, nach so einem Menschen habe ich lange gesucht.«

»Wart ihr betrunken, als ihr euch geküsst habt?«

Ren schmunzelte über ihre Nachfragen. Detektiv Tori war Hinweisen auf der Spur, manchmal könnte man glauben, dass ihr Job Kupplerin war und nicht Buchhändlerin.

»Nein.«

»Ist er schüchtern?«

»Generell nicht, aber Mom hat irgendwas zu ihm gesagt. Seitdem hält er einen Meter Abstand, als sei ich zerbrechlich.«

»Dann mach ihm klar, dass du das nicht bist.«

»Und wie?«

»*Kabedon*?«, schlug seine Tante vor.

Mit einem Klirren ließ Ren seine Gabel in die Schale fallen.

»Tori, das ist nicht einer der BL-Mangas, die du so gerne liest!«

»Die Methode ist sehr effektiv: gegen die Wand pressen und Kuss aufdrücken. Die Reaktion wird erleuchtend sein.«

»Isaac ist einen Kopf größer als ich!«, warf Ren ein, bevor er anfügte: »Andersherum hätte ich nichts dagegen, aber ich bin zu klein für das Manöver. Außerdem bin ich mir nicht sicher, wie ich Isaac zu einem *Kabedon* kriege, wenn er nicht mal meine Hand halten will.«

Als Toris schallendes Lachen durch die Leitung erklang, legte Ren ohne Abschiedsworte auf. Sie machte sich nicht über ihn lustig, das war einfach ihre Art, und meist war Ren dankbar dafür, dass sie sich ihm gegenüber nicht wie eine Erziehungsberechtigte benahm. Sondern wie eine Freundin.

Denn so unkonventionell sie auch war, hatte sie ihm zumindest geholfen, ein paar Antworten zu finden.

Er wollte Isaac erneut küssen.

Und er wollte eindeutig mehr als nur Freundschaft.

Aber er hatte keine Idee, wie er Isaac deutlich machen sollte, dass er bereit dazu war.

Zu Rens Verwunderung schrieb Isaac ihm am nächsten Morgen, als wäre nichts vorgefallen:

Isaac: Entschuldige, dass ich mich gestern nicht mehr gemeldet habe.
Ren: Geht es dir wieder besser?
Isaac: Wieso sollte es mir schlecht gehen?

Du bist gestern so schnell verschwunden. Ren musste sich zwingen, die nächsten Worte zu tippen. *Ich dachte, du hast dir vielleicht den Magen verdorben.*

Isaac: Nein, alles gut. Nur weil wir die Zutaten nicht mehr in den Kochboxen verwenden, sind sie nicht schlecht.

Das war nicht Rens Sorge, aber wenn Isaac seinen Aussetzer überspielen wollte oder ihm dieser eventuell nicht bewusst war, würde Ren nicht weiterbohren. Sie wollten zwar ehrlich zueinander sein, waren aber nicht dazu verpflichtet, alle Geheimnisse, die sie im Laufe ihrer Leben angesammelt hatten, sofort zu verraten.

Danach tauschten sie sich zwar noch über Sophias Allüren aus, aber da sie beide einen Vormittagskurs hatten, hielten sie das Gespräch leider viel zu kurz.

Das College-Leben, Isaacs Nebenjobs und die Skype-Telefonate mit Ryoko, um den neuen Song von Ai zu planen und erste Probeaufnahmen zu besprechen, die Ryoko in New York durchgeführt hatte, führten leider dazu, dass Ren Isaac die nächsten Tage kaum zu Gesicht bekam. In Sophias Anwesenheit konnte er den Mangel an Berührungen weder ansprechen noch etwas daran ändern und so lud Ren Isaac Freitagabend erneut zu sich ein.

Er musste unbedingt herausfinden, ob Isaac mehr wollte, und falls ja, warum er auf Sicherheitsabstand blieb. Also hatte er sich einen Plan überlegt: Im Laufe des Abends, besser früher als später, würden sie auf der Couch oder in seinem Bett landen und sich küssen. Ren hatte nicht genug Mut, das laut einzufordern, doch ein weiterer Kuss, der sie alles um sich herum vergessen ließ, sollte Bestätigung genug sein.

Kurz bevor Isaac bei ihm klingeln würde, riss sich Ren sein Shirt über den Kopf und legte sich ein Handtuch um den Hals, als hätte er sich nach der Dusche nur eine Jogginghose übergestreift. Die Fantasie anregen, hatten die Seiten im Netz geraten, die Ren studiert hatte, verführerisch sein.

Wie erwartet klingelte Isaac pünktlich und Ren sprintete Richtung Tür, öffnete und begrüßte Isaac mit einem breiten Grinsen. Da die Temperaturen langsam stiegen, hatte sich Isaac nur einen Hoodie übergezogen und Ren konnte nicht verhindern, sich zu fragen, was und ob er etwas darunter trug.

»Hey«, meinte er ein wenig atemlos, woraufhin Isaac die Stirn runzelte.

»Hey«, erwiderte Isaac. »Darf ich reinkommen oder wartest du noch auf wen?«

Zu spät bemerkte Ren, dass seine Haare trocken waren. So richtig trocken. *Verdammt.*

Darauf bedacht, die Situation möglichst natürlich zu gestalten, zog Ren Isaac in eine Umarmung, kaum dass er die Tür hinter ihnen geschlossen hatte. Isaac reagierte nicht groß darauf, stieß ihn jedoch nicht weg.

»Ich hab' dich vermisst«, gestand Ren, denn das hatte er.

Isaac löste sich ein wenig steif von ihm und ging wieder auf Abstand. »Willst du dir nichts überziehen?«, fragte er. »Sonst erkältest du dich noch.«

Gnah. Aufmerksam und rücksichtsvoll, wie immer, aber mehr Kleidung war eindeutig die falsche Richtung.

»Ach, so kalt ist es nicht«, meinte Ren und marschierte in Richtung seines Zimmers. Anstatt den Wink zu verstehen, ließ sich Isaac von Rens Aufnahmestudio und Mischpult ablenken, das die Hälfte des Raums einnahm. Seine Neugier bezüglich Ai machte zunichte, was auch immer Ren mit seinem Obenohne-Auftritt bezwecken wollte.

Frustriert umschloss Ren Isaacs Handgelenk mit den Fingern, zog ihn in Richtung Bett und manövrierte ihn in eine sitzende Position, sodass er neben ihm Platz nehmen konnte. »Ich ... ich wollte etwas ausprobieren. Darf ich?«

Isaac zuckte mit den Schultern. Falls ihn Rens Verhalten verwirrte, so zeigte er das nicht. Ren holte tief Luft, griff nach

Isaacs Hand und verschränkte ihre Finger miteinander.

»Hat das gerade einen Sinn?«

»Sinn? Wie meinst du das?«

Isaac wollte sich lösen, aber Ren hielt ihn fester.

»Berührungen haben einen Zweck, oder? Ein Händedruck zur Begrüßung, zum Beispiel.«

Oder ein Kuss, den Ren einfach nicht hinkriegte. Ein Kuss, der dazu führen sollte, dass er seine Finger in Isaacs Haaren vergraben konnte ... Was war nur los mit ihm? Er war immer zurückhaltend gewesen, doch jetzt konnte es ihm auf einmal nicht schnell genug gehen.

Ren rutschte ein Stück heran, stellte fest, dass Isaac ihm nicht auswich, und legte Isaacs flache Hand an seine Wange. Er kam Isaac so nah, dass nur wenige Zentimeter ihre Gesichter trennten, doch Isaac betrachtete ihn mit einem Pokerface, in das sich langsam Verwirrung schlich.

Das funktioniert doch so, oder?, überlegte Ren. *Man zeigt nackte Haut und Dinge passieren, weil Versuchung und so weiter.*

Ren zwang sich, nicht mit den Augen zu rollen, weil ihm erneut klar wurde, wie schrecklich wenig er wusste. Er hatte definitiv Nachholbedarf.

»Wieso machst du nichts?«, stieß Ren aus und zog sich zurück.

»Was soll ich denn machen?«, hakte Isaac nach und nutzte den Moment, ihre Finger voneinander zu lösen.

»Hast du den Kuss letztens nicht ernst gemeint?«, sprach Ren aus, was ihn seit Tagen beschäftigte. »Liegt es an mir? Hast du deswegen nichts mehr versucht?«

Isaac hob die Hand, als wollte er nach Ren greifen, hielt jedoch in der Bewegung inne. »Ich habe abgebrochen, weil du gezittert hast, als würde ich dir ein Messer an die Kehle halten.«

»Das ist ein bisschen übertrieben.«

Isaac zog spöttisch eine Augenbraue hoch. »Du hast es zwar nicht ausgesprochen, aber eindeutig Nein gesagt. Und ich bin kein Arsch, der einfach weitermacht.«

Ren wagte nicht zu fragen, ob Isaac einmal in einer Situation gewesen war, in der die andere Person nicht gestoppt hatte.

»Wir wollten ehrlich sein, Isaac«, mahnte Ren, ohne Schärfe in seine Worte zu legen. »Wieso berührst du mich nie? Die Chemo ist lange vorbei und ich —«

»Es liegt nicht an der Chemo«, unterbrach ihn Isaac, wich allerdings seinem Blick aus.

»Ich habe das Fünf-Jahres-Zeitfenster zwar noch nicht über-schritten, aber die Chancen stehen gut, dass —«, wollte Ren erklären, aber Isaac unterbrach ihn erneut.

»Du hast mich verunsichert, aber nicht deswegen«, gestand er, jedoch glaubte Ren ihm nicht völlig. Er wusste, wie abschreckend eine Krebserkrankung auf andere wirkte. »Du kitzelst Seiten von mir hervor, die ich mir lange verboten habe, und ich bin nicht gut in Berührungen …«

»Aber es ist dir nicht unangenehm?«

Isaac schüttelte den Kopf. »Nicht bei dir.«

Das war eine Neuigkeit, mit der Ren arbeiten konnte.

»Ich habe nie verstanden, warum es manchen so leichtfällt«, fuhr Isaac fort, während er die Arme abwehrend vor der Brust verschränkte. »Was ist zu viel? Was ist zu wenig? Wann sende ich falsche Signale aus? Also lasse ich es lieber gleich.«

Das war weiterhin nur die halbe Wahrheit, das konnte Ren in Isaacs Blick lesen. Da war noch mehr, etwas, das er nicht verraten wollte. Isaac hatte es erst vor ein paar Tagen geschafft, dass sich Ren selbst vergaß, jeder andere, der weniger mentalen Ballast mit sich herumschleppte, hätte mit Isaac an diesem Abend Sex gehabt. Was das anging, wusste Isaac sehr wohl, was genau richtig war.

»Du willst mich also nicht mehr küssen?«

Der gequälte Gesichtsausdruck, gegen den Isaac eisern ankämpfte, war Antwort genug. »Du bestimmst das Tempo«, brachte er mühsam hervor.

»Und wenn ich entscheide, dass wir nur Freunde sind?«

»Dann respektiere ich das.«

»Und wenn ich mich in dich verliebe?«

Sekundenschnell wechselten sich die Emotionen in Isaacs Blick ab – Hoffnung und Angst und Schmerz – so viel Schmerz, dass Ren die Frage bereute. Er hatte eine Reaktion erzwingen wollen, nicht ihn bedrängen.

»Das wird nicht passieren, ich bin nicht liebenswert.«

Ren wollte etwas erwidern, doch wurde er von einem Niesen unterbrochen, schließlich saß er immer noch halb nackt auf seinem Bett. Isaac nutzte die Chance, um das achtlos zur Seite geworfene Shirt zu greifen und Ren über den Kopf zu ziehen. Mit einem Protestlaut schlüpfte Ren in die Ärmel und erhaschte dabei kurz Isaacs weichen, warmherzigen Blick, der seine letzte Behauptung komplett widerlegte.

Doch der Moment währte nur kurz, bis sich Isaac wieder zurückzog. »Ich will dich berühren, aber ich weiß weder wie noch wann ich das sollte.«

Für einen Moment ließ Ren den Blick über Isaac schweifen, die Arme verschränkt, dicht am Körper, die Schultern angespannt. Was war in Isaacs Leben passiert, dass er niemals seine Schutzmauern herunterließ und er daran zweifelte, ob er überhaupt Zuneigung zeigen durfte? So sehr Ren darüber auch nachdachte, er konnte sich keinen Reim darauf machen.

»Hat dich denn nie jemand in den Arm genommen?«, fragte Ren aus Neugier, jedoch ohne die Absicht, weiter zu bohren. Er würde Isaac zu nichts zwingen, er wollte es hauptsächlich verstehen. »Weil du etwas gut gemacht hast oder einfach nur so?«

»Nein. Warum sollte man auch?«

Ren zögerte seine Antwort hinaus. Die Gegenfrage erschütterte ihn. Menschen waren von sich aus soziale Wesen, sie brauchten Zuneigung und Nähe, allerdings hatte er bei seinen Reha- und Krankenhausaufenthalten gelernt, dass nicht alle Familien miteinander umgingen wie seine. Jedes Mal, wenn er länger von Ryoko getrennt gewesen war, hatte sie ihn so fest an sich gedrückt, als wollte sie ihn nie wieder loslassen.

Bei Isaac musste der Grund für sein Verhalten tiefer vergraben liegen. Plötzlich echote Sophias Vermutung durch Rens Gedanken, dass Isaac unter einem Trauma litt. Aber da Isaac sicher nicht freiwillig darüber sprechen würde, brauchte Ren einen Plan, um ihn hinter seinen Schutzmauern hervorzulocken. Vielleicht würde es ihm helfen, wenn er verstand, dass jede Familie anders funktionierte und es in Ordnung war, sich etwas zu wünschen, das die eigene ihm nicht geben konnte.

»Wenn ich eine Untersuchung überstanden habe, hat Mom mich umarmt«, erzählte Ren lächelnd, um die Schwere aus der Situation zu nehmen. »Oder wenn ich bei einem Test ein gutes Ergebnis geschafft habe.«

»Du meinst 100 Punkte?«

Ren riss die Augen auf. »Nein. 80 war bei mir Höchstleistung, ich bin nicht so ein Überflieger wie Ryoko.« Er überlegte einen Moment. »Meine Granny hat mir dann immer über den Kopf gestreichelt, aber ich glaub, das ist etwas typisch Japanisches. Und Tante Tori und ich hatten in meiner Highschool-Zeit ein voll peinliches Abklatschritual, das uns immer zum Lachen gebracht hat.«

Isaac blickte nur noch verwirrter drein.

»Hast du dann ein ‚Gut gemacht‘ oder ‚Bin stolz auf dich‘ zu hören bekommen? Vielleicht von deinen Geschwistern?«, wunderte sich Ren und fragte sich gleichzeitig, ob er Salz in Isaacs Wunden streute, anstatt ihm eine Perspektive zu geben.

»Ich sollte meinen Bruder immer in Ruhe lassen.« Isaac, der Ren eigentlich im Sitzen überragte, schrumpfte mit jedem weiteren Wort in sich zusammen. »Wenn ich nicht der Beste im Kurs war, hat mein Vater mir vorgeworfen, dass ich nicht genug gelernt habe. Ansonsten schienen meine Eltern zufrieden, haben aber nichts gesagt. Und ich auch nicht, weil dann hätte ich ihnen gestehen müssen, dass ich ans Berklee will.«

»Deine Eltern haben dich nie gefragt, auf welches College du möchtest? Was du später einmal werden willst?«

Isaac schnaubte bitter. »Sie haben für mich entschieden, an welchen Colleges mit Chance auf Vollstipendium ich mich bewerben sollte und was die besten Kurse sind, um ...« Er hielt einen Moment inne und sein Blick verfinsterte sich noch mehr. »Ich habe nach meiner Zusage in einem Secondhand-Laden einen Koffer gekauft, alles reingestopft, was mir wichtig war, und bin abgehauen.«

»Wirklich?«

Isaac nickte mit solch einer Entschlossenheit, dass Ren nicht weiter nachhakte. Das Leben vieler Kunstschaffenden startete genauso.

»Ist es denn okay«, Ren wollte die Hand ausstrecken, hielt jedoch in der Bewegung inne, »wenn ich dich berühre? In den Arm nehme, wenn du etwas gut gemacht hast?«

»Als Freunde?«, hakte Isaac nach.

»Ja. Als Freunde.« Ren hätte am liebsten gejubelt, dass er das so souverän rübergebracht hatte, obwohl er andere Absichten hegte. Doch ging es hier nicht darum, etwas nachzuholen, nicht darum, Erfahrungen schnellstmöglich zu erleben, um sich gleichwertig zu fühlen. Ren durfte seinen Wunsch nicht über Isaacs Wohl stellen.

Isaac biss sich auf die Lippe, zögerte, als würde die Entscheidung ihm alles abverlangen, und erwiderte schließlich leise: »Okay.«

Das ließ sich Ren nicht zweimal sagen und so überwand er energisch den Abstand zwischen ihnen. Doch für eine Umarmung hatte er zu viel Schwung genommen, Isaac fing mit einem »Uff« den Zusammenstoß ab und gemeinsam fielen sie hintenüber. Statt darüber verärgert zu sein, stieß er ein kaum hörbares Lachen aus, sodass Ren dies zum Anlass nahm, Isaac in eine andere Position zu manövrieren.

Isaac lag wie ein Seestern ausgebreitet auf dem Bett und rührte sich nicht. Nicht einmal, als sich Ren an seine Seite kuschelte und den Kopf zwischen Isaacs Hals und Schulter ablegte. Dennoch achtete Ren darauf, die Hände in neutralen Zonen zu halten, und genoss einfach die Wärme, die Isaac ausstrahlte.

So berauschend sich der Kuss auch angefühlt hatte, das Beste war der warme Kokon gewesen, in dem Ren am nächsten Morgen aufgewacht war. Der Spitzname ‚Eiskönig‘ wurde Isaac wirklich nicht gerecht. Der Mann glühte wie ein Heizkörper. Aber wenn Ren es sich recht überlegte, bedeutete der Spitzname auch, dass niemand am College Isaac nahe genug gekommen war, um dieses Detail herauszufinden. Was ihn mit einer seltsamen Zufriedenheit erfüllte.

»Und so was ist wirklich wichtig?«, hakte Isaac nach.

»Ja«, murmelte Ren gegen den Stoff von Isaacs Hoodie und hoffte, dass er nicht spürte, wie wild sein Herz schlug. »Weil es schön ist und Umarmungen immer guttun.«

»Hm.« Und dann: »Was habe ich gerade gut gemacht?«

»Du hast mir aufrichtig und so gut, wie es dir möglich war, gestanden, was in dir vorgeht.«

Isaac blieb zwar weiterhin skeptisch, schlang jedoch den Arm um Rens Mitte. Es dauerte eine Weile, bis er sich entspannte, mit einem tiefen Atemzug locker ließ, und Ren entschied, dass er Isaac noch viel mehr Dinge zeigen wollte, einfach, weil sie schön waren.

Die Küsse würden so lange warten müssen.

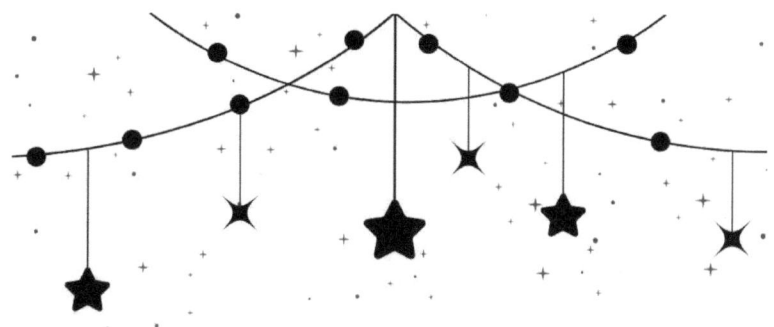

KAPITEL 12

Spätestens zu seinem Geburtstag im März wurde Isaac bewusst, wie viel bunter sich sein Leben mit Ren Tachibana an seiner Seite gestaltete, und Isaacs Vorsatz, ihn aufgrund seiner Krankheit bloß als Freund zu betrachten, geriet bedrohlich ins Wanken. Dieser Mann machte es ihm unmöglich, nicht mehr zu wollen.

Es wäre ein hohes Risiko, aber waren nicht jedes Lächeln, jedes losgelöste Lachen, jede gemeinsame Stunde es wert, sich darauf einzulassen?

Ren hatte ihn am Samstag nach seinem Geburtstag mit einem Bootsausflug überrascht, bei dem man Wale und Delfine beobachten konnte. Tatsächlich hatten sie dabei mehrere Buckelwale entdeckt, die einen Ehrfurcht auslösenden, anmutigen Tanz im Wasser aufgeführt hatten. Isaac konnte sich nicht daran erinnern, wann er zum letzten Mal diesen Tag gefeiert hatte, aber die Stunden auf dem Boot, aufgrund des schneidenden Winds dick eingepackt und gegen die Kälte mit Rens allzeit bereiter Thermosflasche ausgestattet, war mit Abstand die schönste Feier gewesen.

Weil er sie mit Ren verbracht hatte. Weil der Wunsch, den Tag nächstes Jahr wieder mit Ren zu feiern, stärker wurde als die Angst, wieder verletzt zu werden.

Dabei war Ren nicht der Einzige gewesen, der an ihn gedacht hatte. Takumi hatte ihm ein Carepaket geschickt, bis zum Rand gefüllt mit Süßigkeiten aus aller Welt, dem koreanischen Instant-Kaffee, nach dem Isaac süchtig war, und einer exklusiven, handgefertigten Ai-Illustration obenauf. Die, wie er Takumi kannte, ein absolutes Einzelstück war.

»Er hat keine Karte dazugelegt?«, fragte Ren verwundert, als Isaac ihm am darauffolgenden Freitagnachmittag die Illustration zeigte. Durch eine Erkältungswelle waren ihrer beide Kurse ausgefallen und sie hatten sich in Rens Wohnung zurückgezogen.

»Ja, das ist so abgesprochen.«

»Warum soll denn niemand mitbekommen, wann du Geburtstag hast?«

»Weil ich solche Informationen nicht gern teile.« Weil man ihn dadurch aufspüren konnte, wäre die Wahrheit gewesen.

Isaac fragte sich immer noch, wie Ren das Datum herausgefunden hatte. Nur Serge wusste davon, sein Mitbewohner hatte ihn in aller Frühe mit einem Ständchen auf Französisch geweckt und ihm karamellsüße Cannelés plus Wunderkerze überreicht. Allerdings kannten sich Serge und Ren nicht und –

»Was ist hier los?«, schallte es plötzlich aus Richtung des Flurs, sodass sich Isaac nach der Stimme umdrehte. Ryoko hatte sich dort mit verschränkten Armen aufgebaut und begutachtete skeptisch das Chaos, das sie in der Wohnküche veranstaltet hatten.

»Wir haben Chocolate-Chip-Muffins gebacken«, verkündete Ren stolz grinsend und überhaupt nicht über das Eindringen überrascht.

Auf dem Tresen standen mehrere Teller mit Rens Backversuchen. Das erste Sechser-Blech Muffins war verkohlt aus dem Ofen gekommen, beim zweiten war der Teig nicht fest geworden. Und der dritte Versuch war so fest geworden, dass man damit Fenster einschlagen konnte. Dementsprechend war alles, inklusive Ren, mit Mehl bedeckt, dreckige Schüsseln und Löffel stapelten sich neben der Spüle und der Müll quoll mit Eierschalen über.

»Wieso habt ihr euch nicht an das Rezept gehalten?«, fragte Ryoko und gab sich Mühe, so neutral wie möglich zu klingen. Isaac rückte einen Barhocker auf, damit auch sie am Tresen Platz nehmen konnte.

»Haben wir doch?«, meinte Ren ehrlich verwirrt, während er mit dem Wasserkocher hantierte, um seiner Schwester eine Tasse Tee aufzusetzen. Es war süß, dass Ren ihn miteinbezog, obwohl Isaac bei den ersten Runden nur von der Seitenlinie Kommentare abgegeben hatte, um Rens Elan nicht zu stören.

Ryoko tippte mit dem Fingernagel gegen ein schwarzes Stück Kohle. Die gerunzelte Stirn sprach Bände.

Daraufhin schob Isaac wortlos einen Teller mit sechs halbwegs ordentlichen Muffins über den Tresen. Sie würden keinen Wettbewerb gewinnen, aber sie waren essbar. Zutaten genau abwiegen, sich an die einzelnen Schritte halten und dann einen Timer stellen – das stellte ihn vor keine Herausforderung. Sodass dies ‚Isaacs Muffins‘ waren, während Ren alle anderen ihre ‚gemeinsamen Werke‘ nannte.

Ryoko durchschaute das natürlich sofort.

»Tja, Brüderchen«, neckte Ryoko und griff nach einem von Rens weniger katastrophalen Ergebnissen, »weniger Knutschen, mehr Konzentration.«

»Was?« Die Schüssel, die Ren gerade abwaschen wollte, fiel mit einem Platschen ins Spülbecken, sodass das Wasser überschwappte. »So war das gar nicht! Wir haben nur …«

Mit einem Klicken stoppte der Wasserkocher und Isaac stand auf, um ihn zu holen und Ryoko einen Tee zu machen.

»Außerdem«, murmelte Ren verlegen, »ging es nicht darum, etwas gut zu können, sondern etwas auszuprobieren. Beim Mal davor hat sich Isaac nicht viel besser geschlagen.«

Ryoko, die den angebissenen Muffin unauffällig in der Mülltüte verschwinden ließ, warf ihm einen fragenden Blick zu.

»Wir waren die Tage Basketballspielen, mit ein paar Leuten vom Berklee.«

»Du meinst«, Ren drehte sich hoheitsvoll zu ihnen um, doch seine kükengelbe, mehlbeschmierte Kochschürze mit Tweetie-Gesicht untergrub seine Ernsthaftigkeit, »*ich* habe Basketball gespielt. Du wurdest recht schnell zum Schiedsrichter ernannt.«

Isaac zuckte mit den Schultern. »Meine miese Hand-Augen-Koordination betrifft nicht nur Musikinstrumente, sondern auch Bälle«, erklärte er Ryoko. »Aber hey, ich hab's kurzzeitig probiert.«

Bevor Ryoko, ganz die loyale Schwester, die verkohlten Muffins testete, hielt Isaac ihr einen seiner Backversuche hin. Zu seiner Überraschung nahm sie diesen ohne Murren an.

»Und, Brüderchen? Hast du gewonnen?«, hakte Ryoko nach und zupfte mit den Fingern ein Stück Teig ab.

»Es geht wirklich nicht ums Gewinnen«, murmelte Ren, der sich wieder dem dreckigen Geschirr widmete, »sondern um den Spaß.«

»Und den hatten wir«, stimmte Isaac mit ein. Zum Glück hatte niemand gesehen, wie dämlich er sich angestellt hatte. Aber Ren war bei den Matches aufgeblüht, sobald er verstanden hatte, dass die anderen ihm einen Anfängerbonus gaben, um sich im Team zurechtzufinden. Nicht, dass sie auf ihn Rücksicht nahmen, weil er nicht gut genug war.

Dazu hatte es Isaacs Sorgen bezüglich Rens Gesundheitszustand beruhigt. Der Zusammenbruch und die Atemnot nach dem Treffen im Café waren seiner Panik geschuldet gewesen, nicht seiner Fitness. So gedankenlos und unbedarft sich Ren manchmal verhielt, er zog einen strengen Ausdauer- und Jogging-Trainingsplan durch, um seinen Körper zu stärken.

Isaacs selbst hatte nach einem Spiel keuchend am Rand gesessen. Vermutlich sollte er sich eher Sorgen um seinen eigenen Zustand machen und sich mehr bewegen.

»Anstatt nur zu nörgeln«, warf Ren seiner Schwester vor,

»solltest du dich erst mal beweisen.«

Ryoko schluckte den Köder sofort, schnappte sich Rens Kochschürze und durchsuchte den Kühlschrank nach Zutaten. Isaac sinnierte derweil über all die Veränderungen der letzten Wochen und trank weiter seinen Milchkaffee. Seine Freitagabende gestalteten sich viel lebhafter als früher. Generell verbrachte er jede freie Minute mit Ren, wenn sie keine Kurse hatten, er nicht arbeiten musste oder sich Ren um die Aufnahmen für Ai kümmerte.

Ren begleitete Isaac auf seinen Erkundungstrips durch Boston, sie schauten Filme, lernten zusammen fürs Berklee, arbeiteten am Gruppenprojekt, wobei Isaac lieber nicht darüber nachdachte, wie weit er hinter seinen Deadlines war. Irgendwie würden sie es bis zur Abgabe Anfang Mai fertigstellen.

Mr. Faubrey hatte ihn nicht mehr in sein Büro bestellt, daher vermutete Isaac, dass er das erwünschte Kontakteknüpfen bestanden hatte. Wobei Ren längst nicht mehr Mittel zum Zweck war. Sie waren sich emotional näher gekommen, als er für möglich gehalten hatte. Seit Ewigkeiten hatte er nicht mehr jemandem so viel von sich erzählt, seit ...

Isaac blickte zur nassen Fensterscheibe, gegen die der Märzregen prasselte, und atmete tief durch.

Seit ihrem halben Streit, bei dem sich Isaac immer mehr in die Ecke gedrängt gefühlt hatte, war das Thema Küssen nicht mehr gefallen und Isaac, selbst wenn er sich das Gegenteil wünschte, hoffte, dass es dabei blieb. Er würde Ren der beste Freund sein. Dann würde niemals Sex im Raum stehen und Ren würde niemals herausfinden, wie kaputt er war.

Vollkommen egal, dass Ren Versuchung in Reinform war. Wenn er es nicht darauf anlegte, versunken an seinem Laptop werkelte, eine kleine Konzentrationsfalte zwischen den Brauen, Schokolade von einem Cookie in seinem Mundwinkel klebte oder er ihn nur zur Begrüßung anstrahlte und umarmte – wollte Isaac so viel mehr.

Vielleicht hätte er nicht den Berührungen zustimmen sollen,

denn Isaac war sich nun Rens Nähe stets bewusst. Alles zwischen ihnen blieb freundschaftlich, dennoch so anders. So Ren. Die Beschreibung traf es am besten. Isaac bezweifelte, dass sich die Umarmung eines anderen Menschen so anfühlen würde.

»Eigentlich bin ich nicht gekommen, um ‚American Bake Off‘ zu spielen«, offenbarte Ryoko, nachdem sie ihre eigenen Muffins in den Ofen geschoben hatte. »Da das Release des neuen Songs durch ist —«

»Gibt es eine Belohnung?«, stieß Ren freudig aus und erklärte Isaac, dass sie eine Tradition daraus gemacht hatten, jeden neuen Song mit einem Event zu feiern. Sie hatten sich ein neues Konsolenspiel geholt oder einen Familienausflug gemacht – je nach Rens Gesundheitszustand – und das letzte Mal hatte Ryoko ihn in eine Bostoner Videospielhalle entführt.

»Es gibt zwei Auswahlmöglichkeiten«, meinte Ryoko geheimnisvoll und beugte sich zu ihrer Tasche, die neben ihrem Barhocker auf dem Boden ruhte. »Es gibt erstens«, sie hielt mehrere bunte Tickets hoch, »in Boston einen neuen Escape Room für Teams ab drei Leuten. Die waren recht ausgebucht, daher konnte ich erst Tickets für April kriegen. Aber keine Sorge, Is, du bist eingeladen, ich weiß, wie eng das Budget eines Studenten ist.«

Isaac konnte nicht bestreiten, dass seine Kasse regelmäßig leer war, und bedankte sich artig. Derweil tippelte Ren ungeduldig mit den Fingern über den Tresen, als wollte er am liebsten sofort aufbrechen.

»Oder«, Ryoko fächerte die Papiere in ihrer Hand auf und offenbarte noch weitere Tickets, »die neue VR-«

»Ohhh!« Rens Lächeln strahlte so sehr, dass es Isaac beinahe blendete.

»-basierte, immersive Ausstellung zu Monets Werken.«

Und im nächsten Moment sackten Rens Schultern hinab und alle Freude war erloschen. »Escape Room«, stellte er fest, »eindeutig Escape Room. Diese Kultur-Sachen, die Ryoko mag, sind gähnend langweilig.«

Ryoko legte zunächst die drei Karten auf den Tresen, bevor sie sich mit einem unschuldigen Lächeln zu Isaac umdrehte. Das alles wirkte so scheinheilig auf ihn, dass er sich auf das Schlimmste gefasst machte.

»Dann wirst du wohl mit mir hingehen müssen.«

»Wie bitte?«

»Wir zwei. Allein macht so eine Ausstellung keinen Spaß, also haben wir ein Date, Is. Ich bin übers Wochenende in der Stadt, was hältst du von morgen?«

Zu sagen, dass er verwirrt war, wäre die Untertreibung des Jahres. Irgendwo war er im Kopf falsch abgebogen – wieso bezeichnete sie einen Ausflug plötzlich als Date? Meist nahm Isaac die sozialen Signale nicht wahr, die auf eine romantisch aufgeladene Situation hindeuteten, aber bei Ryoko war er sich sicher, dass sie ihn nicht ausstehen konnte.

»Ryoko«, maulte Ren sofort, »du kannst mit Isaac kein Date haben.«

»Wieso nicht? Ihr seid nur Freunde, oder?«

»Ja, aber —«

Ryoko wandte sich wieder an Isaac und ignorierte Rens Protest. »Wir hatten schon ein nettes Treffen im Café, daran lässt sich doch anknüpfen.«

Sie klimperte unschuldig mit den Wimpern und reizte damit Ren noch mehr. Doch der langte über den Tresen nach Isaacs Hand, drückte fest, aber nicht schmerzhaft zu, und wartete, bis er Isaacs volle Aufmerksamkeit innehatte. Dann meinte er mit Grabesstimme: »Egal, was Ryoko behauptet, du hast kein Date mit meiner Schwester.«

Als ob es daran irgendeinen Zweifel geben könnte, schließlich wusste Ren, dass Isaac schwul war. Aber dieser plötzliche Besitzanspruch ließ ihn schmunzeln.

Wenn er nur könnte, würde er den Tresen umrunden und Ren die Zweifel von den Lippen küssen, damit Ryoko nie wieder auf so eine Idee kam.

Aber er durfte nicht. Küsse führten zu mehr, zu Sex, führten dazu, dass Ren genug von ihm haben würde.

»Kein Date«, echote Isaac so ernst wie möglich, woraufhin Ryoko belustigt schnaubte. Vermutlich hatte sie es darauf angelegt, eine Eifersuchtsattacke hervorzukitzeln. Isaac traute es ihr zu, hatte jedoch längst aufgegeben, die Motivation für ihr Handeln zu verstehen.

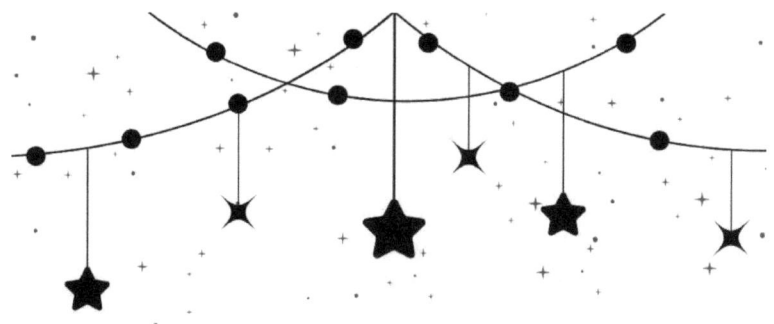

KAPITEL 13

So kam es, dass Isaac am Samstag ein Nicht-Date mit Ryoko Tachibana hatte und zu einer der angesagtesten, neusten Ausstellungen der Stadt eingeladen war.

Isaac wollte sich nicht beschweren, er hatte seit Wochen die Werbebanner dazu gesehen und überlegt, wie er das Geld dafür zur Seite legen sollte, immerhin blieb die Ausstellung nur kurz in Boston. Und selbst wenn er kein Fan des französischen Malers war, ihn reizte das Event. Er wollte so viel erfahren und ausprobieren wie möglich und er war neugierig, wie man über hundert Jahre alte Gemälde dem Betrachter immersiv darstellen wollte. Mit einer 360-Grad-Rundum-Leinwand? Und wenn ja, konnte man so eine Technik auch für andere Veranstaltungen nutzen?

Es war also nicht ganz uneigennützig, dass er Ryoko begleiten wollte.

Ren hatte den Vormittag über in ihrem Chat geschwiegen und Isaac hatte sich keine unverfängliche Nachricht getraut, sodass er hoffte, dass sein Freund nicht allzu sauer auf ihn war. Als er am vereinbarten Treffpunkt auf Ryoko wartete, überkamen ihn dennoch Zweifel.

Besonders, als Ryoko an der Bushaltestelle ausstieg und die

Wartenden ihre Blicke auf sie richteten, als wäre die Sonne an diesem wolkenverhangenen Märztag aufgegangen. Alles an ihr wirkte edel, aber gleichzeitig verführerisch, als hegte sie ganz andere Absichten als Isaac.

Ihr dezentes Make-up legte den Fokus auf ihre rückenlangen Haare, die in einem seidigen Schwarz glänzten und über ihre weiße Lederjacke flossen. Darunter präsentierte sie ein hochgeschlossenes Blümchenkleid, an Monets Gartenmotive angelehnt, das so eng anliegend geschnitten war, dass nichts verborgen blieb. Am überraschendsten waren die Stiefeletten, die Ryoko plötzlich auf seine Augenhöhe katapultierten.

Allerdings hatte noch nie eine Frau irgendetwas bei Isaac ausgelöst und Ryoko änderte das nicht.

»Hey, du siehst gut aus«, begrüßte er sie dennoch mit einem Kompliment. Die Mühe, die sie sich gemacht hatte, musste anerkannt werden.

»Dankeschön.« Ihre Augen, die Rens zwar ähnelten, dennoch anders waren, strahlten vor Freude und sie schenkte ihm ein Lächeln. »Kann ich so zurückgeben.«

»Nur der Schirm passt irgendwie nicht«, gestand Isaac, bevor er sich zurückhalten konnte.

Aus Ryokos Tasche schaute der Knauf eines neonpinken Taschenschirms hervor. »Ja, Ren hat darauf bestanden, dass ich ihn mitnehme, weil Regen angekündigt ist«, sagte sie und klang dabei ehrlich verwirrt.

»Sehr aufmerksam von ihm«, erwiderte Isaac und gab sich alle Mühe, sich nichts anmerken zu lassen. In den letzten Wochen hatte seine emotionale Unausgeglichenheit ihn mehr belastet als in den Semestern davor – nach vier Jahren hatte er seinen Verlust noch immer nicht überwunden. Aber Ren konnte nicht wissen, was Frühlingsregen manchmal, nicht immer, bei ihm auslöste.

Ryoko zupfte am Kragen seines Sakkos, als wollte sie es richten, und meinte: »Sollen wir?«

»Von mir aus«, erwiderte er. »Ich bin überrascht, dass Ren

dich durch die Tür gelassen hat.«

»Selbstverteidigungskurs«, antwortete Ryoko, als sie den kurzen Weg zum Ausstellungsort zurücklegten. »Aber er hat heute die Schmolltaktik versucht und ist grandios gescheitert.«

Kaum dass sie durch die Ticketkontrolle durch waren, hakte sich Ryoko bei ihm unter und legte die Hand auf seinen Unterarm. Für jeden anderen Besucher mussten sie wie ein Paar wirken, doch Isaac würde bei diesem Spiel nicht mitmachen. Er würde höflich und zuvorkommend sein, immerhin hatte sie ihn eingeladen, aber er würde Ren niemals mit seinem Handeln verletzen.

Isaac konzentrierte sich zwar auf die Gemälde, grübelte trotzdem im Hinterkopf weiter. Ryoko war freundlich und aufgeschlossen, allerdings kannte er auch ihre kalte, berechnende Seite. Da sie jedoch weder auf Ai noch auf die Gesundheit ihres Bruders zu sprechen kamen, blieb die Unterhaltung leicht. Sie war nett, das musste Isaac zugeben, nur war er sich nicht sicher, ob sie sich verstellte, um ihre wahren Absichten zu kaschieren.

»Warum hast du mich wirklich eingeladen?«, fragte Isaac, während sie darauf warteten, dass VR-Brillen für den nächsten Teil der Ausstellung verfügbar waren.

Sie standen ein wenig abseits von den anderen Besuchern, daher empfand Isaac dies als geeignete Möglichkeit, um Klarheit zu schaffen.

»Als Friedensangebot und Dankeschön«, meinte Ryoko mit einem Schulterzucken. »Ich war am Anfang wirklich hässlich zu dir, dabei hast du dich aufrichtig um Ren gesorgt und willst ihm ein Freund sein.«

»Das klingt nicht so, als würdest du mir das glauben.«

Ryoko schenkte ihm einen Seitenblick, während sie die Besucher im Auge behielt, die mit ihren aufgesetzten Brillen in eine andere Welt starrten. »Ich bin New Yorkerin, Skepsis ist das Erste, das wir beigebracht bekommen.«

»Warum versuchst du dann nicht, mich von deinem Bruder

fernzuhalten?«, fragte Isaac weiter. Immerhin hatte sie ihn auch zum Escape Room eingeladen.

Dieses Mal wandte sich Ryoko ihm zu und schenkte ihm ein trauriges Lächeln.

»Die Dinge, die sich mein kleiner Bruder in den letzten Jahren gewünscht hat, können wir an einer Hand abzählen.« Sie seufzte. »Seine Krankenhausaufenthalte und Therapien haben unser Familienleben belastet, auch finanziell. Er hat immer alles stoisch ertragen, ohne großes Drama oder Tränen.«

Isaac war sich bei diesen Punkten nicht sicher, vermutlich hatte Ren sein Gefühlschaos mit sich selbst ausgemacht und dies meisterlich verborgen.

»Sein erster Wunsch war dieses Mischpult mit den bunten Tasten, keine Ahnung, wie das heißt, aber für Ren war es wie ein Zauberstab.«

Isaac wusste es. *Traktor Kontrol F1 Remix Set.* Er hatte mehrfach miterlebt, wie Ren daran aus Spaß komponierte, Rhythmen, Klänge und Loops aneinanderreihte. Ren nannte es ‚Fingerübungen‘ oder seine Art zu entspannen. Für Isaac hatte es sich angefühlt, als würde er zaubern, und ihm erneut aufgezeigt, wie wenig Kreativität er besaß.

»Ren war zu unregelmäßig in der Schule, um wirklich dazuzugehören, und die Leute, die er im Krankenhaus kennengelernt hat, haben sich nach ihrer Entlassung nicht mehr gemeldet«, fuhr Ryoko fort. »Wenn es dir selbst besser geht, willst du dich nicht mit der Krankheit des anderen belasten. Daher warst du sozusagen sein zweiter Wunsch. Dass ich dich treffen sollte, ohne zu verraten, wer alles hinter Ai steckt.« Sie seufzte theatralisch. »Um dich dann doch ins Vertrauen zu ziehen, damit du in seinem Orbit bleibst.«

»Hättest du besser geschauspielert, wäre es nicht so weit gekommen«, konterte Isaac und hoffte, dass er damit Ryoko bei ihrem Künstlerstolz traf. Immerhin hatte sie sich bisher nie aufrichtig für die Scharade entschuldigt. »Dann hätte ich mich nach einem Treffen mit meinem Idol wieder verzogen.«

»Glaub mir, das habe ich mir oft genug vorgeworfen.« Ryoko verzog frustriert das Gesicht. »Aber du hast eine Seite von meinem Bruder kennengelernt, die mir fremd war.«

Bevor Isaac etwas darauf erwidern konnte, wurden sie von den Mitarbeitern der Ausstellung aufgerufen, ihre VR-Brillen entgegenzunehmen.

Zum Abschluss brachte Ryoko ihn in ein Café, in dem sie einen Tisch reserviert hatte, ob Isaac nun wollte oder nicht. Auch wenn sie sich friedlich verhielt, konnte er den Gedanken nicht abschütteln, dass Ryoko ein übergeordnetes Ziel hegte.

Kaum dass sie sich gesetzt hatten, brachte ihnen ein Kellner eine Etagere mit Gebäck und Snacks wie für einen englischen Nachmittagstee und goss ihnen aus einer Keramikkanne aromatisch duftenden Tee ein. Die hauchdünnen Teetassen mussten für Kinderhände konzipiert sein, nicht für einen erwachsenen Mann. Wollte sie, dass er sich blamierte? Legte sie es darauf an, dass er sich unwohl fühlte? Ihr war immerhin klar, dass er ein armer Student war, der geradeso über die Runden kam.

»Was schaust du so angestrengt?«, fragte Ryoko, nachdem sie ihren Teller mit einem Mini-Sandwich beladen hatte. »Soll ich dir sagen, was das alles ist?« Sie hielt kurz inne, als wäre sie wirklich besorgt. »Oder hast du eine Lebensmittelallergie?«

Isaac erinnerte sich daran, dass dies kein Date war und er mitspielen sollte. Wenn Ryoko eine halbwegs gute Meinung von ihm hatte, konnte das nur von Vorteil sein.

»Ich versuche nur zu begreifen, warum du mich zu einer hundert Dollar teuren Teeparty einlädst«, gestand Isaac.

Sichtlich beruhigt, dass man nichts aufgetischt hatte, von dem Isaac nichts probieren durfte, nippte sie zuerst an ihrer Tasse Tee, bevor sie ihm eine Antwort gab. »Du kennst Ren noch nicht so lange, daher weißt du nicht, wie schnell man in diesen Kreislauf gerät, bei dem sich alles um Rens Krankheit dreht. Die Sorgen, ob man etwas falsch macht, all die Dinge, von denen Ren meist keine Ahnung hat.«

Isaac sagte ihr nicht, dass Ren mehr wahrnahm, als er sich anmerken ließ, und lieber schwieg, weil er sich viel zu oft wie eine Last vorkam.

»Es ist wichtig, mal abzuschalten und etwas für sich zu machen«, fuhr Ryoko fort. »Deswegen habe ich dich eingeladen.«

»Als Freunde?«

»Ja, Is, als rein platonische Freunde.« Ryoko schmunzelte und widmete sich wieder dem Miniaturessen. »Ich werde meinen Bruder triezen, so viel, wie ich kann, aber ich bin keine Bitch, die sich an den gleichen Kerl ranmacht wie er.«

»Ich wollte es nur klarstellen.« Isaac hob abwehrend die Hände, bevor er schließlich nach seiner Tasse Tee griff und vorsichtig kostete. Die Liebe für hervorragenden Tee teilten die Zwillinge miteinander.

»Tjaaa«, sie zog den Laut lang, »ich will dir keinen Druck machen, aber eines Tages werden die Frauen des Tachibana-Hinazuki-Clans über dich richten und bis dahin musst du beweisen, dass du meines kleinen Bruders würdig bist.«

»Was soll denn das heißen?«

»Hast du schon vom Toffee-Dattel-Kuchen gekostet?«, erwiderte sie zusammenhanglos und wich damit absichtlich seiner Frage aus. »Der soll ganz wunderbar sein.«

Isaac konnte nicht ausstehen, dass Ryoko bestimmte, wann und wie die Unterhaltung weiterging. Solche Machtdemonstrationen hatte er noch nie leiden können. Allerdings hatte er in diesem Moment keine andere Wahl und probierte irgendetwas von den dargebotenen Leckereien. Vermutlich sagte das viel über sein Alter und seine Herkunft aus, dass er die »erlesenen Köstlichkeiten«, wie ein Kellner am Nachbartisch sie betitelte, zwar in Ordnung und interessant fand, aber er viel lieber mit Ren Chocolate-Chip-Muffins gegessen hätte.

»Hattet ihr schon Sex?«, fragte Ryoko ohne Vorwarnung.

Vor Schreck verschluckte sich Isaac an seinem Tee.

»Bitte was?«

»Sex«, wiederholte Ryoko ungerührt. »Hattet ihr?«

Der Tag war gekommen, an dem Ais Stimme mit ihm über Sex sprach. Darauf war Isaac nicht vorbereitet gewesen. Abgesehen davon: Warum gab es für alle Welt nur dieses eine Thema? Genau das, worüber er nicht sprechen wollte.

»Das geht dich nichts an«, wich Isaac aus.

»Ich habe damit kein Problem«, winkte Ryoko ab und griff nach einem Scone. »Ich will dich nur warnen, damit du nicht zu viel erwartest.«

»Ich soll nicht zu viel erwarten?« Isaac stellte besser die Teetasse ab und schob sie ein Stück weg. Das Porzellan kostete bestimmt mehr, als er bei einer Schicht verdiente. »Bezüglich Sex mit deinem Zwillingsbruder?«, setzte er lahm hinterher, bevor er sich wieder fing und zum guten alten Sarkasmus zurückfand. »Oder im Allgemeinen? Du wirst es dir als Großstädterin nicht vorstellen können, aber auch wir hatten so was wie Biologieunterricht in der Highschool und —«

»Mein Bruder macht alles nur aus Spaß«, unterbrach ihn Ryoko und wirkte auf einmal so ernst wie an dem Tag in der Notaufnahme.

Isaac kam bei den ständigen Themenwechseln nicht mehr mit. Sex konnte Spaß machen, aber warum ...

»Gerade weil er es nicht leicht hatte, lebt er jetzt umso gedankenloser«, fuhr Ryoko fort. »Er macht seinen Bachelor zum Spaß, Is, weil er besser werden will, nicht weil er darauf angewiesen ist. Wenn er wollte, könnte er nächstes Jahr nach Tokyo auswandern. Wenn das so weitergeht, verdienen wir mit Ai genug dafür.«

Isaac bemühte sich, leise und emotionslos zu sprechen. »Worauf willst du hinaus?«

»Was auch immer ihr zwei treibt«, Ryoko wedelte mit der Hand, als wollte sie es sich nicht so genau vorstellen. »Ren macht das alles aus Spaß. Er hat noch nie eine Beziehung geführt und —«

»Ich hatte auch erst eine richtige Beziehung«, meinte Isaac und zuckte mit den Schultern. Und diese eine hatte ziemlich katastrophal geendet. Aber das ging Ryoko nichts an.

Sie setzte jedoch ihre Ansprache fort. »Mein Bruder weiß nicht, wie es ist, sich um jemanden zu kümmern. Er probiert Dinge aus, wie es ihm gefällt. Wer weiß, wie lange er Interesse an dir haben wird, bis er etwas findet, das aufregender ist. Ich will dich bloß warnen, damit du nicht zu viel investierst.«

»Ryoko, bei all eurer seltsamen Geschwisterliebe, du hast nicht das Recht, so über —«

»Oder der Krebs könnte nächstes Jahr zurückkehren und nimmt ihn uns weg.« Ihr Gesichtsausdruck verfinsterte sich auf einmal. »Willst du das, Isaac? Bis dahin seinem Drang nach neuen Erfahrungen dienen? Für ihn Unterhaltung sein?«

Isaac ließ die Worte auf sich wirken und entschied, auf nichts davon einzugehen, immerhin hatte Ren ihm versichert, dass die Möglichkeit einer erneuten Erkrankung gering sei. Ryoko hatte sich nicht einzumischen, außer dies war erwünscht, und das bestimmte Ren. Außerdem hatte Mrs. Tachibana ihn gewarnt, dass Isaac Ren nicht verletzen sollte, nur weil er aufgrund seiner chronischen Krankheit anstrengend oder nervig sein konnte.

Isaac würde Ren niemals so betiteln. Genauso wenig wie er die Erinnerungen an Kenneth mit dem Wort ‚Junkie‘ beschmutzen würde.

»Ich bin mir immer noch nicht sicher, ob du mich akzeptierst oder du mich endgültig vertreiben willst«, wich er Ryokos seltsamen Versuchen aus, Ren zu beschützen.

Ryoko meinte erneut zusammenhangslos: »Wenn du es nicht möchtest, esse ich das Lachs-Sandwich.«

»Vermutlich beides«, murmelte er und griff nach seiner Tasse. »Dein Geschwisterkomplex ist so groß wie Rens.«

»Wirklich?« Zu Isaacs Verwirrung strahlte Ryoko ihn daraufhin an. »Das ist doch toll.«

Isaac konnte allerdings nur seufzen. Definitiv. Kein. Date.

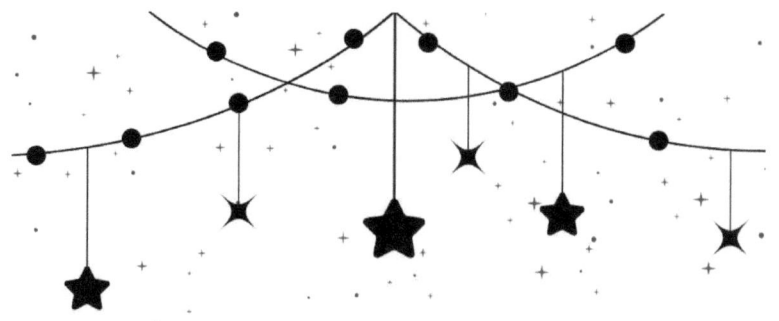

KAPITEL 14

Kaum dass Isaac durch die Tür seiner WG geschritten war und das Jackett aufgehängt hatte, vibrierte sein Handy.

Hey, bist du schon zu Hause?, fragte Ren, sodass Isaac ihm ein Daumen-hoch-Emoji schickte. Vermutlich war er neugierig, wie das Nicht-Date mit Ryoko gelaufen war. Erstaunlicherweise hatte er sich bisher nicht bei Isaac gemeldet, keine Nachfrage, kein gar nichts. Zumindest bis zur Ausstellung hatte Isaac immer wieder seinen wechselnden ‚zuletzt online'-Status verfolgt und sich dabei ein wenig kindisch gefühlt.

Warum schmollte Ren auch bei ihm, wenn sie vorher alles geklärt hatten?

Isaac hatte gerade seine Tasche abgestellt und sich auf dem Bett ausgestreckt, als sein Handy erneut vibrierte. *Ryoko erzählt mir die Lebensgeschichte dieses französischen Malers ...*

Monet, antwortete Isaac.

Ein Foto folgte, wie Ryoko den Druck, den sie sich im Ausstellungsshop geholt hatte, in Rens Wohnzimmer hochhielt. Sie strahlte breit wie ein Honigkuchenpferd. *Sie hört nicht mehr auf zu schwärmen ... Hat's dir auch Spaß gemacht?*

Ja, war nett, erwiderte Isaac, der nicht in die offensichtliche Falle tappen würde. Es war nichts passiert, zumindest nicht das, was Ren befürchtete. Lediglich die zweite Tachibana-Frau hatte versucht, ihn einzuschüchtern, sodass sich Isaac fragte, wie oft er das noch durchstehen musste. Ryoko konnte ihre Drohung, dass er sich vor dem Familienclan beweisen musste, nicht ernst gemeint haben, oder?

Dazu würde es nicht kommen, nicht, wenn Ren bald das Interesse an ihm verlor und …

Stopp.

Er durfte Ryokos Worten keinen Glauben schenken.

Drei Punkte tauchten auf seinem Smartphonedisplay auf, das Zeichen, dass Ren schrieb. Isaac wartete gespannt, was als Nächstes folgen würde, doch es kam keine Erwiderung.

Eigentlich müsste er aufstehen und seine Notizen hervorkramen, stattdessen vergrub Isaac das Gesicht im Kissen. Bei der Bewegung kippte die Ai-Häkelpuppe, die ihn seit Jahren begleitete, nach vorne und landete auf seinem Kopf. Müde griff Isaac danach und setzte sie wieder auf den Bettrahmen.

Er musste dieses Wochenende noch den Haushalt der WG erledigen, der Kühlschrank war bestimmt leer, doch am liebsten wollte er Ren anrufen. Allerdings fürchtete er, dass Ryoko wieder das Hauptthema war, und für diesen Tag hatte sie genug über ihn bestimmt.

Nach einer gefühlten Ewigkeit vibrierte sein Handy erneut. Beinahe hätte Isaac es über seinen Dämmerschlaf nicht wahrgenommen.

Hast du morgen eine Schicht in der Bibliothek oder bei Sodexo?

Isaac verneinte und verfolgte dann eine zweite Runde von drei Punkten, die hypnotisch vor seiner Nase tanzten.

Also … hättest du heute Abend Zeit? Gefolgt von einem *Für mich?* nach einer weiteren Pause.

Isaac schmunzelte über die Fragen und schickte einen Daumen nach oben, damit Ren nicht zu lange auf eine Antwort warten musste.

Treffen in zwei Stunden vor dem Barking Crab am Hafen? Für ordentlich Grundlage und danach ins The Grand Boston?

Schlagartig war Isaac hellwach und setzte sich kerzengerade in seinem Bett auf. Fragte Ren nach einem Date? Das klang nach einem Date. Aber bei Ren konnte sich Isaac nie sicher sein. Das gestrige Backen hätte ebenfalls einen solchen Charakter haben können, zumindest bis sich Isaac von Rens kindischer Freude hatte mitreißen lassen.

Dresscode?, schrieb Isaac zurück und erhielt statt einer Antwort einen YouTube-Link, der zu ‚Dynamite' von BTS führte. Das klang so sehr nach Tanzstimmung, dass es Isaac in Panik versetzte.

Schnell bestätigte er Ren die Uhrzeit, ehe er halb aus dem Bett rollte, halb fiel und durch die kleine Wohnküche joggte, bis er vor der zweiten Zimmertür stehen blieb.

»Serge?«, fragte er leise und klopfte an.

Ein dumpfes Rumpeln erklang, bevor sein Mitbewohner ihm öffnete. Verstrubbelt und in einem Oversized-T-Shirt, als hätte Isaac ihn geweckt. Doch selbst verschlafen und mit zerzaustem, aschblondem Haar wirkte er, als wäre er gerade von einem Magazin-Shoot gekommen. Als wäre der Look gewollt.

»Was ist?«, murmelte Serge und unterdrückte ein Gähnen.

»Sorry, die Konzertproben gingen bis zum Morgengrauen, ich bin den ganzen Tag wie ein Zombie unterwegs.«

Serge war im dritten Jahr am Berklee und studierte auf das Ziel hin, Dirigent zu werden. Dafür hatte er in Frankreich alle Zelte abgebrochen und war, nachdem er ein Jahr als Protegé bei einem Orchester in Dijon gearbeitet hatte, nach Boston gekommen.

Isaac hielt den Chatverlauf mit Ren hoch und meinte mit gerunzelter Stirn: »Ich brauche deine Hilfe.«

Serge tippte auf den Link und der Song füllte ihre WG mit enthusiastischer Lebensfreude. Aber nicht einmal das schien ihn richtig aufzuwecken.

»*Bon*«, schmunzelte Serge, nachdem er die Zeilen ein zweites Mal überflogen hatte. »Dann sorgen wir für Feuerwerk.«

Zwei Stunden später hatte Isaac das Gefühl, viel zu schick angezogen zu sein, da er nicht in einen Club ging, sondern auf eine Beerdigung. Das war sie also, die Zeitspanne, in der er mit Ren befreundet gewesen war. Ob bewusst oder nicht, Ryoko hatte das Ende dieser Freundschaft eingeleitet.

Da Isaac Ren über das Tempo hatte bestimmen lassen, konnte er nichts an seiner Entscheidung ändern: Sie hatten so etwas wie ein inoffizielles Date. Doch anstatt zu verschwinden, bevor sein Herz gebrochen werden konnte, bevor Ren ihn fallen ließ, anstatt auf Abstand zu gehen und sich selbst zu schützen – entschied er sich für das genaue Gegenteil.

Er würde jeden Moment genießen. Zu hundert Prozent.

Ren wollte ein Date? Bitte, den kommenden Abend würde er nie vergessen. Ren wollte mehr als Freundschaft? Dann würde er sich nicht mehr mit dem Flirten zurückhalten.

Und wenn es mit einem Knall endete, würde er nichts bereuen. Dieses Mal hielten ihn keine Konventionen zurück, er konnte machen, was er wollte. Isaac hielt an der Haltestelle inne, an der Ren aussteigen würde, und ließ sich den letzten Gedanken noch einmal durch den Kopf gehen: Das stimmte, er konnte wirklich machen, was er wollte. Er hatte es sich nur all die Zeit verboten.

Kaum dass der Bus gehalten hatte und Ren ausgestiegen war, zog Isaac ihn in eine für ihn untypische Umarmung.

»Oh he-hey«, grüßte Ren ihn mit roten Wangen, sichtlich verwirrt über die plötzliche Nähe. »Ich freu mich, da-dass es geklappt hat.«

»Ich mich auch.«

Zufrieden stellte Isaac fest, wie Rens Blick über sein Outfit und dann wieder hoch zu Isaacs Augen glitt. Rens Lächeln nach gefiel ihm, was er sah, und Isaac würde dafür sorgen, dass dieses im Verlauf des Abends nicht mehr verschwand.

Das *Barking Crab* war ein Fischrestaurant im Hafenviertel. Sie hatten sich einen Platz am Tresen ergattert und seitdem ihre Bestellung vor ihm stand, war Ren leider mit seinem Rant beschäftigt. Er schmollte immer noch wegen des Verhaltens seiner Schwester, sodass ein Lächeln ausblieb. Isaac hatte in der Zwischenzeit eine komplette, herrlich buttrige *Lobster Roll* – Hummerfleisch in einem gegrillten Hotdog-Brötchen – geschafft, ohne groß etwas beitragen zu dürfen.

Wenn es eh kein Zurück mehr gab, sollte er vielleicht die Kuss-Karte spielen und so Ren zum Schweigen bringen.

»Ich weiß gar nicht, warum ich so eifersüchtig reagiere«, echauffierte sich Ren derweil. Isaac, der immer noch Serges Dating-Tipps im Hinterkopf hatte, bot Ren eine in Ketchup ertrunkene Fritte an, woraufhin er sich vorlehnte und danach schnappte. »Ich habe sonst nie das Bedürfnis gehabt, laut *Dieses Mal teile ich nicht mit dir! Finger weg* zu schreien«, murmelte Ren frustriert, nachdem er geschluckt hatte.

Isaacs leere Finger verharrten mitten in der Luft. Sie hatten sich nicht berührt, aber Isaacs Herz hämmerte lauter als bei ihrem letzten Kuss. Der wirklich viel zu lange her war.

Vielleicht mochte er doch dieses romantische Zeug.

Leider reagierte Ren nicht groß darauf, außer sich Isaacs Cola zu nehmen, da sein eigener Becher schon leer war.

»Ich schäme mich dafür, wie ich mich aufführe. Ich bin nicht mehr zwölf«, gestand Ren und saugte an Isaacs Pappstrohhalm, als wäre das nichts Besonderes. Merkte er eigentlich, was er damit bei ihm auslöste?

Wenn Ren nur wüsste, wie selten es war, dass diese Geste bei Isaac überhaupt etwas auslöste.

»Irgendwie will ich, dass du nur Augen für mich hast und erst viel später merkst, dass sich Ryoko zufällig im gleichen Raum aufhält. Das ist nicht normal, oder?«

Statt einer Antwort stützte Isaac einen Ellbogen auf dem Tresen ab, drehte sich zu Ren und legte den Kopf in die Hand, damit er ihn verträumt ansah. Das Schauspiel war überzogen, aber seine verstohlenen Blicke hatte Ren nicht wahrgenommen.

»Was machst du da?«, hakte Ren nach und legte den Kopf schief, damit er ihm wieder in die Augen blickte.

»Ich erfülle die Aufgabenstellung.«

Daraufhin lachte Ren zumindest. »Eindeutig nicht normal. Du kannst damit aufhören.«

Isaac dachte nicht im Traum daran.

»Hat sie dir erzählt, dass sie die Hauptsprecherrolle in der nächsten großen Netflix-DreamWorks-Produktion gekriegt hat, die nächstes Jahr rauskommt?«, fuhr Ren fort.

Isaac schüttelte den Kopf.

»Ich war fest davon überzeugt, dass sie damit angibt.«

»Sollte das etwas ändern?«

Isaac musste sich zusammenreißen, damit er ihn nicht damit neckte, wie sehr er die Vorzüge seiner Schwester betonte. Als hätte Ren jeden Grund, eifersüchtig zu sein, und wäre gleichzeitig stolz darauf, was sie alles geschafft hatte.

»Wir reden von Ryoko. Sie ist so klug, megahübsch, erfolgreich und selbstbewusst.«

Isaac hob fragend die Brauen.

Ren zog den beinahe leeren Servierkorb zu sich und tunkte eine Fritte komplett in Ketchup. Bloß, um Isaacs Blick auszuweichen. »Ich kann mir nicht vorstellen, dass jemand mich haben will, wenn sie zur Auswahl steht.«

»Und doch sitze ich hier bei dir.« Ren sah ihn mit einem angsterfüllten Blick an, als würde er diesen Worten keinen Glauben schenken. Daher lehnte sich Isaac ein Stück vor und flüsterte ihm ins Ohr: »Ich muss mich echt zusammenreißen, nicht jede Sekunde daran zu denken, wie gern ich dich berühren würde.«

Auf den ersten Blick waren das schlichte Shirt und die eng anliegende Hose nichts Besonderes, doch die vielen Cuts und Mesh-Details zeigten so viel Haut, an so vielen Stellen, die für Isaac tabu waren. Isaac wollte weder Ren noch jemand anderen objektifizieren, doch seine sonst eher träge Vorstellungskraft war spontan zum Leben erwacht.

Als sich Isaac wieder zurücklehnte und unbekümmert nach einer Fritte griff, als hätten sie nur über das Wetter gesprochen, entging ihm nicht, dass Rens Wangen die Farbe seiner Haare angenommen hatten.

»Ich warte auf den unausweichlichen Tag«, gestand Ren, »an dem dir klar wird, dass ich die kaputte, unfähige Hälfte von diesem Zwillingsgespann bin, und Ryoko so viele Dinge machen kann und erleben wird, die mir verwehrt bleiben.«

»Und du dafür doppelt so viele Dinge, von denen Ryoko keine Ahnung hat«, hielt Isaac dagegen. Er würde sich nicht in die Schlange von Menschen einreihen, die Ren vorhielten, dass er zu nichts fähig war. Denn das war er, auf seine Weise. Außerdem würde es bald einen unausweichlichen Tag geben, allerdings nicht so, wie Ren fürchtete. Denn das Problem war nicht Ren, sondern Isaac.

»Wie lange gibt es Ai schon?«, fragte Isaac, obwohl er die Antwort wusste. Aber er musste Ren aus dem Konzept bringen, um ihn aus seiner Gedankenspirale zu lösen. Und wenn es etwas gab, über das Ren lieber sprach als seine Schwester, dann war es Musik.

Ren schaute ihn einen Moment verwirrt an, bevor er antwortete. »Im Oktober sind es fünf Jahre.«

»Ich bin seit ,Nan Demo Nai' dabei.«

Ren runzelte die Stirn bei Isaacs sehr amerikanischer Aussprache. »Das war unser dritter Song, im Nachhinein ist der so cringe, ich war da so emo drauf ...«

Isaac legte ihm einen Finger auf die Lippen, damit er verstummte, und wurde mit einem ungläubigen und gleichermaßen verlegenen Blick belohnt. Wahrscheinlich auch, weil Isaac von sich aus selten Berührungen startete, meistens ergriff Ren die Initiative.

»Es war genau das, was ich damals gebraucht habe. Da gab es jemanden, dem es auch mies ging und der dennoch nicht aufgab, sogar einen Song daraus erschuf.« Isaac zog seine Finger zurück, nur um sie an Rens Wange zu legen. Honigbraune

Augen konzentrierten sich auf ihn und seine Worte. »Ich habe zwar funktioniert, aber meine Highschool-Zeit war echt beschissen und deine Texte halfen mir. Wie Sterne in einer endlosen Dunkelheit. Plötzlich war ich nicht mehr allein, deine Worte haben mich begleitet. Sag also nicht, dass du weniger fähig oder wert bist, denn das stimmt nicht. Für mich bedeutete deine Musik die Welt. Das tut sie immer noch.«

Wobei ihm auch die Community hinter Ai geholfen hatte, das würde Isaac aber nicht laut sagen. Das feste Grüppchen Hardcore-Fans, das sich online zusammengefunden hatte, um über die Songs zu schwärmen und aufeinander aufzupassen. Sie waren quer über die USA, Kanada und sogar Australien verteilt und doch miteinander befreundet. Außerdem hatte Ai ihn zu Takumi geführt.

Ren lehnte sich gegen Isaacs Hand. »Danke«, meinte er mit einem kleinen Lächeln. »Es ist manchmal hart, sich nicht in der Gedankenspirale zu verfangen.«

»Solange du mich lässt, helfe ich dir da gerne raus.«

Daraufhin entzog sich Ren der Berührung und verabschiedete sich kurz Richtung WC. Isaac brachte ihr Tablett sowie die Becher zur Sammelstation, während er in Gedanken dem Gespräch nachhing.

Bis auf Takumi hatte er noch nie jemandem erzählt, wovor Ais Lyrics ihn damals gerettet hatten, nicht einmal das Hardcore-Fan-Grüppchen wusste davon. Aber wem sollte er es sonst anvertrauen, wenn nicht dem Mastermind hinter Ai? Isaac fühlte sich seltsam beschwingt, es endlich ausgesprochen zu haben. Zumindest einen Teil davon.

Als Ren zurückkam, fast auffällig schlenderte, konnte Isaac seinen Blick kaum abwenden. War das Lipgloss? Ja, Rens Lippen glänzten verführerisch im Licht unter der Zeltplane des Fischrestaurants und hatten auf einmal die Farbe von Zuckerwatte. Irgendwoher nahm Isaac die Kraft, sich nicht vorzulehnen und zu testen, ob sie danach schmeckten. Vermutlich, weil er gleichermaßen überrascht über den Anblick als auch seine eigene Reaktion war.

»Sollen wir weiter?«, fragte Ren und klang dabei seiner Schwester erschreckend ähnlich.

Isaac konnte nur verwirrt blinzeln. Die Wirkung dieser Worte war eine ganz andere als noch vor ein paar Stunden.

»Ich kenne den DJ, der heute Abend auflegt. Es wird also großartig«, erzählte Ren losgelöst. Da sich Isaac immer noch nicht rührte, verschränkte er ihre Finger miteinander und zog ihn mit sich. Im Gegensatz zu vor ein paar Wochen war dies keine große Sache mehr, Ren hatte dies schon unzählige Male gemacht.

Als sie hinaus auf den Pier traten, ließ Isaac den Blick Richtung Abendhimmel schweifen. Es sah nach Regen aus, schwere, tintenblaue Wolken ballten sich bedrohlich am Horizont. Doch solange er sich auf seinen rosa Schmetterling neben ihn konzentrierte, konnte er sie weiter ignorieren.

Ren kannte den DJ nicht von früheren Club-Besuchen, sondern den Mann hinter dem Künstlernamen *persönlich*. Ohne Umschweife ging er, immer noch Hand in Hand mit Isaac, an der Schlange der Wartenden vorbei, nannte dem Türsteher-Duo seinen Namen und prompt wurden sie durchgewunken.

Isaac war sich sicher gewesen, dass so etwas nur in Filmen und Serien funktionierte, aber er beschwerte sich nicht, als Ren ihn über ein opulentes, gläsernes Treppenhaus zum eigentlichen Eingang führte, der mit seinen vergoldeten Akzenten bereits erahnen ließ, wie exklusiv das Ambiente im Inneren war. Bevor sie den Club, mit seiner Bar und den edlen, dunklen Ledersofas im Lounge-Bereich betraten, schickte er noch ein zweites, stilles Dankeschön an Serge. Durch die schmale, roséfarbene Krawatte und das Jackett mit Nadelstreifen in der gleichen Farbe wirkte er in schwarzem Hemd und Jeans auf einmal so exklusiv wie die anderen Gäste des Clubs.

Serge hatte kein Foto von Ren gesehen und sie dennoch perfekt farblich abgestimmt.

Ren hielt direkt auf die Bar zu, und ehe Isaac etwas einwerfen konnte, hatte er zwei Shots bestellt, die der Barkeeper direkt servierte. Bestimmt schob er eines der Gläser zu Isaac, während er nach dem anderen griff.

»Ich dachte, du ...«, begann Isaac, stoppte jedoch mitten im Satz. Er wollte kein Spielverderber sein, hoffentlich hatte der laute, wummernde Bass das meiste seiner Worte verschluckt.

Ren schaute verlegen zu ihm auf. »Ich soll nicht übermäßig viel Alkohol trinken, aber ein Shot wird mich nicht umbringen«, rief er gegen die Musik, die von der Tanzfläche zu ihnen strömte. Er hob das Glas noch ein Stück höher. »Darauf, den Moment zu genießen?«

Dieses Mal stieß Isaac mit ihm an. »Auf uns«, berichtigte er und Ren schenkte ihm ein Strahlen, das den dunklen Club erhellen könnte.

Das Ende ist nah, dachte Isaac deutlich melodramatischer als sonst, während er die bittere Flüssigkeit herunterstürzte. *Ich flattere wie eine Motte direkt in die offene Flamme.*

Isaac hatte sich zwar schon in Clubs gewagt, aber allein machte so ein Abend nur bedingt Spaß und er war nicht der Typ, der selbstvergessen zu einer Melodie tanzte. Ren blühte jedoch im Schein der flackernden Lichter und Laserstrahlen auf, die im Takt der Musik über ihnen zuckten.

Er zog Isaac auf die Tanzfläche, weit genug weg von den sich aneinanderdrängenden Feiernden, sodass keine Fremden ihnen zu nah kommen würden, und ließ einfach los. Frei und unbeschwert tanzte er zur Musik, forderte Isaac auf, mitzumachen, sich seinen Schritten anzupassen, während sich dieser ein wenig fehl am Platze fühlte. Wie nah durfte er ihm kommen? Durfte er sich an ihn pressen, ohne ...

Doch Ren nahm ihm die Entscheidung ab, als er Isaacs Hände auf seine Hüften legte und die Finger in Isaacs Nacken verschränkte. Der leicht schüchterne, oft unsichere und so einfach in Verlegenheit zu bringende Mann verwandelte sich in Isaacs Armen zu einer Sirene. Ren hatte seine Stimme verloren, aber nichts von seinem Zauber eingebüßt, er strahlte und glitzerte und vernebelte Isaacs Sinne, so, wie er sich an ihn drängte und ihm näher und näher kommen wollte.

»Ren, du bist ...« Isaac vergaß, was er hatte sagen wollen, als Ren seinen Mund mit einem Kuss verschloss, der tatsächlich nach Zuckerwatte schmeckte. Ren schmiegte sich dicht an ihn und sie wogten gemeinsam im Takt der Musik, unfähig, sich eine Sekunde voneinander zu trennen.

Isaac wünschte, die Nacht würde nie zu Ende gehen.

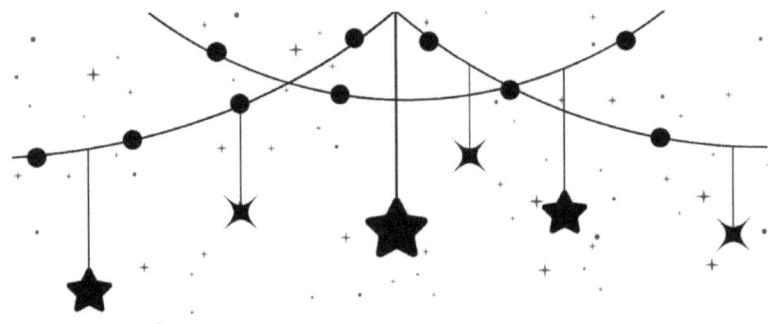

KAPITEL 15

Die Erinnerung begann immer gleich.

Isaac konnte sich nicht an das Gesicht des Mannes erinnern, nur noch an seine Stimme: »Wir haben entschieden, dass es für alle das Beste ist, wenn du der Beerdigung unseres Sohnes fernbleibst.«

Woraufhin die körperlose Stimme seines Vaters zustimmte und seine Mutter wie immer schwieg.

Sie hatten entschieden. Das Beste. Für alle. Nicht für ihn.

Isaac ging an diesem Aprilmorgen zur Highschool, als wäre es ein Tag wie jeder andere. Als wäre nicht seine Welt zerbrochen. Als wäre sein Schmerz nicht von Bedeutung. Es war das Beste für alle anderen, wenn er weitermachte, als wäre nichts geschehen.

Die ganze Nacht hatte es schon geregnet, Pfützen säumten seinen Weg, Autos und Busse fuhren durch nasse Straßen, sodass es zu allen Seiten Wasser spritzte. Isaac hatte keinen Schirm mitgenommen, nur die Kapuze seiner Jacke aufgesetzt. Das Geräusch des Regens, das gleichmäßige Tropfen und Prasseln, begleitete ihn, bis er die großen Schwingtüren seiner Highschool aufstieß, doch er kam nicht weit, nicht einmal bis zu seinem Spind.

Quietschende Schritte stoppten, Gespräche verstummten.

»Da ist er.«

»Er hat Kenneth in den Tod getrieben.«

Sie wussten es.

Woher wussten sie es? Er hatte nichts gesagt.

Wer hatte entschieden, es allen zu sagen?

War es besser, wenn sie es wussten?

Isaac stolperte zurück in den Regen, dort konnte er die Worte der anderen nicht hören. Jeder Tropfen stach auf seinem plötzlich hämmernden Kopf, alles tat weh und er hätte am liebsten geschrien, aber was nutzte es, wenn ihn eh niemand hörte? Oder nur das hörte, was er hören wollte.

»Da ist ja die Schwuchtel.«

Über die Treppen, die zum Eingang seiner Highschool führten, marschierte Kenneth' jüngerer Bruder, ein paar seiner Freunde im Schlepptau. Was machte er hier? Kenneth wurde heute beerdigt. Warum war er hier, warum ...

Ehe sich Isaac versah, lag er mit dem Gesicht auf den regennassen Treppenstufen. Kenneth' Bruder trat auf ihn ein, schrie etwas in seiner Trauer, seiner Wut, beschimpfte ihn, dafür, was er ihm angetan hatte. Dabei hatte Isaac nicht mehr verbrochen, als seinen Freund zu lieben.

Niemand hatte erfahren sollen, dass er homosexuell war. Er wollte dieses Brandmal nicht zur Schau tragen, er würde es in dieser kleinen Gemeinde nie mehr loswerden.

Erst als der Gong ertönte, ließen sie von ihm ab, Isaac blieb jedoch auf den Stufen vor seiner Highschool liegen. Bis zum Ende des Tages würden alle wissen, dass er eine Beziehung mit einem Mann geführt hatte. Der dazu älter war als er.

Und tot.

Nur noch ein paar Monate, dann hätte Kenneth ihn zu sich nach L.A. geholt. Raus aus dem Regen. Und vor allem weg von denjenigen, die für Isaac und alle Teenager, die anders und queer waren, nur Hass übrighatten.

Der Regen fiel, durchnässte seine Jacke, seine Jeans, seine

Schuhe – und Isaac wartete.

Niemand kam.

Keiner der Lehrer.

Keiner seiner Mitschüler. Wenn sie ihn passierten, tuschelten sie nur, warfen ihm angewiderte Blicke zu.

Nicht seine Eltern, die an seiner Stelle an der Beerdigung teilnahmen. Um für die Nachbarn da zu sein.

In der Ferne, auf dem County Friedhof, wurde der Mann, den er liebte, in einer Holzkiste in ein Loch im Erdboden herabgelassen. Selbst er war nicht freiwillig zu Isaac zurückgekommen.

Irgendwann war der Schultag vorbei, Isaac schleppte sich zurück nach Hause, zurück in sein Zimmer, aß mit seinen Eltern zu Abend, für die sich nichts geändert hatte, außer dass es die armen Hendersons so schwer hatten. Er lag die ganze Nacht wach, ging zur Schule, wartete auf den Stufen, auf die Sprüche, die hasserfüllten Blicke, auf die Schläge und Tritte. Saß allein und durchnässt im Regen.

Sie alle wussten Bescheid. Wussten, dass er anders war, abartig, dass er Kenneth in den Tod getrieben hatte.

Und der Regen fiel.

Drei Tage lang.

Zumindest im County.

In Isaacs Seele hatte er nie aufgehört.

Als er die Augen aufschlug, schnappte Isaac nach Luft.

»Shhht«, ertönte Rens Stimme hinter ihm. Isaac versuchte, sich zu ihm zu drehen, aber Rens hielt ihn fest. »Das war nur ein schlechter Traum«, murmelte er in Isaacs Haar und schien darüber wieder einzuschlafen.

Draußen vor dem gekippten Fenster plätscherte der Regen.

In ein Wohnheimbett passten problemlos zwei Erwachsene, wenn sie sich dicht aneinanderschmiegten. Diese Erkenntnis ließ Isaac am späten Sonntagvormittag endgültig aus dem Dämmerschlaf schrecken, allerdings würde ihn nichts auf der Welt dazu bringen, sich von Ren zu lösen, der weiterhin hinter ihm lag und ihn an sich drückte.

Er war der kleine Löffel. Gut einen Kopf größer als Ren und doch der kleine Löffel. Noch eine Erkenntnis rastete ein, die er früher nicht verstanden hatte: Jeder mochte diese Position, sich umarmt und beschützt fühlen. Auch Isaac.

Das Fenster stand offen und Isaac hörte das Plätschern und Tropfen, es schlich sich in seine Gedanken, wie ein Gift, das die Schönheit dieses Moments, dieser wunderbaren Zweisamkeit, abtöten wollte. Aber das würde Isaac nicht zulassen.

Ren und er waren ein Stück weitergegangen als bei ihrem ersten Kuss, zumindest wenn man dies anhand der Kleidung bemaß, die auf dem Boden verstreut lag. Rens Wärme, das Gefühl von nackter Haut an seiner eigenen, trieb Isaac gleichermaßen die Tränen in die Augen, wie es sein Herz schneller schlagen ließ. Sie waren nur noch einen winzigen Schritt von dem Punkt entfernt, an dem alles zusammenstürzen würde.

Ren drückte Isaac im Halbschlaf einen Kuss in den Nacken, an dem er innerlich fast zerbrach.

Isaac hörte, wie die Tür zum Appartement entriegelt wurde und Serge daraufhin in der Küche hantierte. Vermutlich war seine morgendliche Sonntagsprobe bereits vorbei.

»Guten Morgen«, murmelte Ren, die Nase in Isaacs Haar vergraben.

»Wir wäre es, wenn ihr eine Warnung an die Tür hängt?«, erklang plötzlich Serges Stimme und Ren zuckte zusammen.

Isaac schlug die Augen auf.

Serge stand in seinem Zimmer, dessen Tür sich nicht geöffnet hatte, sprich, sie hatten sie sperrangelweit offen gelassen, als sie mitten in der Nacht hereingetaumelt waren.

Ohne eine Spur von Scham näherte sich Serge dem Bett,

sein Blick glitt über das geliehene Jackett, das wie durch ein Wunder über Isaacs Schreibtischstuhl hing. Müde setzte sich Isaac auf, unterdrückte ein Gähnen und bemerkte einen Moment zu spät, dass er bis auf Boxershorts unbekleidet war.

Ren kletterte derweil panisch über ihn hinweg, raffte die zu Boden gefallene Kleidung zusammen und sprintete Richtung Bad. Die Tür fiel mit einem Krachen zu.

»Ich ...« Isaac wusste nicht, was er in dieser Situation sagen sollte, und raufte sich die zerwühlten Haare. »Sorry, ich wollte nicht, dass du es so erfährst.«

»Was gibt es da zu erfahren?«, fragte sein Mitbewohner mit einem Schmunzeln. »Du 'attest ein *rendez-vous*.« Serge wackelte albern mit den Augenbrauen und betonte den letzten Satz mit kitschigem französischem Akzent.

Darauf konnte Isaac nur grinsen, sodass sein Mitbewohner mit dem Drehstuhl zum Bett rollte.

Serge war so ruhig und tiefgründig wie ein spiegelglatter See an einem Wintermorgen. Er war kaum aus der Fassung zu bringen, vielleicht hatten sie deswegen von Anfang an so gut zusammengepasst. Aber wenn seine Musiker nicht auf ihn hörten oder noch schlimmer, einen schlechten Auftritt hinlegten, konnte er fuchsteufelswild werden, schreien und ungehalten fluchen. Zum Glück kannte Isaac nur die Geschichten und hatte dies nie miterlebt.

»Dann hat das Feuerwerk wohl funktioniert«, meinte Serge. »Ich habe zwar nicht viel gesehen, aber er wirkte süß.«

»Ich hätte nie gedacht, dass ich auf den niedlichen Typ stehe«, rutschte es Isaac heraus und er zog sich das T-Shirt über, das Serge ihm reichte. »Das hat mich bei Mädchen früher immer abgeschreckt.« Und in seiner alten Highschool hatte es genug Mädchen mit dem Gemüt von Zuckerwatte gegeben, die versucht hatten, mit ihm zu flirten. Zumindest, bis alle die Wahrheit über ihn erfahren hatten.

»Ist er das?«, wollte Serge wissen. »Niedlich?«

Isaacs Grinsen wurde noch eine Spur breiter.

»Ah, also die Alles-ist-aufregend-und-neu-Phase«, schluss-folgerte Serge mit einem Schmunzeln.

Doch seine Worte wischten Isaac das Grinsen aus dem Gesicht.

»I-ich werd's vermasseln«, stammelte er und stieß einen Laut aus, der verräterisch dicht an einem Schluchzen lag. »Ich will's nicht vermasseln, aber es führt kein Weg daran vorbei.«

»Das Wetter schlägt dir aufs Gemüt, mein Freund«, meinte Serge nur und schloss das Fenster, bevor er sich zu ihm aufs Bett setzte und ihm die Hand auf den Unterarm legte.

Isaac hatte seinem Mitbewohner zu seiner eigenen Sicher-heit zwar im letzten Jahr einiges anvertraut, aber verschwie-gen, dass der Regen in seinem Kopf nie aufhörte.

»Hi«, murmelte es da und das Rauschen in Isaacs Gedan-ken stoppte. Im Türrahmen war Ren erschienen, das Gesicht so rosarot wie seine Haare, aber dafür vollständig bekleidet. »Ich geh dann wohl besser ...«

Bevor Ren jedoch flüchten konnte, meinte Serge: »Möch-test du einen Kaffee?«

Ren wirkte darauf noch zerknirschter. »Ich trinke kein Koffein«, meinte er verlegen. »Habt ihr vielleicht Tee?«

»Kommt sofort.« Isaac nahm es als Aufforderung, außer-dem konnte er so seinen eigenen Gedanken davonlaufen. Bei den Tachibanas durfte er kommen und gehen, wie er wollte, daher war eine Tasse Tee das Mindeste. Zuerst sollte er sich jedoch etwas anziehen.

Als die drei Tassen Tee aufgegossen waren, war die Verle-genheit jedenfalls verschwunden, stattdessen waren Ren und Serge zum Küchentisch gewechselt und in ein Gespräch über Serges aktuelle Komposition vertieft. Wie sich herausstellte, hatte Ren ein paar Online-Kurse aus Serges Curriculum aus-probiert, jedoch nicht weiterverfolgt.

Isaac nippte schweigend an seinem Tee, weil die Noten-blätter, die zwischen den beiden ausgebreitet waren, für ihn wie ein Geheimcode waren. Er konnte zwar Noten lesen, aber mehrseitige Sinfonien überstiegen seine Kenntnisse.

»Ich hätte einen Vorschlag«, meinte Serge ohne Vorwarnung. »Wenn ihr das nächste Mal hier seid, schließt die Tür und hängt irgendwas draußen an die Klinke. Dann weiß ich, dass ich laut klopfen und warten muss, bis ihr aufmacht.«

»Du meinst wie in diesen College-Komödien?«, fragte Ren und legte den Kopf schief. »So was wie eine Socke?«

»Wenn es das ist, was ihr euch zuerst auszieht? Dann auch das.« Serge nahm gelassen einen Schluck Tee, um sein Grinsen zu verbergen, während Ren zuerst die Augen weit aufriss und dann schnell verneinte.

Isaac verschluckte sich jedoch das zweite Mal an zwei Tagen, weil eine Andeutung bezüglich Sex gefallen war. Es war nur noch eine Frage der Zeit.

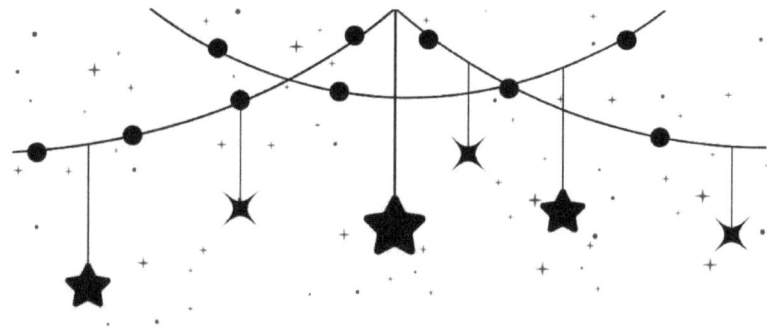

KAPITEL 16

»Tut mir leid, mir wurden für den Rest der Woche Spätschichten aufgehalst«, murmelte Isaac enttäuscht am Telefon. »Das gibt zwar gut Geld, ätzend ist es dennoch.«

»Du kannst nichts dafür, wenn deine Kollegin krank ist«, antwortete Ren, während er die Tür zu seiner Wohnung aufschloss. »Hast du am Wochenende Zeit?«

Während Isaac im Hintergrund durch seinen Terminkalender blätterte, hängte Ren seine Regenjacke zum Trocknen auf. Dann würde er den Abend mit College-Kram verbringen. Er hatte eh genug zu tun. Außerdem hatte sich seine Mom für morgen angekündigt und würde eine Nacht bleiben. Besser, sie und Isaac trafen nicht gleich wieder aufeinander.

»Wir könnten am Samstag zum Bunker Hill, das ist dieser riesige Obelisk, den man schon aus der Ferne sieht«, schlug Isaac vor. »Und wenn das Wetter hält, runter zum Charleston Navy Yard, da soll am Pier ein Segelschiff aus dem achtzehnten Jahrhundert ankern.«

Ren schmunzelte über Isaacs Eifer, sich alles ansehen zu wollen, sei es ein Museum oder ein Markt mit lokalen Spezialitäten. Ren selbst könnten historische Monumente nicht gleichgültiger sein, aber es machte Spaß mitzuerleben, wie sehr sich

Isaac über diese Sachen freute.

»Und wenn es regnet?«, fragte Ren und bereute es sofort. Er hatte noch nicht herausgefunden, was Isaac triggerte, nur dass Regen damit zu tun hatte. Aber nicht jeder Regenschauer, ein Spaziergang unter dem rosa Taschenschirm hatte ihm nichts ausgemacht.

»Dann ...«, erklang es seltsam stockend.

»Dann fällt uns schon was ein«, meinte Ren und wechselte das Thema, indem er Isaac von den abgeschlossenen Aufnahmen des kommenden Ai-Songs erzählte. Das Telefonat endete schneller, als es Ren lieb war, und den darauffolgenden Anruf von Ryoko drückte er weg.

Bin müde, schrieb er ihr zurück. *Melde mich morgen.* Ren wusste, dass er sich in Ausflüchten verfing, warum er nicht mit Ryoko reden wollte. Allerdings würde sie neugierig ihre Nase in Dinge stecken wollen, die sie nichts angingen. Zwillingsschwester hin oder her.

Während Ren den Kühlschrank für ein frühes Abendessen durchforstete und alles für japanisches Curry zusammensuchte – die milde, süßliche Variante, *Kare Raisu*, nicht die scharfe aus Indien –, prasselte erneut Regen gegen die Fensterscheiben. Seit Tagen versteckte sich die Sonne hinter einer Wolkendecke, und die Stadt wirkte grau und bedrückend.

Genau der richtige Abend für Comfort Food, sprich das Currygericht, das er als Kind schon geliebt hatte. Schade, dass er es nicht mit Isaac zusammen essen konnte. Aber dann würde er eine doppelte Portion kochen und Isaac morgen etwas davon mitbringen. Ren schmunzelte bei dem Gedanken, als er Karotten, Zwiebeln und Kartoffeln schälte. Abgesehen von seiner Familie hatte er niemandem eine Lunchbox gemacht.

Sein Smartphone vibrierte und Ren hielt beim Kochen inne.

Ja, ich weiß, warum Isaac diese Aussetzer hat, schrieb Serge, *allerdings habe ich nicht das Recht, es weiterzuerzählen.*

Nach dem ersten, furchtbar peinlichen Aufeinandertreffen hatten er und Ren Nummern ausgetauscht. Obwohl sie im gleichen Alter waren und Serge schon eine Protegé-Stelle bei einem Orchester vorweisen konnte, hatte sich Ren ihm nicht unterlegen gefühlt. Im Gegenteil, sie hatten sich auf Anhieb verstanden. Allerdings war Serge dieses Semester unglaublich eingespannt, sodass teilweise Stunden zwischen seinen Antworten vergingen.

So war das nicht gemeint, schrieb Ren schnell zurück. *Ich mache mir nur Sorgen. Hat er das schon lange?*

Dieses Mal kam die Antwort prompt. *Seit ich ihn kenne. Die meiste Zeit lässt sich Isaac nichts anmerken. Ist es schlimmer geworden?*

Er starrt minutenlang in eine komplett andere Welt und nimmt nichts und niemanden wahr, gestand Ren.

Sein Smartphone vibrierte erneut, als er gerade alle Zutaten in der Pfanne mit Hühnerfond und Dashi-Brühe ablöschte.

Isaac hat jemanden verloren, der ihm sehr wichtig war. Mehr kann ich wirklich nicht sagen.

Liegt es an mir? Ren holte tief Luft. Es war nicht leicht, dies jemandem zu gestehen. *Im Moment ist alles okay, was nicht heißt, dass der Krebs nicht zurückkommen kann.*

Ren war selbst überrascht, wie leicht es ihm gefallen war, Serge anteilig in seine Vergangenheit einzuweihen. Aber Isaacs Verständnis hatte ihn darin bestärkt, es auch bei anderen zu versuchen. Außerdem hätte es auf lange Sicht nur Fragen aufgeworfen, warum sich Isaac für Außenstehende übermäßig um ihn sorgte.

Sobald sich sein Smartphone wieder meldete, hielt Ren beim Kochen inne und aktivierte das Display: *Du tust ihm gut, Ren. Lass dir nichts anderes einreden. Auch nicht von dir selbst, ja? Sorry, ich muss zurück zur Probe.*

Ren starrte einen Moment auf die Antwort, rührte abwesend durch das Curry und starrte dann auf die Minutenzahl des Reiskochers, um irgendeinen Fixpunkt zu haben. Isaac trauerte um jemanden? Einen Freund? Vielleicht sogar seinen Partner?

Das würde sein widersprüchliches Verhalten erklären.

Immerhin hatte Isaac zu Beginn klargemacht, dass er nicht auf Dates aus war – nur um Ren plötzlich zu küssen. Genauso schnell hatte er sich wieder zurückgezogen. Hatte Ren zuerst vermutet, dass es an ihm lag, könnte sich Isaac genauso Vorwürfe machen. Vielleicht war er nicht bereit für jemand Neues gewesen. Doch der zweite Kuss und die Nacht danach deuteten auf das Gegenteil hin. Ren trieb es die Röte in die Wangen, während er sich seine Portion auftat. Sie waren ein Stück weiter gegangen, aber hatten nicht miteinander geschlafen.

Erneut klingelte sein Smartphone, erneut drückte er Ryoko weg. Prompt schrieb sie eine Nachricht: *Hab ich was falsch gemacht? :(*

Ja, hatte sie, aber das würde Ren ihr nicht schreiben. Er wusste nicht, wie er es erklären sollte, ohne dass er sie verletzte.

Nein, ich brauch nur ein bisschen Zeit für mich.

Comfort Food half immer, so auch an diesem Abend, während Ren das Gedankenknäul auseinanderdröselte, ob Isaac noch sehr an dem Menschen hing, den er verloren hatte. Bestimmt. Aber er kannte Isaac mittlerweile gut genug, um zu wissen, dass sich dieser Mann zu nichts zwingen oder überreden ließ. Er hatte sich auf Ren eingelassen, weil er das wollte.

Den Teller leer gekratzt, prasselte der Regen immer noch gegen die Fensterscheiben, und wenn Ren ein vernünftiger, pflichtbewusster Student gewesen wäre, hätte er sich nun an seine Aufgaben gesetzt.

Stattdessen verweilte er in Gedanken bei Isaac, den er seit ewig langen – Ren warf einen Blick auf die Uhr – sechsundsiebzig Stunden nicht mehr gesehen hatte! Er vermisste Isaac. Furchtbar sogar.

Worte tanzten durch seine Gedanken, rankten sich um die Erinnerungen der letzten Wochen. Die großen Momente, wie das Beobachten der Wale, aber auch die kleinen, wenn sie sich vor den anderen Studenten im Gruppenraum versteckt hatten. Und dann der Augenblick im Club, als Ren Isaac zu sich gezogen und eisgraue Augen ihn so intensiv gemustert hatten, dass es Ren den Atem raubte. Als würde Isaac nur ihn wahrnehmen.

Weder Serge noch Isaac wussten, dass Ren das Gespräch zwischen ihnen zur Hälfte belauscht hatte. Warum nur glaubte Isaac, dass sich Ren von ihm abwenden könnte und er auch noch schuld daran sein sollte? Wie konnte Ren ihm diese Angst nehmen? Ihm zeigen, dass er an seiner Seite sein wollte?

Irgendwie musste Ren Isaac beweisen, wie wichtig er ihm geworden war. Isaac war der Erste, der Ren anspornte, Dinge zu wagen – mit jedem Atemzug zu leben.

Ren ließ das dreckige Geschirr stehen und stürzte sich auf den ersten Notizblock, den er finden konnte. Rasch kritzelte er ein paar Worte darauf, strich sie durch, notierte wild Melodiefetzen, die seit Tagen durch seinen Kopf gespukt waren, riss das Papier aus dem Block, knüllte es zusammen und begann von Neuem.

Er war nicht gut darin, in Worte zu fassen, was in ihm vorging, aber dafür hatte er die Musik. Ein Song, ja, er würde Isaac einen Song schreiben, all das hineinpacken, was er fühlte und nicht verstand und sich erhoffte. Vielleicht würde Isaac ihn dann nicht nur sehen, sondern auch hören.

Diesen Song durfte Ryoko auf keinen Fall singen. Er liebte ihre Stimme, aber das war privat, zu intim, als dass er die Worte mit ihr teilen wollte. Auch wollte er die Lyrics nicht veröffentlichen, nur Isaac sollte sie hören, sie waren allein für ihn bestimmt. Aber wenn er sich auf keinen Sänger verlassen konnte und die Melodie allein nicht stark genug ausdrückte, was er mitteilen wollte, dann ...

Ren knüllte das Blatt Papier vor sich zusammen und barg den Kopf in den Händen. Nein, das ging nicht. Das konnte er nicht. Er sang nicht. Nicht mehr.

Zwar hatte man ihm angeraten, dass Singen durchaus sein Lungenvolumen stärken konnte, aber er fürchtete sich davor. Falsch zu atmen, sodass seine Lunge sperrte, die Bronchien krampften und er an seinen eigenen Worten erstickte. Die

Erinnerungen an die Asthma-Attacken, nachdem er versucht hatte zu singen, nicht mal seine eigenen Lieder, sondern die anderer Musiker, um sich zu trösten, um seinen Ärger herauszulassen, um mit den Lyrics zu weinen, weil er seiner Familie nicht schon wieder etwas aufbürden wollte – allein beim Gedanken daran beschlich ihn Panik.

Ren steckte sein Smartphone an den Strom, reihte seine beiden Asthma-Sprays auf seinem Schreibtisch auf und justierte das Mikro von seiner DJ-Station neu, damit es auf seine Höhe eingestellt war, nicht Ryokos. Bevor er es jedoch anstellte, verbrachte er eine geschlagene Stunde damit, die Melodie mit Kopfhörern auf seiner E-Gitarre zu üben, in Gedanken die Songfetzen so singend, wie er es gerne laut täte.

Daraufhin arbeitete er die nächste Stunde an seinen College-Aufgaben, selbst wenn er alle fünf Minuten zu seinem Aufnahme-Equipment schielte und es ihn in den Fingern juckte loszulegen. Dann verschwand er in die Küche und räumte alles blitzblank auf, packte Isaac eine Lunchbox, während sich der Abend langsam in die Nacht streckte.

Ren sprang unter die Dusche, hinterließ ein Dutzend Herzen auf Ryokos privatem Instagram-Account, auf dem sie Sneak Peeks von den heutigen Synchronaufnahmen gepostet hatte, wie als Entschuldigung, dass er eine Pause von ihr brauchte, und stellte dann fest, dass ihm nichts mehr blieb, mit dem er sich ablenken konnte.

Zurück im Zimmer starrte er auf sein Mikro, das auffordernd in seine Richtung wies. Er wollte es probieren, einen Song für Isaac aufzunehmen, so, so sehr, aber er hatte solche Angst, dass er scheiterte. Dass er es nicht konnte und aus seiner Hoffnung, vielleicht eines Tages das Singen wieder zu versuchen, ein ultimatives »Ich werde nie mehr singen« werden würde.

Rens Blick fiel auf das zerknüllte Papier, das die Worte in sich barg, die er Isaac gestehen wollte, aber nicht konnte. Er konnte nicht ...

Konnte er wirklich nicht?

Hatte Isaac ihm nicht bewiesen, dass er sich nicht an einem »Kann ich nicht« festklammern sollte? Dass er es zumindest probieren sollte, selbst wenn es dann schiefging?

Außerdem wusste niemand, was er vorhatte. Niemand würde herausfinden, was er versuchen wollte. Wenn es nicht klappte, würde ihn niemand dafür bemitleiden oder trösten, obwohl es keinen Trost gab.

Ren konnte die niederschmetternde Traurigkeit schon auf der Zunge schmecken, sollte er versagen. Ebenso die Geringschätzung, wenn er es nicht versuchte. Er hatte kein Recht, eifersüchtig oder niedergeschlagen zu sein, wenn er sich diesem Song nicht stellte.

Wenn es doch klappte, konnte Ren beweisen, wie viel Isaac ihm bedeutete. Es ihm zeigen, es ihn hören lassen, in einer Sprache, die Ren besser beherrschte als Englisch oder Japanisch: seine Musik. Und Isaac würde ihn verstehen.

Zaghaft setzte sich Ren an seine Aufnahmestation, legte die E-Gitarre bereit, um mit den Riffs zu beginnen, wenn er zu nervös war, um Worte zu formen.

Nein, keine Ausreden mehr.

Ren wollte gehört werden.

Mit zitternden Fingern strich er den zerknüllten Zettel glatt, schluckte den dicken Kloß in seinem Hals herunter, während er den Computer und die Programme startete, knipste das Mikrofon an und holte tief Luft.

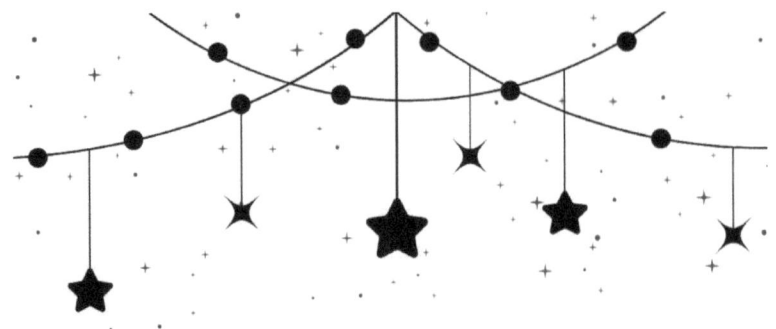

KAPITEL 17

Sophia ging Ren schon im Normalfall auf die Nerven, aber nach zwei Nächten, in denen er viel zu lange an seinen eigenen Aufnahmen gesessen hatte, konnte er sie kaum ertragen. Zum Glück befand sie sich auf der anderen Seite des Aufnahmestudios, sonst hätte er ihr längst etwas an den Kopf geworfen. Vorzugsweise etwas Schweres.

Diese Methode funktionierte. Wenn Ryoko so sehr ins Singen vertieft war, dass sie ihm nicht zuhörte, hatte sie oft genug ein Kissen abbekommen.

»Noch einmal von vorn, ab der zweiten Strophe«, gab Ren Sophia vor, nachdem er den letzten Audiotrack geprüft hatte.

»Was war daran nicht gut?«

Warum musste sie ihm ständig widersprechen? Sie hatten erst zwei von den vier erforderlichen Songs vollständig aufgenommen. Wenn sie in diesem Tempo weitermachten, würden sie nie damit fertig werden.

»Das habe ich nicht gesagt. Ich möchte nur noch eine Aufnahme, um die beste auszuwählen.«

Sophia hatte die Kopfhörer, die um ihren Hals lagen, umklammert und funkelte ihn über das Mikro hinweg böse an.

Die Stunden, die sie in den Aufnahmestudios des Berklee

buchen konnten, waren begrenzt, aber Ren würde sich erst zufriedengeben, wenn er die Aufnahme hatte, die ihm zusagte. Nicht die Sophia zusagte, sie konnte das nicht einschätzen, besonders, weil sie viel zu viel von sich hielt.

Allerdings scheiterte Ren an der Aufgabe, ihr mitzuteilen, was sie anpassen sollte, in einer Art und Weise, die Sophia auch nachvollziehen konnte. Ihn traf also eine Teilschuld.

»Weil ich so schlecht bin?« Sophia ließ einfach nicht locker. »Meine Stimme ist ...«

»... großartig, fabelhaft, yadda yadda«, erwiderte Ren eisig, gut, dass er sich das von Isaac abgeguckt hatte. »Hab' ein bisschen Vertrauen und lass mich meinen Job machen.«

»Ich musste noch nie so oft die gleichen Stellen aufnehmen!«

»Noch ein Take«, bestimmte Ren eisern und bereitete alles vor. Er war so kurz davor, selbst ins Studio zu marschieren und es Sophia vernünftig vorzusingen.

Murrend begab sich Sophia in Position.

»Manchmal frage ich mich, ob man sie uns absichtlich als Geduldsprobe zugeteilt hat«, meinte Isaac, der während der Aufnahmen ins Studio geschlichen war, sich allerdings außerhalb von Sophias Sichtfeld aufhielt.

Isaac hatte ihm beim Komponieren und Editieren von Ryokos Audiotracks zugesehen, mit so großen Augen, als würde das achte Weltwunder direkt vor seiner Nase entstehen. Heute wirkte er eher besorgt und vor allem erschöpft.

»Das Katastrophen-Dreiergespann war geplant«, murrte Ren, den seit dem Aufwachen drückende Kopfschmerzen plagten. »Das Berklee wollte sehen, wer wen zermürbt. Vermutlich dachten sie, dass ich zuerst hinschmeiße.«

»Eher damit wir lernen, wie man die Qualitäten von Wildfremden erkennt und am besten nutzt«, meinte Isaac so ruhig wie immer. »So ein Set-up werden wir noch häufiger erleben.«

Ren warf ihm einen Seitenblick zu, weil ihn solch kleine Aussagen daran erinnerten, dass Isaac im Business Department eingeschrieben war. Und er verdammt gut in seinen Kursen war.

Sophia sang sich erneut durch ihre Strophe, aber ihre Motivation war aufgebraucht. Ren konnte aus jeder Note hören, dass sie keine Lust mehr hatte.

»Stopp«, unterbrach Ren sie harsch und sie spießte ihn mit einem bösartigen Blick auf. »Lass uns zehn Minuten Pause machen, okay?«

So schnell, wie Sophia aus dem Studio stürmte, konnte Ren ihr nicht den Grund erklären, aber er würde ihr nicht hinterherrennen.

»Störe ich wirklich nicht?«, hakte Isaac nach, der sich nun von der Wand abstieß und zu Ren ans Mischpult gesellte.

»Du störst nie«, erwiderte Ren, während er wie nebenbei seine Arbeit erledigte. Obwohl er sich vorgenommen hatte, sich mehr auf sein Studium zu konzentrieren, lenkte ihn heute allein Isaacs Anwesenheit ab. Sein fast fertiger Song spukte durch seine Gedanken, es war Freitag und er hatte diese Woche so gut wie nichts von seinem ... was war Isaac eigentlich für ihn?

»Hat dir der Curryreis geschmeckt?«, fragte Ren schnell, um vor seinen eigenen Gedanken davonzulaufen.

»Ja, hat er, war sehr lecker.« Er hörte, wie Isaac auf dem Drehhocker neben ihm Platz nahm, allerdings gebührend Abstand zu den Geräten und dem Mischpult wahrte.

»Wie wäre es mit einem Danke?« Ren tippte mit dem Finger gegen seine Wange. »Genau hier.«

Zuerst regte sich Isaac nicht, sodass Ren nicht mehr damit rechnete, dann streiften seine Lippen Rens Wange, einen viel zu kurzen Augenblick lang. »Danke«, meinte Isaac, nachdem er wieder auf Abstand gegangen war, »so etwas hat bisher niemand für mich gemacht.«

Überrascht rollte Ren ein Stück vom Mischpult zurück, hob die Hände, damit er in seiner Verlegenheit nicht etwas verstellte, und drehte sich zu Isaac. »Meine Konzentration ist heute echt nicht die beste«, jammerte Ren gespielt, »aber wie soll ich jetzt Sophia ertragen?«

»Wegen dem hier«, Isaac tippte sich auf die Wange, »oder weil wir ihr nicht unsere ehrliche Meinung sagen sollten?«

»Beides!«, erwiderte Ren entrüstet und ließ sich dann zu einem kleinen Lachen hinreißen.

Isaac bedachte ihn mit einem Schmunzeln. Doch Traurigkeit schimmerte in seinen eisgrauen Augen. »Eigentlich sollte ich die Texte für die Website schreiben. Die PR-Kampagne ist mir allerdings herzlich egal, wenn ich dafür ein paar Minuten mit dir habe.«

»Ich wünschte, ich könnte dir helfen …« Ren schluckte nervös, bevor er fragte: »Hast du früher auch mit mir geflirtet und ich habe das nicht bemerkt? Oder ist das neu?«

»Das ist neu.«

Ein Grinsen schlich sich auf Rens Lippen. »Bitte nicht damit aufhören.«

Ren rollte mit dem Hocker noch weiter vom Mischpult weg und zog Isaac mit sich, bis sie wieder nebeneinandersaßen und sich ihre Oberschenkel berührten. Sie hatten zwar gemeinsam entschieden, sich am College wie Freunde zu verhalten, aber an der Position war nichts Verwerfliches. Dazu liebte Ren es, Isaac ein kleines Lächeln zu entlocken, weil er ständig seine Nähe suchte.

»Warum knirscht es so zwischen euch?«, hakte Isaac nach.

»Unsere Umsetzung ist nicht schlecht, aber auch nicht gut«, gestand Ren mit einem Seufzen. »Ich habe mich damit zufriedengegeben, weil ich es hinter mich bringen wollte.«

Isaac nickte zustimmend. »Für die Kürze der Zeit und die Komplexität der Aufgabe haben wir uns auf das Minimalziel beschränkt. Wenn ich gewusst hätte, wie viel mehr ich von dir fordern kann, hätte ich anders entschieden.«

Ren ließ die Schultern sinken. Nicht mehr lange und Isaac würde als Manager arbeiten, seinen Traum erfüllen und in der Musikbranche Fuß fassen. Und was war mit ihm?

Er hatte mit Ai aus purer Verzweiflung begonnen, die Arbeit hatte ihn von seinem Schicksal abgelenkt und die Songs wären für Ryoko und seine Familie unvergessliche Erinnerungen gewesen, hätte er nicht überlebt. Mittlerweile machte Ai ihm hauptsächlich Spaß. Das College war eine persönliche Entscheidung gewesen, ein Stück Normalität, das sich Ren gewünscht hatte. Aber seine Dozenten hatten mit ihrer Kritik recht gehabt, er hatte sein Studium nicht ernst genommen.

Im Gegensatz zu ihm gab Isaac alles, um sich durch das Berklee ein Leben aufzubauen, weil er die nächsten, zehn, zwanzig, dreißig Jahre seinem Traumberuf nachgehen wollte.

Und er? Was wollte er? Die nächsten zehn, zwanzig, dreißig Jahre lang?

Diese Fragen hatte er sich bisher nicht erlaubt. Nicht, solange er sich nicht sicher gewesen war, ob er den nächsten Monat überhaupt überlebte. Aber dieser quälende Schwebezustand war mittlerweile Vergangenheit und so viel hatte sich einerseits in seinem Leben verändert und andererseits auch nicht. Er hatte über Social Media so viele aufstrebende Musiker kennengelernt und mit ihnen aus Spaß zusammengearbeitet, so wie vor rund zwei Jahren mit Sean, dem DJ, der letztes Wochenende im *The Grand Boston* aufgetreten war. Er hatte Ai. Und sonst? Wollte er immer im Schatten anderer stehen?

Nein.

Er wollte etwas Eigenes. Für sich.

Was genau, das musste er noch herausfinden, aber es sollte mehr sein, als darauf zu warten, dass seine Krebserkrankung zurückkam, und die Zwischenzeit mit Spaß zu füllen. Er wollte mehr als nur ein Stück Normalität. Er wollte zwanzig, dreißig, vierzig Jahre, selbst wenn ihm das beunruhigend lang erschien, und dann auf ein erfülltes Leben zurückblicken. Er wollte – und das war noch Furcht einflößender – so viele Jahre mit Isaac wie möglich.

»Wo bist du in Gedanken?«, hakte Isaac nach und holte Ren zurück in die Gegenwart.

»Wie wir das Projekt retten«, flüchtete sich Ren in eine Halbwahrheit.

»Wenn dies nicht das Berklee wäre, sondern ...« Isaac machte eine ausholende Bewegung, aber Ren wusste auch so, dass er auf Ai anspielte. »Was würdest du anders machen?«

»Ich hätte mir Songs ausgesucht, von denen alle Welt sagt, dass niemand sie covern kann«, meinte Ren leichthin, »und allen das Gegenteil bewiesen.«

»Das wäre echt hart zu vermarkten gewesen.«

Da Sophia noch nicht zurückgekehrt war, schnappte sich Ren sein Handy und die Bluetooth-Kopfhörer, rutschte zu Isaac heran und steckte ihm einen davon ins Ohr. »Sophia hat mich abgeschmettert, aber ich hätte mich daran versucht.«

Schnell war das Lied herausgesucht und Isaac lauschte mit geschlossenen Augen Barry Whites ‚You're the First, the Last, my Everything‘.

»Das kenne ich nicht. Es klingt irgendwie ... doppeldeutig?«, versuchte Isaac, den Vibe des Songs zu beschreiben, und warf Ren einen fragenden Blick zu.

Daraufhin stieß Ren ein Lachen aus. »Meine Granny hat es immer als *anstößige Verführungsmusik* bezeichnet und doch in Dauerschleife gehört.« Wenn er es beschreiben sollte, dann klang der Text wie eine Liebeserklärung, aber Melodie und Klangfarbe des Sängers waren in Musik gegossener Sex.

»Das hätte ich zu gern von dir gehört«, meinte Isaac, während er ihm die Kopfhörer zurückgab, und Rens Herz schlug auf einmal Saltos. Er würde ihn nie dazu drängen, aber Isaac wollte ihn singen hören. Oder meinte er damit, wie er das Lied arrangiert hätte?

»Der Song ist unglaublich schwer zu covern, wenn man ihm nicht seinen eigenen Twist gibt«, plapperte Ren drauflos. »Barry White hatte eine sehr seltene C2-Bass-Stimme und -«

»Was geht hier vor?« Plötzlich stand Sophia neben ihnen im Aufnahmestudio und starrte sie entgeistert an. Ren hatte sie nicht hereinkommen gehört. »Ihr treibt es miteinander, oder?«, fragte sie in ihrer ach so charmanten und liebevollen Art. »Habe ich recht?«

Mit einem erschrockenen Quietschen verlor Ren die Fähigkeit, Worte zu bilden. Vermutlich hatte sein Gesicht die Farbe der roten Aufnahmelampe angenommen, die über der Studiotür angebracht war.

»Ich wüsste nicht, was dich das angeht«, wiegelte Isaac frostig ab.

»Also habt ihr Sex?«, schlussfolgerte Sophia und musterte sie scharf. Allerdings war nichts Unanstößiges an ihrer Haltung zu entdecken, außer dass Ren und Isaac dicht beieinandersaßen und Musik hörten. »Hättet ihr damit nicht warten können, bis das Semester vorbei ist? Das ist so unprofessionell von euch.«

Ren würde ihr liebend gern sagen, wer sich gerade unprofessionell verhielt, schluckte die Erwiderung jedoch herunter. Sie hatten ein bisschen was ausprobiert, aber nicht einmal den anderen vollständig nackt gesehen, schlicht, weil Isaacs Geduld und Rücksicht unendlich waren.

Aber selbst er stieß an seine Grenzen.

»Verdammt noch mal: Nein!«, polterte Isaac regelrecht. »Gibt es denn überhaupt kein anderes Thema mehr?«

Während sich Ren noch wunderte, was der Ausbruch sollte, nahm Sophia erst so richtig Fahrt auf.

»Oh mein Gott! Ihr habt mich beide abgewiesen, weil ihr *scharf aufeinander* seid. Scheiße, wenn ich das geahnt hätte, hätte ich mich in eine andere Gruppe versetzen lassen«, moserte sie. »Ich brauch diese Credits und alle meinten, dass du, Eiskönig, der Überflieger im zweiten Jahr bist und deswegen nichts schiefgehen kann.«

»Wie reizend«, spottete Isaac.

»Will ich wissen, inwiefern ich nützlich für dich bin?«, fügte Ren an.

»Wie schwer kann es sein, meine grandiose Stimme zusammenzumischen?«, konterte Sophia schamlos. »Nach dem guten

Dutzend Aufnahmen von heute zweifle ich an der Kompetenz, die man dir zuschreibt.«

»Autsch«, meinte Ren selbstironisch und griff noch rechtzeitig nach Isaacs Arm, bevor dieser aufspringen konnte. Diese Angewohnheit von ihm, Rens künstlerische Ergüsse bis aufs Blut zu verteidigen, war sehr, sehr hinreißend, aber nicht immer angebracht.

»Sophia«, meinte Ren, dem etwas anderes aufgefallen war. »Warum richtest du dein Handy die ganze Zeit auf uns?«

»Na, ich bin live. Ich dachte, ich zeige meiner Community ein bisschen das Studio.«

Ren konnte spüren, wie sich Isaac neben ihm versteifte und ihm der letzte Geduldsfaden riss.

»Mach. Das. Aus«, knurrte er so bedrohlich, dass selbst Ren eine Gänsehaut bekam. »Oder. Ich. Vergesse. Mich.«

»Ja, ja.« Sie besaß die Dreistigkeit, zuerst die Kamera umzudrehen und zu winken. »Bye-bye, ihr Lieben, wir sehen uns später!« Danach wischte und tippte sie über das Display und steckte das Smartphone in die Hosentasche.

Ren konnte es Isaac nicht verübeln, dass er wortlos aus dem Raum stürmte und die Tür laut hinter sich zu schlug. Immerhin achtete er sehr darauf, seine Sexualität am College geheim zu halten. Und das war sein gutes Recht, es hatte nichts mit seiner Arbeit zu tun, wen er liebte.

Sophia blickte Isaac ehrlich verwirrt hinterher, sodass Ren beschloss, ihr die Situation zu erklären, anstatt wütend zu sein. Es war passiert und sie hatten es nicht mehr in der Hand, ob die Leute Sophias Anschuldigungen oder ihren Beteuerungen glauben würden.

»Wie viele Follower hast du?«, fragte er, so ruhig, wie er in dieser Situation bleiben konnte.

»Das weißt du nicht?«

»Nein, ich bin nicht oft in den sozialen Medien unterwegs.« Zumindest nicht als er selbst. »Wer hat das gerade gesehen?«

»Nur diejenigen, die live dabei waren. Das waren nicht viele, keine hundert.«

Die meisten Studenten besuchten vermutlich ihre Vormittagskurse, dennoch war die Wahrscheinlichkeit hoch, dass jemand vom Berklee unter diesen hundert Zuschauenden war und sich das Video erneut wie ein Lauffeuer verbreiten würde. Ren hatte nie verstanden, warum sich die Gerüchte um Isaac so großer Beliebtheit erfreuten.

»Du solltest dich bei Isaac entschuldigen«, meinte Ren so harsch, wie es ihm möglich war.

»Wieso das denn?«

»Weil es niemand verdient hat, während einer Live-Übertragung in die Öffentlichkeit gezerrt zu werden.«

»Er ist also —«

»Das steht nicht zur Debatte«, meinte Ren scharf und kanalisierte seine innere Tori. »Er entscheidet, wen er wann und ob er überhaupt jemanden in seine Sexualität einweihen will. Nicht du.«

»Dass ihr Schwulis deswegen immer so dramatisch sein müsst«, begann Sophia und drehte unbewusst eine Haarsträhne um ihren Finger. »Was ist schon dabei, wenn darüber getratscht wird?«

»So was kannst du nur behaupten, weil du hetero bist.« Jede weitere Minute in Sophias Gegenwart befeuerte die Wut, die Ren zu unterdrücken versuchte. »Daher entschuldige dich bloß bei Isaac und lösch das Video, bevor es sich verbreitet.«

»Was? Das bringt meinen Content-Plan durcheinander!«

Weil auch für ihn das Gespräch beendet war, stopfte Ren seine Sachen in seinen Rucksack. Vollkommen egal, dass sie noch eine halbe Stunde das Studio reserviert hatten.

»Wo willst du hin?«, rief Sophia ihm hinterher.

»Wir sind für heute fertig«, meinte er und ließ sie allein zurück.

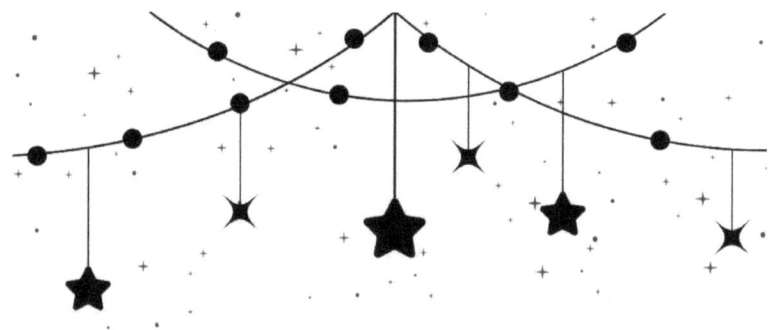

KAPITEL 18

26 neue Nachrichten.

Am Samstagnachmittag las Ren die Benachrichtigung, und obwohl er sich vor einigen Wochen darüber gefreut hätte, wischte er den Banner weg und steckte sein Smartphone ein. Er hatte bereits dreimal an Isaacs WG-Tür geklingelt und wippte vor und zurück, damit die Zeit schneller verging. Isaac sollte zu Hause sein, immerhin hatten sie einen Ausflug geplant. Ren konnte sich nicht vorstellen, dass er allein aufgebrochen war.

Sein Freund hatte sich seit Sophias Social-Media-Stunt nicht gemeldet, war weder am Berklee noch bei seiner Arbeit in der Musikbibliothek des Colleges aufgetaucht und Ren machte sich Sorgen.

Endlich öffnete Serge die Tür und blinzelte ihm verschlafen entgegen.

»Hi, hast du mitbekommen, was los ist?«

»Halbwegs, ich hab' ein bisschen was aus dem Deckenburrito, der Isaacs Zimmer bewohnt, herausgekriegt. Am Berklee macht es nicht die Runde.«

»Doch. Der Business-Zweig und die Freshmen führen sich auf, als wäre das College eine Episode von *Gossip Girl.*«

»Die Solisten und Musiker der Orchester sind so im Stress wegen der kommenden Ensemble-Prüfungen, vielleicht haben wir keine Zeit für sowas.« Serge seufzte müde und deutete mit einer Handbewegung an, dass er eintreten sollte. »Ich glaube, deine Anwesenheit wird reichen, um ihn aufzuheitern.«

Ren konnte nicht verhindern, dass seine Wangen glühten, doch Serge ging nicht darauf ein, sondern schlurfte mit einem »Du weißt ja, wo alles steht« davon.

Also machte er sich auf den Weg zu Isaacs Zimmer, klopfte an und trat ein, ohne auf eine Reaktion zu warten. Bei seiner letzten Übernachtung hatte er nur Isaac wahrgenommen, jetzt erspähte er einen Schreibtisch, auf dem sich Nachschlagewerke und Notizen ordentlich um einen Laptop stapelten. Die einzige Dekoration war das Poster, das Ai zum letzten Jahrestag an 250 Fans verschenkt hatte. Isaac hatte es auf einen festen Untergrund geklebt, um es länger haltbar zu machen.

Was Ren jedoch schlagartig verunsicherte, war die Ai-Häkelpuppe, die neben dem Deckenburrito auf dem Bett saß. Es gab nur zwei Dutzend von diesen Puppen und ihr Anblick erinnerte Ren stets an die sowohl schlimmste Zeit in seinem Leben als auch an all die Menschen, die ihn während der Chemo begleitet hatten. Er hätte nie gedacht, am Berklee gleich zwei Exemplare vorzufinden.

Ren stellte seinen Rucksack ab, nahm neben dem Isaac-förmigen Deckenberg auf dem Bett Platz und meinte laut: »Hm, seltsam, ich bin fest davon ausgegangen, meinen Freund hier vorzufinden. Vielleicht ist er ohne mich zu diesem Obelisk-Dings aufgebrochen.«

Eine Hand schob sich aus dem Kokon hervor und Ren verschränkte ihre Finger miteinander.

»Ich hab' noch nie so viele private Nachrichten bekommen wie in den letzten Stunden«, erzählte Ren weiter. »Die queere Studentenverbindung will eine Coming-out-Party für dich schmeißen. Sobald du ihnen dein Label bestätigst.«

Seine Worte brachten Bewegung in den Deckenberg und

Isaac richtete sich auf. Ren bemerkte besorgt, dass er noch die Kleidung vom Vortag trug, als hätte er sich seitdem nicht hervorgewagt. »Die was?«, fragte er verwirrt. »Sie wollen was?«

»Ich wusste auch nicht, dass wir so etwas haben.« Ren suchte sich einen Weg durch die Lagen Stoff, bis er direkt neben Isaac saß. »Sie haben dich nicht erreicht, also haben sie bei mir angefragt, weil ich mit im Video war. Ich fand es zumindest nett, dass sie mich auch eingeladen haben.«

Isaac sah ihn verständnislos an. »Das ist kein Scherz?«

»Pudding?«, stellte Ren eine Gegenfrage und holte aus seinem Rucksack zwei Becher mit Vanillepudding und Schokoladensauce hervor.

Isaac griff verwundert und gleichzeitig interessiert danach. »Mein Leben entwickelt sich zu einem Anime. Ist das ...?«

»*Pucchin Pudding*, richtig geraten, allerdings sind Animes eine Dauerwerbesendung japanischer Kultur, du kannst fast alles daraus essen oder nachkochen. Zum Glück gibt es die auch in Boston.« Ren hielt ihm einen Löffel hin, den er vorsorglich aus der Küche geholt hatte, während Isaac den Foliendeckel abriss.

»Willst du nichts?«

»Ich lasse dir den Vortritt. Wenn du mir etwas übriglässt, schnappe ich mir deinen Löffel.«

Isaac stürzte sich auf die Portion und Ren klopfte sich innerlich auf die Schulter, dass er genau wusste, wie er seinen Freund aufheitern konnte.

»Du hast so einiges verpasst.« Ren merkte, wie sich Isaac sofort versteifte und beim Essen innehielt. »Die Gerüchteküche brodelt, aber es sind wie immer die gleichen Leute, die sich aus Langeweile über Beziehungen und Affären auslassen. Ein paar Mädchen sind traurig, dass sie keine Chance mehr bei dir haben werden, und eine Freshman musste ich deswegen sogar trösten.«

»Du kennst echt das halbe College«, murmelte Isaac und sein Blick drohte in die Ferne abzuschweifen, doch Ren drückte seinen Arm, sodass Isaac einen weiteren Löffel Pudding aß.

»Je mehr man sich abschottet, desto mehr wollen die Leute alles herausfinden. Gerade bei jemandem wie dir.«

»Jemandem wie mir?«

»Du schaust auch nie in den Spiegel, oder? Du bist ziemlich hot, so groß und so gemein, wie du meistens zu allen bist. Darauf stehen so einige.« Ren lehnte sich gegen ihn und Isaac ließ die Berührung zu. »Ich mag Softie-Isaac am liebsten.«

Isaac stieß einen Laut aus, der zwischen Unglauben und Schmerz schwankte. Nur dass er dabei den Löffel zwischen den Lippen hielt und für Ren süß aussah.

»Willst du mir erzählen, was los ist?«, begann Ren, fand jedoch, dass dies zu fordernd wirkte. »Du musst nicht, aber ich glaube, darüber zu reden, würde helfen. Und wenn es nicht an falsche Ohren dringen soll, kann ich dir Hun... Mr. Peterson empfehlen. Er ist ein psychologischer Berater des Berklee und hilft mir ab und zu, meine Gedankenknoten zu lösen.«

Es brauchte eine Weile, ungefähr die Hälfte des zweiten Puddings, bis Isaac die richtigen Worte fand.

»Mein erster Freund war ein bisschen älter als ich«, begann er schließlich. »Er war nicht da, als seine Eltern es herausgefunden haben. Also, dass er schwul war und mit mir zusammen.« Ren tippte darauf, dass er schon auf dem College gewesen war. »Sie erzählten es meinen Eltern, was sein kleinerer Bruder mithörte und ...« Isaac stockte und würgte hervor: »Auf einmal wusste meine ganze Highschool Bescheid und von denen wollte mir niemand eine Party schmeißen.«

Ren konnte sich zusammenreimen, dass Isaacs erstes Coming-out in einer Katastrophe geendet hatte. Gerade ländliche Gegenden in den USA waren abstoßend homophob.

»Du kannst dir nicht vorstellen, wie schnell sich Leute von dir abwenden, weil du nicht auf Mädchen stehst.« Isaac zuckte hilflos mit den Schultern. »Ich war nicht immer so ... so ...«

»Verschlossen? Kühl, effizient und unnahbar?«, half Ren ihm nach.

Isaac maß ihn mit einem langen, skeptischen Seitenblick.

»Ich hatte schon immer ein Herz für *tsunderes*«, scherzte Ren, weil er dieses Gespräch nicht ins Bedrückende kippen lassen wollte. Er war hier, um Isaac beizustehen und aufzuheitern. »Ich habe ein Dutzend Sprüche rund um Eis und Schmelzen vorbereitet und alle sind zweideutig.«

Zumindest schnaubte Isaac daraufhin belustigt. »Ich bin in diese Rolle geschlüpft, weil ich ihnen keine Macht über mich geben wollte. Ihre Angriffe prallten an mir ab, wenn ich eine emotionslose Fassade für sie übrighatte. Irgendwann war es normal, so zu sein. Nicht nur zu meinem Schutz.«

Aber zu mir ist Isaac ehrlich, dachte Ren und gab sich alle Mühe, nicht breit zu grinsen.

»Ich kann die Gerüchte und Neugierde der anderen nicht aufhalten, doch eins sollst du wissen: Dieses Mal bist du nicht allein.« Vorsichtig legte er Isaac eine Hand aufs Knie und drückte leicht zu. »Abgesehen von Serge und den Leuten der queeren Studentenverbindung hast du sogar Ryoko auf deiner Seite. Ich weiß nicht, warum sie Sophia folgt, aber ich darf dir ausrichten, dass sie Mafia-Kontakte zu ihrer Verfügung hat.«

»Geschwisterkomplex«, meinte Isaac mit einem verhaltenen Grinsen, »Level: legendär.« Erst dann merkte er, dass auch die zweite Puddingpackung fast leer war. »Verdammt.«

»Wo der herkommt, gibt es noch viel mehr«, meinte Ren leichthin, damit Isaac kein schlechtes Gewissen plagte.

Isaac reichte ihm dennoch den Löffel und Ren rutschte heran, sodass er mit einer Hand essen und die Finger der anderen mit Isaacs verschränken konnte.

»Hat sich Sophia bei dir entschuldigt?«, fragte Ren.

»Ja, irgendwie schon«, Isaac zuckte mit den Schultern, »ich habe eine sehr lange Sprachnachricht erhalten, in der mehrfach ‚tut mir leid‘ fällt, aber ich kaufe ihr das nicht ab.«

»Was ist mit dem Video? Als ich heute Morgen nachgesehen habe, war es noch da …«

Was Ren Isaac nicht anvertraute, war, dass er sich mit den

Vertretern der queeren Studierenden am Berklee zusammengeschlossen hatte, um auf Sophia Druck auszuüben.

»Das ist mittlerweile gelöscht, aber du weißt, wie die sozialen Medien sind, niemand kann kontrollieren, wer es geteilt oder remixt hat. Auf Tumblr und X habe ich es gefunden ...«

Ren unterdrückte ein Seufzen, als er die leere Puddingpackung mitsamt Löffel zur Seite stellte. Isaac ließ ihn bei der Bewegung nicht los.

»Abgesehen davon, dass ich dein persönlicher Puddinglieferant bin, bin ich wegen etwas anderem hier.« Rens Finger zitterten, als er nach seinem Rucksack griff und sein Smartphone hervorholte. Plötzlich hämmerte sein Herz so schnell und laut, dass ihm fast schwindelig wurde.

»Farbe?«, hakte Isaac nach, der sofort bemerkte, dass etwas nicht stimmte.

»Grün, nur schrecklich nervös.« Ren reichte Isaac einen seiner Bluetooth-Kopfhörer und steckte sich den anderen ins Ohr. Wie gestern im Studio, und doch viel, viel aufregender. »Ich habe eine Überraschung, die hatte ich schon vor dem Sophia-Gate und ja ...«

»Der neue Song von Ai?«

»Hör einfach zu.«

Ren fixierte seinen Blick auf Isaacs eisblaue Augen, die ihn fragend musterten, bevor er den Song in seinem Player öffnete und startete.

»*Two kids with* ...«, säuselte Rens leise, aber emotionsgeladene Stimme durch die Kopfhörer und Isaac hob die Hand, damit er Pause drückte.

»Ich dachte, du kannst nicht singen«, hakte Isaac mit weit aufgerissenen Augen nach.

»Doch ... ich habe es mich nur nicht mehr getraut«, murmelte Ren und wollte den Blick abwenden, aber Isaac hielt ihn sanft an der Wange fest. Die eisgrauen Augen, so warm, so nah, machten Rens Geständnis jedoch nicht leichter. »Ich will keine Angst mehr haben. Für dich wollte ich es versuchen.«

»Das bist wirklich du?«

»Ja«, gestand Ren verlegen. »Das ist meine Gesangsstimme.« Er drehte das Smartphone zwischen den Fingern, Isaac konzentrierte sich jedoch nur auf ihn. »Der Song ist über dich, also über uns. Ich wollte ihn dir unbedingt vorsingen, aber allein beim Gedanken war ich so nervös, dass es mir den Hals zugeschnürt hat ... Eine Aufnahme ist so dicht dran, wie es mir möglich ist.«

»Ich möchte weiterhören.«

Ein strahlendes Lächeln breitete sich auf Rens Lippen aus und er drückte wieder auf *Play*.

Ren hatte vergessen, wie warm seine Stimme klingen konnte. Wie weich und gefühlvoll. Alles Emotionen, die Isaac ihm geschenkt hatte. Sein Herz schaffte es, noch weiter zu beschleunigen.

»... *went from one conversation to your lips on mine.*«

Gänsehaut überzog Isaacs Arme und die Frage »*Can I call you mine?*« ließ seine Augen größer werden, ungläubig und gleichzeitig hoffend.

Als der Song endete, nahm Isaac vorsichtig den Kopfhörer raus und wischte sich mit dem Handrücken über die Wangen. »Wow«, flüsterte er.

Doch Ren fühlte sich wie ein Reh im Scheinwerferlicht, bereit, jeden Moment zu flüchten. Er hatte alles bar gelegt, was er sich getraut hatte, und fürchtete sich vor der Antwort.

»Komm her«, murmelte Isaac und zog Ren in eine Umarmung. »Danke, so was hätte ich nie erwartet.« Er drückte ihm einen Kuss auf den Scheitel.

Ren nutzte die Euphorie, die durch seinen Körper tobte, wie einen Beat, der ihn voranpeitschte. Auf einmal befand er sich auf Isaacs Schoß, während dieser ihn genauso stürmisch zu einem Kuss heranzog. Dieses Gefühl, wie Schweben, obwohl Isaac ihn fest an sich drückte – Ren könnte ein Dutzend Lieder darüber schreiben. Vielleicht würde er es sogar. In diesem Moment schien ihm alles möglich.

»Deswegen auch auf Englisch?«, warf Isaac ein, als sie sich voneinander lösten. »Damit ich die Worte definitiv verstehe?«

»Genau«, wisperte Ren und lehnte seine Stirn gegen Isaacs. Er musste ihn einfach spüren. »Der Song ist für dich. Warum sollte ich in einer Sprache texten, die du ... Hngg.«

Nicht unbedingt der Laut, den Ren von sich erwartet hatte, als sich Isaacs Mund auf seinen drückte und seine Zunge Einlass forderte. Doch dann schob Isaac ihn von sich und hielt ihn mit ausgestreckten Armen auf Abstand.

»Ich muss dir was gestehen«, meinte Isaac auf einmal bitterernst, »und ich bin mir nicht sicher, ob du mich danach noch so willst wie in deinem Song beschrieben.«

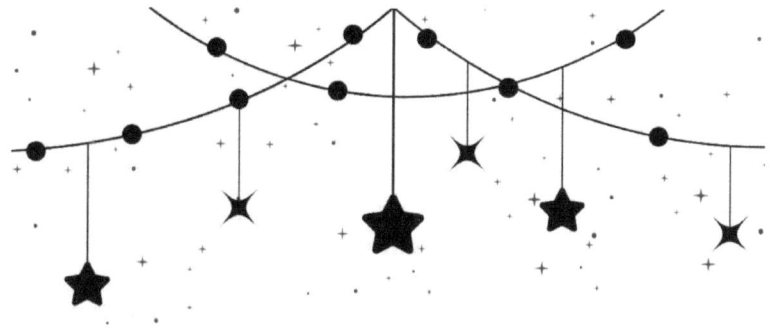

KAPITEL 19

Das war der Moment. Das war das Ende.

Isaac hätte heulen können, wenn er nicht so glücklich wäre, dass Ren für ihn gesungen hatte. Für ihn. Ausgerechnet für ihn.

Aber man sollte aufhören, wenn's am schönsten war, oder? Dann gab es keinen besseren Moment.

Isaacs Zunge wog eine Tonne und er hatte einen metallischen, bitteren Geschmack im Mund, während er die Worte zusammensuchte. Er wollte es nicht beenden, er wollte Ren, in der jeder Form, die der Mann ihm zugestand, aber er musste ehrlich zu ihm sein. Er durfte sich nicht länger verstecken. Nicht, wenn sie sich das genaue Gegenteil versprochen hatten und Ren keine Geheimnisse vor ihm hegte.

»Ich ... ich bin asexuell.«

Das war's. Jetzt hatte er es ausgesprochen.

Isaac nahm die Arme zurück, zog die Schultern ein und fixierte den Blick auf die Hände in seinem Schoß. Er erwartete sein Urteil, wartete darauf, dass Ren ihn fallen ließ. Statt einer Antwort erhob sich dieser, nahm auf dem Schreibtischstuhl Platz und rollte ans Bett heran. Isaac vermisste sofort seine Nähe, aber er würde nichts sagen, er würde es ertragen, was auch immer als Nächstes geschah.

»Ich bin verwirrt«, meinte Ren, woraufhin Isaac den Blick hob. Ren hatte sich zu ihm vorgelehnt, wahrte dennoch Abstand, als wollte er keine Nähe mehr zwischen ihnen. Isaac konnte es ihm nicht verübeln.

»Du bist also ... aber wir?« Ren runzelte die Stirn, suchte nach den richtigen Worten und fand sie nicht. »Aber du hast letztes Mal ... du hast mir ...«

»Du tust gerade so, als könnte ich mit meiner Zunge einen Knoten in einen Kirschstiel drehen.«

Ein paar empörte Silben rutschten Ren über die Lippen, die Isaac nicht sinnvoll zusammensetzen konnte.

Dass Isaac in dieser Situation zu einem Scherz griff, bewies mehr denn je, wie sehr er Ren vertraute. Er hätte ihn auch vor den Kopf stoßen können oder ihn – wie so oft bei unangenehmen Situationen am College – wortlos zurücklassen.

Ren rückte ein Stück von ihm ab und setzte sich gerade auf. »Okay, das heißt, du willst niemals Sex?«

Das genervte Seufzen, das Isaac entwich, hatte nicht direkt etwas mit Ren zu tun, eher, wie oft er diese Frage schon gehört hatte. Leider war die Meinung weit vertreten, dass ‚asexuell‘ und ‚abstinent‘ das Gleiche beschrieben.

»Es ist ein bisschen komplizierter.«

»Kannst du es mir so erklären, dass ich es verstehe?«

Monoton und wie von der AVEN-Webseite auswendig gelernt, spulte Isaac den Unterschied zwischen Asexuellen ab, die eher negativ gegenüber Sex eingestellt waren, neutral damit umgingen und einigen, die eine positive Einstellung innehatten.

»Ich habe nichts gegen Sex, ich mag ihn sogar, aber ich habe selten bis nie einen Drang dazu. Ich verspüre so gut wie nie sexuelle Anziehung.«

Ren sah ihn verwirrt an, aber hörte aufmerksam zu.

»Stell es dir so vor: Normale Menschen gehen eine Straße entlang und sehen überall leckeren Kuchen und sie wollen diesen Kuchen unbedingt, egal, ob Schokotorte, Erdbeerparfait,

Marmorkuchen oder Applepie. Alles sieht für sie lecker aus und sie denken ständig an Kuchen und irgendwie scheint sich in ihrem Leben alles um Kuchen zu drehen.« Isaac zögerte einen Moment, bevor er fortfuhr. »Die meiste Zeit gehe ich die Straße entlang und mir ist Kuchen herzlich egal, da könnte das leckerste Stück direkt vor meiner Nase herumgewedelt werden und ich würde keinen Gedanken daran verschwenden. Und ab und zu denke ich *ja, ein Stück Käsekuchen wäre nett,* aber nicht, weil ich unglaublichen Hunger darauf habe. Wenn es keinen gibt, ist es auch nicht schlimm.«

Ren brauchte einen Moment, den Vergleich zu durchdenken, und Isaac nutzte die Zeit, um sich zu beruhigen. Ren war noch da, er stellte Fragen. Vielleicht würde Ren zunächst Abstand brauchen, aber dann eine Freundschaft wollen. Sein Plan hatte vor einer gefühlten Ewigkeit nur eine Freundschaft beinhaltet, zumindest bis Isaac den Mann vor sich geküsst hatte.

»Wenn du dich so selten zu jemandem sexuell hingezogen fühlst, warum haben wir dann ...« Ren schloss und öffnete den Mund wie ein Fisch auf dem Trockenen.

»Rumgemacht?«, half Isaac ihm.

Überraschenderweise färbten sich Rens Wangen rot, als wäre ihm das peinlich. Isaac hatte gedacht, dass sie über diesen Punkt hinaus waren, beschwerte sich jedoch nicht. Ein verlegener Ren war unglaublich niedlich.

»War dir das unangenehm?«, fragte Ren weiter. »Wolltest du nicht und ich habe dich unter Druck gesetzt? Das war nicht meine Absicht, ich ... vielleicht ein bisschen, aber nur, weil ich dachte, du wolltest es auch ...« Ren blickte kurz hoch zur Decke und holte tief Luft. »Es tut mir leid, wenn ich dir das Gefühl gegeben habe, dass wir *das* unbedingt machen müssen.«

»Du hast mich zu nichts gezwungen, was ich nicht wollte«, versuchte Isaac zu beschwichtigen und Ren seufzte sofort erleichtert auf. »Allerdings solltest du dich dabei gut fühlen.«

»Du hast also abgebrochen, weil ich nicht so weit war?«

Ren hatte wirklich keine Ahnung, wie leicht man ihm seine

Unsicherheit aus dem Gesicht ablesen konnte.

»Auch. Und weil es die perfekte Ausrede war, um dieses Gespräch nicht zu führen. Aber Ausreden funktionieren nur eine gewisse Zeit.«

Ren runzelte die Stirn, als er etwas für sich durchdachte, und fragte dann: »Du kannst asexuell und erregt sein? Das geht?«

»In meinem Fall ja«, gestand Isaac ohne große Scham. Dieser Umstand konnte Ren schlecht entgangen sein. »Ich weiß nicht, wie das bei anderen wäre, ich kann nur für mich sprechen.« Isaac hatte für sich die Erklärung gefunden, dass selbst wenn er auf gewisse Reize nicht reagierte, der menschliche Körper recht simpel funktionierte: Angenehme Berührungen an gewissen Stellen resultierten in Erregung. Tausende Jahre Evolution ließen sich nicht vom Gehirn austricksen. »Ich will dir nah sein, ich will diese Verbindung, die ich in deiner Nähe spüre. Deswegen muss ich jetzt ehrlich mit dir sein.«

Isaac hielt sich zurück, nicht groß zu reagieren, als Ren mit dem Schreibtischstuhl auf ihn zurollte und zögerlich nach seinen Händen griff. Dabei wollte er am liebsten nach vorne fallen und sich von Rens Wärme gefangen nehmen lassen.

»Darf ich dir eine sehr persönliche Frage stellen?« Ren wartete, bis Isaac nickte. »Wie hast du es gemerkt?«

»Mein erster Freund«, Isaac stockte, aber Ren war es wert, sich durch diese Sätze zu quälen, »war derjenige, der mir geholfen hat, Asexualität zu verstehen. Er war allosexuell —«

»Allo?«

»So wie die meisten«, presste Isaac hervor, obwohl er nicht über Kenneth reden wollte. »Er war es auch, der mir gezeigt hat, dass Sex mehr sein kann als dieses Rein-raus-Reproduktionsspiel, das in Biologiebüchern beschrieben wird.«

»Oh.« Rens Augen weiteten sich einen Moment, weil er begriff, dass Isaac in den letzten Wochen um den Hauptakt herumgeschlichen war. Doch auch alles dazwischen machte genauso viel Spaß. Manchmal sogar mehr, weil man es mehr genießen konnte.

Ren fuhr mit dem Daumen über Isaacs Handrücken, bis er innehielt und erschrocken die Augen aufriss. »Wolltest du deswegen keine Berührungen?«

»Nein, das eine hat mit dem anderen nichts zu tun«, erwiderte Isaac ruhig. Der Grund dafür, dass Ren ihm erst zeigen musste, wie schön eine Umarmung sein konnte, war ein anderer. Letzten Endes änderte dieser jedoch nichts an seiner Sexualität.

»Ohhh«, machte Ren ein zweites Mal. »Deswegen hast du nicht auf meinen Versuch reagiert, als ich dich halb nackt zu einem Kuss verführen wollte.«

Isaac runzelte verwirrt die Stirn. »Du hast was getan?«

Ren stieß ein kleines Lachen aus. »Du hast nichts gemacht, obwohl ich um dich herumgetänzelt bin wie ein Pfau, und jetzt weiß ich endlich, warum.«

»Weil ich so nicht bin«, erwiderte Isaac und schluckte den Kloß herunter, der sich in seinem Hals gebildet hatte. »Ich habe das nicht bemerkt, ich ...«

Isaac hatte sich nur darum gesorgt, dass sich Ren ohne Shirt erkälten würde.

»Meintest du deswegen zu Serge, dass du das mit uns vermasseln wirst?«, wollte Ren wissen und ging nicht weiter darauf ein.

»Ich bin nicht normal.« Das auszusprechen, schmerzte Isaac. Er selbst fühlte sich nicht seltsam, alle anderen spielten wegen Sex und dieser komischen Anziehungskraft verrückt. Aber da er in der Minderheit war, wurde seine Meinung nicht gehört. Selbst in der queeren Community war er als Asexueller regelrecht unsichtbar.

»Dieser Funke, dieses Kribbeln, die brennende Leidenschaft – nenn es, wie du willst –, das kann ich nicht, habe ich nicht. Ich habe so gut wie nie Lust auf Sex, und was diese Leidenschaft sein soll, verstehe ich nicht, ich würde dir also niemals ... keine Ahnung, die Kleider vom Leib reißen oder ...« Isaac zuckte hilflos mit den Schultern. »Dieses ungestüme

Übereinanderherfallen?« Die letzten Worte klangen so zaghaft und unsicher, dass Isaac von sich selbst frustriert war. Er war klug, er versuchte immer, Unbekanntes zu verstehen, warum konnte er dies nicht einfach lernen? »Oder dir sagen, dass du sexy bist?« Wobei er das vortäuschen könnte. Nur hatte er Ren versprochen, immer ehrlich und er selbst zu sein.

»Bin ich das?«, fragte Ren zurück.

Die Frage brachte Isaac in Erklärungsnot. »Meinst du objektiv, was als sexy gilt?«

»Das, was du von mir hältst«, erwiderte Ren und drückte sanft seine Hand. »Gefalle ich dir?«

»Ich mag deine Augen, dieses Honigbraun, das ich so noch nie gesehen habe, und das Gefühl, wenn du mich im Arm hältst und ich ... ich weiß nicht, ich —«

»Nicht, dass ich auf solche Formulierungen stehe, aber die meisten hätten mit *Du hast einen sexy Arsch* geantwortet.«

Isaac verzog das Gesicht. Solche Beschreibungen waren für ihn nur eins: erniedrigend. Warum reduzierte man Menschen auf gewisse Körperteile?

»Ich liebe es, deinen Händen zuzusehen, wenn du komponierst«, versuchte Isaac es erneut.

Ren rutschte ein Stück näher, sodass sich ihre Knie berührten. »Also magst du mich nicht aufgrund von Äußerlichkeiten, sondern um meiner selbst willen?«

»Ja ...«

Ehrlich gesagt verstand Isaac nicht, warum Ren deswegen so strahlte. Da lag doch das Problem.

»Deswegen bin ich jetzt ehrlich zu dir. Ich will nicht, dass du auf etwas wartest, das ich dir nicht geben kann.«

Isaac hatte ein, zwei Versuche gestartet, nach Kenneth Männer kennenzulernen, aber sobald das Thema Sex zur Sprache gekommen war, diese Dringlichkeit, mit jemandem zu schlafen — hatte er jeden vertrieben. Sie alle glaubten, dass Isaac prüde war, und verschwanden.

»Woher weißt du, was ich möchte?« Ren betrachtete ihn mit

schief gelegtem Kopf.

Niemand wollte etwas Kaputtes. Und dieses Gefühl gaben ihm all die Menschen, die nichts anderes als Sex im Sinn hatten. Dass er nicht richtig funktionierte, ein Teil fehlte oder er falsch zusammengebaut worden war. Er war ein Defekt, in einer Welt, in der es jeder nicht abwarten konnte, Körperflüssigkeiten mit Wildfremden auszutauschen.

»Nur, um es klarzustellen«, fügte Ren an und löste eine Hand, um parallel an den Fingern abzuzählen. »Wenn ich mich für dich entscheide, obwohl du asexuell bist, dann können wir weiterhin stundenlang über alles und nichts reden?«

Isaac brauchte einen Moment, ehe er nickte.

»Zeit miteinander verbringen wie bisher?«

Isaac nickte erneut.

»Füreinander da sein? Und, wie versprochen, zueinander ehrlich sein?«

»Ja.«

»Berührungen, wie deine Hand halten, und Umarmungen sind in Ordnung? Was ist mit Küssen?«

Das entlockte Isaac eine heftigere Reaktion. »Definitiv Küsse.«

»Schön, dass wir uns da einig sind.«

»Stört es dich denn nicht, dass —«

»Du mich nicht wie eine Eroberung oder einen One-Night-Stand siehst?«, warf Ren ein. »Ich hab' noch nie etwas Schöneres gehört als das gerade eben, Isaac. Du willst mich, weil ich ich bin, und nicht, weil du aus irgendwelchen unwichtigen Gründen scharf auf mich bist.«

Isaac hatte die Worte zwar vernommen, suchte jedoch nach dem Haken. Warum sollte es dieses Mal anders sein? Bisher hatte jeder ihn sprichwörtlich im Regen stehen lassen.

»Das gerade Aufgezählte ist alles möglich?«

»Ja.«

»Und irgendwann – wenn wir beide es wollen – Sex?«

Isaac fixierte einen Punkt hinter Ren, bevor er erneut nickte.

»Okay.«

»O-okay? Bist du dir sicher, dass dich das nicht unglücklich macht?«

»Ich schätze deine Ehrlichkeit, Isaac, doch ich sehe da kein Problem.«

»Ernsthaft?«

»Zweifelst du an meinen Worten?«

»Ren, ich bin kaputt, ich —«

»Halt.« Ren hob die freie Hand, um seine Aussage zu verdeutlichen. »Wenn ich aufgrund meiner Krankheit nicht sagen darf, dass ich kaputt bin, dann darfst du das auch nicht, weil dein Gehirn anders verkabelt ist.«

Das Rauschen in seinen Ohren wurde beständig lauter, während Isaac Ren erschrocken anstarrte. Das konnte nicht sein, das passierte nicht wirklich. Er hatte nicht damit gerechnet, noch einmal einen Mann zu finden, der seine Unzulänglichkeiten mit einem Lächeln hinnahm.

»Mein Körper hat jahrelang Krieg gegen mich geführt, während ich mich mit der Chemo selbst vergiftet habe, in der Hoffnung, dass der Krebs *vor mir* stirbt.« Ren machte eine vage Handbewegung in Richtung seiner Mitte. »Es ging nichts mehr, ich habe meinen Körper als abstoßend empfunden.« Er löste sich von ihm, jedoch nur, um sich im Schneidersitz neben Isaac aufs Bett zu setzen. »Danach dachte ich, okay, ich kann nicht komplett unerfahren bleiben, bring's hinter dich.« Ren zuckte mit den Schultern, griff nach der Ai-Häkelpuppe und wog sie auf seiner Handfläche. »Das Mädchen, das ich damals auf Tinder fand, war nett, aber ohne Vorwarnung schleifte sie mich in ihr Schlafzimmer und ratterte irgendwelche Kinks und Safewörter herunter.« Er ließ die Puppe wieder sinken. »Ich bin so schnell geflüchtet, dass ich meine Jacke hab' liegen lassen ... das war eine verdammt schöne Jacke. Ganz neu.«

Das entlockte Isaac ein Schnauben, das in einem kleinen Lachen endete. Ohne es verhindern zu können, lehnte sich

Isaac ein Stück zu Ren, er konnte sich diesem Mann nicht entziehen. Seiner Sirene mit der wunderschönen Stimme, den honigfarbenen Augen und dem pinken Haarschopf.

»Und bei unserem ersten Kuss war ich so panisch, dass ich nicht reagiert hab, wie ich sollte … Ich war so froh, als du das gespürt und abgebrochen hast«, fuhr Ren mit seiner entwaffnenden Ehrlichkeit fort. »Jedenfalls habe ich bisher nichts vermisst. Wenn wir beide also etwas ausprobieren möchten, okay, wenn nicht«, Ren öffnete die Arme weit, wie bei einer Einladung, »habe ich mir sagen lassen, dass ich ziemlich gut im Kuscheln und Küssen bin.«

Isaac blinzelte einen Moment verwirrt, hatte er doch mit einem Haken gerechnet. Mit einem Grund, der dazu führte, dass sich Ren von ihm zurückzog. Aber es kam keiner. Offenbar wollte Ren wirklich mit ihm zusammen sein. Trotz all seiner Unzulänglichkeiten – oder gerade deswegen.

Isaac ließ sich mit einem Schluchzer, den er letzten Endes nicht mehr zurückhalten konnte, in Rens Arme fallen und klammerte sich an ihm fest.

»Ist ja gut«, murmelte Ren. »Shht, ich verschwinde deswegen nicht. Dafür bist du mir viel zu wichtig.«

Das sorgte nicht dafür, dass Isaac von ihm abließ. Wenn überhaupt, drängte er sich noch dichter an ihn. Bis sich Ren nach hinten fallen ließ und Isaac auf ihm liegen blieb.

»Bisher wollte das niemand aushalten. Ich war wie ein Stuhl mit drei Beinen, für den niemand Verwendung hat.«

Rens Herz hämmerte unter Isaacs Ohr und selbst diese Melodie nahm ihn gefangen. Zum ersten Mal seit einer Ewigkeit hörte er das Rauschen des Regens nicht mehr.

»Das passt doch«, meinte Ren leichthin. »Ich habe mich oft wie eine kaputte Gitarre gefühlt, mit losen Saiten und verbeultem Klangkörper.« Er strich Isaac sanft durchs Haar. »Was haben ein kaputter Stuhl und eine kaputte Gitarre gemeinsam?« Ren wartete keine Antwort ab. »Sie können sich gegenseitig stützen.«

Isaac hob kurz den Kopf, sah Rens strahlendes Lächeln und suchte dann wieder seine Nähe. »Kann ich den Song noch einmal hören?«, fragte er leise.

»Natürlich.« Ren fuhr mit einer Hand über die Bettdecke, bis er Kopfhörer und Smartphone fand, und steckte Isaac behutsam einen Stöpsel ins Ohr. Die Lyrics starteten und die Anspannung, die ihn seit Freitag gequält hatte, löste sich auf, während Ren ihm weiter durch die Haare strich und leise mitsummte.

Fühlte sich so Liebe an?

Dieser Drang, Ren zu berühren, war das Liebe? Dass er den Song, den Ren für ihn aufgenommen hatte, am liebsten ohne Pause hören wollte, bis er sich für immer in sein Gedächtnis gebrannt hatte. Dass er so viel mehr wollte – er wollte der Mann sein, der Ren inspirierte. Er wollte, dass es ihm gut ging, dass er ihn anlächelte, er wollte ihm die Sorgen nehmen oder ihm zumindest beistehen. Er wollte, dass dieser wunderbare Mann Teil seines Lebens war, und er ebenso Teil von Rens Leben.

Bisher hatte er sich nur auf seine Angst, Ren zu verlieren, fokussiert, und die Erkenntnis, die sich längst tief in seinem Herzen eingenistet hatte, nicht zugelassen: Er liebte Ren.

»Und?«, flüsterte Ren, aber Isaac entging nicht das Zittern in seiner Stimme, bevor er tief Luft holte und kaum hörbar sang: »*Can I call you mine?*«

»Ja«, gab Isaac genauso aufgewühlt zurück, »das kannst du.«

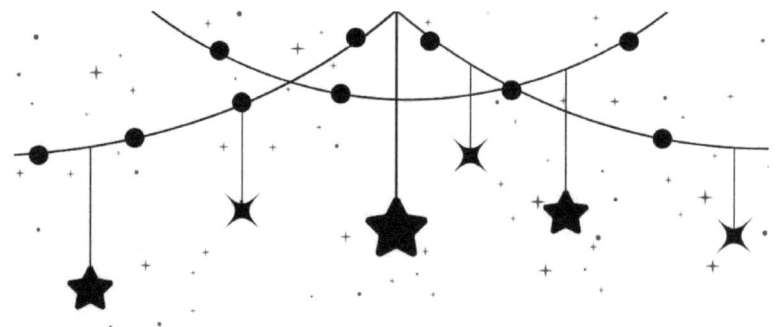

KAPITEL 20

Als Isaac am kommenden Dienstagnachmittag ihren Gruppenraum betrat, dachte er im ersten Moment, er hätte sich in der Tür geirrt. Denn zwei fremde Männer kamen ihm entgegen, der eine trug eine Drum mit sich, der andere eine E-Gitarre über dem Rücken. Die beiden begrüßten ihn mit einem »Wäre geil, wenn das klappt«, was Isaac noch mehr verwirrte.

Isaac schob sich an ihnen vorbei und blieb direkt wieder stehen, weil in seiner Abwesenheit ein Wald aus Notenblättern und Notizbüchern im Raum herangewachsen war, überall lagen große und noch größere Stapel davon herum. Auch saß eine ihm unbekannte Studentin am Tisch, hochwertig aussehende Kopfhörer auf den Ohren, und kritzelte mit einem Bleistift energisch über Notenblätter.

»Oh hey.« Ren tauchte wie magisch hinter dem Papierchaos auf und schlenderte auf ihn zu.

»Was geht hier vor?«

Ren barg die Arme hinter dem Rücken und schenkte ihm ein schiefes Lächeln. »Ich hab' gestern und heute meine Kurse sausen lassen, um mich richtig auf die Arbeit zu konzentrieren.«

Während Rens Haltung ein *Bitte nicht schimpfen* hinterherschickte, ließ Isaac den Blick durch den Raum schweifen. »Wo ist Sophia?«

Ren presste kurz die Lippen aufeinander, bevor er antwortete. »Ich habe ihr vorgeschlagen, die Aufnahme zu wiederholen und zu beenden.« Eine Kälte schlich sich in seine Stimme, die Isaac nicht erwartet hatte. Ren war enttäuscht. »Frag nicht, wie ich meinen Dozenten bekniet habe, damit wir einen Schlüssel bekommen, um völlig frei am Sonntag oder Montag ins Studio zu können.«

Isaac wartete gespannt.

»Sophia ist weder aufgetaucht noch hat sie auf meine Nachrichten reagiert«, meinte Ren muffelig, »während sie weiterhin im Netz aktiv ist und was für ihre Follower hochgeladen hat. Wenn sie nicht will, mache ich eben ohne sie weiter. Ich mache jetzt das, was ich von Anfang an hätte tun sollen.«

»Und das wäre?«

Ren suchte Isaacs Blick. »Ich selbst sein.«

Wenn sie allein gewesen wären, hätte Isaac ihn für einen Kuss herangezogen. Der Gedanke war gleichermaßen elektrisierend wie beängstigend, denn erst jetzt rastete die Erkenntnis bei Isaac ein, mit wem er zusammenarbeitete. Da sprach Ai. Die Hälfte von Ai, die seit Jahren ihre Fans mit Arrangements und Liedtexten begeisterte. Und diese Hälfte wollte mit ihm zusammen sein ...

»Von jetzt an also hundertzehn Prozent?«, fragte Isaac und griff damit den Satz auf, den Ren ihm im Vertrauen erzählt hatte. Er und Ryoko hatten immer mit mehr als voller Kraft in ihren Liedern gearbeitet.

»Genau.« Daraufhin tippte Ren der Studentin auf die Schulter, damit diese die Kopfhörer abnahm. »Isaac, das ist Anya, du kennst sie vielleicht als Sonata vom Ai-Discord-Server.« Ren deutete mit der Hand auf ihn. »Anya, Born2Music.«

Isaac war so überrascht über diese Vorstellung, dass er vergaß zu antworten.

Ja, er hatte Ren in alle seine Online-Aliase eingeweiht, aber deswegen konnte er sie nicht einfach weitergeben und ...

»Was? Vom Discord-Server?«, hakte er nach. Beinahe hätte er *meinem Discord-Server* gesagt, immerhin teilte er sich das Recht mit einer Handvoll anderer Admins, die von Anfang an dabei waren.

»Okay, Cho hat dich nicht vorgewarnt.« Zumindest Anya lachte amüsiert. Isaac hingegen konzentrierte sich auf den Fakt, dass sie Ren Cho nannte. »Ich bin Pianistin im vierten Jahr und habe Cho vor einiger Zeit vom Berklee erzählt.«

Anyas schmale, zierliche Gestalt bereitete Isaac Mühe, sie sich hinter einem Konzertflügel vorzustellen. Vielleicht lag es auch an der schwarzen Oversized-Bluse, die sie hochgeschlossen trug, und dem dunklen Pixie-Cut – alles an ihr wirkte androgyn und zugleich zerbrechlich. Alles, bis auf ihr Blick. In ihren Augen brannte das gleiche Feuer wie bei Ren, wenn er über Musik sprach.

»Sie hat mir per Videochat Klavierspielen beigebracht«, warf Ren wie nebenbei ein.

»Du spielst auch noch Klavier?«

Ren zuckte mit den Schultern. »Ein wenig, nur zum Spaß.«

»Ein wenig«, echote Anya, die vermutlich genauso gut wie Isaac wusste, dass ‚ein wenig‘ in Rens Wortschatz ‚verdammt gut‘ in der Welt der normalen Leute bedeutete. Dann wandte sie sich an Isaac. »Wir Pianisten üben viel von zu Hause aus und schicken Videos zu unseren Betreuern, die unser Spiel bewerten. Ren hat ein gutes Gehör und wie von selbst meine Übungen nachgespielt.« Isaac entging nicht das stolze Lächeln, das sich auf Rens Lippen schlich. »Ich habe Ren zu den Online-Kursen geraten, als er ...«

Anya sandte einen Seitenblick in Rens Richtung, als müsste sie sich versichern, dass ihr Freund weiterhin wohlauf war.

»Verstehe.« Isaac nickte bestimmt, woraufhin Anya tief durchatmete. Es war so viel leichter, wenn man nicht die Hälfte der Geschichte auslassen musste. Wobei Anya keine Ahnung hatte, dass sie Ai Klavierunterricht gegeben hatte.

»Und ich verstehe jetzt«, Anya schenkte ihm ein schelmisches Grinsen, »warum Ren in den letzten Wochen kaum Zeit für ein Treffen hatte.«

Ren stapelte auf einmal sehr konzentriert Notizbücher übereinander.

»Okay«, meinte Isaac und nahm auf einem der Stühle Platz. »Was ist der Plan? Wie machen wir ohne Sophia weiter?«

»Es gibt genug Gesangstalente an diesem College, wir sind nicht auf sie angewiesen«, meinte Ren, plötzlich wieder säuerlich, und setzte sich ebenfalls zu ihnen. »Ich hab' ein Dutzend Leute angeschrieben, auch ein paar Musiker, aber ich bin mies im Organisieren.« Er zuckte mit den Schultern. »Das Planen, Koordinieren und so weiter ist dein Part. Außerdem spielst du kein Instrument, also suchst du die Stimme aus.«

Deine, schlug Isaacs verräterisches Herz vor, obwohl er wusste, dass dies nicht möglich war.

»Ich helfe beim Arrangieren der instrumentalen Parts und nehme Ren die Arbeit rund ums Keyboard ab«, warf Anya ein. »Was eure Dozenten euch nie auf die Nase binden, ist, dass ihr so viele Leute zu euren Projekten hinzuholen dürft, wie das Berklee bietet. Das wird sogar wohlwollend angesehen.«

Das klang alles schön und gut und Isaac würde Sophia definitiv nicht vermissen, aber er musste den Fehler, den beide übersehen wollten, ansprechen.

»Du willst vier Wochen vor Abgabe alles hinschmeißen und von vorne beginnen«, fasste er zusammen. Dass Sophia plötzlich eine Hundertachtzig-Grad-Wende hinlegte und sich für sie ins Zeug legte – das hatte er längst abgeschrieben. Isaac fragte sich allerdings noch immer, wann Sophia auffallen würde, dass sie ohne Teilnahme ihren Kurs nicht bestehen würde.

»Ja.« Ren schien weder beunruhigt noch gestresst deswegen. »Und wir sagen weder Mr. Faubrey noch meinem Dozenten etwas, weil sie uns das bestimmt verbieten werden.«

Isaac barg den Kopf in den Händen und massierte sich die Schläfen, er spürte bereits Kopfschmerzen und Erschöpfung aufkommen. Das war Wahnsinn. Aber er wollte es. Allein der Gedanke, Ren freien Lauf zu lassen, ließ sein Herz schneller schlagen. Sein monotones Roboter-Herz, das sich für nichts am Berklee hatte begeistern können, klopfte wie wild.

»Welche Songs?«, fragte Isaac weiter.

»Anhand der Musiker, die ich an der Hand haben könnte, habe ich sechzehn in die engere Auswahl gefasst.« Sie brauchten vier, maximal sechs Songs fürs Sandbox-Album. Selbst wenn jeder Song eine andere Gesangstimme vorwies, war das noch immer zu viel. »Ich kann dir die Links von ihren alten Aufnahmen hier am Berklee schicken. Sag mir, was du davon hältst, und wir schränken es gemeinsam ein.«

Es war die letzte Märzwoche und zum ersten Mai musste alles eingereicht sein. Das war wirklich Wahnsinn und würde nur funktionieren, wenn alle an einem Strang zogen und mehr als ihr Bestes gaben. Aber das war es, was Mr. Faubrey zu Semesterstart von ihm verlangt hatte, oder? Weniger nach Lehrbuch handeln, sondern das finden, wofür er brannte.

»Macht dir das zu viel Arbeit?«, fragte Ren und Isaac hob den Kopf. Während Anya ihn ruhig musterte, kaute Ren zerknirscht auf seiner Unterlippe. »Dein Businessplan muss dadurch zwar angepasst werden, allerdings werde ich die Marketingstrategien nicht torpedieren, sondern etwas Zielgruppengerechtes produzieren.«

»Wenn du nichts dagegen hast, würde ich auch drüberlesen«, meinte Anya. »Wir dachten an so etwas wie *Unthinkable* oder *No Limit* für das neue Konzept.«

»*Unbound*. Entfesselt«, hielt Isaac dagegen. »Wir haben Spaß, geben unser Bestes und denken nicht über die Konsequenzen nach.«

»Genau«, kam die zweistimmige Antwort.

War das wirklich klug? Selbst wenn er Rens Können vertraute, er würde die PR anpassen müssen, die Website, das Cover, die Social-Media-Grafiken ... Das Fundament stand zwar, aber sie würden ein völlig neues Haus bauen. Isaac konnte seine Zweifel nicht unterdrücken, die sein schlechtes Gewissen nur noch mehr befeuerten. Wären sie direkt am Anfang durchgestartet, ständen sie nicht vor dieser Herausforderung. Wäre er anders mit Sophia umgegangen, hätte er sich mehr auf das College konzentriert, anstatt jede freie Minute mit Ren zu verbringen ... Nein, hätte er nicht jede freie Minute mit Ren verbracht, würde er nicht einmal über die Möglichkeit nachdenken, komplett von vorne anzufangen.

»Nicht zerdenken«, riet Anya ihm, sodass Isaac aus seiner Gedankenblase auftauchte. »Lass dein Gefühl entscheiden.«

»Was ist mit euren Prüfungen?«, erwiderte Isaac dennoch. Er selbst hatte einige Klausuren und Tests vor sich, die er bisher erfolgreich verdrängt hatte. Zumindest würde seine Angewohnheit, den Stoff regelmäßig zu wiederholen, hilfreich sein. »Kommt ihr klar?«

Anya antwortete nur, dass die Aufnahmen eine gute Pause für sie wären, und Ren sah darin – wie immer – kein Problem. Für Genies waren Prüfungen wohl reine Zeitverschwendung.

»Ich weigere mich, etwas unter meinem Namen herauszugeben, hinter dem ich nicht stehe«, stellte Ren klar und traf damit die Entscheidung für sie alle.

»Er ist wirklich gut«, führte Anya an, als müsste Isaac davon überzeugt werden. »Es gibt keine Möglichkeit, Ai direkt zu kontaktieren, ansonsten hätte ich ihr schon vorgeschlagen, mit ihm zusammenzuarbeiten.«

Ren, der gerade Tee aus seiner allzeit bereiten Thermosflasche in einen Becher goss, zuckte nicht einmal zusammen, sondern meinte nonchalant: »Das wäre was. Ren feat. Ai.«

»Du meinst Ai feat. Ren.«

»Den DJ nennt man immer zuerst.«

»Seit wann?«

Bevor sich die beiden in einer Diskussion verloren, dass Anya als klassisch ausgebildete Konzertpianistin nichts von der Onlinewelt der Musik wusste, warf Isaac ein: »Hat Ai wirklich etwas mit dem Album zu tun?«

Das ließ Ren noch breiter grinsen, immerhin konnte er bei ihrer Gruppenarbeit allein glänzen. »Und wie«, hielt er dennoch dagegen. »Wir werden Testhörer brauchen und Leute, die auf die Schnelle ihre Meinung zu unserem Album abgeben, um ein Gefühl zu bekommen, was noch nicht passt. Die finden wir auf dem Server.«

»Wäre es okay, wenn du die Kopfhörer wieder aufsetzt?«, wandte sich Isaac an Anya. »Ich muss was mit Ren unter vier Augen besprechen.«

Anya tat wie geheißen, schien nicht einmal irritiert, während Isaac Ren mit einem Winken bedeutete, ans Ende des Raumes zu kommen. Er positionierte Ren so, dass Anya bei keinem von ihnen Lippen lesen konnte. Vielleicht war er paranoid, aber dafür, dass Ren das Geheimnis um Ai wahren wollte, ging er viel zu unbedarft damit um.

»Warum?«, fragte Isaac kurz angebunden, da er Kopfschmerzen herankriechen spürte.

»Warum was?«, echote Ren. »Das Einbinden des Servers? Ich schaffe Ressourcen heran, das ist alles.«

Für Isaac fühlte es sich eher an, als würde Ren ihn übergehen und das Projekt allein erledigen wollen.

»Da sind Hunderte von Leuten, die bestimmt helfen wollen. Ich weiß, dass B2M häufig Umfragen gestartet hat, wie alle den neuen Song oder das Artwork finden.«

»Aber warum machst du das alles?«

Ren warf einen Blick an Isaacs Schulter vorbei, bevor er sich auf die Zehenspitzen stellte und ihm einen flüchtigen Kuss aufdrückte. »Du musst nicht alles allein schaffen, schon vergessen?«

Isaac blinzelte verwirrt und vergaß für einen Moment, warum er eben noch so besorgt gewesen war.

»Dein geballtes Managerwissen wird definitiv gebraucht, damit ich mich nicht irgendwo verrenne«, fügte Ren mit rosa verfärbten Wangen an, »aber lass die Kreativköpfe ruhig zaubern und nutze alles, was du zur Verfügung hast.«

Irgendwie hatte Isaac das Gefühl, seine Aufgabe – dass sie alle, inklusive er selbst, den Zeitplan einhielten – würde die Schwierigste sein. Besonders, weil er Ren am liebsten sofort fragen wollte, was er für ihn empfand, vielleicht sogar das Gleiche? Doch bei ihrer knappen Deadline würde dies bis nach den Prüfungen warten müssen.

»Alles geklärt?«, fragte Anya laut, worauf sie sich zu ihr umdrehten und Isaac den Daumen hoch zeigte, damit sie die Kopfhörer abnahm. »Machen wir also ein Selfie für den Server und rütteln die Leute wach?«

Ren zückte sofort sein Smartphone.

Isaac zögerte jedoch einen Moment. Sophias Video und die vielen heimlich geschossenen Fotos der Studenten am Berklee, die durch die Chat-Gruppen zirkulierten, konnte er nicht so leicht vergessen. Wenn sie ein Foto zusammen mit ihren Chatnamen hochluden, war es mit seiner Anonymität vorbei. Ren und Anya dachten sich nichts dabei, sich persönlich vorzustellen und um Hilfe zu bitten, außer dass so ein Foto für mehr Aufmerksamkeit und Empathie sorgte.

Wie hoch war die Wahrscheinlichkeit, dass abgesehen von Anya, Ren und ihm selbst noch mehr Fans am Berklee studierten oder in Boston lebten? Wie hoch war die Wahrscheinlichkeit, dass sein Vater noch von Ai wusste und sich auf dem Server befand?

Doch Isaac wollte dem bunten Haufen Fans vertrauen, dass sie nichts mit seinem Foto anstellten. Dass die Community immer sein sicherer Hafen sein würde.

Das Foto für ihre Anfrage war schnell geschossen, aber Ren und Anya entwickelten daraus eine Session, um ein paar private Aufnahmen zu knipsen, bevor sie sich ins Studio aufmachten und Isaac mit einem Berg von halb verständlichen Notizen zurückließen.

Falls Isaac eins von den Fotos zurechtschnitt, sodass Anya nicht im Bild war, und dies als Hintergrundbild nutzte, würde sie es ihm bestimmt nicht übelnehmen. Kaum fertig vibrierte

Isaacs Smartphone. Normalerweise würde er den Anruf ablehnen, aber er konnte sich schon denken, warum sein Freund ihn erreichen wollte.

»Hey Soy, wie geht's?«, grüßte er Takumi und begann, den Zettelberg zu sortieren.

»Ich bin fast vom Stuhl gefallen, als ich dein Gesicht im Thread gesehen habe.«

»Überraschung?«, meinte Isaac und erzählte Takumi, dass er selbst erstaunt war, dass zwei Leute vom Server mit ihm auf das Berklee gingen. Immerhin waren ihre Mitglieder über die ganze Welt verteilt und aus allen möglichen Altersstufen.

»Cho hat das Konzept kurz vor Abgabe komplett über den Haufen geworfen und —«, Isaac unterbrach sich, als Takumi in belustigtes Lachen verfiel. »Was ist daran so witzig?«

»Nichts, nichts.«

Takumi wusste, wer Ai war. Also wusste er auch, dass sich hinter Cho Ren verbarg. Ren, mit dem Takumi seit Jahren zusammenarbeitete. Ren, der vermutlich auch bei Ais Projekten so chaotisch handelte.

Seit Wochen hatte sich Isaac vorgenommen, Takumi darauf anzusprechen, dass er Ai gefunden hatte, und es sich doch nicht getraut. Er konnte sich nicht erklären, warum, aber Isaac zögerte, diese beiden Seiten seines Lebens zu vermischen.

»Wobei kann ich helfen?«, fragte Takumi, als er sich wieder beruhigt hatte. »Ich kann es schlecht auf Discord schreiben, aber falls du Unterstützung beim Artwork oder der Designs brauchst, musst du nur fragen.«

»Ich danke dir«, erwiderte Isaac, während er Zettel und Papiere in Notenschriften und Notizen aufteilte. »Falls ich nicht weiterkomme, melde ich mich bei dir.«

Aber wie immer würde Takumi ihm nur Dinge erklären oder zeigen dürfen, die Arbeit würde Isaac selbst erledigen.

»Abgemacht«, antwortete Takumi. »Na dann, erzähl mal Chos neues Konzept.«

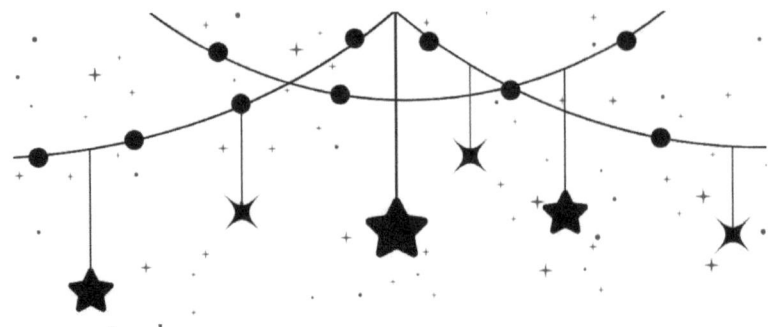

KAPITEL 21

Zitternd schwebte Rens Finger über dem Klingelknopf. Sollte er wirklich bei Isaac einfallen? Er hatte ihn in den letzten zwei Wochen genug belastet. Mit seiner eigenmächtigen Entscheidung, Sophia aus dem Projekt zu kicken und neu anzufangen, hatte er Isaac viel Arbeit aufgehalst, das wusste er. Aber wo sollte er sonst hin? Sich in den Zug zurück nach New York setzen? Nein. Das ging nicht. Er musste in Boston bleiben, er hatte Kurse, die Prüfungen und ... Dinge. Dinge, die er zu erledigen hatte, selbst wenn er sie gerade nicht benennen konnte, weil sein Atem rasselnd an Tempo gewann und sich seine Zunge zu schwer anfühlte, um Worte zu formulieren.

Früher hätte er alles mit sich allein ausgemacht, tapfer gelächelt und alles in sich hineingefressen, um keine Last zu sein. Aber jetzt – dieses Gefühl war neu und seltsam und beängstigend zugleich – sollte Isaac ihn in den Arm nehmen und sagen, dass sie eine Lösung finden würden.

Selbst wenn es keine Lösung gab, würde sich Ren dadurch besser fühlen.

Ren holte tief Luft und ließ den Sauerstoff durch seine Lunge wirbeln, als würde ihn dies erden. Sein Rucksack, den er in aller Eile vollgestopft hatte, wog schwer auf seinem

Rücken, bei jedem Schritt hatte er das Gewicht wie einen Schlag gespürt. Er hätte nur den Bus nehmen müssen, dann wäre er nicht außer Atem. Stattdessen war er gefühlt durch halb Boston gelaufen, über eine der Brücken, bis hin zu Isaacs Wohnheim. Gut, ihm war erst auf halber Strecke aufgefallen, dass seine Füße ihn instinktiv zu Isaac brachten, zunächst wollte er nur weg.

Einatmen, ausatmen, ermahnte sich Ren und betätigte die Klingel. Ein Rumpeln folgte und dann stand Serge vor ihm, wie immer perfekt gestylt, als müsste er gleich das Konzert seines Lebens dirigieren.

»Is«, rief Serge sogleich, »du hast Besuch.«

»Wer ist es?«, hörte Ren Isaacs Stimme und unterdrückte gerade so ein Schluchzen.

»Ein rosa Waschbär«, meinte Serge und trat zur Seite, damit Ren in die Wohnung huschen konnte.

»Ich hätte den Mascara nicht heute ausprobieren sollen«, gestand Ren zerknirscht und wollte sich lieber nicht ausmalen, wie sein Gesicht aussah.

Serge stellte keine Fragen, war nicht einmal verwundert, als er Ren anbot, seine tropfnasse Regenjacke aufzuhängen, und ihm ein Küchenhandtuch reichte, um seinen Rucksack abzuwischen. Zum Glück war er selbst trocken geblieben, eine Erkältung konnte er nicht gebrauchen. Dann wäre er in doppelter Hinsicht eine Last und er wollte keine sein.

Verwundert steckte Isaac den Kopf durch seine Zimmertür. »Was meinst du mit Wasch-« Sein Blick fiel auf Ren, der verschüchtert im Eingangsbereich wartete. »Was ist passiert?« Bevor Ren etwas erwidern konnte, war Isaac bereits herangerauscht und griff nach den Ärmeln seines Hoodies, um zu prüfen, ob sie feucht waren. »Geht's dir gut?«

Ren schnappte nach Luft und zwang sich zur Ruhe. Er war nicht schwach, er konnte das, er würde keine Attacke haben. Im Krankenhaus würden sie seine Schwester kontaktieren und das würde alles nur noch schlimmer machen.

»Farbe?«, hakte Isaac ernst nach.

Darauf musste Ren antworten. Das System hatte sich viel zu sehr bewährt. »Ro-rot.«

Ehe er sich versah, hatte Isaac ihn auf einen Stuhl in der Wohnküche verfrachtet und hielt ihm das rote Notfall-Spray hin. Ren fummelte einen Moment umständlich mit der Kappe, bis er routiniert einen Stoß inhalierte und dann den Hustenreiz unterdrückte, der seinen Hals hinaufkletterte. *Nichts da, ab in die hinterste Ecke der Bronchien*, dachte er bitter.

Es würde nicht lange dauern, bis das Mittel ihn müde machte, bis dahin musste er den beiden eine Erklärung liefern.

»Ab jetzt zehn Minuten«, meinte Isaac und verzögert drang es zu Ren durch, wie besorgt und ängstlich er klang. Verdammt, das hatte er nicht beabsichtigt.

»*Un peu de patience*, Is«, warf Serge ein, der sich im Hintergrund gehalten hatte, und wies auf das Bad, das er sich mit Isaac teilte. »Wir sollten erst mal Rens Tränen trocknen.«

Während Isaac vermutlich wie geladen durch die WG wanderte, fand sich Ren im Bad mit Serges Kosmetiksammlung konfrontiert. Er musste nicht antworten, als Serge etwas über die Reinigungsmilch erzählte, mit der er die Mascara-Spuren entfernte. Die gleichmäßigen Bewegungen und Serges ruhige Stimme halfen, dass Ren tief Luft holen konnte.

»Tee? Wasser?«, fragte Isaac geradezu hilflos, als Ren ihm gegenüber am Küchentisch Platz nahm. Dort reihten sich Gläser und Becher auf, damit es Ren an nichts fehlte. Kaum dass er das warme Porzellan in einer Hand hielt, wiederholte Isaac seine Frage, was passiert sei.

Ren hob den Blick, den er auf den Dampf gerichtet hatte, zählte in Gedanken bis drei und murmelte: »Ryoko nimmt mir Ai weg.«

Vor Schreck wischte Isaac mit der Hand einen Becher vom Tisch, der laut klirrend am Boden zerplatzte. Zum Glück war er leer gewesen. Isaac ignorierte die Scherben, fixierte Ren mit weit aufgerissenen Augen. »Sie macht *was?*«

Zumindest reagierte sein Freund genauso schockiert wie Ren. Seine Reaktion, die schlussendlich in einen hitzigen Streit ausgeartet war, war also nicht überzogen gewesen. Das hatte Ryoko ihm vorgeworfen, dass er sich nicht so anstellen solle und sie schon wisse, was das Beste für Ai sei.

Und dann war er wutentbrannt aus dem Appartement geflüchtet.

»Was für ein Ei?«, hakte Serge verwundert nach. In Ermangelung eines dritten Stuhls lehnte er an der Küchenzeile.

Verdammt. Er hatte sich verplappert. Schon wieder. Kein Wunder, dass Ryoko ihn für unfähig hielt. Je länger er am Berklee studierte, desto mehr Leute kamen hinter das Geheimnis.

»Ich vertraue Serge«, meinte Isaac und klang plötzlich ernst. »Du kannst dir sicher sein, dass er niemandem etwas sagen wird.«

»Ich kann euch auch allein lassen«, bot Serge an.

Doch Ren schüttelte den Kopf. »Kannst du ...«, wandte er sich an Isaac und machte eine unwirsche Handbewegung. Wenn er die Geschichte hinter Ai erzählte, würde er wieder heulen, dabei sollte er in seinem Alter nicht so nah am Wasser gebaut sein. Außerdem war es anstrengend zu schluchzen und er hatte seiner Lunge genug zugemutet.

Isaac gab knapp wieder, was er selbst erst vor zwei Monaten herausgefunden hatte, während Ren sich die kalten Finger am Teebecher wärmte.

»Noch nie davon gehört«, gestand Serge ehrlich, was Ren wehleidig schmunzeln ließ. »Allerdings ist das nicht mein Genre. Wenn ich Musik höre, dann meist französische, das ist ein Stück Heimat in der Ferne.«

Dagegen konnte Ren schlecht argumentieren.

Isaac beobachtete weiterhin jede seiner Bewegungen so genau, dass Ren automatisch in sich zusammensank, sich jedoch gleich wieder aufrichtete, um weiterhin gut Luft zu bekommen.

»Meine Schwester hat einen Vertrag in Aussicht«, fügte er

an. »Deswegen haben wir uns so schlimm gestritten wie noch nie.«

»Ach so? Bei wem?«, hakte Serge nach.

»Sony Music Entertainment, wobei die Anfrage sowohl vom Sitz in New York als auch dem in Tokyo kam.«

Daraufhin pfiff Serge anerkennend durch die Zähne, während Isaac stumm blieb. Hinter seiner Stirn arbeitete es, das konnte Ren sehen, aber er hatte mit irgendeiner Reaktion gerechnet.

»Das Problem ist«, Ren holte tief Luft, damit seine Stimme nicht zitterte, »dass der Vertrag nur für Ryoko ist. Sie ist die Stimme von Ai, sie steckt hinter dem 2D-Avatar. Sie ist das, was das Label haben will.«

»*Merde.*« Auch Serge entgleisten die Gesichtszüge, und das, ohne je ein Lied von Ai gehört zu haben. Wie vermutlich jeder Musiker verstand er das Problem. »Weiß das Label«, Serge suchte einen Moment nach den richtigen Worten, »dass du und deine Schwester hinter eurem Künstlernamen steckt?«

Aus den Augenwinkeln sah er, wie Isaac die Ellbogen auf den Tisch stellte, die Finger verschränkte und sein Gesicht darin halb verbarg. Er wirkte wie der Pate, der sich darauf vorbereitete, seine Feinde niederzuringen.

»Ich werde nicht namentlich erwähnt«, antwortete Ren mit einem Seufzen und bereute zum ersten Mal, dass er zwar in den Credits der Videos auftauchte, weil Takumi ihn immer als ,Ren' beim Produktionsteam auflistete, aber sie sich nie öffentlich als Zwei-Mann-Team geoutet hatten. »Für das Label existiere ich nicht und Ryoko wollen sie groß rausbringen, die neue ...« Ren überlegte einen Moment, zuckte dann mit den Schultern. »Ist nicht wichtig, wer.«

»Was passiert, wenn Ryoko das Angebot annimmt?«, fragte Isaac und klang dabei so kühl und berechnend, dass Ren ein Schauer über den Rücken lief.

»Ich habe kein Mitspracherecht, was das Label macht. Sie könnten den Sound ändern oder ein neues Genre auswählen,

Ais Image komplett ändern, wenn es ihnen gefällt«, ratterte Ren all seine Sorgen herunter. »Wenn Ryoko unterschreibt, bin ich raus.«

»Was ist mit euren Songs?«, hakte Isaac nach. »Müsst ihr die von den Plattformen nehmen? Oder dürfen die bleiben, die mit den Ansichten und der PR des Labels konform sind?«

Ren ließ die Teetasse sinken, die er gerade angehoben hatte. »Das habe ich nicht gefragt.«

Die Einnahmen, die sie durch die Musik generierten, hatten vieles leichter gemacht, das wusste die erwachsene, vernünftige Seite von Ren, aber der Künstler, der Kreative, dessen Herz so laut und drängend in seiner Brust schlug, der scherte sich nicht ums Geld. Der wollte bloß gehört werden, mit seinen Worten und seinen Melodien die Menschen erreichen. Wollte Texte schreiben, Musik machen.

Wie sollte das funktionieren, wenn er nicht mehr ein Teil von Ai sein durfte?

»Was ich nicht verstehe«, schaltete sich Serge wieder ein, »ist, warum deine Schwester dem Label nicht die Wahrheit sagt. Sie könnten euch als Team unter Vertrag nehmen.«

Daraufhin stieß Ren ein schnaubendes Lachen aus, das gefährlich nahe an ein Schluchzen grenzte. »Ryoko ist davon überzeugt, dass ich das nicht packe. Ich nicht mit dem Druck, dem Stress und so weiter umgehen kann.«

Daraufhin sprang Isaac so schnell von seinem Stuhl auf, dass dieser hintenüberkippte, und stapfte sofort Richtung Wohnungstür.

»Nicht«, meinte Ren leise und Isaac hielt inne. »Bitte nicht.« Letzten Endes war er genau das, was Ryoko ihm vorgeworfen hatte. Ihr kleiner, schwacher Bruder, der nicht für sich selbst einstehen konnte und allein nichts auf die Reihe bekam. »Ich weiß, dass ich das mit Ryoko klären muss, aber für heute habe ich keine Energie mehr.« Ren biss sich kurz auf die Lippe und deutete auf sein Notfall-Spray. »Ich kann nicht mehr.«

Noch so eine Stresssituation und er würde die Nacht im Krankenhaus verbringen. Ryoko direkt neben ihm, eisern schweigend, weil sie den Streit fortführen wollte, aber nicht durfte.

Ganz langsam, als müsste sich Isaac dazu zwingen, stellte er den Stuhl auf und hantierte mit dem Wasserkocher, um sich eine Tasse Instant-Kaffee aufzugießen und Zucker unterzurühren. Die Scherben des zerschellten Bechers lagen mittlerweile auf dem Tisch gestapelt, als könnte man diese wieder zusammenkleben. Vermutlich hatte Serge sie eingesammelt.

»Kann ich eine Weile hierbleiben?«, fragte Ren schließlich, als sich Isaac wieder gesetzt hatte, das zerknüllte, gelbe Kaffee-Sachet im Blick. »Ich weiß nicht, wohin ich sonst soll, denn Ryoko ist ein paar Tage in Boston und ich will ihr nicht über den Weg laufen.«

Isaac und Serge tauschten einen Blick.

»Ich beteilige mich auch, spendiere euch einen Wocheneinkauf oder so«, setzte Ren hinterher. Er musste einen guten Zeitpunkt abpassen, zu dem er in die Wohnung konnte, um die externe Festplatte und die Uni-Sachen zu holen. Seine Dozenten würde ein Geschwister-Streit nicht interessieren und er wollte die anstehenden Prüfungen nicht in den Sand setzen.

»Unser Kühlschrank ist so winzig, da passt nichts rein«, scherzte Serge, um die Stimmung aufzuhellen, »aber ich habe damit kein Problem.«

Ren nickte erleichtert und zwang sich zu einem weiteren Schluck Tee.

»Ich habe zwei Bedingungen«, meinte jedoch Isaac. »Erstens: Schreib deiner Mom.«

Ren schnappte nach Luft, verschluckte sich fast am Tee. »Was? Nein! Dann bin ich die Petze oder schlimmer noch: Meine Schwester tritt euch die Tür ein.«

Serge lachte zunächst, bis er realisierte, dass Isaac genervt seufzte und Ren es bitterernst meinte.

»Schreib ihr bloß, dass du bei mir bist, nicht die Adresse des

Wohnheims.« Isaac schenkte ihm einen Blick, der jede Wider-rede verstummen ließ. »Nur weil ihr zwei Streit habt, muss deine Mom nicht darunter leiden.«

Warum ist mein Freund so erwachsen?, fragte sich Ren im Stil-len, holte sein Smartphone hervor und ignorierte die zwölf Anrufe in Abwesenheit, die Ryoko hinterlassen hatte. Er wäre vermutlich komplett abgetaucht und hätte im Nebel aus Wut, Angst und Schmerz nicht daran gedacht, ob sich sein Umfeld um ihn sorgte. Dabei sollte er es besser wissen.

Bin die nächsten Tage bei Isaac. Spray und Ersatzpackung dabei. Musst dir keine Sorgen machen.

Es dauerte nur Sekunden, bis seine Mom online erschien, also hatte Ryoko ihr schon Bericht erstattet. *Danke fürs Be-scheidgeben, mein Großer.* Es folgte eine Reihe glitzernder Herz-chen-Emojis. *Ich werde deiner Schwester nichts verraten, aber bitte klärt das, ja?*

Anstatt einer Antwort legte Ren das Telefon mit dem Dis-play nach unten auf den Tisch.

»Okay, erledigt. Was ist das zweite?«

Isaac stürzte den Rest seines Kaffees in einem Zug herun-ter, bevor er fortfuhr. Ren fand die Reaktion befremdlich, war jedoch zu erschöpft, um länger darüber nachzudenken.

»Wir werden zwar nicht kontrolliert, aber die Wohnheim-regeln verbieten es, jemanden länger einzuquartieren. Wenn du allein bist und jemand etwas will, sag einfach, dass Serge oder ich kurz was holen sind und man später wiederkommen soll. Lass die Person bloß nicht rein.«

»Das lässt sich einrichten«, murmelte Ren und unter-drückte ein Gähnen. Immerhin wirkte sein Notfallspray, wie es sollte.

Serge riss kurz die Augen auf, schüttelte den Kopf und wirk-te dann wieder gefasst. »Das ist ein guter Einwurf, die Leitung des Wohnheims ist da wirklich streng.«

Ren runzelte die Stirn, wusste aber instinktiv, dass Nach-haken nichts bringen würde. Bei all dem, was er Isaac bereits aufgebürdet hatte, wollte er nicht zu neugierig sein.

»Ren?« Ein Schaben von Stuhlbeinen folgte auf die Frage und Isaac rutschte an seine Seite. Isaac breitete die Arme aus und Ren kam der Aufforderung nach. Vergrub das Gesicht an der Stelle zwischen Isaacs Hals und Schulter, lauschte Isaacs gleichmäßigem Pulsschlag und ließ sich von seiner Wärme einlullen.

»Ich weiß nicht mehr weiter.«

»Das musst du gerade auch nicht«, erwiderte Isaac und strich ihm beruhigend über den Rücken. »Wir warten ab, bis Ryoko zurück in New York ist, und dann überlegen wir uns in Ruhe eine Lösung.«

Wir. Nach all dem Chaos, den Problemen und dem Stress, den Ren in Isaacs Leben brachte, sprach er noch immer von einem *Wir*.

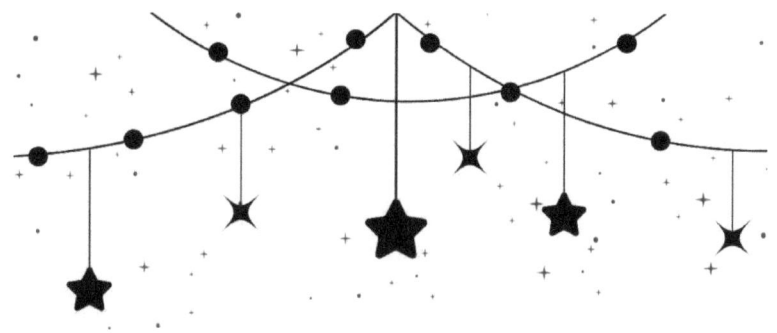

KAPITEL 22

Ren hasste sich dafür, dass er die nächsten zwei Tage kaum die Energie dafür aufbringen konnte, zum Berklee zu gehen. In zwei Wochen mussten sie das Gruppenprojekt abgeben, danach würden die Prüfungen in seinen anderen Kursen starten. Aber der halb abgewehrte Anfall und der Stress, den Ryoko ausgelöst hatte, hatten ihn geschafft.

»Ich krieg das hin, Koordinieren und Leute zur Arbeit antreiben ist genau mein Ding«, hatte Isaac ihn jedoch beruhigt, ihm einen Kuss auf die Stirn gedrückt und sich auf den Weg zu seinem Nebenjob in der Musikbibliothek gemacht. Kurz vor den Prüfungen wurden unzählige Bücher, CDs, Tapes und Referenzmaterial ausgeliehen, sodass Isaac vermutlich erst spät nach Hause kommen würde.

Bis auf den versprochenen Einkauf hatte Ren den gestrigen Tag verschlafen, dafür wollte er wenigstens heute Stoff wiederholen, wenn er schon nichts zu der Gruppenarbeit beisteuerte. Serge hatte sich mit Rens Schlüssel Zugang zu dessen Wohnung verschafft, Ryoko eiskalt ignoriert und alles, was Ren benötigte, mit in die WG gebracht.

In der Theorie hatte er alles, was er fürs Lernen brauchte. In der Praxis war er bis zum Abend nicht weit gekommen, weil er in Gedanken immer wieder zu Ryoko abschweifte. Er hatte abhauen müssen. Sonst hätte Ryoko so lange auf ihn eingeredet, bis er zustimmte, bis sie ihn glauben ließ, dass ihre Entscheidung die beste war.

Dieses Mal nicht.

Sie durfte ihm Ai nicht wegnehmen.

Es dämmerte bereits, als ein Klingeln Ren aus seinen nicht sehr erfolgreichen Lernversuchen aufschreckte. Ohne groß darüber nachzudenken, wer Serge und Isaac besuchen sollte, öffnete Ren die Tür und sah sich einem Mann gegenüber, Mitte fünfzig, graues Haar. Ein schickes Jackett über Poloshirt und Jeans, ihm fehlte jedoch ein Schild oder Lanyard, das ihn als Campusmitarbeiter auszeichnete. Vielleicht ein Kurier? Hatte Serge etwas bestellt?

»Oh, hallo, ist ja doch jemand da«, grüßte er mit einem freundlichen Lächeln.

»Und Sie sind ...?«

»Oren Taylor«, stellte er sich vor, reichte Ren jedoch nicht die Hand. »Isaacs Vater.«

Er sollte keinen Fremden oder jemanden vom College hereinlassen. Aber das war Isaacs Dad. Der offensichtlich extra angereist war, um Isaac zu besuchen. Und ihn verpasst hatte, weil Ren das Gruppenprojekt über den Haufen geworfen hatte und Isaac ständig einspannte. Sein eigener *Erzeuger* schaffte nicht einmal einen Anruf, geschweige denn einen Fuß nach Queens zu setzen.

Während Ren noch überlegte, ob er auch ihm sagen sollte, dass Isaac erst zum Abend zurück sein würde, hatte sich der Mann längst an ihm vorbeigedrängt.

»Bist du sein Mitbewohner?«

Der Gestank von Zigaretten folgte Mr. Taylor wie ein Schatten. Sofort krampften Rens Atemwege und kitzelten ein Husten hervor. Zumindest ersparte ihm dies eine Antwort.

Mr. Taylor ging zur nächsten Frage über, während er die WG-Küche inspizierte. »Du warst mit ihm in diesem Video?«

»Sie meinen das von Sophia?«, antwortete Ren, da er dies als ungefährliches Thema ansah. »Ja, das war ich.«

Isaac hatte nie viel über seine Familie gesprochen, außer dass er alles, was er bisher erreicht hatte, aus eigener Kraft geschafft hatte. Wenn sein Vater ihn nun besuchte und sich für Isaacs Umfeld interessierte, war dies vielleicht ein Zeichen der Besserung.

Mr. Taylor setzte sich an den Küchentisch, sodass Ren ihm folgte, nachdem er eine zweite Tasse aus dem Schrank gefischt hatte. Wie selbstverständlich goss sich der Mann Tee aus Rens Thermosflasche ein und beobachtete Ren genau, während der sich einen Stuhl heranzog.

»Isaac kommt erst spät wieder«, meinte Ren. »Soll ich ihm etwas ausrichten? Sie wollen bestimmt nicht so lange warten.«

Ohne genau bestimmen zu können, warum, wollte er nicht mit Mr. Taylor allein bleiben. Vielleicht lag es am penetranten Gestank nach Rauch oder an der Tatsache, dass Ren endlich für seine Prüfungen lernen musste.

»Was muss ich dir zahlen, damit du Isaac in Ruhe lässt?«, meinte Mr. Taylor ohne Vorwarnung.

»Bitte?«

Mr. Taylor faltete die Hände, als würde er auf einmal wie ein Pastor vor seiner Ein-Mann-Gemeinde predigen. »Welche Summe würde dich dazu bewegen, dass du zur Leitung gehst und Isaac anschwärzt, damit er sein Zimmer verliert?«

»Ich soll was?«

»Es ist wirklich an der Zeit, dass der Junge nach Hause kommt. Er hat mir mit seinem dummen Traum einer Musikkarriere genug Scherereien gemacht. Die Leute reden schon.«

Ren blinzelte verwirrt. Er hatte sich verhört, oder?

Mr. Taylor bedachte ihn mit einem Blick, der Ren eine Gänsehaut bescherte, und fischte ein Heftchen und einen Stift aus seinem Jackett. »Und was sagst du dazu? Hilfst du mir?«

»A-auf gar keinen Fall.« Ren schämte sich für das Stottern, aber die Situation überrumpelte ihn so sehr, dass er nicht vehementer ablehnen konnte.

»Arbeitest du mit Isaac zusammen? Bist du deswegen so loyal ihm gegenüber?«

Ren nickte einfach und zwang sich, flach zu atmen, um möglichst wenig Rest-Nikotin zu inhalieren.

»Das heißt, du bist sein neues Projekt?« Mr. Taylor stieß ein genervtes Seufzen aus. »Was will der Junge noch machen, um sein schlechtes Gewissen zu beruhigen?«

Ren stutzte bei der Aussage.

»Du bist Musiker, richtig?«, fuhr Mr. Taylor einfach fort. »Dann lass mich dich warnen: Isaac hat einen Sänger auf dem Gewissen. Er hat ihn umgebracht.«

Ren hätte fast seine Teetasse fallen lassen und klammerte sich im letzten Moment daran fest. Warum sagte Isaacs Vater das so leichthin, als würde er über das Wetter reden? Und vor allem: Wieso sollte er Isaac dies unterstellen?

»Wie viel verdient er an dir, wenn er dir einen Gig, oder wie das heißt, besorgt?« Mr. Taylor klappte sein Scheckbuch auf und beobachtete Ren mit Adlerblick. »Ich kann dir das alles zurückzahlen, plus eine Summe deiner Wahl obendrauf. Was hältst du von tausend Dollar? Zusätzlich, versteht sich.«

»Nein, ich würde nie —«

»Zweitausend Dollar? Dafür sorgst du, dass er aus dem Wohnheim fliegt, und hältst dich von ihm fern.« Mr. Taylor kritzelte auf dem Scheck herum, unterschrieb und hielt Ren das Papier entgegen. »Isaac muss endlich lernen, sich an die Regeln der Familie zu halten. Es reicht, dass eine Leiche seinen Weg pflastert.«

»Ich werde das nicht annehmen«, meinte Ren eisern und verschränkte die Arme vor der Brust. Er würde dieses Papier nur berühren, um es zu zerreißen und in den Müll zu werfen.

»So funktioniert der Plan aber nicht.« Mr. Taylor legte den Scheck auf den Tisch und schob ihn so weit wie möglich zu Ren herüber.

»Was für ein Plan?«

»Das Hirngespinst einer Musikkarriere aus dem Kopf meines Sohnes zu vertreiben und Isaac dorthin zu holen, wo er hingehört. Nach Hause und in einen ehrbaren Berufsstand, der mir keine Schande bereitet.«

Statt eine Antwort zu geben, erhob sich Ren und ging die paar Schritte bis zur Haustür, an die die WG-Küche angrenzte. »Sie gehen jetzt besser.«

»Warum sollte ich? Ich bin hier, um meinen Sohn zu besuchen. Du kannst mich nicht davon abhalten.«

Ren deutete zur Tür. »Ich meine es ernst, ich möchte, dass Sie sofort verschwinden.«

Ren atmete erleichtert aus, als Mr. Taylor sein Scheckbuch einsteckte und sich erhob. Doch dann meinte er: »Nein, du solltest verschwinden.«

Bevor Ren wusste, wie ihm geschah, hatte Mr. Taylor ihn hinaus auf den Hausflur manövriert und die Tür vor Rens Nase geschlossen.

»Was zur Hölle stimmt mit dem nicht?!«, zischte er und rüttelte an der Klinke, was natürlich nichts bewirkte.

Aber es kam noch schlimmer.

Natürlich musste es noch schlimmer kommen.

Aus welchem Grund auch immer erschien Isaac auf dem Flur und kam mit großen Schritten auf ihn zu. Warum hatte er schon Schluss?

»Was machst du hier draußen?«, fragte Isaac verwundert und griff nach den Schlüsseln in seiner Jackentasche. »Hast du dich ausgesperrt?«

»Nein, ich … Isaac, da …« Wo sollte er anfangen? Isaac steckte bereits den Schlüssel ins Schloss, als die Tür plötzlich aufgerissen wurde.

»Hallo, mein Sohn«, meinte Mr. Taylor, langte mit der einen Hand nach dem Schlüssel, packte mit der anderen Isaac am Handgelenk, zog ihn ins Innere und knallte erneut die Tür zu.

»Isaac?«, rief Ren und klopfte gegen das Holz. »Isaac, mach auf, ja? Bitte!«

Keine Antwort. Kein Laut.

Was sollte er tun? Er hatte keinen Schlüssel zur WG. Sein Handy und sein Rucksack lagen drinnen.

Eine Minute verging, vielleicht waren es auch fünf, und Ren stand immer noch vor verschlossener Tür. Er musste sich regelrecht zwingen, sich einen Schritt zu entfernen, dann den zweiten, und beim dritten rannte Ren bereits los.

Es dauerte eine Ewigkeit, bis Ren den Probenraum gefunden hatte, in dem Serge mit einer Streichergruppe für sein kommendes Konzert übte.

Ohne Handy hatte er nichts nachschlagen oder jemanden anrufen können und so hatte er sich von Student zu Mitarbeiter durchgefragt, bis er völlig außer Atem in den Raum platzte. Zum Glück waren die Wege zwischen Wohnheim und Berklee kurz und der Regen, der den ganzen Tag über in Boston gefallen war, hatte eine Pause eingelegt.

»Serge!«, keuchte Ren, während die Musik verstummte und die Musiker ihn verwirrt musterten. Serge ballte mit hochrotem Kopf die Fäuste, er hasste es, bei Proben unterbrochen zu werden, aber Ren hatte keine andere Lösung gefunden.

Isaac hatte Serge eingeweiht, zudem Schlüssel zur WG und ein Handy, falls sie die Polizei oder den Campus-Sicherheitsdienst rufen mussten. Irgendwie konnte Ren den Gedanken nicht abschütteln, dass sie Unterstützung von den Behörden brauchen würden. Welcher vernünftige Vater wollte mit Geld die Freundschaften seines Sohnes beenden?

»Alles in Ordnung?«, fragte Serge, um Beherrschung bemüht, während Ren die Hände auf die Knie stützte und nach Atem rang. Er durfte keine Attacke riskieren, selbst seine beiden Sprays lagen in der WG.

»Isaacs Vater«, Ren holte tief Luft und stieß sie langsam wieder aus, »ist aufgetaucht.«

»Die Probe ist beendet!«, schallte es prompt.

»Was?« – »Aber wir haben doch noch …«

»RAUS!«, polterte Serge so laut, dass Ren zusammenzuckte. »Die Probe ist verdammt noch mal beendet!«

Vorsichtig richtete sich Ren wieder auf und erblickte einen erbosten Serge, der mit der Hand Richtung Tür wies. »Habt ihr nicht gehört? Verschwindet!«

Die Musiker rührten sich nicht, hielten ihre Instrumente, die sich nicht so schnell in die Koffer packen ließen.

»*Je deviens fou!*«, polterte Serge, griff nach seiner Tasche, packte Ren am Arm und zerrte ihn hinaus auf den Gang. Kaum dass sie ein paar Schritte Abstand gewonnen hatten, forderte er: »Erzähl mir, was passiert ist!«

Während Ren mit Schrecken und Faszination beobachtete, wie sich der wütende Dämonen-Dirigent zurück in den ruhigen, sanftmütigen Serge verwandelte, gab er so gut wie möglich die Ereignisse der letzten Stunde wieder.

»Du hast seinen Vater …« Flüche auf Französisch folgten und Ren dämmerte, dass sein schlechtes Gefühl vom Anfang richtig gewesen war. »Hat Isaac dir denn nichts erzählt?«

Ren schüttelte den Kopf und schlang die Arme um sich.

»Isaac hat sämtlichen Kontakt zu seiner Familie abgebrochen, bis heute kannten sie nicht einmal seine Adresse. Niemand außer dem College, Isaacs Arbeitgeber und uns beiden wusste seine Anschrift.«

So, wie niemand Isaacs Geburtstag kannte und sich Isaac alle Mühe gab, anonym im Netz zu bleiben, erinnerte sich Ren und plötzlich verstand er: Nicht nur, weil er durch sein erzwungenes Outing das Vertrauen in seine Mitmenschen verloren hatte, ließ Isaac niemanden an sich heran. All seine Mauern, sein eisiger Blick und das brüske Verhalten waren eine Überlebensstrategie, um weiter unerkannt zu bleiben.

Serge ballte ein letztes Mal die Hände zu Fäusten, stampfte mit voller Kraft auf dem Boden auf und rannte dann ohne Vorwarnung los. »Ich hole den Sicherheitsdienst«, rief er Ren über die Schulter zu. »Komm so schnell nach, wie du kannst.«

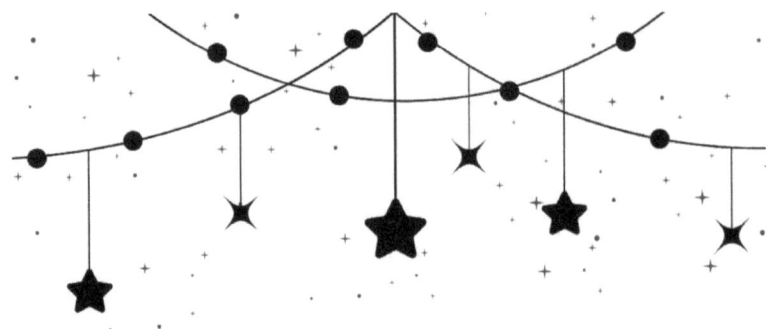

KAPITEL 23

Ohne Vorwarnung stand Isaac seinem Vater gegenüber. Nach zwei Jahren, in denen er sich vor diesem Moment gefürchtet hatte und er immer wieder mit Takumi durchgegangen war, wie er am besten reagieren sollte, waren alle Pläne und Strategien wie gelöscht. Sein Kopf blieb leer.

Er musste in die Defensive gehen, sofort, sein Vater mochte es nicht, wenn man ihm widersprach, und Isaacs Collegeleben war eine einzige Rebellion. Aber er durfte auch nicht aufgeben, er würde sich das, was er sich aufgebaut hatte, nicht nehmen lassen.

Egal, was sein Vater ihm dieses Mal vorwarf.

Egal, was er dieses Mal von ihm wollte.

Es lief eh immer auf dasselbe hinaus.

Angst.

Minderwertigkeit.

Schmerz.

Isaac musste sich zwingen, nicht den Blick auf die Tür zu richten. Warum machte sich Ren nicht bemerkbar? Oder holte er Hilfe? Nein, warum sollte er das tun? Er wusste nicht, dass Isaac in Gefahr war, Isaac hatte ihn nie eingeweiht.

Angestrengt lauschte Isaac, ob er etwas aus Richtung der

Wohnungstür hörte. Bei seinen sich überschlagenden Gedanken würde es ihn jedoch nicht wundern, wenn er Rens vermeintliche Rufe überhört hatte. So sehr er sich jedenfalls anstrengte, er vernahm nur seinen eigenen, rasselnden Atem.

»Na, so eng kann's zwischen euch nicht sein«, meinte sein Vater, wie immer gnadenlos, »wenn dein Freund abhaut. Er hat sogar meinen Scheck angenommen.«

Auf den Fingerzeig hin wanderte Isaac zum Küchentisch, fort von der Tür, und entdeckte den Fetzen Papier, der über zweitausend Dollar ausgestellt, aber sicher nicht gedeckt war. Bei jedem anderen hätte Isaac gezweifelt, nicht bei Ren. Er wusste halbwegs, wie viel er und Ryoko mit Ai im Monat einnahmen, er war definitiv nicht auf die Summe angewiesen. Im Gegensatz zu den meisten Studenten am Berklee.

Allerdings hatte er es durch das Betrachten geschafft, den Küchentisch zwischen sich und seinen Vater zu bringen. Die Stelle am Arm, wo er ihn gepackt hatte, brannte, sein Herz raste, und nachdem der erste Schock abgeklungen war, versuchte er, wieder Kontrolle über die Situation zu erlangen. Wie hatte er ihn gefunden? Woher wusste er die Adresse? Hatte er ihn ausgespäht? Hatte das College Isaac verraten?

Die Angst, seinem Vater wieder zu begegnen, die ihn seit seiner Flucht von zu Hause im Griff gehabt hatte, peitschte Adrenalin durch Isaacs Körper. Er wollte nur noch rennen, weit, weit weg, doch verharrte er still, um seinen Vater nicht zu reizen.

Wie war es möglich, dass sein Vater in der WG stand? An dem einen Ort, der Isaac zum ersten Mal so etwas wie Sicherheit und Freiheit gegeben hatte. Ren musste ihn hereingelassen haben. Isaac konnte ihm das schlecht vorwerfen. Ren kannte nur Zuneigung und Unterstützung von seiner Familie.

»Du hast es mir ganz schön schwer gemacht«, behauptete sein Vater. »Aber letzten Endes hast du auch dabei versagt.«

Das letzte Wort – versagt – rüttelte Isaac auf. Er hatte nicht versagt, er durfte nicht versagen. Unauffällig streifte Isaac seine

Schultertasche ab und stellte diese auf den Stuhl vor sich. Dabei streifte er das Gerät, das außen an einem Karabinerhaken angebracht war, und drückte einen bestimmten Knopf.

»Dachtest du wirklich, du kannst mir entkommen, indem du nach Boston gehst? Das liegt zwei Autostunden entfernt. Lächerlich.« Sein Vater sah während seiner Schmährede nicht, wie Isaac die Hand in der Jackentasche vergrub, blind sein Handy per Fingerabdruck entsperrte und die auf dem Startbildschirm abgelegte App antippte, die sofort mit einer Aufnahme begann. »Ich musste nur abwarten, bis du auf den Social-Media-Accounts deiner Kommilitonen aufgetaucht bist, und dann den Leuten folgen. Dafür, dass ich diesen Möchtegern-Musikern kleine Finanzspritzen gegeben habe, damit sie Gerüchte über dich verbreiten, hat es erstaunlich lange gedauert, bis davon etwas nach außen drang.«

Isaac zwang sich dazu, nicht auf diese Worte zu reagieren, sein Gesicht blieb stoisch und ausdruckslos. Innerlich verfluchte er sich dafür, dass er die Gerüchteküche nie aktiv unterbunden, sondern sie genutzt hatte, um sich noch weiter abzukapseln. Dass er von Sophia nicht verlangt hatte, dass sie das Video aus dem Studio augenblicklich löschte. Dass er Ren mit in die WG genommen hatte.

Genau aus diesem Grund hatte er nie etwas mit Serge unternommen, hatte er immer darauf geachtet, dass er *allein* fotografiert wurde.

»… ist jetzt Schluss«, redete sein Vater weiter, auch wenn Isaac bloß vorgab, ihm zuzuhören. »Die Nachbarn stellen all diese Fragen, warum du nie zu Hause bist. Fragen, die mich in ein schlechtes Licht rücken. Und die Gemeinde erst.«

Isaac verbot sich, mit den Augen zu rollen. Als ob sich die Gemeinde für ihn interessieren würde. Aber es passte. Immer die anderen. Die anderen waren immer wichtiger gewesen als Isaac. Hauptsache, der Ruf seiner Eltern blieb makellos.

Die Angst, die durch ihn peitschte, verwandelte sich zusehends in Wut. Wenn sie es so schwer mit ihm hatten, warum wollten sie ihn dann zurück? Um zu beweisen, dass all das Leid, das sie ertragen hatten, zu etwas Gutem führte?

Er war es so leid. Einfach alles.

»Ihr habt meinen Bruder, reicht das nicht?« Das Goldkind der Familie, das nie mitbekam, wie Oren Taylor mit dem jüngeren Sohn umsprang. Weil es ihn nicht interessierte, weil er am College war, weil ... es war nicht wichtig, warum. Er hatte weggesehen oder nicht hinsehen wollen.

»Wir haben zwei Söhne«, erwiderte Isaacs Vater. »Der Plan war ein anderer.« *Scheiß auf diesen Plan.* »Dein Bruder ist clever, ein guter Junge, aber du, du hast eine Verbissenheit, die ihm fehlt. Wenn du dich endlich in die richtigen Bahnen lenken lassen würdest. Ich habe beschlossen, dass —«

»Nein.«

»Isaac, ich finde nicht, dass du so mit mir sprechen darfst.«

»Ich habe Nein gesagt«, wiederholte Isaac vehement, hob dennoch nicht die Stimme. Er durfte nicht widersprechen, sie hatten dafür gesorgt, dass er nie widersprach, aber er musste es jetzt und zumindest seine Wut würde ihm beistehen. Er durfte nicht kleinbeigeben. Er hatte es rausgeschafft. Aus eigener Kraft. Er würde niemals zurückgehen.

»Warum verstößt du deine Mutter und mich?«, fragte sein Vater. Er streckte die Schultern durch, baute sich zu seiner vollen Größe auf, um Isaac einzuschüchtern. Was funktionierte, aber am meisten verunsicherten Isaac die gerunzelte Stirn und der abwertende Blick. Die Wut, die in seinem Innern kurz den Kopf gehoben hatte, verpuffte, ließ nur Unterwürfigkeit zurück. Er hatte etwas falsch gemacht, er war schuld, dass sich sein Vater so fühlte. Dabei sollte er dafür sorgen, dass sich sein Vater immer gut ...

Nein, schrie Isaac in sich hinein, weil er es nicht laut aussprechen durfte. *Es ist nicht deine Schuld!* Sein Vater war krank ... *Nein!* Sein Vater war ein *kranker Narzisst* und daran würde sich nie etwas ändern. Er musste sich an diesen Gedanken klammern.

»Was habe ich dir getan, dass du mich so sehr verletzen willst? Ich habe dich großgezogen und so viel aufgegeben, damit es dir gut geht«, fuhr Oren Taylor fort und klang dabei zutiefst betroffen, als wäre er das eigentliche Opfer. »Und was machst du? Fühlst dich immer noch für den Tod vom Sohn der Hendersons verantwortlich.« *Sein Name war Kenneth! Kenneth! Du bist mit seinen Eltern befreundet und weißt nicht mal das!* »Es ist passiert, es lässt sich nicht ändern. Hör auf, dein Leben wegzuwerfen, ich hatte so viel Besseres für dich im Sinn.«

»Das, was ich will, deckt sich nicht dem, was du willst«, presste Isaac mühsam hervor. So viele Emotionen tobten in ihm, doch es war die Angst, die seine Lippen zu versiegeln drohte.

»Das weißt du erst, wenn du es versucht hast«, kam sofort die Antwort. Doch die Falten auf der Stirn seines Vaters vertieften sich, seine Geduld, Isaac mit Worten zu überzeugen, schwand. »Musik ist nicht das Richtige für dich, Isaac.«

Isaac biss sich auf die Zunge, um nicht zu widersprechen. Er wusste, was passieren würde, wenn sein Vater die Geduld verlor. Er hatte es oft genug ertragen und danach noch tagelang die Konsequenzen gespürt. Aber zu Hause würde niemand glauben, dass Oren Taylor zu so etwas fähig war, dass er seinen eigenen Sohn …

»Du spielst kein Instrument, du kannst nicht wirklich singen und eine Ahnung von der Musikwelt hast du auch nicht«, zählte Isaacs Vater auf und Isaac konzentrierte sich auf die Worte, um nicht von seinen Erinnerungen überwältigt zu werden. »Ich frage mich wirklich, warum dich das Berklee aufgenommen hat, wo du in allen Punkten nicht qualifiziert bist. Du hast Besseres verdient, als dich an der Nase herumführen zu lassen.« Er umfasste mit beiden Händen die Stuhllehne vor ihm, so fest, dass die Knöchel weiß hervortraten.

Isaac sah die stumme Warnung und sofort raste sein Herz. Aber er konnte nicht entkommen, sein Vater versperrte den Weg zur Tür, ins Freie, in seine Sicherheit. Die WG-Küche war zu klein, um ihm auszuweichen, seine einzige Chance war, in sein Zimmer zu flüchten und die Tür zu verriegeln. Aber dafür musste er an seinem Vater vorbei, der ihn packen und …

»Willst du wieder irgendjemandes Kindermädchen und Aufpasser sein, der dann an einer Überdosis stirbt?«, brachte sein Vater das letzte Argument hervor. Das eine, das Isaac nach Kenneth' Tod so oft gehört hatte. Er brauche niemanden außer seiner Familie. Wenn er alles machte, was sein Vater wollte, würde niemand mehr wegen Isaac sterben. »Ich sage, nein, Isaac, das willst du nicht. Du willst zu uns nach Hause kommen.«

Das stimmte nicht. Er hatte nicht recht. Oder doch? War er nicht qualifiziert? Mieden ihn deswegen die anderen am College? Weil sie instinktiv spürten, dass selbst Kenneth vor ihm geflüchtet war? War er bloß ein Roboter ohne Seele? Hatte nicht sogar Mr. Faubrey davor gewarnt, dass das Berklee nicht der richtige Ort für ihn war? Weil er keine Seele hatte, weil sein Vater alles darangesetzt hatte, ihn klein und gefügig zu halten.

Würde er ihn nicht bestrafen, wenn er eingestand, dass sein Vater recht hatte? Es wäre so leicht, dann müsste er keine Angst mehr haben.

N.E.I.N.

Isaac rammte sich für jeden Buchstaben einen Fingernagel in die Handinnenfläche, um die Gedanken zu stoppen.

Sein. Vater. Hatte. Nicht. Recht.

»Was kann ich machen …« Ein freundliches Lächeln erblühte auf Isaacs Worte hin auf Oren Taylors Gesicht. Vermutlich ging er davon aus, dass er ihn von seinem Wahnsinn überzeugt hatte. »Was kann ich machen«, zwang Isaac sich weiterzusprechen, »damit du mich endlich in Ruhe lässt?«

Das Lächeln erstarb und hinterließ eine unzufriedene, zusammengepresste Linie. Ein Sinnbild dafür, dass Isaac eine Grenze überschritten hatte. Er überschritt sie jedes Mal, seit er begonnen hatte, sich von seiner Familie zu lösen. Ein Zittern erfasste Isaacs Körper, doch je mehr er sich anspannte, desto schlimmer wurde es.

»Du bist mein Sohn, ich werde dich nie in Ruhe lassen«, erklang es auf einmal bedrohlich nahe. Isaac hatte nicht bemerkt, dass sein Vater näher gekommen war.

»I-ich werde nicht zurückkommen.«

»Doch, das wirst du. Komm mit mir nach Hause, Isaac. Dann wird es so wie früher, als du mir ein guter Sohn warst.«

Ein guter Sohn. Hah. Das war er nur gewesen, wenn er unsichtbar geblieben war und gleichzeitig an der Schule irgendwelche akademischen Trophäen gesammelt hatte, mit denen sein Vater angeben konnte.

Mit einem letzten bisschen Willenskraft schaffte es Isaac, seinen Vater mit erhobenem Kopf in die Augen zu blicken. Selbst wenn alles in ihm am liebsten in Deckung gehen wollte.

»Wieso tust du das? Das letzte Mal, als wir uns gesprochen haben, meintest du, dass ich nicht mehr dein Sohn bin, wenn ich ans Berklee gehe. Was hat sich geändert?«

»Ich mag es nicht, wenn man sich mir widersetzt«, antwortete sein Vater ruhig, aber Zorn schwang in seinen Worten mit. »So haben wir dich nicht erzogen. Komm nach Hause und wir vergessen diese Musik-Sache, das ist nichts für dich.«

Nein. Nein. Nein! Dann würden sie wieder über ihn hinwegtrampeln, ihn nicht beachten, wenn er nicht nützlich war, ihn zurechtweisen, wenn er nicht so war, wie sie es wollten, ihn so lange niederdrücken und seine eigene Persönlichkeit abpressen, bis nichts mehr davon übrig war.

Den Schutzwall, die eiskalte, gefühllose Persönlichkeit, die sich um nichts kümmerte, sich fügte und keinerlei Probleme hervorrief, hatte Isaac nicht nur konstruiert, weil seine Mitschüler ihn schikanierten. Sondern auch, um zu Hause zu überleben. Das Berklee war das Ziel gewesen. Bloß raus. Boston. Ein Neuanfang. Ein Ort, wo er er selbst sein konnte. Nun ja, fast, er arbeitete daran. Aber alles war besser, als unter der

Kontrolle seines Vaters dahinzuvegetieren.

»Ich will, dass du verschwindest«, schaffte Isaac es auszusprechen. Selbst wenn alles in ihm rebellierte, er sich klein und unsichtbar machen wollte. »Hau ab und komm nie wieder. Ich will nichts mehr mit dir oder der Familie zu tun haben.«

Auf einmal packte ihn sein Vater mit der einen Hand und langte mit der anderen in Isaacs Jackentasche, um das Handy hervorzuholen. »Das kann ich als dein letztes Wort nicht gelten lassen.« Siegessicher stoppte er die Aufnahme, löschte sie vor Isaacs Augen, während er darüber schwadronierte, wie dumm das Manöver gewesen war, und schleuderte dann das Telefon von sich, das mit einem Knirschen gegen die Küchenschränke prallte.

»I-ich will«, Isaacs Stimme zitterte, als er seine Forderung wiederholte, »da-ass du verschwindest.«

Der Griff an seiner Schulter schmerzte, aber das war nicht das Schlimmste an dieser Situation. Isaacs Blick huschte zur Zimmertür und zum Eingang der WG, er konnte nicht entkommen. Sein Vater hatte ihn gepackt, er würde ihn nie wieder loslassen, außer … Die Angst in ihm bettelte, dass er seinen Vater nicht weiter reizen durfte, die Wut schrie, dass es nicht schlimmer werden konnte als die letzten Male, doch da war auch die Hoffnung, die wisperte: *Wenn er dich bestraft und danach trunken vor Selbstzufriedenheit ist, kannst du abhauen.*

»La-lass mich los!«, spie Isaac also hervor und versuchte, sich aus dem Griff an seiner Schulter zu lösen.

Oren Taylor hatte die Lider zusammengepresst, die Stirn gerunzelt, die Faust geballt. Niemand erteilte diesem Mann einen Befehl.

»Du weißt noch, was die Strafe dafür ist, wenn du dich mir widersetzt?«

Bevor Isaac nicken konnte, explodierte schon der Schmerz in seinem Gesicht und keuchend ging er in die Knie. Es würde nicht mit diesem einem Schlag enden.

Das hatte es noch nie.

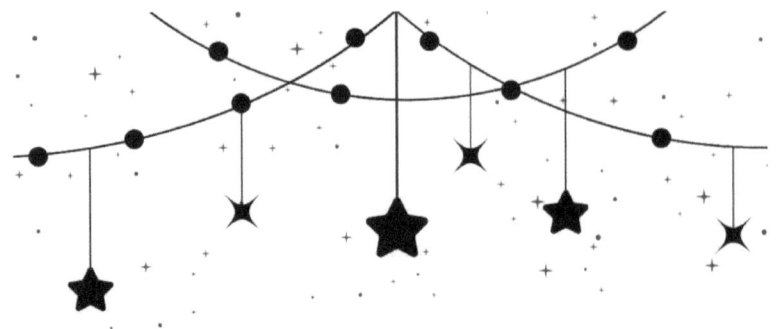

KAPITEL 24

Als Ren an der WG ankam, stand die Tür sperrangelweit offen und ein Sicherheitsmann vom Campus verabschiedete sich gerade von Serge. Rens Herz setzte einen Schlag aus und klopfte dann doppelt so schnell weiter.

»Wo ist Isaac?«, rief er aus.

Serge rieb sich über die Stirn. »Nicht hier.«

»Was?« Kalte Angst erfasste Ren. »Was meinst du damit? Wo ist er dann? Hast du ihn angerufen?«

»Er hat sein Handy nicht dabei. Ich habe es unter dem Küchenschrank gefunden.«

»Hat sein Vater ihn mitgenommen? Er hat davon gesprochen, dass Isaac vom College fliegen soll, um wieder nach Hause zu kommen«, sprudelte es aus Ren hervor, die Stimme schrill. »Kann man von seinem eigenen Vater entführt werden?«

Statt einer Antwort schob Serge ihn ins Innere und schloss die WG ab. Ren hatte nicht groß darauf geachtet, ob andere Studenten auf dem Flur neugierig zusahen, aber es würde ihn nicht wundern.

»Schau es dir selbst an«, meinte Serge und deutete auf Isaacs Zimmer.

Unsicher, was er damit meinte, ging Ren vor, Serge blieb

einen Schritt hinter ihm.

»Was ist hier passiert?«

Es waren keine zwei Stunden vergangen, seitdem er Oren Taylor Zugang zur WG verschafft hatte, doch der Mann hatte in der Zeit wie ein Tornado gewütet. Isaacs Ai-Poster lag auf dem Boden, in der Mitte geknickt und die Rückwandplatte geborsten, als hätte jemand darauf eingetreten. Isaacs wenige persönliche Gegenstände waren zerknüllt, zerfetzt oder zerbeult. Die Seiten der Boston-Stadtführer waren herausgerissen worden, kleine Souvenirs, die Isaac hier und da eingesammelt hatte, mit Gewalt zerstört. Der Inhalt des Kleiderschranks lag zerwühlt auf dem Boden, als hätte Isaacs Va… *Erzeuger* alles auf den Kopf gestellt.

»Hat er dein Zimmer auch …?«

»Nein, weil *ce connard*«, zischte Serge erbost, »genau weiß, dass er damit nicht ungeschehen davonkommt.«

»Aber hiermit schon?«

»Er hat weder College-Eigentum noch die Titel aus der Bibliothek zerstört. Nur Isaacs Sachen. Und wir haben keinen Beweis, dass er das war und nicht …« Serge seufzte. »… Isaac selbst.«

Rens Schritte knirschten, als er über die Scherben einer Teetasse schritt, und er suchte am offen stehenden Kleiderschrank Halt. Er hatte diesen Mann Zutritt verschafft. Er hatte ihn nicht aus der WG vertrieben, sondern sich selbst vertreiben lassen und damit Isaac in Gefahr gebracht. Er war schuld, dass alles, was Isaac besaß, in Trümmern lag.

Weil Ren darauf vertraut hatte, dass die eigene Familie einem nichts Böses wollte.

»Komm.« Dieses Mal führte Serge ihn sanft zurück in die WG-Küche, doch Ren, angetrieben von Sorge und Adrenalin, marschierte um den Tisch herum.

»Ich hätte niemals die Tür öffnen sollen. «

»Wie hättest du das ahnen sollen?«

Ren drehte Runde um Runde, obwohl er es besser wusste.

Aber er konnte nicht stillstehen. Wo war Isaac? Ging es ihm gut? Hatte sein Vater ihn verschleppt? Ihm etwas angetan? Hatte er seine Wut an den Gegenständen ausgelassen oder würde er Isaac …

»Was machen wir jetzt?«, fragte er verzweifelt.

»Wir können nichts tun, außer abwarten.«

Zumindest Serge schien Ruhe zu bewahren, während Ren kaum an sich halten konnte. Mit Warten wollte er sich nicht zufriedengeben. War Isaac vielleicht ans College geflüchtet? Oder in die Bibliothek? Dort konnte man nur mit Studenten- oder Mitarbeiterausweis rein.

Wen konnte er fragen, was jetzt zu tun war? Henry und Jae-Sun wären keine Hilfe, seine Mom war seit gestern für die Berichterstattung einer Technik-Convention in Las Vegas und nicht zu erreichen. Aber selbst wenn, niemand von Rens Familie kannte Isaac gut genug, um …

Ren zog sein Smartphone vom Strom, das er vor einer Ewigkeit an der Küchenzeile zum Aufladen angeschlossen hatte, und wählte eine bestimmte Nummer. Sie hatten nicht darüber gesprochen, wann und wie sie Takumi einweihen sollten, dass Isaac hinter Ais Geheimnis gekommen war, aber aus Isaacs Erzählungen wusste Ren, wie viel Takumi Isaac bedeutete. Vielleicht würde er weiterwissen.

»Hey Cho —«

»IsaacsDadwarhierundjetztistIsaacverschwunden«, rasselte Ren in einem Zug herunter und rang dann erneut nach Luft. »Hi-hilfe?«

»Hast du dein Spray bei dir?«, fragte Takumi sofort.

»Ja, aber das kann ich nicht nehmen, dann werde ich müde und kann ich Isaac nicht —«

»Hinsetzen«, erklang es scharf aus dem Telefon und Ren folgte der Anweisung prompt. »Komm erst mal zu Atem.«

Ren wusste nicht, ob er dankbar oder verlegen sein sollte, dass Takumi via Lautsprecher eine Reihe von Atemübungen mit ihm absolvierte, sodass sich sein rasendes Herz beruhigte und er gleichmäßig Luft holte. Serge, äußerlich die Ruhe selbst, stellte ihm währenddessen ein Glas Wasser und eine Tasse Tee hin.

»Serge?«, tönte es danach aus dem Lautsprecher.

»Anwesend.«

»Habt ihr den Sicherheitsdienst gerufen?«

Während Takumi und Serge besprachen, dass der Überfall gemeldet und dokumentiert worden war, blickte Ren zurück zu Isaacs Zimmer. Oder dem, was davon übriggeblieben war. Ein bunter Farbfleck fiel ihm auf und Ren schleppte sich in den Trümmerhaufen, um die Ai-Puppe hervorzuziehen. Oder den Großteil von ihr. Selbst dieser hatte Isaacs Vater ein Bein abgerissen.

Ren setzte die Puppe auf den Küchentisch und legte das abgetrennte Bein daneben. Er würde Henry fragen müssen, wie er dies reparieren konnte.

»Geht's wieder?«, fragte Serge besorgt.

»Nicht wirklich«, antwortete Ren ehrlich, zwang sich jedoch zu einem Schluck Tee.

Es war nicht Serge, der darauf reagierte, sondern Takumis Stimme aus dem Telefon. »Das erste Mal jemanden zu haben, der dir wichtiger als alles andere ist, macht furchtbare Angst, nicht wahr?«

»Ja«, murmelte Ren und stellte nicht infrage, wie Takumi dies herausgefunden hatte.

»Angst wird dir aber weder helfen, Isaac zu finden, noch für ihn da zu sein«, riet Takumi ihm ruhig. »Glaub mir, ich spreche aus Erfahrung.«

Ren war zwar einen Kontinent entfernt gewesen, als die Beziehung zwischen Takumi und seinem damaligen Partner katastrophal geendet hatte, aber bei Takumis Besuchen in Queens hatte er die ganze Geschichte erfahren und schon damals gelernt: Angst war ein schlechter Berater.

»Okay, ich versuche es.« Ren holte tief Luft, bevor er fragte: »Meinst du, Isaac konnte vor seinem Vater flüchten?«

»Ja«, erwiderte Takumi mit so viel Überzeugung, dass es Ren stutzen ließ. »Er weiß genau, was er in dieser Situation machen muss.« Es klang für Ren eher so, als hätte Takumi ihn Schritt für Schritt unterwiesen.

Weder Serge noch Ren gingen darauf ein.

»Wie ist das Wetter in Boston?«

»Es regnet schon wie-«, begann Serge und blickte dann erschrocken zum nassen Küchenfenster. »Oh verdammt.«

Ren ignorierte den kleinen Stich im Herzen, dass Isaac ihn nicht eingeweiht hatte, was Regen manchmal bei ihm auslöste oder warum. Dafür war jetzt nicht der richtige Moment.

»Ich hoffe, dass ich mich irre, ich hoffe es wirklich«, meinte Takumi mit einem Seufzen, »aber Isaac wird es an einen abgelegenen Ort mit einer großen Treppe gezogen haben.«

Erneut klang dies sehr spezifisch in Rens Ohren und erneut hakte er nicht nach. Ren hatte kein Recht, in Isaacs Geheimnisse eingeweiht zu werden. Schon gar nicht, nachdem er dessen Vater Zutritt verschafft hatte.

»Es wäre leichter, Isaac zu finden, wenn Boston ein Dorf wäre …« Serge hinterfragte nicht Takumis Vermutung, also wusste er auch Bescheid.

Um sich abzulenken, begann Ren sofort mit der Recherche. Obwohl es unmöglich schien, alle großen Treppen von Boston abzusuchen, konnte er es zumindest eingrenzen. Der Ort musste öffentlich zugänglich sein und innerhalb von Isaacs MTBACard liegen. Dadurch gab es immer noch hundert Möglichkeiten, wenn auch nicht mehr tausend.

Und um diese Zeit sollte er wie ausgestorben sein, erinnerte sich Ren. Damit vielen die meisten Bahnhöfe, die Innenstadt und Großteile der Häfen heraus.

»Okay, dann mache ich mich auf die Suche.«

»Ist das klug?« Serges Sorge klang in jeder Silbe mit. »Du bist heute schon zweimal an einer Attacke vorbeigeschlittert.«

»Ich habe dieses … *Monster* hereingelassen«, erwiderte Ren und stand auf. »Außerdem besitze ich eine Regenjacke, mit der ich theoretisch *durch* die Niagara-Fälle laufen kann und trocken bleibe.« So sehr er über Henrys Geschenk zum Collegestart gelacht hatte, desto mehr freute er sich jetzt darüber. »Ich darf Isaac nicht im Stich lassen.«

»Was machst du, wenn sein Dad noch immer bei ihm ist?«, tönte es aus dem Lautsprecher seines Telefons.

»Die Polizei rufen.«

Takumi machte ein zufriedenes Geräusch und ratterte dann eine Liste von Dingen herunter, die Ren mitnehmen sollte. Regenschirm, Taschenlampe, Powerbank und Kabel, Erste-Hilfe-Set, falls vorhanden, Isaacs Portemonnaie oder zumindest seinen Ausweis … Der Mann war beängstigend gut vorbereitet für diese Notsituation.

Serge ließ den Blick über das Trümmerfeld im Nebenraum schweifen und dann die Schultern hängen.

»Das heißt nicht, dass du ihn im Stich lässt«, widersprach Ren vehement. »Du kennst Boston besser als ich, Serge. Du kannst mir die Richtung weisen und mich leiten.«

»Du hast recht. Und einer sollte hierbleiben, falls Isaac zurückkommt.« Serge nickte entschlossen und ging Richtung Küchenzeile, um eine Thermosflasche und Tee aus den Schränken zu holen.

»Das wird eine lange Nacht werden«, meinte Takumi und Ren konnte dem nur zustimmen.

Es war bald drei Uhr morgens, als Ren das *Bunker Hill Monument* erreichte, nachdem er systematisch Boston durchkämmt hatte. Alle halbe Stunde hatte er sich mit Serge oder Takumi per Telefon beraten, die via Internet seinen Standort verfolgt und sich die nächsten Routen ausgedacht hatten.

Der Aussichtspunkt war Ren zuletzt eingefallen, weil Isaac einen Ausflug dorthin geplant hatte. Doch der Ort schien wie dafür gemacht, sich vor jemandem zu verstecken. Denn der Obelisk wurde zwar nachts angestrahlt, aber bei den zwei

Treppen, die durch einen kleinen Park zum Gebäude führten, gab es nur wenig Straßenbeleuchtung. Und um diese Uhrzeit verirrte sich niemand dorthin.

»Wir finden ihn«, meinte Takumi, der ihn seit dem letzten Anruf begleitete. Pures Adrenalin hielt Ren auf den Beinen und nur noch die Sorge kämpfte die Erschöpfung nieder.

Fast wäre Ren beim Hinabsteigen einer der Treppen über Isaac gestolpert, der am Rand der Stufen kauerte. Im Dauerregen, der seit Stunden seine kalten Fluten über Boston ergoss. Ohne Schirm, sodass sein Hoodie und sein dünnes Jackett völlig durchnässt waren.

»Isaac!« Ren sprang die nächsten Stufen hinunter und ging mit Takumis erleichtertem Seufzen im Ohr vor Isaac in die Knie. »Alles in Ordnung?«, fragte er, legte die Taschenlampe beiseite und beugte sich über ihn. »Bist du verletzt?«

Statt einer Erwiderung hob Isaac den Arm vors Gesicht und rollte sich instinktiv zusammen, als wollte er sich vor einem Angreifer schützen.

Behutsam legte Ren den Stockschirm auf Isaacs Schulter, setzte sich die eigene Kapuze auf und ging auf Abstand.

»Hey.«

Keine Reaktion.

Ren legte seine Finger auf Isaacs Knie ab und wartete. Wartete weiter, während er Takumis Atemzügen am Telefon lauschte. Irgendwann hob Isaac den Kopf und Ren musste sich zusammenreißen, seine Stimme ruhig zu halten. »War das dein Dad?« Die Frage erübrigte sich eigentlich.

Ein Veilchen blühte dunkelviolett rund um Isaacs Auge, das teilweise blutunterlaufen war, und seine Wange war rot und angeschwollen. Ren wollte die Hand ausstrecken und ihn berühren, wagte es aber nicht.

»Halb so wild«, meinte Isaac und Ren ertrug es nicht, wie gleichgültig er dabei klang. Nicht traurig, sondern resigniert. »Ich hab' Schlimmeres erlebt.«

»Nur weil es noch schlimmer sein kann, macht es das nicht

besser«, hielt Ren dagegen, doch seine Worte würden nicht zu Isaac durchdringen. Nicht jetzt. Vielleicht irgendwann.

»Stell mich auf laut«, forderte Takumis Stimme in seinem Ohr, sodass Ren sein Handy hervorholte, die Bluetooth-Verbindung zu seinen Kopfhörern kappte und den Lautsprecher einschaltete.

»Hey Kleiner«, ertönte es so sanft, wie Ren Takumi noch nie hatte sprechen hören.

Isaac gab ein leises Brummen von sich und barg den Kopf auf den angezogenen Knien.

»Bist du in Sicherheit?«, fragte Takumi als Erstes.

»Ja«, kam die gemurmelte Antwort.

»Soll ich herkommen?«

»Nein.«

Ren lauschte stumm und zwang sich, das Gespräch durch keine zu auffällige Reaktion zu unterbrechen.

»Das ist kein Problem. Ein Wort und ich sitze im nächsten Flieger.«

»Das musst du nicht.« Isaac schloss die Augen, selbst dabei schien er Schmerzen zu haben. »Ich krieg das schon hin.«

»Wir kriegen das schon hin«, warf Ren ein, auch wenn er keine Ahnung hatte, was die nächsten Schritte sein sollten.

»Ich hab' eine Aufnahme«, meinte Isaac auf einmal und erst jetzt wurde Ren bewusst, dass er etwas umklammert hielt. Ein digitales Diktiergerät, das an einem Karabinerhaken befestigt war. »So, wie du es mir geraten hast.«

»Das hast du gut gemacht. Ich bin stolz auf dich, dass du in der Situation daran gedacht hast und dich nicht hast erwischen lassen.«

»Er dachte, ich wollte ihn mit dem Handy aufnehmen.« Welches Serge unter den Küchenschränken gefunden hatte. »Die Ablenkung hat funktioniert.«

»Ich bin für dich da, Isaac«, wiederholte Takumi eindringlich. »Du entscheidest, ob aus der Ferne oder direkt bei dir in Boston.«

Für einen Moment lauschte Ren dem Regen, der prasselnd auf den Schirm fiel, dann sagte Isaac: »Komm bitte nicht.«

Vermutlich will er nicht, dass Takumi ihn so sieht, dachte Ren und je länger er die Verletzungen in Isaacs Gesicht betrachtete, desto stärker loderte die Wut in ihm auf.

Ein Seufzen folgte. »Cho? Kannst du mich ans Ohr nehmen?«

Ren stellte den Lautsprecher aus und verband wieder seine Bluetooth-Kopfhörer. »Was möchtest du mir sagen?«

»Isaac wird das nicht wollen, aber mach Fotos von dem, was Oren ihm dieses Mal angetan hat.«

Dieses Mal. Das war nicht das erste Mal.

»Ja, versprochen.«

»Und sorg dafür, dass er ihn bei der Polizei anzeigt und —« Takumi brach kurz ab, als in Hintergrund eine zweite Stimme zu hören war. »Stimmt, danke, *tesorito.* Es hilft, jemanden dabei zu haben, der das ebenfalls durchgemacht hat. Daher sage ich es ein drittes Mal: Ein Wort und ich —«, erneutes Murmeln aus dem Hintergrund, »*wir* sitzen im nächsten Flieger.«

»Okay und danke«, verabschiedete sich Ren. Immerhin war es nach Mitternacht in Seattle und Takumi war seit Stunden an seiner Seite gewesen.

Plötzlich erinnerte sich Ren an das Detail, das sich Isaac in einem Secondhand-Shop einen Koffer gekauft und alles hineingestopft hatte, bevor er nach Boston aufgebrochen war. Was Ren für den Beginn eines Künstlerlebens gehalten hatte, entpuppte sich nun als Albtraum.

»Dein Dad hat dich geschlagen, weil du es ans Berklee geschafft hast?«, fragte Ren, nachdem er aufgelegt hatte. Nicht die beste Art, Isaac nach Hause zu holen, aber nach den letzten Stunden gingen bei ihm die Emotionen durch.

Langsam hob Isaac den Kopf, um Ren in die Augen zu blicken, doch er sah nur die Verletzung. »Harvard hätte ihm besser gefallen.«

»Haben die ein so gutes Musikprogramm?«, rätselte Ren,

während er die Wut auf Isaacs Vater unterdrückte. Was für Eltern schlugen das eigene Kind, dafür, dass dieses es auf ein Elite-College geschafft hatte?

»Für egal was, nur nicht Musik. Ich habe jahrelang Angst davor gehabt, dass mich das Berklee annimmt, weil das gegen all seine Erwartungen ging. Und noch mehr Angst davor, dass es mich nicht annimmt.« Ein Ruck ging durch Isaac, mühsam wandte er sich von ihm ab. »Warum bist du überhaupt hier?«

»Bitte?«

»Du bist abgehauen.« *Du hast mich allein gelassen*, meinte er eigentlich, Ren hörte es ganz genau. »Du bist nicht in die WG zurückgekommen.«

Und Ren verstand. Isaac wollte ihn wegstoßen.

Seine Schutzmechanismen waren so tief verankert, dass er selbst nach den letzten Wochen damit rechnete, dass sich Ren ihn im Stich ließ und er wieder auf sich allein gestellt war. Das würde er nicht tun. Zwar hatte er falsch gehandelt, als er diesen Mistkerl in die WG gelassen hatte, aber er würde nicht verschwinden.

Es war das erste Mal für Ren, dass er sich so sehr um einen Menschen sorgte, dass jeder Atemzug schmerzte und er nicht klar denken konnte. Doch diese Erfahrung hatte eine Schatztruhe randvoll mit Gefühlen in Ren aufgestoßen: Obwohl er jahrelang von seinem Umfeld abhängig gewesen war – und aufgrund seiner chronischen Erkrankung in gewissen Punkten auch abhängig von Isaac sein würde –, wollte er für Isaac da sein. Ihn beschützen. Er wollte eine Person sein, auf die sich Isaac verlassen konnte.

»Ich hatte kein gutes Gefühl dabei, als mich dein Vater vor die Tür gesetzt hat«, gestand Ren. »Aber bis ich Serge gefunden habe, ist zu viel Zeit vergangen, ich ... Es tut mir wirklich leid.«

Isaac sah ihn wieder mit leeren, emotionslosen Augen an, als würde einerseits eine Entschuldigung nicht reichen, andererseits er selbst nicht wissen, was er im Moment brauchte.

Warum sonst sollte er seit Stunden im Regen sitzen? Er war jemand, der es nur selten schaffte, nach Hilfe oder Beistand oder überhaupt etwas zu fragen. Und jetzt wusste Ren auch, warum. Weil es bisher so gut wie niemanden gegeben hatte, der ihm dies anbot. So viele Menschen in seinem Leben hatten ihn vernachlässigt, beiseitegeschoben oder für ihre Zwecke benutzt. Wie hatte sein Vater es genannt? Isaacs Hirngespinst einer Musikkarriere passte nicht in den Plan ... Ren wollte sich nicht vorstellen, was Isaac bei so einem Vater hatte alles erdulden müssen.

»Lass uns nach Hause gehen, ja?«

»Ich hab' kein Zuhause.«

»Doch. Serge wartet in der WG darauf, dass du zurückkommst.« Dem Ren endlich Bescheid geben sollte. »Komm, du solltest raus aus dem Regen.« Er fühlte sich erbärmlich, dass dies das Einzige war, was er Isaac anbieten konnte.

Isaac schaute ihn daraufhin so hilflos und verwirrt an, dass Rens Herz brach. »Warum? Der Regen hört nie auf.«

Ren fehlten eindeutig Informationen, um diese Aussage komplett zu verstehen, und eines Tages würde er sie Isaac entlocken, aber zunächst sollte er ihn ins Trockene bringen.

»Ich bin für dich da, Isaac«, wiederholte Ren die Worte, die er ihm schon mehrfach gestanden hatte. Er würde sie so oft wiederholen, bis Isaac sie verinnerlicht hatte. »Wenn du im Regen stehst, kannst du dir sicher sein, dass ich zu dir komme. Schau.« Ren tippte gegen den Schirm, der Isaac überragte und halb umhüllte, auch wenn es nichts mehr gegen die durchnässte Kleidung nützte. »Solange wir unter dem Schirm bleiben, kann der Regen dich nicht finden.«

KAPITEL 25

Isaac wollte nicht zurück in die WG. Er hatte abgewartet, bis sein Vater seine Wut an ihm ausgelassen hatte und mit seinem Wohnheimzimmer fortgefahren war. Hatte dann im erstbesten Moment das Aufnahmegerät so leise wie möglich von seiner Tasche gelöst und war ins Freie gerannt.

Nur noch weitergerannt.

Aber was, wenn sein Vater in der Nähe des Wohnheims darauf wartete, dass er zurückkam? Die Gedankenspirale ließ ihn nicht los, während Ren ihn dorthin zurückbrachte, durch die Lobby, hoch mit dem Fahrstuhl, den Flur entlang.

Kaum hatte Ren den Klingelknopf gedrückt, flog die Tür auf und Serge stürmte auf sie zu. Mitten auf dem Wohnheimflur fand sich Isaac in einer Umarmung wieder, die höllisch wehtat, überhaupt pochte und schmerzte sein ganzer Kopf fürchterlich. Und seine Arme, seine Rippen, einfach alles. Er hatte nur Glück, dass sein Auge nicht zugeschwollen war.

Ren und Serge lotsten ihn zuerst in die WG-Küche und plapperten dabei etwas, das über Isaacs Verständnis hinausging, während ihn selbst simple Dinge umtrieben: eine heiße Dusche, trockene Kleidung, heißer Kaffee mit viel Zucker.

Um seine Kleidung zu wechseln, musste er jedoch zurück

in sein Zimmer. Ren hatte ihn zwar vorgewarnt, dass es wie ein Schlachtfeld aussah, doch Isaac hatte nicht mit dem Ausmaß gerechnet. Er hatte das Wüten seines Vaters gehört und dann sofort verdrängt – Verdrängen war während einer Gefahrensituation leicht, mit den Tatsachen konnte er sich beschäftigen, sobald er wieder in Sicherheit war.

Was er jetzt war. Scheinbar. Vermutlich.

Isaacs Kopf sagte ihm zwar, dass dies der Fall war, aber sein Körper befand sich noch im Ausnahmezustand.

Pures Adrenalin, das durch seine Adern rauschte, hielt ihn noch auf den Beinen, während er schwerfällig einen Fuß vor den anderen setzte, bis er sein Zimmer erreichte. Über verstreute und zerschlagene Sachen zu balancieren, machte jeden Versuch der Verdrängung zunichte.

»Der Sicherheitsdienst vom Wohnheim und die Polizei waren schon da und haben alles fotografiert und aufgenommen«, bemerkte Serge aus dem Hintergrund. »Allerdings wollen sie mit dir persönlich sprechen.«

Isaac nickte mechanisch, während ihm das Herz bis zum Hals schlug. Warum reagierte er dieses Mal so heftig? Vielleicht, weil sein Vater ihm noch nie ins Gesicht geschlagen hatte. Bisher hatte er seine Schläge kontrolliert, ein blaues Auge hätte Neugier bei den Nachbarn hervorgerufen, ebenso ein Krankenhausaufenthalt. Vielleicht auch, weil sein Vater mit der Faust so lange auf seinen Laptop eingeschlagen hatte, dass dieser nur noch Elektroschrott war.

»Scheiße«, murmelte Isaac, während er mit den Fingern über das beschädigte Display fuhr. Sein Körper würde heilen, aber auf sein Arbeitsgerät war er angewiesen. »Der ist hinüber …«

»Du kannst meinen für den Rest des Semesters mitbenutzen«, bot Ren an, der wie Serge an der Tür zurückgeblieben war.

»Ich will nicht –«

»Keine Widerrede. Und danach schaust du, wie du einen

neuen organisiert bekommst, okay?«

Das Sandbox-Album. Die Prüfungen. Zum Glück waren die meisten seiner Daten in einer Cloud gespeichert, doch ohne Laptop war er aufgeschmissen. Wovon sollte er einen neuen bezahlen? Er kratzte geradeso Monat für Monat das Geld für Miete und alles andere zusammen.

»Wenn ich während der Semesterpause bei meiner Familie in Frankreich bin, kannst du mein Zimmer haben und alles in Ruhe regeln. Vermutlich werden wir eh in ein anderes Gebäude umgesiedelt«, warf Serge ein.

Isaac drehte sich verwundert zu ihm um und unterdrückte den Schmerzenslaut, den diese Bewegung auslöste. »Du willst weiter mit mir zusammenwohnen?«

»Aber natürlich.« Serge wollte nicht so schnell wie möglich von ihm weg. Irgendwo tief in seinem Inneren fühlte Isaac Erleichterung, aber ihm fehlte die Energie, das auszusprechen.

Er wollte sich bücken, um irgendetwas zusammenzusammeln, da griff Ren nach seiner Hand und manövrierte ihn in Richtung Badezimmer. »Du musst aus den nassen Klamotten raus, wir räumen in der Zeit ein bisschen zusammen.«

Sowohl Ren als auch Serge wiegelten Isaacs Entschuldigungen ab und meinten, dass es nicht seine Schuld sei. Aber Isaac konnte das schlechte Gewissen nicht abschütteln. Konnte die Angst nicht verscheuchen, dass es klingelte und sein Vater als Nächstes auf die beiden losgehen würde.

Isaac fehlte an diesem Tag die Kraft für so ziemlich alles. Sein Kopf dröhnte trotz Schmerzmittel, seine Rippen taten beim Atmen weh, aber in der WG bleiben wollte er unter keinen Umständen.

Also ließ er sich auf Rens Drängen ins *Boston Common Hospital* fahren, um sich in aller Frühe in den Wartebereich zu setzen. Während Isaac an widerlich schmeckendem Automatenkaffee nippte, beruhigten sich zumindest seine Nerven und er konnte ein wenig klarer denken. Sein Vater würde keine Szene in einem voll besetzten Warteraum wagen. Dafür waren hier zu viele Kameras und Menschen.

»Wir werden nicht lange warten müssen.« Ren, der neben ihm Platz genommen hatte, ließ den Blick über die anderen Kranken und Verletzten schweifen. »Vielleicht eine Stunde oder zwei.«

Isaac hakte nicht nach, wie viel Zeit sein Freund in Krankenhäusern verbracht hatte, um dies einschätzen zu können. Ihn beschäftigten andere Fragen: Warum wich Ren nicht von seiner Seite? Warum hatte Isaac eingewilligt, das Ren ein Dutzend Fotos von seinem angeschwollenen Gesicht und den blauen Flecken an seinen Rippen machte?

Er wollte nicht, dass er im Wartezimmer neben ihm ausharrte und ungeduldig mit den Fingern auf der Stuhllehne tippte. Er sollte ihn nicht so sehen, niemand sollte das. Dann könnte er weitermachen, als wäre nichts passiert. So wie die unzähligen Male zuvor.

Isaac quälte sich durch diese Gedanken, bis er in ein Behandlungszimmer gerufen wurde. Lieber konzentrierte er sich auf die Krankenschwester, die nach einer Ultraschallaufnahme Entwarnung bezüglich seiner Rippen gab. Er hatte eine Prellung davongetragen, jedoch keinen Bruch.

»Wir sind verpflichtet, Fälle von häuslicher Gewalt der Polizei zu mel-«

»Das war keine …«, begann Isaac und brach ab. »Ich bin kein Fall …«

Er konnte es nicht einmal aussprechen.

Die Krankenschwester verzog keine Miene, während sie auf seine Antwort wartete. Mitleid hätte Isaac auch nicht ertragen.

»Isaac, bitte.« Ren wandte sich ihm zu, auf einmal glitzerten Tränen in seinen Augen, als hätte er sie bisher zurückgehalten. »Was wenn dein Vater das nächste Mal weitergeht? Und dir die Hand bricht oder das Bein? Was dann?«

»Ich denke nicht, dass Sie sich aus männlichem Stolz gegen eine Ermittlung sperren«, meldete sich die Krankenschwester wieder zu Wort. »Es kann beängstigend sein, sich gegen seinen Peiniger zu stellen, aber Sie sollten sich eine Frage beantworten: Sind Sie sich wirklich sicher, dass derjenige, der dies getan hat, nächstes Mal bei Ihnen aufhört?« Sie deutete auf Ren, als hätte sie mit einem Blick erkannt, dass sie zusammen waren. »Oder würde er bei Ihrem Partner weitermachen?«

Wenn Isaac ehrlich zu sich war, war es ihm egal, ob er weitere Schläge einstecken müsste, zu oft hatte er diese durchgestanden. Aber er würde es nicht ertragen, wenn Ren seinetwegen in Gefahr schwebte. Schlimm genug, dass Ren ihn die halbe Nacht gesucht hatte, im Dauerregen.

Ist ihm die eigene Gesundheit so wenig wert? Isaac verzog das Gesicht bei dem Gedanken.

Obwohl sich alles in ihm sträubte, füllte Isaac als Nächstes einen Stapel Formulare aus und willigte ein, dass sich die zuständigen Polizisten bei ihm meldeten. Nur wenn er in Sicherheit war, würde Ren dies auch sein.

Zurück am Berklee hatten sowohl Isaac als auch Ren die Vormittagskurse verpasst, sodass Isaac seinen Freund endlich dazu überredete, ihn allein zu lassen. Das flaue Gefühl, als Ren zwischen Studenten abtauchte, blieb dennoch. Theoretisch war es seinem Vater nicht möglich, ans College zu gelangen, aber was, wenn er es schaffte?

Müde, mit schmerzenden Rippen und völlig zerschlagen schleppte sich Isaac zu seinem Nachmittagskurs und erlebte gleich die nächste Überraschung. Mr. Faubrey nahm ihn nach einem Blick in sein Gesicht zur Seite und fragte, ob alles in Ordnung sei. Oder er Hilfe brauche. Drückte ihm die Visitenkarte von einem Mr. Peterson, psycholigscher Berater des Colleges, in die Hand.

Auch die anderen Kursteilnehmenden fragten, was passiert

sei, und schienen regelrecht bestürzt. Keiner ging davon aus, dass Isaac das blaue Auge verdient hatte, weil er den Streit angefangen hatte, sondern dass er in etwas hineingeraten war. Isaac blieb dennoch skeptisch und zurückhaltend, nur darauf wartend, dass jemand ein Foto oder ein Video von ihm machte, und sich dann das halbe College darüber amüsierte. Heute würde er allerdings in besagten Chatgruppen und Foren nicht nachsehen. Er hatte viel zu große Angst, unter den Chatnamen einen zu finden, der so schrieb, wie sein Vater sprach.

Dennoch stellten ihn alle als Opfer hin und dieser Gedanke ließ Isaac nicht los, sodass er kaum etwas vom Kurs mitbekam. War er dies? Ein Opfer? Er hatte aufbegehrt. Er trug das Diktiergerät mit der Aufnahme, wie sein Vater ihn verprügelte und er flehte, dass er aufhören sollte, dicht bei sich. Takumi hatte eine digitale Kopie. Die Polizei wusste Bescheid. Er hatte sich dieses Mal zur Wehr gesetzt.

Isaac war hier. Er machte weiter. Er ließ sich nicht davon aufhalten, auch wenn alles schmerzte und er sich irgendwo verkriechen wollte, ohne zu wissen, wo dieser Ort sein sollte.

Mr. Faubrey rügte ihn weder noch nahm er groß Notiz von Isaac, als er im laufenden Kurs Block und Stift hervorholte und begann, eine To-do-Liste zu schreiben. Was musste er die kommenden Tage alles erledigen? Sein Zimmer in einen Zustand bringen, dass es bewohnbar war. Checken, was von seiner Kleidung noch tragbar war oder repariert werden konnte. Herausfinden, was er fürs College nachholen musste. Mit Ren den Stand des Sandbox-Albums absprechen und nachhaken, wann die Aufnahme des letzten Songs fertig wäre. Die Sängerinnen, die ‚Gangnam Style' in einer smoothen, ruhigen Variante vortragen sollten, taten sich noch schwer mit den Harmonien. Isaac rätselte immer noch, wie Ren es geschafft hatte, dass ihr Koreanisch authentisch klang, obwohl sie die Sprache nicht beherrschten.

Doch im Laufe des Nachmittags verwandelte sich Isaacs Müdigkeit in Erschöpfung und Fieber gesellte sich dazu.

Großartig, er hatte sich also erkältet. Damit würde die Liste an Arbeiten, die auf ihn warteten, nur noch mehr anwachsen.

Trotzdem schleppte sich Isaac frierend und mit einer verstopften Nase zu seinem Nebenjob in der Musikbibliothek des Colleges. Bücher, Vinylplatten und Tonträger ins System eintragen und in die Regale einsortieren, sollte er selbst krank hinbekommen. Ganz zu schweigen davon, dass er das Gehalt brauchte, wenn er jemals seinen Laptop ersetzen wollte.

Auch die nette ältere Dame, mit der er sich einige Schichten teilte, zeigte sich schockiert und besorgt, die Aufrichtigkeit ihrer Reaktion zweifelte Isaac jedoch nicht an. »Soll ich jemanden anrufen, der dich nach Hause bringt, mein Lieber?«, fragte sie Isaac in ihrer ersten Pause.

Früher hätte er »Es geht schon« geantwortet oder »Ich komme klar« und sich durch den Abend gequält. Früher hätte er sich an dem Gedanken festgebissen, dass es besser war, alle fortzustoßen. Heute zog Isaac sein Handy heraus, entsperrte das Display und meinte mit einem Husten: »Ren Tachibana.«

Isaac hatte keine Idee, wie Ren seine Schwester zurück nach New York befördert hatte, aber zwei Anrufe bei seiner Familie und irgendwie regelte es sich von allein. Gefolgt von einem dritten Anruf, sobald Isaac auf der Couch in Rens Wohnung Platz genommen hatte, der mit der Frage startete: »Hey Henry, wie pflege ich jemanden gesund, der furchtbar erkältet ist?«

So viel hatte Isaac noch mitbekommen, ebenso, dass sich Ren eifrig Notizen machte, dann war er in die weichen Sofakissen gesunken und eingeschlafen.

Als er beim nächsten Mal die Augen aufschlug, war es stockdunkel vor den Fenstern, aber ein kleines Licht brannte in seiner Nähe, sodass Isaac eine Thermoskanne Tee, aufgereihte Medikamente und ein Fieberthermometer auf dem Sofatisch entdeckte. Völlig erschlagen griff Isaac zuerst nach dem bereitgestellten Wasserglas und würgte eine Portion Hustensaft herunter. Die Schmerztablette war verlockend, doch er hatte den Tag über noch nichts gegessen.

»Ah, du bist wach.«

Isaacs Blick glitt zum Sessel, in dem es sich Ren mit einer Decke und Lernunterlagen gemütlich gemacht hatte. Zwar wusste er nicht, wie spät es war, aber das schlechte Gewissen, dass sich Ren eine zweite Nacht in Folge um die Ohren schlug, stürmte sofort auf ihn ein.

»Hast du Hunger?«, fragte Ren.

Isaac zuckte bloß mit den Schultern, doch seine Antwort wurde ignoriert, und eine Weile später reichte Ren ihm eine Schale Hühnersuppe. Ganz der brave Patient nahm er einen Löffel auf und zwang Flüssigkeit und Reis herunter, es sah lecker aus, aber es schmeckte – dank der Erkältung – wie Pappe.

Sein Kopf war durch den Schlaf ein wenig klarer, der Schock war mittlerweile abgeflaut, sodass sich Isaac bewusstwurde, dass er mit Ren über den gestrigen Abend reden sollte. Darüber, dass Ren seinen Vater in die WG gelassen hatte. Gleichzeitig wollte Isaac dies bis in alle Ewigkeit von sich schieben.

»Wer ist Kenneth?«, fragte Ren ohne Vorwarnung, als er mit einer vollen Wasserflasche zurückkehrte.

Statt einer Antwort starrte Isaac ihn bestürzt an. Woher wusste Ren davon? Hatte sein Vater ihm etwas erzählt?

»Du hast den Namen im Schlaf gemurmelt …«, setzte Ren zu einer Erklärung an. »Entschuldige, ich wollte nicht neugierig sein, und du musst mir nichts erzählen, wenn du nicht …«

Isaac beobachtete, wie Ren mit gerunzelter Stirn seine Lippe malträtierte. Er war aufgelöst, dennoch so niedlich.

»Ich will nur, dass du weißt …«, begann Ren und brach erneut ab, um tief Luft zu holen. »Du bist nicht allein, okay? Du hast Takumi, Serge, die Leute am Berklee, die dir alle beistehen und helfen wollen. Und du hast … du hast mi-mich.«

Auf einmal verlegen rührte Isaac durch die Suppenschale, fixierte den Blick auf die Karottenstücke, die Ren zu Blumen geschnitten hatte. Er wollte sich nicht fragen, warum er noch immer an seiner Seite war, sich nicht wundern, ob Ren dies aus Schuldgefühlen tat. Sondern weil er sich sorgte und Isaac ihm wichtig war. Und deswegen musste Isaac ihn endlich einweihen.

»Ich hab' dir doch erzählt, dass ich aus einem kleinen Nest in Massachusetts stamme und versucht habe, mir Instrumente selbst beizubringen.«

Ren, der im Sessel neben ihm Platz genommen hatte, nickte stumm und füllte ihre Wassergläser auf, um Isaacs Blick zu meiden.

»In unserer Nachbarschaft gab es einen Jungen, ungefähr so alt wie mein Bruder, der richtig gut singen konnte. Vermutlich fand er meine Bemühungen amüsant, aber er hat mich immer wieder motiviert. Hat mir sogar sein altes Keyboard zu einem viel zu niedrigen Preis verkauft. Damals war er mein Held, ich habe so unglaublich für ihn geschwärmt.«

Zum Glück erwiderte Ren nichts darauf, Isaac wollte nicht mehr in die Details gehen, es reichte, wenn er dieses Mal die ungeschönte Version erzählte. Nicht die halbe, die er während seines Bewerbungsvideos fürs Berklee konstruiert hatte.

Ren sah ihn mit großen, wachsamen Augen an, während sich Isaac wieder in eine Decke einkuschelte. »Er war dein erster Freund?«

»In dem Sommer, als ich fünfzehn war, habe ich ihm meine Gefühle gestanden und wir sind zusammengekommen. Wenn man das so nennen kann, ich war ein halbes Kind, unerfahren und vor allem verwirrt, wieso ich mich zu Kenneth hingezogen fühlte, aber aufgrund meiner Asexualität nicht alle Männer ...«, Isaac runzelte die Stirn, »... unglaublich ... heiß fand?«

Mit Wehmut erinnerte sich Isaac an diesen Sommer und die Monate danach. Sie hatten ihre Beziehung geheim gehalten, aus den offensichtlichen Gründen, und damals hatte Isaac das Versteckspiel berauschend gefunden. Als Teenager war er überzeugt gewesen, dass Kenneth ihn aufrichtig liebte.

Mittlerweile wusste er es besser, er war ausgehungert nach Zärtlichkeit und ein wenig Zuspruch gewesen, da er von zu Hause nur harsche Worte kannte. Kenneth hatte ihm diese Wünsche erfüllt. Als Gegenleistung hatte er Isaacs Bewunderung gewollt, für seine Songs, seine Melodien – Isaac war sein geheimes Groupie gewesen und er hatte es nicht bemerkt.

»Als ich von einer Castingshow gehört habe, schlug ich Kenneth vor, daran teilzunehmen«, erzählte Isaac weiter. »Ich habe daran geglaubt, dass die Jury ihn sofort zum Sieger erklären würde. Er schied zwar vor dem Finale aus, überzeugte jedoch einen Agenten, ihn unter Vertrag zu nehmen.« Isaac schluckte schwer, um den Kloß in seinem Hals zu vertreiben, ohne Erfolg. »Damit endete unsere gemeinsame Zeit auch schon ... Auf Anraten des Agenten brach Kenneth das letzte Highschool-Jahr ab, zog nach L.A. und ich hatte furchtbaren Liebeskummer. Selbst das Versprechen, mich auf alle Colleges in und um L.A. zu bewerben, half nicht. Vielleicht, weil er weniger enthusiastisch war als ich.«

Ren hatte im Verlauf von Isaacs Erzählung mehr und mehr die Stirn gerunzelt. »Aber Ais Lieder halfen?«, hakte er nach und versuchte sich an einem Schmunzeln. »Weil da jemand war, dem es genauso mies ging?«

Isaac nickte und zwang sich dazu, einen weiteren Löffel Suppe zu essen. »Kenneth war auf einmal so erfolgreich, dass er sich weder bei seinen Eltern noch bei irgendwem anders meldete. Das ist die offizielle Version.«

Isaac erinnerte sich gut daran, wie Kenneth' Eltern allen erzählt hatten, dass ihr Sohn sehr beschäftigt war, mit Terminen, Proben, Studioaufnahmen und Auftritten, sodass ihm keine Zeit für seine Familie und Freunde blieb. Damals hatte Isaac ihnen geglaubt, es passte zu dem glitzernden Mythos eines Stars. Er war verletzt gewesen, dass Kenneth nicht einmal für ihn Zeit fand, aber er hatte es stumm ertragen und der Scheinwelt von Kenneth' Instagram-Account geglaubt.

»Im darauffolgenden April starb er an einer Überdosis.«

Ren riss vor Schreck die Augen auf und krampfte die Hände um die Sessellehnen. »Es wurde in den Medien nicht groß darüber berichtet, er war in Wirklichkeit ein kleines Licht in der Branche, aber die Polizei kam bei den Hendersons vorbei und binnen einer Stunde wusste die ganze Stadt Bescheid.« Isaac spürte, wie der Löffel in seiner Hand zitterte, legte ihn zurück in die Schale und stellte diese auf dem Tisch ab. »Am gleichen Tag tauchten seine Eltern bei uns auf, sein Vater schrie meinen an und seine Mutter verpasste mir eine Ohrfeige, klagte unter Tränen, dass dies alles meine Schuld sei. Weil ich Kenneth dazu gebracht haben sollte, sich in einen Mann zu verlieben, und dies dafür gesorgt habe, dass er beim Agenten unterschrieb. Dass er dies für mich getan habe.«

Isaac spürte noch immer den scharfen Schmerz in seiner Wange, obwohl es Jahre her war.

»Das war das *Gespräch,* das sein Bruder belauscht hat und nach dem er dich dann vor allen geoutet hat?«, schlussfolgerte Ren entsetzt. »Deswegen meinte dein Vater, dass du ein Mörder wärst?«

»Hat er das gesagt?«

Statt einer Antwort sprang Ren auf, eilte jedoch nicht zu Isaac, sondern stapfte Richtung Küchenzeile, um kurz darauf mit einem Kühlpad, eingewickelt in ein Küchenhandtuch, neben ihm Platz zu nehmen. Ren schlang einerseits den Arm um ihn und presste andererseits das Kühlpack gegen seine immer noch geschwollene Wangenpartie.

»Ich stecke dich noch an.«

Ren ignorierte ihn, hielt ihn stattdessen ein wenig fester und fragte: »Also willst du für Kenneth Manager werden?«

»Nein«, gestand Isaac. »Ich weiß, dass ich keine Schuld an seinem Tod trage.« Er war in seiner Trauer ein gutes Stück vorangekommen, sonst könnte er nicht darüber sprechen. »Es war seine Entscheidung, bei der Castingshow mitzumachen, bei der Agentur zu unterschreiben und dann mit Drogen anzufangen. Und selbst wenn ich davon gewusst hätte, hätte ich nichts ändern können. Er hätte bestimmt nicht auf mich gehört ...«

Isaac hörte Ren ungehalten murmeln, während er weiterhin gegen das Kühlpad drückte.

»Ich dachte, es ist Liebe. Für ihn war es jedoch nur Sex ... und ich habe mich darauf eingelassen, weil ich überzeugt war, dass niemand anderes mich akzeptieren wird.«

Das war der Moment, in dem Ren das Kühlpad sinken ließ und einen so traurigen Gesichtsausdruck an den Tag legte, dass sich Isaac fragte, warum er ihn erst zum Ende der Geschichte zeigte. War Kenneth' früher, sinnloser Tod nicht tragischer als seine erste Teenagerliebe?

»Sein Tod ist nicht der Grund für mein Handeln, aber er hat mich stark beeinflusst«, kehrte Isaac zum Thema zurück. »Ich habe mir geschworen, dass wenn ich eines Tages eigene Schützlinge unter Vertrag habe, sie nicht das gleiche Schicksal erleiden werden. Es gibt zu viele Arschlöcher auf dieser Welt, die einen ausnutzen und fertigmachen wollen. Ich werde keines davon sein.«

Eine Weile beobachtete Ren ihn schweigend, sodass sich Isaac unter seinem Blick unangenehm wand. War an seinen Plänen etwas auszusetzen?

»Außerdem war Kenneth ...« Isaac ballte die zitternden Hände zu Fäusten und vergrub diese unter seiner Decke. »Er war der Auslöser, mich von meiner Familie zu lösen. Die Hendersons waren gewiss keine Vorzeigeeltern, aber so anders als mein Vater. Das kannte ich nicht ... Ich habe erst dadurch verstanden, wie kaputt meine Familie ist.«

Isaac erinnerte sich außerdem an die vielen Gespräche, die er nach Kenneth' Tod mit Takumi geführt hatte. Die Geduld und die Unterstützung, die Isaac zuvor noch nie erfahren hatte, von einem quasi Fremden, der einfach wollte, dass es Isaac gut ging und er *überlebte*. In den ersten Monaten des Mobbings hatte Isaac unglaublich viel über die unterschiedlichen Arten von Menschen gelernt.

»Ich dachte, Kenneth ist das Ticket in meine Freiheit«, gestand Isaac zum Schluss. »Aber sein Tod hat mich gelehrt, dass mir niemand etwas schenken wird, dass ich mir mein Leben und meine Zukunft selbst erarbeiten muss. Und dass ging nur, wenn ich es ans Berklee schaffte, von zu Hause abhaute und mich mein Vater nicht fand.«

Vielleicht war es dieses Mal der letzte Zwischenfall gewesen. Er würde seinen Erzeuger bei der Polizei anzeigen, er hatte Beweismaterial, er würde auch darauf wetten, dass Takumi jeden Vorfall während seiner Teenagerzeit akribisch dokumentiert hatte und dies sofort an die Behörden sandte.

Womit Isaac nicht gerechnet hatte, war der Gesichtsausdruck, mit dem Ren ihn bedachte. Er war regelrecht außer sich. »Dein Vater hat so viel Schlechtes über dich gesagt, was ich mir gar nicht vorstellen kann«, begann Ren, Zorn brodelte in jedem Wort. »Daher sei bitte ehrlich zu mir: Bin ich ein Ersatz für Kenneth? Willst du mit mir deine Schuld begleichen?«

Isaac starrte ihn entsetzt an. Wie kam Ren zu diesem Schluss? Und wie konnte sein Vater es wagen, Ren diese Lüge aufzutischen? Ein eiskalter Schauer lief Isaac über den Rücken. Er hatte versucht, Ren zu manipulieren, und dafür, entschied Isaac in diesem Moment, würde er ihn erst recht anzeigen.

»Die Parallelen zwischen mir und Kenneth sind nicht von der Hand zu wei-«, fuhr Ren fort, doch Isaac fiel ihm ins Wort.

»Dass ich ein Faible für begnadete Musiker habe?«

Ren machte ein empörtes Geräusch, vermutlich weil er sich nicht durch ein Kompliment ablenken lassen wollte. »Zwei aufstrebende Musiker, beiden stehst du zur Seite, in beide hast du dich ver... mit beiden bist du zu...« Verlegen patschte sich Ren das Kühlpad gegen das eigene Gesicht. »Igitt, das ist ja kalt.« Selbst bei einem aufkommenden Streitgespräch war er immer noch unglaublich niedlich.

»Ai hatte längst ihren Durch-«

»Niemand weiß, dass ich Ai bin!«, erwiderte Ren ungewohnt scharf, aber Isaac ließ ihn gewähren. »Okay, der größte

Unterschied zu diesem Kenneth ist, dass ich am Leben bin –
noch –, aber ...«

»Sag nicht *noch*!«, entgegnete Isaac genauso heftig und bereute es sofort, als ein stechender Schmerz durch seine Rippen fuhr.

Daraufhin schnaubte Ren und rutschte ein Stück von Isaac weg. »Wolltest du mich nur kennenlernen, weil ich ein Projekt für dich bin?«

»Wann habe ich gesagt, dass ich dich zu einem *Star mache*?« Isaac unterdrückte den Schmerzenslaut, als er Ren über das Sofa folgte und mit einer Hand seine Wange berührte. »Du hast das Zeug dazu, davon bin ich fest überzeugt. Du kannst das aus eigener Kraft schaffen, wenn du nur mehr an dich selbst glaubst.« Verlegenheit färbte Rens Wangen dunkelrot, aber Isaac war noch nicht fertig. »Habe ich jemals mit Businesskarten vor deinem Gesicht herumgewedelt?« Ren schüttelte leicht den Kopf. »Mich eingemischt, wie du den neuen Song von Ai aufnehmen sollst? Dir Tipps für Werbung gegeben oder dir vorgeschlagen, dich irgendwelchen Leuten vorzustellen, damit sie deine Karriere weiterbringen?« Honigbraune Augen hielten ihn fest im Blick, als Isaac die zweite Hand dazu nahm und sich vorbeugte, bis er Ren an der Stirn berührte. »Du bist ganz anders als Kenneth. Er hätte sich nie um mich gekümmert, ich war nur interessant, wenn er meine Aufmerksamkeit oder mich wollte.«

»Es tut mir leid, Isaac«, meinte Ren mit einem Seufzen. »Es geht hier um dich, du ziehst mich ins Vertrauen und ich reduziere wieder alles auf mein Imposter-Syndrom.« Isaac lehnte sich ein Stück zurück und ließ die Hände sinken, nach denen Ren jedoch sofort griff, um ihre Finger zu verschränken. »Ich will es klären, *alles*, wirklich. Beziehungen gehen kaputt, wenn man nicht ausspricht, was einen beschäftigt und –«

»Entschuldigung angenommen.« Isaac ignorierte den Schmerz, beugte sich ein Stück vor und drückte Ren einen Kuss auf die Lippen. »Sei nicht zu hart zu dir, Begegnungen mit meinem Vater lösen genau das aus, er will, dass du alles infrage stellst. Doch eins sollst *du* wissen: Selbst wenn du keine Songs veröffentlichst, nur für dich Musik machst, selbst dann wäre meine Entscheidung die gleiche: Ich will dich, Ren Tachibana. Ich will mit dir zusammen sein.«

Weil er ihn liebte.

Es war nicht der richtige Moment, dies zu offenbaren, sonst würden die Geister der Vergangenheit das Geständnis für immer überschatten. Ren hatte mehr verdient, Ren war seine Gegenwart, vielleicht auch seine Zukunft.

»Ich denke, du solltest dich jetzt wieder ausruhen«, erwiderte Ren, ohne auf Isaacs Geständnis einzugehen, und Isaac ließ ihn gewähren. In den letzten Stunden hatten sie zu viel erlebt, um jetzt auf eine Antwort zu drängen.

Mit vor Verlegenheit gefärbten Wangen füllte Ren sein Wasserglas nach und löste eine Schmerztablette aus dem Blister, die er Isaac stumm hinhielt, bis er sie nahm und schließlich schluckte.

Definitiv nicht mehr heute, aber Isaac würde den richtigen Moment finden, in dem er Ren deutlich sagen und zeigen würde, was er für ihn empfand. Und hoffentlich würde Ren ihm dann nicht mehr ausweichen.

KAPITEL 26

Ein Klopfen unterbrach Ren beim finalen Check der Songs ihrer Gruppenarbeit. Zuerst steckte Mr. Faubrey, Isaacs Dozent, nur seinen Kopf durch die Tür, aber als er die Ansammlung von Studenten sah, die offiziell nicht zur Gruppe gehörten, schritt er energisch in den Raum.

»Was ist hier los?«, fragte er ohne große Begrüßung und ließ den Blick schweifen. Isaac hatte ihn oft genug als Golden Retriever beschrieben, der selbst noch gutmütig wirkte, wenn er einen Studenten rügte, und nun verstand Ren auch, was er damit gemeint hatte. Obwohl er verärgert wirken wollte, strahlte alles an seiner Haltung »Kann ich euch helfen?« aus.

Ren merkte einen Moment zu spät, dass er antworten sollte. Also holte er tief Luft, ließ den Sauerstoff in seiner Lunge wirbeln und straffte die Schultern: Wenn Isaac an ihn glaubte, konnte er das auch.

»Wir arbeiten.«

Gut, das hätte er selbstbewusster rüberbringen können.

Rens Antwort schien Mr. Faubrey nicht zu beruhigen. Stattdessen erwiderte er nur: »Tut ihr das? Ihr seid die letzte Gruppe, die noch nicht abgegeben hat.«

Ren erwiderte nicht, dass Mr. Faubrey seit Wochen nicht

nachgehakt hatte, wie der Stand des Projekts war. Vielleicht war er es gewohnt, dass Musiker erst fünf Minuten vor Schluss ihre Arbeiten einreichten.

»Wo ist Mr. Taylor?«, ging das Verhör weiter, was jedoch immer sorgenvoller klang. »Ich versuche seit Tagen, ihn zu erwischen, aber er geht weder an sein Telefon noch ist er am Campus anzutreffen.« Das letzte Mal, so vermutete Ren, hatte Mr. Faubrey Isaac am Morgen nach der Attacke seines Vaters gesehen.

»Sein Handy war … in Reparatur«, log Ren rasch. Da sie nicht wussten, ob sich Isaacs Vater an dem Gerät zu schaffen gemacht hatte, hatte Isaac es die meiste Zeit ausgeschaltet und war nur während der Gruppentreffen erreichbar. Bei der Polizei hatten sie Rens Nummer hinterlegt.

Da auch der Rest der Anwesenden bei der Arbeit innehielt und Mr. Faubrey beobachtete, zog sich dieser einen Stuhl heran und ließ sich am Arbeitstisch nieder. »Letzte Woche hat mir das Sekretariat mitgeteilt, dass Ms. Davies das Berklee verlassen hat«, meinte er. »Wann wolltet ihr mir das sagen?«

»Sophia hat hingeschmissen?«, fragte Ren verwundert.

Mr. Faubrey wirkte einen Moment ehrlich betroffen. »Am Telefon meinte sie, dass es unmöglich wäre, mit euch beiden zusammenzuarbeiten. Weil ihr unzuverlässig seid und ihr sie rausgedrängt habt.« Die in Falten gelegte Stirn bewies jedoch, dass Mr. Faubrey an dieser Aussage zweifelte. »Gefolgt von einigen Anschuldigungen an unsere Institution.«

Ein Schwall aus Empörung brandete hinter Ren auf, was Mr. Faubrey noch mehr irritierte.

»Wer ist das alles?«

»Wir lesen den Social-Media-Content Korrektur«, meinten die beiden neuen Sängerinnen, die sich daraufhin wieder ihren Tablets widmeten.

Ein Student im zweiten Jahr im Engineering-Kurs, der ähnlich chaotisch arbeitete wie Ren, schwenkte einen Ausdruck von Isaacs Arbeit. »Ich habe echt null Ahnung, und wenn ich den Business-Plan verstehe, dann verstehen ihn alle.«

»Beta-Hörerin«, warf Anya ein, obwohl sie Ren auch mit den Instrumenten geholfen hatte. Rens Aufgabe in den letzten Tagen hatte daraus bestanden, die finalen Änderungen an den Songs durchzuführen.

»Das beantwortet meine Frage nur zum Teil«, erwiderte Mr. Faubrey. »Warum seid ihr hier, obwohl dies nicht eure Arbeit ist?« Mehr oder weniger antworteten alle, dass sie ihre Hilfe angeboten hatten. »Wieso haben weder Sie, Mr. Tachibana, noch Mr. Taylor mir mitgeteilt, was hier vor sich geht?«

»Habe ich die Protokolle noch nicht hochgeladen?«, fragte Ren laut, sich selbst und alle im Raum.

»Bisher habe ich keines davon im Gruppenordner entdeckt, den alle Dozenten einsehen können. Deswegen bin ich hier, in diesem Ordner ist nichts und das wenige Tage vor Abgabe.«

»Dann habe ich wohl vergessen, sie abzutippen.«

Wenn überhaupt möglich, wuchs Mr. Faubreys Verwunderung noch weiter an. »Wie darf ich das verstehen?«

»Ich kann mich nicht gut darauf konzentrieren, gleichzeitig an einem Gespräch teilzunehmen und Protokoll zu führen, also habe ich unsere Arbeitsstunden mit dem Handy aufgenommen.« Ren zuckte mit den Schultern, er handhabe dies auch in anderen Kursen so. »Sophia und Isaac haben dem zugestimmt.« Bei ihrem Neustart hatte Ren nicht daran gedacht, aber er hätte die letzten drei Wochen schon rekonstruiert. Zumal sie sich dieses Mal nicht endlos im Kreis gedreht hatten.

»Davon hat Ms. Davies nichts erwähnt.«

»Das dachte ich mir.«

Mr. Faubrey musterte ihn mit hochgezogenen Brauen.

»Dann müsste sie zugeben, dass sie von Anfang an das Projekt behindert, uns fast sabotiert hat. Wenn Sie möchten, kann ich Ihnen die Highlights zukommen lassen.«

»Unbedingt.« Mr. Faubrey machte eine auffordernde Handbewegung. »Das erklärt aber nicht Mr. Taylors Abwesenheit.«

»Hat er sich nicht krankgemeldet?«

Mr. Faubrey schüttelte den Kopf, woraufhin Ren seufzte. Er hatte Isaac nicht allein lassen wollen, aber ihm war keine Wahl geblieben. Per Videochat hatte er mit ihm die Aufgaben delegiert und dann Isaac dazu verdonnert, sich auszukurieren. Zum einem, weil Isaac erst seine Aussage bei der Polizei machen konnte, wenn sein Fieber gesunken war. Zum anderen standen nächste Woche ihre Semesterprüfungen an.

Um zu beweisen, dass Isaac nicht schwänzte, holte Ren sein Smartphone hervor und rief ihn an. Es dauerte einen Moment, bis er abnahm. »Ren?«, krächzte Isaac mit belegter Stimme. »Ist was passiert?«

»Sophia hat hingeschmissen.«

»Lass mich raten«, erklang es heiser, aber gewohnt zynisch, »wir sind schuld?«

Darauf würde Ren nicht eingehen. »Und du hast vergessen, dich bei Mr. Faubrey abzumelden.«

»Hab' ich das?«

»Ja, sonst würde ich nicht anrufen.«

Ein Rascheln folgte und ein komplett verwuschelter Isaac tauchte halb im Sichtfeld der Kamera auf, das Gesicht in den Kissen vergraben.

»Hast du was gegessen?«, hakte Ren nach. Wenn er ihn schon am Telefon hatte, konnte er auch seine Sorgen beruhigen. »Die Fiebermedikamente genommen?«

»Mhm, warte, ich zeig's dir.«

»Isaac, du musst die Kamera wechseln, sonst bringt das nichts«, schalt Ren, ohne wirkliche Schärfe in seine Stimme zu legen. Anya, die halb auf sein Display blicken konnte, versuchte, ein Kichern zu unterdrücken.

Es dauerte einen Moment, in dem Ren nur Isaacs hoch konzentriertes Stirnrunzeln sah, ehe das Bild einer fast aufgegessenen Toastscheibe, eines leeren Wasserglases und einer halb zugeschraubten Flasche Tylenol-Tabletten erschien. Und dann brach der Videoanruf weg.

»War das Beweis genug?«, hakte Ren nach.

Mr. Faubrey hatte sich derweil vorgelehnt, jedoch eine Hand über den Mund gelegt. Ren verstand nicht, was das breite Grinsen sollte.

Bevor sie das Gespräch fortsetzen konnten, rief Isaac ihn jedoch zurück.

»Mr. Faubrey ist anwesend, nicht wahr?«, murmelte er und klang noch erschöpfter als Minuten zuvor. Ren legte das Handy auf den Tisch und bestätigte. »Sie wollten, dass ich kein Roboter bin – dashab'n'senundavon.«

Und damit legte er wieder auf.

Mit hochgezogenen Augenbrauen beobachtete Ren den Dozenten, der plötzlich in schallendes Gelächter ausbrach.

»Weil er wirklich krank ist, lasse ich die Wortwahl ausnahmsweise durchgehen«, meinte Mr. Faubrey. »Das ändert aber nichts daran, dass ihr bis zum Ende der Woche abgeben müsst, ansonsten seid ihr beide durchgefallen. Wie soll das ohne Ms. Davies funktionieren?«

»Oh, wir haben Songs«, hielt Ren dagegen.

»Richtig geniale Songs«, fügten seine Sängerinnen an, weil sie natürlich stolz auf ihre Aufnahmen waren.

Diese Gruppenarbeit war wichtig, auch für Isaac, er war auf sein Stipendium und somit auf die Ergebnisse angewiesen. Außerdem hatte Isaac in den letzten Wochen so viel für ihn gemacht, ihn so oft unterstützt und ihn glauben lassen, dass er alles schaffen konnte – Ren hatte für ihn hundertzehn Prozent gegeben.

»Ich bin nicht gut in diesen Business-Dingen, dafür lesen Sie besser Isaacs Arbeit«, begann Ren, »aber ich kann Ihnen in meinen Worten erklären, wie und warum wir *Unbound* geschaffen haben.«

»In drei Wochen«, warf Anya ein.

»Gepriesen sei Red Bull«, murmelte sein Engineering-Kollege, während die beiden Sängerinnen einen »Kaffee!«-Chant starteten.

»Und Kopiko«, stimmte Ren mit ein.

»Ich bin ganz Ohr«, meinte Mr. Faubrey und ließ sich den Ausdruck von Isaacs Business-Plan reichen.

Später, als Mr. Faubrey längst gegangen war und Ren allein im Gruppenraum zurückblieb, spukten ihm Isaacs Worte durch den Kopf, dass er das Zeug zum Star hätte. Nun, das war der perfekte Moment gewesen, mehr hinter seiner eigenen Arbeit zu stehen. Zwar lief das Projekt im Stützräder-Modus ab, denn nur die Studenten und die Leute vom College, die ihre Arbeit bewerteten, würden die Songs bei ihrer Präsentation hören, aber ein Anfang blieb ein Anfang.

Unbound hatte er erschaffen, in Zusammenarbeit mit den anderen, jedoch ohne Ryoko. Und das war der entscheidende Punkt. Er hatte es nicht für Ai getan, sondern für sich selbst. Er konnte auch ohne Ai Musik machen.

Sein Streit mit Ryoko lag über eine Woche zurück, ohne dass sich Ren bei ihr gemeldet hatte. Er musste sich mit seiner Schwester aussprechen und er würde es, aber der Gedanke, Ai zu verlieren, raubte ihm nicht mehr den Atem. Er würde für Ai kämpfen, dafür liebte er seine Schwester und die Zusammenarbeit mit ihr viel zu sehr, aber er würde dafür nicht alles stehen und liegen lassen. Zum ersten Mal hatte er mehr als nur Ai und seine Familie. Sein Leben am College, seine neuen Freunde und natürlich Isaac.

Hatte er seine Schwester und Isaac bloß ausgetauscht? Nein. Genauso wenig, wie er ein Ersatz für diesen Kenneth war. Isaac inspirierte ihn und trieb ihn an, das Beste aus sich herauszuholen, auf eine Weise, wie Ryoko es nie vollbracht hatte. Seine Schwester hatte ihn stets in einem engen Käfig aus »Du darfst nicht, du sollst nicht, pass auf, dass du ...« eingesperrt, außen vor den Gitterstäben gestanden und die Hand zu ihm hereingesteckt. Er hatte sie ergriffen, aber deswegen war der Käfig nicht verschwunden.

»Irgendwie muss ich Isaac deutlich machen, dass ich …«, murmelte Ren, als er seine Sachen zusammenpackte. Ja, was eigentlich? Vielleicht sollte er einen weiteren Song schreiben, oder gleich ein Dutzend, bis er verstand, was dieses Gefühl war, das in seinem Herzen Wurzeln geschlagen hatte.

Das Vibrieren seines Smartphones riss Ren aus seinen Gedanken, sodass er bei seinem Zusammenräumen stoppte.

Anya: Du glaubst nicht, was gerade passiert ist!
Ren: Ich war dabei, als ich Mr. Faubrey davon überzeugt habe, uns nicht vom College zu schmeißen.
Anya: Das meine ich nicht … Ai hat auf ihren Social-Media-Kanälen verbreitet, dass sich der neue Song verschiebt.

Ren ließ vor Schreck das Telefon fallen, das mit einem Klappern auf dem Tisch landete. Der Song war fertig, seit Wochen, wieso machte seine Schwester das? Oder hatte sie längst unterschrieben und das Label hatte dies bestimmt? Verdammt. So viel dazu, er würde mit Ryoko reden, wenn er bereit war.

Sie hat was gemacht?, schrieb er zurück.

Anya: Verschiebungen gab es immer mal wieder. Aber noch nie auf unbestimmte Zeit! Was meinst du, ist da los? Der Server glüht schon, weil alle darüber diskutieren.

Statt einer Antwort drehte Ren das Telefon mit dem Display auf den Tisch. Das machte seine Schwester nur, um ihn zu reizen und eine Reaktion zu provozieren. Um ihm zu zeigen, dass sie die Fäden in der Hand hielt und er sich nach ihr zu richten hatte.

Aber dieses Mal würde er die Regeln bestimmen.

Ryoko nahm ihm die Entscheidung allerdings ab, als sie später am Abend unangekündigt in die Wohnung platzte.

Zuvor hatte Ren ein Videotelefonat mit Henry geführt, der ihm live erklären wollte, wie sich Isaacs Ai-Häkelpuppe reparieren ließ. Oder sie hatten es zumindest versucht, da Jae-Sun ständig neugierig über Henrys Schulter oder um die Ecke gespäht hatte, als könnte er so mehr von Isaac erkennen als nur einen dunkelbraunen Haarschopf.

Sie hatten ihn ignoriert und dann recht schnell wieder aufgelegt, sodass sich Ren um Isaac gekümmert hatte, bis Ryoko mit einem lautem »Du singst für ihn?!« auf ihn zustürmte.

»Nicht so laut«, erwiderte Ren ruhig. Er hatte sich ein Wiedersehen mit seiner Schwester wirklich anders vorgestellt.

Es war erstaunlich, wie schnell Isaac einnickte, wenn Ren ihm leise etwas vorsang. Er hatte es kein einziges Mal über die erste Strophe des ‚Sanpo‘-Songs aus ‚My Neighbor Totoro‘ hinaus geschafft. Aber das war auch besser so, denn aufgrund seiner geprellten Rippen schreckte Isaac immer wieder hoch. Dabei brauchte er dringend Schlaf.

Mit vor Wut blitzenden Augen marschierte Ryoko zum Sofa und wies mit der Hand auf Isaac, der den Kopf in Rens Schoß vergraben hatte und von alldem nichts mitbekam. Und Ren dabei so fest umklammert hielt, dass dieser keine Möglichkeit hatte, sich groß zu bewegen.

»Und wenn ich das habe?«, hielt Ren flüsternd dagegen und schickte ihr einen ebenso eisigen Blick.

Ryoko starrte ihn mit offenem Mund an, sie war so geschockt, dass sie nicht einmal merkte, wie ihr Dufflebag von der Schulter rutschte und zu Boden fiel. Was machte sie überhaupt in Boston? Musste sie nicht einen Vertrag unterzeichnen und sich das superfancy Gebäude von Sony zeigen lassen?

»Jae-Sun hat mit Tori gesprochen, die mit Mom und letzten Endes hat mich Granny angerufen. Ist alles …« Ryoko biss sich auf die Lippe, um nicht zu fragen, *ob alles in Ordnung sei*, schließlich hatten sie sich beim letzten Aufeinandertreffen im Streit getrennt.

»Das geht dich nichts an«, meinte Ren schlicht. Er hatte sich mit Henry und seiner Mutter ausgetauscht, was die nächsten Schritte wären, wenn Isaac seine Aussage bei der Polizei machte und wie Ren ihn dabei unterstützen konnte. Es wunderte ihn nicht, dass es über das Familiennetzwerk auch bei Ryoko angekommen war. Aber sie hatte sich nicht einzumischen.

»Meinst du nicht«, zischte Ryoko, nun wieder erbost, »dass wir langsam miteinander reden sollten?« Vermutlich hatte sie damit gerechnet, dass er sich in den ersten Bus nach New York setzte, sobald seine Wut verraucht war.

Ren atmete tief ein und aus, um nicht die Stimme zu heben. Sie platzte hier herein, sie verschob den nächsten Song und entschied, dass er nicht mehr Teil von Ai sein durfte. Er hatte es satt, dass sie immer über seine Grenzen hinwegtrampelte, selbst wenn sie es gut meinte.

»Nein, ich habe jetzt keine Zeit für dich, Isaac ist krank.« Er kannte seine Schwester besser, als dass sie irgendjemandes Gesundheit schaden wollte. Und Ryoko wusste, dass Isaac niemanden sonst in der Stadt hatte. »Zudem habe ich nächste Woche Prüfungen.«

Ren stand hinter seiner Entscheidung, Isaac und das Berklee vor Ryoko zu stellen. Sogar als sie ihn so bestürzt ansah, als hätte nur er das Angebot fürs Label.

»Ich hatte also recht!« Ryoko ließ dennoch nicht locker. »Ai ist nicht mehr interessant genug für dich, dir ist mittlerweile alles andere wichtiger als —«

»Ich will nicht mit dir reden. *Noch nicht.*« Er würde sich erst auf diese Diskussion einlassen, wenn er in Ruhe darüber nachgedacht hatte, wie sehr seine Schwester ihn seit Jahren manipulierte. Sie tat es mit den besten Absichten, aber einige von ihren Argumenten ähnelten erschreckenderweise denen von Oren Taylor.

Ren hatte nicht vor, Ryoko Ai zu überlassen, aber er wusste noch nicht, wie er weiter mit ihr zusammenarbeiten sollte.

»Wenn du glaubst, dass ich ewig darauf warte, dass du ein

bisschen Zeit für mich hast, dann irrst du dich. Ich kann gleich morgen beim Label anrufen und zusagen.«

»Das wagst du nicht.« Ren wollte seiner Schwester nicht drohen, er brauchte nur mehr Zeit. Außerdem würde seine Familie niemals zulassen, dass Ryoko den Vertrag unterschrieb, ohne dass sie sich ausgesprochen hatten. Und diese Gewissheit spielte er nun gegen sie aus.

»Du wirst schon sehen, was passiert, wenn du mich –«

»Ich melde mich bei dir.« Ren wies strikt Richtung Flur, während er gleichzeitig darauf achtete, dass die Bewegung Isaac nicht aufweckte. »Geh jetzt, bitte.«

Ryoko stieß einen entnervten Seufzer aus, schnappte sich ihr Gepäck und knallte beim Verlassen der Wohnung die Tür hinter sich zu.

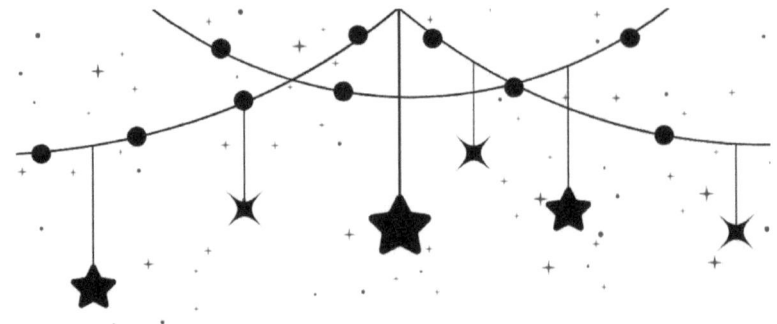

KAPITEL 27

»Dann sehen wir uns nächste Woche wieder«, verabschiedete sich Mr. Peterson, als Isaac nach seiner Schultertasche griff und sich erhob, ohne seine verheilenden Rippen zu belasten.

»In Ordnung …«, erwiderte er, wenn auch zögerlich. Er musste sich erst an den Gedanken gewöhnen, dass er regelmäßig die Beratungsstelle des Colleges aufsuchen konnte. Dass es in Ordnung war, wenn er um Hilfe bat und sich all das von der Seele redete, was ihn belastete.

Nicht, dass er bei diesem Treffen damit angefangen hatte. Mr. Peterson hatte ihm heute nur dabei geholfen, sich einen Überblick über das Polizeiverfahren zu verschaffen, das Isaac losgetreten hatte.

Tatsächlich hatte eine Polizeistreife seinen Erzeuger zu Hause abgeholt. Ein wenig erfüllte Isaac dies mit Genugtuung. Was die Nachbarn wohl davon hielten? Zwar hatte er nur eine Nacht in Gewahrsam verbracht und die Anhörung, die über ein Gerichtsverfahren entschied, würde erst in zwei Monaten stattfinden, aber aufgrund von Gefährdung war ein striktes Kontaktverbot ausgesprochen worden.

Näherte sich sein Erzeuger bis dahin, würde er direkt in Untersuchungshaft wandern. Im Falle einer Verurteilung würde er eine mehrjährige Gefängnisstrafe absitzen, sodass sich Isaac fest vornahm, den besten, für einen Studenten bezahlbaren Anwalt aufzutreiben. Aber das war ein Problem, über das er in zwei Wochen mit der Rechtsabteilung des Colleges sprechen würde.

»Vielleicht komme ich nächste Woche bei eurer Präsentation vorbei«, meinte Mr. Peterson und lächelte Isaac so breit an, als wäre die Veranstaltung sein Jahreshighlight.

Isaac verabschiedete sich mit einem Nicken und warf einen letzten Blick auf die Ai-Häkelpuppe, die im Regal hinter dem Schreibtisch saß. Vielleicht war es albern, aber der Anblick hatte ihm beim Eintreten gleich Sicherheit vermittelt.

Kaum dass sich die Bürotür hinter ihm geschlossen hatte und sich Isaac allein auf dem Gang befand, stieß er den Seufzer aus, den er zurückgehalten hatte. Die letzten Tage hatten ihm gezeigt, dass er nicht mehr so weitermachen konnte wie bisher. Er musste endlich beginnen, sich von seiner Vergangenheit zu lösen, nicht nur vor ihr davonzulaufen.

All die Menschen, die sich in den letzten Tagen um ihn gesorgt, gekümmert oder nachgefragt hatten, ob er Hilfe brauche oder wie sie ihn unterstützen sollten, hatten ihm dies deutlich gemacht. Es hatte gutgetan, dass so viele – Takumi, Ren, Serge, seine Mitstudenten, Kollegen – ihm eine helfende Hand reichen wollten und ihn in seinem Entschluss bestärkten.

Aber es würde dauern, bis er lernte, dass er um Hilfe bitten durfte, selbst wenn er bereits verstanden hatte, dass seine Mitmenschen und sogar das Berklee ihm diese Hilfe bereitwillig geben würden. Weil er, aus ganz unterschiedlichen Gründen, für sie wichtig war. Weil das College auch in ihm ein Talent sah, das es fördern, formen und schützen wollte.

Gemächlich wanderte Isaac durch die halb leeren Flure zur nächsten Lounge. Bis auf die Studenten, die Vorspiele oder Vorsingen absolvieren mussten, steckten die meisten mitten in der Prüfungsphase, sodass es erstaunlich still und leer war. Isaac hatte seine letzte Klausur am Vormittag geschrieben und somit bis zur Präsentation der Sandbox-Alben frei, welche erst nächste Woche stattfinden würde.

Zu seiner Überraschung entdeckte er an einem der Tische am Fenster seinen liebsten Schmetterling, dessen pinker Haarschopf strahlend hervorstach. Ren arbeitete so vertieft an etwas, dass er die Welt komplett ausblendete.

Isaac hatte damit gerechnet, dass Ren ihn zur Beratungsstunde begleiten würde, sowohl er als auch Serge wichen im Moment kaum von seiner Seite. Doch Ren hatte von sich aus ein Treffen am Abend vorgeschlagen, so, als wüsste er genau, dass Isaac diesen Schritt allein bewältigen musste. Und Ren auch nicht danach auf ihn warten durfte, um ihn für diesen Erfolg glücklich anzustrahlen.

Isaac musste es für sich selbst wollen.

Vorsichtig tippte Isaac Ren auf die Schulter, damit dieser seine Kopfhörer abnahm.

»Oh hey«, grüßte Ren ihn mit einem so warmen Lächeln, dass Isaacs Herz einen Schlag aussetzte. »Hast du eine Idee für ein Synonym von ‚form‘? Silhouette, body, figure, build … all das gefällt mir nicht.«

Am liebsten hätte Isaac ihm gestanden, wie dankbar er dafür war, dass Ren ihn nicht auf das Treffen mit Mr. Peterson ansprach.

»Shape?«, warf Isaac ein.

»Ja … das könnte passen.« Ren runzelte nachdenklich die Stirn und widmete sich wieder seinen Notizen. Für eine Weile setzte sich Isaac neben ihn und sah ihm beim Texten zu. Das meiste war auf Japanisch geschrieben, dennoch hatten die Zeichen eine beruhigende Wirkung auf ihn.

»Wird das ein neuer …« *Song?*, wollte er fragen, hielt jedoch mitten im Satz inne.

Ren klappte sein Notizbuch zu, schlug es gleich wieder auf, notierte noch etwas, und widmete sich dann Isaac. »Ja, mir schwirrt etwas durch den Kopf. Allerdings nicht für Ai, sondern …« Verlegenheit färbte Rens Wangen rosa und um davon abzulenken, griff er nach seiner allseits bereiten Thermosflasche.

Heute stutzte Isaac jedoch bei dem Anblick, denn es standen zwei davon nebeneinander. Ren schraubte die linke auf, zauberte aus seinem Rucksack ein Sachet von Isaacs liebstem Instant-Kaffee sowie ein Zuckerpäckchen hervor und kippte alles in den Deckel, der auch als Tasse diente. Kaum dass er heißes Wasser eingegossen hatte, hielt er Isaac den Becher hin. Dieses stumme »Gut gemacht« half Isaac mehr, als er sich traute, Ren zu sagen.

»Hast du mittlerweile mit Ryoko gesprochen?«, erkundigte sich Isaac. Durch seine Erkältung hatte er mehrere Tage verschlafen und dann jede freie Minute zum Lernen genutzt. Es erschreckte ihn, aber in letzter Zeit hatte er nicht groß über Ai und den Streit der Zwillinge nachgedacht.

»Nein«, erwiderte Ren, der an seinem Kräutertee nippte. »Ich glaube auch nicht, dass ich das allein schaffe.« Und dann fragte er, als wäre es nichts Weltbewegendes: »Begleitest du mich nach New York?«

Isaac verschluckte sich fast an seinem Kaffee. »Wa-was?«

»Würdest du mit mir nach Hause kommen?«, wiederholte Ren. »Die Präsentation des Albums ist erst nächsten Donnerstag, wir könnten diesen Freitag los, ein verlängertes Wochenende in Queens verbringen und in Ruhe mit Ryoko sprechen. Ich würde dich gerne als Unterstützung dabeihaben.«

Isaac stellte seinen Becher lieber auf dem Tisch vor sich ab. Dieser Vorschlag klang zu romantisch, um wahr zu sein. Aber bei Ren wusste er nie, ob er diese Absicht hegte, also hakte er zur Sicherheit nach. »Warum genau soll ich dabei sein?«

»Ich brauche einen richtig guten Manager«, gestand Ren frei heraus und die rosarote Vorstellung, in die Isaac für einen Moment geflüchtet war, fiel in sich zusammen. »Du kannst Ryoko neutral Kontra geben, während ich viel zu emotional reagiere. Ohne einen Mediator endet das in einer Katastrophe, weil wir uns beide reinsteigern.«

»Und ich hatte gehofft, dass du deinen *Boyfriend*«, Isaac betonte das Wort extra, »mit nach Hause bringen willst, damit er dir den Rücken stärkt.«

Ren haspelte nervös ein paar Silben, die keinen Sinn ergaben, und Isaac beließ es dabei. Alles zu seiner Zeit.

»Ich bin mir nicht sicher, ob ich wirklich dafür geeignet bin«, meinte Isaac nun wieder ernst. »Bis gerade eben hatte ich völlig vergessen, dass Ryoko dir Ai wegnehmen will. Dabei habe ich dir versprochen, das zu verhindern.«

»Isaac, das ist okay«, entgegnete Ren in einem Tonfall, der keinen Widerspruch zuließ. »Ich habe es nicht mehr angesprochen, weil ich dich nicht weiter belasten wollte bei … *alldem*, was passiert ist. Aber allein finde ich keine Lösung, daher meine Frage: Stehst du beim Showdown mit meiner Schwester an meiner Seite? Mein digitaler Ritter hat jahrelang Internettrolle für mich plattgemacht und jetzt wartet der ultimative Endgegner. Ai selbst.«

Isaac schmunzelte bei der Vorstellung. »Soll ich dich bloß unterstützen oder wirklich vertreten?«

»Beides«, meinte Ren, ohne lange zu zögern. »Ist es schlimm, dass ich beides will? Meinen Freund, der mit mir nach Hause fährt, und einen Manager.«

»Interim-Manager«, hielt Isaac dagegen. Über die Hälfte seines Studiums lagen noch vor ihm, er sollte sich nicht Manager nennen. »In der Zukunft findest du bestimmt einen besseren Kandidaten als mich.«

»Abgemacht.« Rens Grinsen zeugte eher davon, dass er sich nicht groß nach jemand anderem umsehen würde, aber für den Moment würde sich Isaac nicht beklagen.

So kam es, dass Isaac am Freitagmorgen mit Ren nach New York fuhr. Die Busfahrt dauerte vier Stunden, vier Stunden, in denen Isaac nicht abstreiten konnte, dass sie sich wie ein Paar auf einem Kurztrip benahmen, Händchen haltend Musik hörten und Ren Anekdoten erzählte, als die Stadt in Sichtweite kam und sie sich schließlich durch den Verkehr bis zur Penn-Station schlängelten.

Isaac hatte gewusst, dass New York groß war. Er hatte nicht damit gerechnet, dass es *so überwältigend riesig* war. Sie fuhren und fuhren und waren noch immer nicht im Zentrum der Stadt angekommen.

»Du wolltest doch die Welt sehen«, scherzte Ren neben ihm. »Queens ist ein guter Anfang, sieh es als Belohnung für all den Lernstress.«

Wie am Berklee üblich hatten sie die ersten Ergebnisse ihrer Prüfungen recht schnell online erhalten. Isaac hätte sich zwar besser schlagen können, aber war überall mit guten Ergebnissen herausgekommen. Nach Rens »Die Prozentzahl ist nicht wichtig, solange ich bestanden habe« hakte er nicht nach, da Ren selbst zufrieden schien.

Isaac folgte Ren durch den übervollen Bahnhof und war froh, dass sein Freund den Weg kannte, sonst hätte er sich während der ersten fünf Minuten in der Großstadt verlaufen. Ren hingegen schwamm durch die wuselnde Menschenmenge in der Bahnstation, als hätte man einen Fisch wieder in den Ozean entlassen.

Das sonnige, fast schon sommerliche Wetter Anfang Mai nutzend, fuhr Ren nicht direkt mit der Metro zu ihrem Ziel, sondern stieg bereits am *Queens Plaza* aus, um mit Isaac im Park am East River die Queensborough Bridge und die Manhattaner Skyline zu genießen.

Als er im Schatten der gewaltigen, ikonisch grünen Unterführung der Hochbahn wartete, wurde Isaac zum ersten Mal bewusst, wo er sich befand. Während Ren über Lokale in der Nähe plapperte und Isaac ausfragte, worauf er Appetit hätte – in Queens konnte man sich innerhalb eines Blocks um die ganze Welt essen – atmete Isaac Großstadtluft ein und lächelte. Zum ersten Mal in seinem Leben unbeschwert.

Das war es, was er immer gewollt hatte.

Neue Orte kennenlernen, keine Angst haben müssen, dass sein Vater hinter der nächsten Ecke lauern könnte. Und jemanden an seiner Seite, mit dem einfach alles besser war. Mit dem das Leben, selbst der Alltag, bunt und aufregend war.

Zum Abend fanden sie sich in einem schicken Appartementgebäude am Rande von Flushing ein. Für die erste Nacht hatten sie sich bei dem Paar einquartiert, das Ren scherzhaft als seine ,coolen großen Brüder' bezeichnete. Da Isaacs Budget weit im Minus stand, war es die beste Lösung gewesen, und obwohl sie hofften, dass die Aussprache mit Ryoko positiv verlief, hatte Ren nicht bei seiner Mom übernachten wollen.

»Ich liebe meine Familie, wirklich, aber wenn du ständig ,Du sollst in deinem Zustand nicht ...' zu hören bekommst, ist das sehr erdrückend«, meinte Ren auf Isaacs Frage, wer ihre Gastgeber waren. »Henry und Jae-Sun machen sich zwar auch Sorgen, aber sie waren immer die Menschen, bei denen ich mich nicht schlecht gefühlt habe, obwohl es mir während der Chemo wirklich schlecht ging. Ich konnte einfach ich selbst sein.«

»Die beiden sind für dich wie Takumi für mich.«

Ren dachte einen Moment darüber nach, während der Fahrstuhl sie in die oberste Etage brachte. »Stimmt, mit dem Unterschied, dass Takumi sechs Flugstunden entfernt ist und ich früher in zehn Minuten bei ihnen sein konnte.«

Isaac unterdrückte ein Seufzen, er war nicht neidisch ... okay, ein bisschen vielleicht.

»Warum hast du Takumi nie getroffen? Er war in den letzten Jahren mehrfach in New York und auch an der Ostküste.«

»Damals«, betonte Isaac und meinte damit die Zeit nach Kenneth' Tod, »wollte ich bereits abhauen, am liebsten zu Takumi, aber er war in Japan und ich hatte keinen Reisepass und ... Als er wieder in den Staaten war, habe ich mich nicht mehr getraut zu fragen.«

Ren schritt durch den Flur und warf ihm einen besorgten Seitenblick zu. »Hattest du Angst, dass er ablehnen würde?«

»Nein, dass er wie alle anderen erkennen würde, dass ich nutzlos und wertlos bin«, flüsterte Isaac und wurde mit jedem Wort leiser, »und mich nicht bei sich haben will ... Deswegen habe ich bisher alle Treffen abgelehnt.«

Ren, der aufgrund von Isaacs heilender Rippenverletzung ihre gemeinsame Reisetasche trug, hielt mitten im Gang inne und baute sich vor Isaac auf. »Das würde er niemals sagen.«

»Ich weiß und eines Tages werde ich es auch glauben.«

Sein Freund musterte ihn noch eine Weile forschend, bevor er sich zu der Tür zu ihrer Linken wandte. »Wir müssen aufpassen, dass niemand entwischt«, meinte Ren zusammenhanglos, während er das Schloss via Zahlencode entsperrte. Bevor Isaac nachfragen konnte, schob Ren ihn ins Innere und mit einem Piepen verriegelte hinter ihnen der automatische Schließmechanismus.

Im Eingangsbereich ging auf dem Sideboard eine Lampe via Bewegungsmelder an und plötzlich sah sich Isaac mit einer schneeweißen Katze konfrontiert, die sie neugierig musterte. Ohne groß nachzudenken, ging er vor ihr in die Hocke und hielt ihr die Finger hin.

»Hallo, meine Hüb-« Eine zweite Katze harrte im Schatten eines Türrahmens aus. Das silbergraue Fell ließ sie mit dem Halbdunkel verschmelzen. »Ihr zwei Hübschen.«

Die weiße tapste auf ihn zu und rieb das Köpfchen an seiner Hand, die graue hielt Abstand und musterte sie skeptisch.

»Das sind Snow und Storm«, stellte Ren mit einem Grinsen vor, »ihre Besitzer haben ein Faible dafür, Streuner nach den Wetterverhältnissen zu benennen, bei denen sie sie auflesen.«

Isaac würde das Paar erst später kennenlernen, sobald Henry von seiner Schicht bei einem IT-Unternehmen zurückkam und Jae-Sun seinen Laden abgeschlossen hatte. Er und Rens Tante führten einen immer bekannter werdenden Otaku-Store in Flushing. *Den* Otaku-Store, der exklusiv Ai-Merch vertrieb und seit Jahren Isaacs Sehnsuchtsort Nummer eins in New York war.

Während sich Snow vor ihm auf den Rücken legte und den flauschigen Bauch präsentierte, damit Isaac sie weiter kraulte, hängte Ren seine Jacke auf, schlüpfte aus seinen Sneakern und trug ihre Tasche tiefer in die Wohnung.

»Kleine Besichtigung?«, fragte Ren, als er wieder um die Ecke lugte, und Isaac entging nicht das Vibrieren in seiner Stimme.

»Farbe?«, erwiderte Isaac und ließ von Snow ab.

»Grün-Gelb?«

»Wieso klingt das so unsicher?«

»Keine Ahnung, ob unser Plan bezüglich Ryoko funktionieren wird«, Ren grinste dennoch breit, »aber du bist hier ... *wir* sind hier. Ich kann mich nicht entscheiden, was ich dir zuerst zeigen will. Obwohl halt, da fällt mir was ein.«

Ren führte ihn durch ein offen geschnittenes Wohnzimmer und den langen Flur der Eckwohnung in das Gästezimmer. Die Couch war bereits zu einem Gästebett umgeklappt, Ren hatte ihre Tasche davor abgestellt, und bis auf ein großes Bücherregal und einige Grünpflanzen fand Isaac nur eine vom vielen Spielen abgenutzte Gitarre vor sowie das Instrument, das einen Großteil des Raums einnahm.

»Mein Klavier«, präsentierte Ren fröhlich wie ein Showmaster, der den Hauptgewinn vorstellte, und strich zärtlich über den Lack. »Mom und Ryoko haben sich quergestellt, weil ein klassisches Instrument nicht via Kopfhörer gespielt werden kann«, plapperte er weiter und legte die Tasten frei. »Aber Henry hatte damit kein Problem und hat mir eins geschenkt. Bis ich meine eigene Wohnung habe, steht es hier.«

Routiniert nahm er auf dem Hocker davor Platz und legte die Füße auf die Pedale. Eine Hand fand die gewünschten Tasten, mit der anderen klopfte er auf die Freifläche neben sich. »Komm. Lass uns etwas spielen.«

Behutsam nahm Isaac neben ihm Platz, die Bank reichte geradeso für sie beide. Er wollte protestieren, dass er dies nur vermasseln würde, da positionierte Ren seine linken Finger auf den glatten, kühlen Tasten und drängte sich so dicht wie möglich an Isaac, um die eigenen Finger darüberzulegen.

»Wir fangen mit etwas Leichtem an.« Ren stimmte einen Grundrhythmus an, bei dem Isaac einen Mollakkord gleichmäßig spielen sollte. Er wartete, bis Isaac sicher darin war, bevor er seine Hand zurückzog und die Dur-Stimme übernahm.

Isaac wusste nicht, worauf er sich konzentrieren sollte. Den Rhythmus zu halten? Rens Finger, die wie magisch Töne zu einer Melodie verwoben? Rens fokussierten Gesichtsausdruck, während er in seiner eigenen Welt versank?

»Ist dir das gerade eingefallen?«

»Die Idee spukt mir schon eine Weile durch den Kopf«, meinte Ren und verzog die Lippen zu einem kleinen, selbstvergessenen Lächeln. Wie immer, wenn er komplett in seiner Musik aufging.

Isaac stimmte mit in dieses Lächeln ein, es war immer noch unglaublich, dass Ren ihm so offen begegnete und an allem teilhaben ließ, selbst an einem so intimen Moment wie dem Erschaffen einer Melodie. Und erst recht, dass er Isaac miteinbezog, ihn dazu ermutigte, sich nicht mehr zu verstellen und zu verstecken. Dass er einfach er selbst sein konnte.

Worte, die Isaac seit Wochen unterdrückte, drängten an die Oberfläche, und dieses Mal hielt er sie nicht auf.

»Ich liebe dich.«

Die nächsten zwei Noten setzte Ren komplett daneben und brach dann mitten im Takt ab. Mit weit aufgerissenen Augen starrte er Isaac an, nicht unbedingt die Reaktion, die dieser erwartet hatte.

»Ich …«

»Du musst nicht antworten, ich wollte nur, dass du es weißt.« Und das stimmte. Isaac hatte dieses Geständnis nicht geplant, die Worte waren aus ihm herausgebrochen, er hatte sie nicht mehr aufhalten können. Dennoch wollte er Ren zu nichts drängen.

Ren ließ von den Tasten ab, legte eine Hand in Isaacs Nacken, drückte ihm einen kurzen Kuss auf und barg dann den

Kopf an der Stelle zwischen Isaacs Hals und Schulter. Doch seine Verlegenheit hielt nicht lange an, Ren arbeitete sich mit zarten Küssen seine Kinnlinie entlang, bis er Isaacs Lippen fand, aus einem Kuss wurden zwei, und ehe sich Isaac versah, hatte er Ren auf die Tasten gehoben. Im Klang einer schiefen Melodie drängte er sich zwischen Rens Beine. Isaac wollte Ren so nah sein wie niemand anderes, wollte diese Verbundenheit spüren, wenn er nicht mehr wusste, wo der eine begann und der andere aufhörte.

Ungeduldig streifte Ren ihm das Shirt über den Kopf, doch als er zum Knopf seiner Jeans griff, hielt er inne.

»Warte.« Ren sah ihn unsicher an, die Pupillen weit und dunkel, die Lippen vom Küssen rot und glänzend. »Ich will nichts überstürzen, wir können aufhören, wir ... Bis du dir sicher, dass du das auch willst? Ich meine, Käsekuchen?«

Hätte Isaac nicht gerade eben Ren seine Gefühle gestanden, dann wären sie jetzt aus ihm herausgebrochen. Er konnte kaum fassen, wie rücksichtsvoll sich sein Freund benahm.

»Farbe?«, antwortete Isaac jedoch mit einer Gegenfrage.

»Hi-Himmelblau?«

»Die steht nicht auf der Skala.«

»Ich war zwei Sekunden davor, Sex mit dir *auf meinem Klavier* zu haben«, erwiderte Ren in einer bezaubernden Mischung aus Zischen und Quieken.

»Gut.« Isaac packte Rens Hüften, um ihn mit sich zu ziehen. »Genau das Gleiche wollte ich auch.«

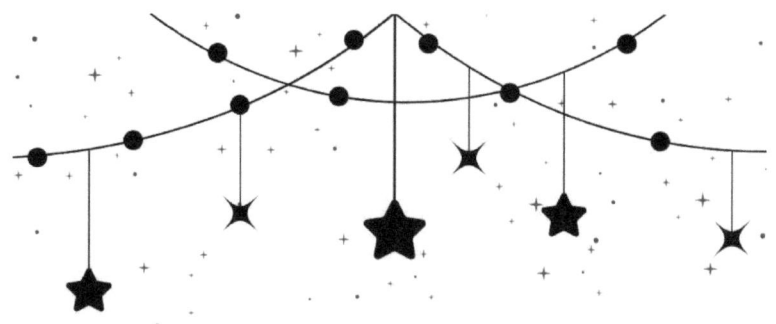

KAPITEL 28

Erst als sie viel später das Gästezimmer verließen, bemerkte Isaac, dass sie nicht mehr allein waren. Ein Mann, Isaac schätzte ihn auf Ende zwanzig, saß am großen Esszimmertisch, der an den Wohnraum grenzte, und widmete sich der grauen Katze – Storm – die schnurrend quer über seinen Beinen lag. Isaac erkannte ihn von den Fotos aus Rens Wohnung wieder, dunkles, leicht lockiges Haar und schokoladenbraune Augen, die so viel Wärme wie die Sonne an einem Sommertag ausstrahlten.

»Hey Kleiner, das College-Leben steht dir«, grüßte Jae-Sun mit einem verschmitzten Grinsen. »Aber als Tipp: Erst Kleidung richtig rum anziehen, dann zum Gastgeber kommen.«

Isaac blickte Ren verwundert nach, wie er Richtung Badezimmer verschwand, der Nacken und die Ohren so rosarot wie seine Haare.

»Wir wollten nicht unhöflich sein«, fügte er rasch an. Hatte er sich eben so wohl wie lange nicht mehr gefühlt, kroch nun eine eiskalte Unsicherheit in Isaac hoch.

»Ren war das letzte Mal an Weihnachten zu Hause, ein bisschen Triezen ist also erlaubt«, winkte Jae-Sun ab, kam ihm jedoch nicht entgegen, da sich Storm nicht rührte. »Als ob ich am College groß was anderes gema-«

»Ich bin asexuell«, unterbrach Isaac ihn, auch wenn er wusste, dass er sich nicht so benehmen sollte, zu Hau... dort, wo er aufgewachsen war, hätten seine Eltern so einen Einwurf nie gebilligt. Aber zum ersten Mal wollte er dies sofort sagen.

»Oh.« Jae-Sun musterte ihn für einen Moment. »Ist dir das Thema unangenehm?«

Isaac wollte den Kopf schütteln, zuckte dann jedoch mit den Schultern. »Jein ... oder eher ein wenig?«

»Alles klar.« Keine Nachfragen, keine komischen Blicke. In Jae-Suns Augen blitzte lediglich Verständnis auf und Isaac atmete tief durch, um seine Nerven zu beruhigen. Es gab sie, diese Menschen, die sofort das Spektrum verstanden.

»Setz dich doch.« Auf Jae-Suns Wink hin nahm Isaac am großen Esstisch Platz. Jae-Sun goss ihnen jeweils ein Glas Eistee ein, während Isaac rätselte, was er sagen sollte. Vorstellen brauchte er sich nicht, Ren hatte bereits per Telefon angekündigt, wer er war und warum er mitkam.

»Sorry, noch mal ...«, nuschelte er und senkte den Blick auf das Glas.

»Ich sollte mich entschuldigen«, meinte Jae-Sun mit einem Lachen. »Ich habe lange überlegt, was ich machen soll. Ren ärgern, dich einschüchtern, so richtig auf großen Bruder machen – ich bin ein Einzelkind – und jetzt sitzen wir hier, und ja.«

»Ja, genau, ja.«

Oh super. Konnte er noch dämlicher antworten? Am liebsten hätte Isaac den Kopf in den Händen geborgen, aber das war zu auffällig. Großartig, seine Unfähigkeit, Smalltalk zu betreiben, hinterließ einen schlechten Eindruck. Dabei wollte er, dass Rens Familie ihn akzeptierte.

»Darf ich dir eine sehr direkte Frage stellen?« Isaac nippte an seinem Eistee, da der Wortschwall bestimmt noch nicht vorbei war. »Wir haben zwar mitbekommen, dass Ren jemanden kennengelernt hat, aber er hat nicht viel erzählt. Deswegen bin ich schrecklich neugierig. Also eine Frage, ja?«

Isaac willigte mit einem Nicken ein.

»Ist es was Ernstes zwischen euch?«

Ohne es zu wollen, machte sich Isaac klein und zog die Schultern ein. »Für mich schon.«

Bevor Jae-Sun etwas erwidern konnte, wurden sie durch das piepende Türschloss unterbrochen und ein Berg von einem Mann schritt in den Wohnraum.

Bisher war Isaac zwar immer vorsichtig gegenüber Fremden gewesen, hatte die neuen Leute am College auf Abstand gehalten, aber plötzlich setzte bei ihm der Drang ein, schnellstmöglich zu flüchten. Wenn Henry etwas an Isaacs Verhalten oder Aussagen nicht gefiel und er wie sein Vater reagierte, würde es nicht bei einer Prellung bleiben und ...

»Hey Sunshine.« Henry beugte sich zu Jae-Sun hinunter und drückte ihm einen flüchtigen Kuss auf die Lippen. »Ich habe dich vermisst.«

Daraufhin begehrte Storm mit einem jammervollen Laut auf.

»Dich natürlich auch«, meinte Henry mit einem Grinsen und nahm seinem Partner die Katze vom Schoß, die sofort in Henrys Arme kletterte.

Isaac klammerte sich derweil an sein Glas, so fest, dass die Fingerknöchel weiß hervortraten. Verdammt, das letzte Aufeinandertreffen mit seinem Vater hatte etwas in ihm kaputt gemacht. Henry strahlte nichts Feindseliges aus, und doch schrillten alle Alarmglocken in Isaac, dass er sich in Sicherheit bringen sollte. Warum nur reagierte er so?

»Henry!« Während Isaac stocksteif auf seinem Platz verharrte, rannte Ren auf Henry zu und begrüßte ihn halb mit einem Sprung, halb mit einer Umarmung. Was Henry zu einem losgelösten Lachen verleitete, da Ren freudestrahlend an ihm hing und Storm gleichzeitig einen empörten Gesichtsausdruck an den Tag legte, weil sie definitiv nicht teilen wollte.

»Wir machen Abendessen, ja?«, wandte sich Ren kurz an Jae-Sun und Isaac. »Und ihr ... macht einfach weiter.«

Isaac rätselte derweil, wie das funktionieren sollte. Dieser Kurztrip, Rens Familie. So laut. So vertraut miteinander. Was war nur los mit ihm? Würde er genauso reagieren, wenn Rens Mom wie abgemacht zum Abendessen dazustieß? Sie hatte ihn zwar eingeschüchtert, aber bei ihr hatte er keine Angst verspürt. Lag es daran, dass es davor gewesen war? Bevor sein Vater ihn für den Versuch, er selbst zu sein, bestrafte und ...

»... besser?«, fragte Jae-Sun auf einmal.

Isaac blinzelte und bemerkte, dass der Mann ihn hinaus auf den windgeschützten Balkon manövriert hatte. Eine vermutlich grandiose Aussicht auf Manhattan spannte sich über den Horizont, doch Isaac nahm sie nicht wahr, fühlte sich nur zittrig und zerschlagen.

»Es ist nichts ...«

Jae-Sun sah ihn mit einem Blick an, der ihn sehr an Ren erinnerte, wenn er sich etwas in den Kopf gesetzt hatte.

»Wir wissen ganz grob, was mit deinem Dad passiert ist«, offenbarte er ihm. »Du bist hier sicher, Isaac.«

So viel zum guten ersten Eindruck. Isaac wünschte sich zurück in die Vergangenheit, als er mit Ren am Klavier gespielt hatte. Da war alles gut gewesen. Sogar besser als gut.

»Und du musst dich deswegen nicht schlecht fühlen.« Jae-Sun ging auf genügend Abstand, damit sich Isaac nicht bedrängt fühlte. »Was hältst du davon? Ich erzähle dir ein bisschen was über Henry und du konzentrierst dich auf meine Stimme. Oder die Aussicht.«

Isaac wunderte sich, warum sich der Mann überhaupt um ihn kümmerte. Oder war so etwas normal? Jedenfalls erzählte Jae-Sun losgelöst davon, wie Henry damals sein erster Kunde im Otaku-Store gewesen war und sich aus dem Mysterium eine Freundschaft und schließlich Liebe entwickelt hatte.

»Henrys Blutsverwandtschaft hat ihn quasi verstoßen, daher haben Ren und er sich gegenseitig adoptiert.« Jae-Sun lächelte versonnen bei der Erinnerung.

»Ren meinte nur, ihr gehört zur Familie ...«

Wenigstens konnte er noch über Ren reden, ohne dabei einen kompletten Aussetzer zu riskieren.

Jae-Sun maß Isaac für einen Moment forsch.

»Fühlst du dich deswegen von Henry bedroht?«, fragte er jedoch vorsichtig, als wollte er Isaac nicht erschrecken. »Weil er wie dein –«

»Was? Nein, ich …« Zwar wischte sich Isaac vehement über die Augen, aber er konnte nicht verhindern, dass ihm verräterische Tränen unter den Lidern brannten. Jetzt hatte er definitiv alle Punkte erfüllt, die beim ersten Treffen nicht passieren sollten.

Isaac wollte nicht vor Jae-Sun zusammenbrechen. Jahrelang hatte er sich unter Kontrolle gehabt, alles fest in seinem Innern verschlossen, aber er konnte diesen einen Gedanken, der seit Tagen lauter und lauter durch seinen Kopf dröhnte, nicht mehr verdrängen.

»Wie kann ich ein Manager werden, wenn ich Angst vor Fremden habe?«, sprudelte es mit einem Keuchen aus ihm hervor, während er zu Boden sackte.

Isaac sah eine Bewegung aus dem Augenwinkel und zuckte zusammen, als er Jae-Suns Berührung spürte. Und das, obwohl sich dieser nur neben ihn gekniet hatte und ihm die Hand auf die Schulter legte. Das war der Moment, in dem Isaacs letzte Zurückhaltung in sich zusammenbrach und er den Tränen freien Lauf ließ. Jae-Sun blieb neben ihm sitzen und strich beruhigend über seinen Rücken.

»Ich bin kein Therapeut«, begann Jae-Sun, die Stimme so sanft wie seine Versuche, Isaac zu trösten, »aber ich bin mir sehr sicher, dass du den Übergriff deines Vaters noch nicht ansatzweise verarbeitet hast. Erst nach und nach wirst du feststellen, wie sehr dies dich verändert hat.«

Isaac wollte erwidern, dass er all diese Veränderungen nicht wollte, aber die Worte kamen ihm nicht über die Lippen.

»Meine Eltern sind bei einem Unfall gestorben«, fuhr Jae-Sun fort, »und ich habe Jahre gebraucht, um mich wieder in ein Auto zu setzen. Manchmal verfalle ich immer noch in Panik und dabei ist Henry ein wirklich besonnener Fahrer … Daher kannst du nicht mit Gewissheit sagen, ob du Angst vor Fremden hast oder dein Unterbewusstsein im Ausnahmezustand ist. Nimm dir also die Zeit, zu heilen.«

Isaac wischte sich mit dem Handrücken über die tränennassen Augen. »Ich habe dafür keine Zeit. Zum Ende des Semesters muss ich entscheiden, welchen von den drei Schwerpunkten meines Bachelors ich wähle, es stand nie außer Frage, etwas anderes zu machen … und ich kann nicht von vorne beginnen, ich habe nur dieses eine Stipendium, nur diese eine Chance und …«

Ein neuer Schwall Tränen brach hervor und Isaac wandte sich einen Moment ab, während er die Nase hochzog. Doch das sanfte Streicheln auf seinem Rücken brach nicht ab.

»Möchtest du denn von vorne beginnen?«, fragte der Mann ruhig und klang so vorurteilsfrei dabei, dass in Isaac der letzte Schutzwall brach.

»Nein! Oder vielleicht? Ich weiß es nicht …«, gestand Isaac. »Mein Leben lang dachte ich, dass ich Manager werde und mich meine Arbeit irgendwann glücklich machen wird.« Er wusste nicht einmal, warum er dies Jae-Sun anvertraute, aber er wollte es. Er wollte all diese Gedanken nicht mehr mit sich herumtragen. »Ich hatte keinen anderen Traum, keine andere Vorstellung, als erfolgreich und finanziell unabhängig zu sein, weil nur so … nur das würde mir Sicherheit bieten. Aber jetzt gibt es so viele Menschen, die mir Sicherheit geben, und wenn ich mit Ren zusammen bin, bin ich glücklich und …«

»… du weißt nicht, ob der Weg, den du all die Jahre beschreiten wolltest, noch der richtige ist?«

Statt einer Antwort biss sich Isaac auf die Lippe. Wie konnte er sich bei seinem Lebenstraum nicht mehr sicher sein?

»Wie alt bist du? Also, wenn ich das fragen darf.«

»Im März gerade zwanzig geworden.«

Da. Er führte ein Gespräch. Mit einem quasi Fremden, denn

Jae-Sun kannte er eine halbe Stunde länger als Henry. Er war nicht gebrochen. Er war nicht kaputt. Er war durcheinander.

»Das klingt jetzt furchtbar alt und weise.« Jae-Sun schmunzelte. »Es gibt im Leben nicht nur einen schnurgeraden Weg. Wir können Abzweigungen nehmen, umdrehen und ein Stück zurückgehen, es endet in Sackgassen, oft genug läuft man sich auch im Kreis.«

Isaac nickte, erwiderte jedoch nichts darauf.

»Nur weil du jahrelang gesagt hast, dass du Manager sein willst, ist dies nicht in Stein gemeißelt. Du darfst dich umentscheiden, so oft du willst. Schließlich ist es nur ein Job, meist nicht unsere große Leidenschaft, sondern etwas, das uns liegt und Spaß macht. Ich hatte ein Dutzend unterschiedlicher Jobs, bis ich mich entschieden habe, mein eigenes Geschäft zu eröffnen.«

Isaac ließ die Worte auf sich wirken, während er sich dieses Mal energischer über die Augen wischte. Er hatte immer darauf zugearbeitet, etwas Festes für sich aufzubauen, und die Tatsache verdrängt, dass ein Leben aus mehreren Phasen bestand, in denen man sich neu orientierte. Bevor er Ai und die Community dahinter gefunden hatte, die seinem Leben eine neue Richtung gaben, hatte sein Vater auf einen wissenschaftlichen Master-Studiengang bestanden, Isaac hätte den gleichen Weg gehen sollen wie sein großer Bruder. Aber er hatte sich umentschieden, war stattdessen seiner Leidenschaft für Musik gefolgt.

Und wenn er feststellte, dass er nicht zum Manager geeignet war? Wenn diese Angst vor einschüchternd wirkenden Männern ihn niemals verließ? Was dann? Dann hätte er immer noch einen Abschluss von einem der weltweit renommiertesten Musik-Colleges in der Tasche. Damit würde sich irgendetwas anfangen lassen. Er konnte nicht der erste Student sein, der plötzlich alles anzweifelte und das Gefühl hatte, sich verrannt zu haben.

Vielleicht sollte er zurück in Boston zum ersten Mal von sich aus das Gespräch mit Mr. Faubrey suchen und ihm all das genauso erzählen. Nur weniger tränenreich.

Jae-Sun deutete sein Schweigen allerdings als Zögern, sodass er weiter versuchte, ihn aufzubauen. Natürlich hatte Ren Isaac erzählt, wie lieb und offenherzig dieser Mann sein sollte, aber Isaac konnte das Ausmaß davon kaum fassen.

»Kennst du noch andere Musiker, die du als Manager betreuen möchtest?«, fragte Jae-Sun.

Isaac schüttelte den Kopf.

»Dann solltest du deine Finger danach ausstrecken. Auf eurem Elite-College«, Isaac verzog das Gesicht, doch Jae-Sun schnaubte kurz belustigt, »wird es genug Talente geben, die Unterstützung brauchen. Du hast jede Menge Möglichkeiten, auszutesten, ob Musikmanagement zu dir passt. Es wäre auch eine Möglichkeit, um herauszufinden, wie du bei diesen Begegnungen reagierst.«

Zu seiner Überraschung sprach Isaac als Nächstes an, was er noch nicht einmal Ren anvertraut hatte, gerade weil es diesen direkt betraf.

»Das stimmt, aber … Als ein guter Manager muss man sich um all seine Talente gleichwertig kümmern, wie soll das klappen, wenn Ren für mich am wichtigsten ist?«

»Auch das findest du nur heraus, wenn du es ausprobierst. Ich denke, ein zweiter Schützling würde sich bemerkbar machen, wenn du ihn vernachlässigst.«

Mühsam rappelte sich Isaac auf und hielt Jae-Sun eine Hand hin, um ihm hochzuhelfen. Er richtete den Blick auf den Horizont und offenbarte den Rest seiner Sorgen. »Als Manager werde ich außerdem ständig unterwegs sein und unmögliche Arbeitszeiten haben. Bisher hat mich das nicht gestört, weil es nie jemanden gab, mit dem ich mein Leben teilen wollte. Bisher habe ich nie geglaubt, dass ich jemanden so sehr lieben kann. Ich weiß, dass ich die Entscheidungen über meine Zukunft nicht von Ren abhängig machen sollte, aber … Ren wird Musik machen, auf die eine oder andere Weise, hier oder vielleicht in Japan. Wie soll das funktionieren?«

»Ich denke, du solltest mit Ren darüber …«

Vermutlich wollte Jae-Sun zu einem Gespräch raten, wurde jedoch von Ren unterbrochen, der plötzlich auf dem Balkon erschien. »Wer sagt, dass ich auswandere?« Er runzelte irritiert die Stirn. »Zurück auswandere? Wie auch immer.«

Jae-Sun machte einen Schritt nach hinten, als sich Ren zu Isaac an die Brüstung drängte.

»Ryoko meinte, dass du …«

Ren seufzte geradezu entnervt, bevor er erwiderte: »Warum sollte ich nach Japan wollen, wenn alle Menschen, die mir wichtig sind, an der Ostküste der USA leben?«

Darauf fiel Isaac keine Antwort ein, darum blieb er lieber stumm. Im Hintergrund zeigte Jae-Sun ihm einen Daumen hoch und verschwand dann wieder ins Innere.

»Außerdem war ich der Erste, der dich engagiert hat.« Ren zog den Ärmel seines Hoodies über sein Handgelenk und wischte damit sanft über Isaacs tränennasse Wangen. »Ich hab' Vorzugsrechte.«

»Das ist nicht wie beim *priority boarding* am Flughafen.«

»Sollte es vielleicht sein«, konterte Ren und verzog den Mund zu einem Schmollen. »Ich hab' dich nicht ohne Grund als meinen Manager ausgesucht, Isaac.«

»Interim-Manager.«

Ren zog die Brauen zusammen, als würde ihn das Wort verärgern. »Bis zu deinem Abschluss lasse ich den Zusatz gelten. Bis dahin wirst du auch erkannt haben, wie gut du darin bist. Hab' ein bisschen mehr Vertrauen in deine Stärken.«

Wie kann er sich seiner Sache nur so sicher sein?, rätselte Isaac in Gedanken, während er Ren laut zustimmte. Schließlich hatte sein Freund ihn mit seinen eigenen Worten geschlagen: Wenn Ren mehr Vertrauen in sein Können hätte, würde er ein Star werden. Isaac hätte nie gedacht, dass dieser Rat auch für ihn gelten könnte.

»Komm«, forderte Ren ihn auf und hielt ihm die Hand hin.

Kaum dass sie ihre Finger miteinander verschränkt hatten, führte Ren ihn zurück ins Innere und direkt in die offene Wohnküche. Jae-Sun trug gerade einen Stapel Teller zum gläsernen Esstisch, aber Ren hielt auf Henry zu.

Isaac wollte sich aus Rens Griff lösen, doch sein Freund drückte sanft zu, als wollte er ihm versichern, dass alles in Ordnung war.

»Henryyy«, jammerte Ren und klang dabei wirklich wehleidig. »Ich verhungere und Isaac bestimmt auch.«

»Wir sind gleich so weit. Deine Mom hat auch schon Feierabend und geschrieben, dass sie in der Bahn ist«, meinte Henry, sah kurz auf und schenkte ihnen ein liebevolles Lächeln. »Es gibt Lachs und …« Henry unterbrach sich, als Snow wie auf Kommando auf den Arbeitstresen sprang und laut miaute.

»Wir machen das«, meinte Ren. Zu seiner Verwunderung drückte er Isaac einen von zwei beiseitegestellten Tellern mit einer kleinen Portion frischem Lachs in die Hände und deutete auf die schneeweiße Katze. »Du übernimmst Snow und ich Storm.«

Während Henry neben ihm konzentriert Salat in einer großen Schüssel anrichtete und Snow ihren Snack verschlang, nahm Isaac den Mann in Augenschein, der nun weder bedrohlich noch einschüchternd auf ihn wirkte. Er wusste nicht, was sich geändert hatte, aber sein Herz klopfte jetzt vor Nervosität ein kleines bisschen schneller, nicht mehr vor Angst.

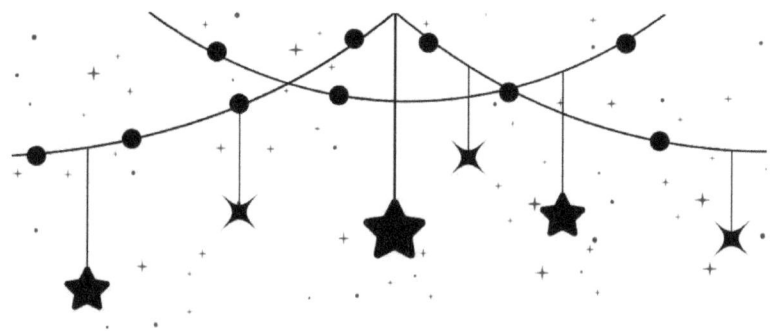

KAPITEL 29

Je länger Isaac auf dem Sofa in der Wohnung der Tachibanas saß, desto froher war er, dass er niemals Anwalt hatte werden wollen.

Er hatte sich bewusst zwischen Ryoko und Ren gesetzt und sich somit in die Mitte des eisigen Schweigens und der wütenden Blicke begeben. Ren saß zu seiner Rechten, während Ryoko links in einem Sessel thronte, angespannt und angriffslustig.

Am liebsten würde er beide Zwillinge schütteln, bis sie sich nicht mehr anstarrten, als hätte der jeweils andere etwas Furchtbares getan, und gleichzeitig schmollten, weil sich jeder im Recht fühlte.

»Ich will nicht, dass du den Vertrag allein unterschreibst.«

Mit dieser Ansage war Ren mit der Tür ins Haus gefallen, als sie vor einer guten halben Stunde in der Wohnung der Tachibanas aufgetaucht waren. Ren kannte den Arbeitsplan seiner Schwester genauso auswendig wie Ryoko seinen Kursplan, also war er sich sicher gewesen, seine Schwester anzutreffen.

Und jetzt? Jetzt saßen sie im Wohnzimmer und schwiegen.

Isaac traute sich nicht einmal, sich zu bewegen. Nicht, dass er den Startschuss für den Streit gab, der sich zusammenbraute.

Ryoko hatte die Arme verschränkt, die Beine übereinandergeschlagen, in einer so abwehrenden Haltung, dass sie einer uneinnehmbaren Festung glich. Es war ein Machtspielchen, dessen war sich Isaac bewusst, hoffentlich fiel Ren nicht darauf herein. Denn er wurde mit jeder Minute nervöser, während sich Isaac nichts anmerken ließ. Zumindest äußerlich.

Innerlich wappnete er sich dafür, dass heute der Tag war, an dem seine Lieblingsmusiker auseinanderbrachen und sich Ai vor seinen Augen auflöste. Doch er durfte nicht als Fan agieren und den beiden an den Kopf werfen, dass sie sehr viele Leute sehr unglücklich machten, wenn sie auseinandergingen. Denn das war Fakt. Nicht nur, dass ihnen allen etwas fehlen würde, auch der Discord-Server würde zerbrechen.

Weil es hier um die musikalische Zukunft der Zwillinge ging, würde Isaac diesen Punkt nicht aussprechen, aber davor fürchtete er sich am meisten. Die Menschen, die er seit fünf Jahren zu seinen Online-Freunden zählte, zu verlieren, weil die Arbeit für den Server und der Austausch über Ai sie nicht mehr zusammenschweißte.

»Ich will nicht, dass nur du beim Label unterschreibst«, wiederholte Ren seine Begrüßung und läutete damit den Beginn der Auseinandersetzung ein. »Nicht du allein bist Ai, wir sind Ai. Zusammen.«

Ryoko schoss mit den großen Kanonen zurück. »Gönnst du mir den Vertrag etwa nicht?«

»Doch natürlich, du bist meine Schwester, wie könnte ich das nicht?« Isaac sah, wie Ren einknicken wollte, aber mit einem tiefen Atemzug seine aufrechte Haltung bewahrte und wie besprochen weiter ausführte. »Ich will nicht, dass du allein über Ai entscheidest. Dass irgendwelche Leute kommen und meine Texte und meine Songs nehmen und daraus etwas anderes machen.« Ren verzog das Gesicht. »Oder dir ein neues Image verpassen, sodass nur der Name übrigbleibt.«

»Was Ren damit meint, ist, dass er Mitspracherecht möchte, weil Ai auch sein geistiges Eigentum ist. Wenn ihr den Vertrag unterzeichnet, dann zusammen«, verdeutlichte Isaac. »Und ich möchte persönlich anfügen, dass Ren es mehr als verdient hat, benannt zu werden.«

»Was? Nein, das muss nicht ... Ich ...«, stammelte Ren, sodass Isaac nach seiner Hand griff. Ren drückte sanft zu, löste sich jedoch gleich wieder von ihm.

Wenn überhaupt möglich schaute Ryoko noch ein bisschen finsterer.

»Ihr teilt euch die Arbeit, die hinter Ai steckt, ihr teilt euch den Gewinn. Also solltet ihr euch auch offiziell den Namen teilen«, bestimmte Isaac und klang dabei harscher als beabsichtigt.

»Einen Großteil davon haben wir genutzt, um den Kredit abzuzahlen, den Mom wegen deiner Krankenhausrechnungen aufnehmen musste, und für die Gebühren deiner Elite-Uni«, zischte Ryoko angriffslustig. »Sag also nicht, dass du nichts davon gehabt hast, Brüderchen.«

»Das ist gemein«, erwiderte Ren gequält, »ich habe mir nicht ausgesucht, Krebs zu bekommen. Ich habe niemals verlangt, mit dem Gewinn meine Gesundheitskosten zu begleichen.«

»Und doch hat es dir viel ermöglicht.«

»Aber darum geht es do-«

»Ai ist dir seit dem Studium zu viel geworden, das habe ich durchaus bemerkt. Also gib mir den Namen und mach, was auch immer du da in Boston machst.«

Ren zuckte zusammen, als hätte Ryoko ihm eine Ohrfeige verpasst.

»Das war unnötig«, ging Isaac dazwischen. »Ren hat im letzten Quartal zwei Songs mit dir produziert, das waren genauso viele wie zuvor.«

Ryoko spießte ihn mit einem eisigen Blick auf, doch Isaac wich nicht zurück. »Was mischst du dich überhaupt ein? Das geht dich nichts an.«

»Solange du ungerechte Argumente anbringst, muss ich den Schiedsrichter spielen«, beharrte Isaac. »Zurück zum Thema: Ihr solltet beide dafür die Credits bekommen. Ich frage mich eh, warum das nicht längst passiert ist.«

Isaac warf einen Seitenblick zu Ren, der weiterhin mit sich rang. Vermutlich überlegte er, ob er Ai vernachlässigt hatte. Den Gedanken würde Isaac ihm später austreiben. Denn das hatte er nicht. Und wenn, dann war es Isaacs Schuld, nicht Rens. Sollte Ryoko ihn deswegen verbal attackieren, er war vorbereitet.

»Ren ist nicht beteiligt«, Ryoko holte tief Luft, »weil mein kleiner Bru-«

»Dein Bruder. Hör auf, ihn kleinzumachen«, unterbrach Isaac sie. Er wusste zu genau, was diese Herabstufungen in einem anrichteten. Was sie bei ihm alles kaputtgemacht hatten.

Ryokos Gesichtsausdruck verfinsterte sich noch mehr. »Du bist echt die Pest.«

»Danke für das Kompliment.« Isaac ließ sich nicht beirren, warf jedoch einen kurzen Seitenblick zu Ren, der sich wieder gefangen hatte. »Jedes Mal, wenn du seine Meinung wissentlich untergräbst, halte ich dagegen.« Er blieb emotionslos, denn das war seine Aufgabe. Einen kühlen Kopf zu bewahren und auf die richtigen Stichworte zu reagieren. »Und alles, was du gleich anbringen willst, stimmt nicht«, setzte er zum Gegenschlag an, »er ist nicht schwach, er ist nicht krank, er kann sehr wohl damit umgehen, solange wir zusammen aufpassen, dass es nicht zu viel für ihn wird.«

»Woher willst du wissen, was er kann?«

»Woher willst du wissen, was er alles nicht kann, wenn er es nicht versucht?«

Das war der Moment, in dem sich Ren räusperte, um wieder ins Gespräch einzusteigen. »Ich will mich nicht mehr wie ein Geheimnis fühlen. Wir sind doch ein Team, die Tachibana-Zwillinge gibt es nur im Doppelpack. Oder stimmt das nicht mehr?«

Vielleicht war es dieser Satz, den Ryoko schon als Kinder etabliert hatte, um für Ren die Starke zu sein. Vielleicht war es die Tatsache, dass Ren viel selbstbewusster als vor ein paar Wochen wirkte. Eine Weichheit schlich sich in Ryokos Blick, die sie jedoch mit einem Kopfschütteln wieder vertrieb.

»Was macht das für einen Unterschied, wenn dein Name genannt wird? Was macht es für einen Unterschied, ob ich allein unterschreibe oder wir es beide tun?«

»Ich will sagen können, dass es meine Arbeit ist, es sich um meine Arrangements, meine Texte handelt.« Ren holte tief Luft, wie um sich zu sammeln. »Stell dir vor, dass du vier Seasons lang die Rolle einer beliebten Figur sprichst, aber niemand weiß, dass du hinter der Stimme steckst. Und dies auch nie jemand herausfinden wird. Wie würdest du dich fühlen?«

Ryoko überlegte einen Moment. »Ziemlich scheiße und vermutlich wäre ich ziemlich wütend.«

»Und jetzt stell dir vor, dein Aufnahmeleiter erklärt dir aus dem Nichts, dass sie das Studio wechseln und alle übernommen werden, aber du nicht.«

Das lässt sich nicht von der Hand weisen, dachte Isaac noch, während Ryoko ausspie: »Hat er dir das eingeredet?!« So viel dazu, dass vernünftige Argumente ihre Meinung ändern würden. In ihrem Zorn stürzte sie sich nun auf Isaac, obwohl er sich bisher nicht groß an der Unterhaltung beteiligt hatte. Es musste noch einen weiteren Grund geben, warum sie derart um sich schlug. Nur welchen?

»Ist er deswegen hier?«, zischte Ryoko weiter und spießte Isaac mit einem bedrohlichen Blick auf. »Vertraust du ihm mehr als mir?«

Ren stieß einen Seufzer aus, murmelte ein paar japanische Worte, bevor er auf Englisch fortfuhr. »Ich mag ihn, okay? Und ja, ich vertraue auf seine Meinung. Bist du jetzt zufrieden?«

Ryoko ließ Isaac jedoch nicht aus den Augen.

»Du gehst alles andere als neutral mit Ren um«, meinte er und gebot sich zur Ruhe. Die Zwillinge waren schon hitzig genug. »Denn du siehst ihn nicht als deinen Produzenten und Texter, sondern *bloß* als deinen Bruder, den du vor allem beschützen musst. Daher helfe ich Ren, sich durchzusetzen.«

»Als sein Manager?«

»Mir persönlich wäre das *Boyfriend*-Label lieber, aber in diesem Fall auch als sein Manager, ja.« Dass Ren bei seinen Worten knallrot anlief, entschädigte zumindest das Warten auf eine Antwort auf Isaacs Liebesgeständnis.

Und auch wenn Isaac selbst in dieser Situation eine Reaktion hervorkitzeln wollte, musste er noch länger warten. Denn die Zwillinge lieferten sich ohne Vorwarnung eine raketenschnelle Diskussion auf Japanisch, sodass Isaac im Stillen entschied, die Sprache zu lernen. Sie meinten es nicht böse, aber sie sollten nicht über ihn hinwegreden. *Was sind die japanischen Wörter für ,Liebe' oder ,lieben'?*, überlegte Isaac. *,Ai', soweit klar, und ,aishite-irgendwas' und ,daisuki'.* Nichts davon verließ leider Rens Lippen.

»Auf Englisch, bitte?«, meinte Isaac mit einem Seufzen.

Ryoko verschränkte die Arme vor der Brust, während Ren zusammenfasste: »Sie wollte wissen, ob ich wirklich für dich gesungen habe, woraufhin ich meinte, dass ich zwei Songs für dich geschrieben habe, und nun ist sie wütender als zuvor.«

»Zwei, ich dachte ...«

»Na ja ...« Rens Wangen färbten sich rosa. »Der zweite ist noch nicht fertig, da habe ich erst die Melodie und ein paar Textfetzen. Du weißt schon, die Melodie, die ich dir am Klavier vorgespielt habe und ...«

Oh, diese eine Melodie, dämmerte es Isaac und er spürte, wie ihm vor Verlegenheit heiß wurde. Hoffentlich sah man ihm das nicht an.

»Ich«, zischte es bedrohlich von links, »bin auch noch da.«

In einem Reflex, den sich Ren schon lange antrainiert haben musste, wich er dem Sofakissen aus, das in seine Richtung flog. Ryoko umfasste gleich das nächste Kissen, attackierte Isaac jedoch nicht.

Zu spät bemerkte Isaac, dass sich Ren und er in eine Blase aus Selbstvergessenheit geflüchtet hatten. Sobald er seine volle Konzentration auf Ren richtete, blendete er immer öfter alles andere aus. Und Ren schien es nicht anders zu ergehen.

Ryoko bedachte sie mit einem Blick, der tödlich enden würde, könnte sie aus ihren Augen Laserstrahlen schießen. »Warum schreibst du für ihn Songs?«, forderte sie zu wissen.

Ren machte eine abwehrende Handbewegung. »Warum nicht? Ich habe auch Songs für Mom geschrieben und welche, die von Tori inspiriert wurden, und von all den Leuten, die ich bei den Therapien getroffen habe. Ich habe *dir* die letzten fünf Jahre unzählige Lieder geschrieben.« Er zeigte diese Seite selten, aber plötzlich erwiderte Ren regelrecht gehässig: »Hat dir das nicht gereicht? Bist du etwa eifersüchtig, weil ich für Isaac einen Song geschrieben *und* gesungen habe?«

Statt einer hitzigen Erwiderung biss sich Ryoko auf die Lippe und schwieg.

Und Isaac verstand endlich. Ryoko – aus welchen Gründen auch immer – war eifersüchtig. Dieser Umstand machte seinen bisherigen Plan zwar zunichte, aber Isaac hatte spontan eine Idee, wie er zu Ryoko durchdringen konnte.

»Ren, lass uns kurz allein, ja?«

»Aber ...«

»Bitte«, wiederholte Isaac eisern und fügte an: »Und nicht lauschen.«

»Glaubst du, das ändert was?«, zischte Ryoko noch kämpferischer als zuvor.

Isaac wartete mit seiner Antwort, bis Ren den Raum verlassen hatte. Die Tür fiel hinter ihm leise ins Schloss und Isaac schaltete in den Konfrontationsmodus. »Du willst Ren nicht Ai wegnehmen.«

Dass Ryoko ihn dafür nicht verbal attackierte oder mit Kissen bewarf, deutete Isaac als Zeichen, dass er auf der richtigen Spur war. »Unser Gespräch, damals im Café, als du meintest, wie schnell man in einen Kreislauf gerät, bei dem es sich nur noch um Rens chronische Krankheit dreht, das war keine Warnung.« Isaac maß sie mit einem langen Blick. »Du hast um Hilfe gebeten. Vielleicht ist es dir damals nicht einmal bewusst gewesen.«

»Warum sollte ich von dir Hilfe wollen?«, erwiderte sie so bissig, dass Isaac ihr den Ton nicht abkaufte. Je mehr er sie in Richtung Wahrheit drängte, desto heftiger ging sie ihn an.

»Weil du so tief in diesem Kreislauf gefangen bist, dass du dich nicht daraus lösen kannst. Oder auch nicht willst, dir scheint es ja zu gefallen, darin gefangen zu sein. Aber das belastet sowohl dich als auch die Beziehung zu deinem Bruder.«

Plötzlich schien alle Kampfeslust aus Ryoko zu weichen, wie die Luft aus einem Ballon, und sie wirkte nicht mehr wie die selbstsichere Frau, die Isaac kennengelernt hatte. Sondern klein und verletzlich.

»Ich habe Ren gedroht, ihm das wegzunehmen, was ihm immer am wichtigsten war, damit er erkennt, wie wenig Zeit er für mich hatte, wie sehr er mich an den Rand gedrängt hat. Stattdessen ist er wütend geworden und zu dir geflüchtet.« Tadelnd wies sie mit den Fingern in seine Richtung. »Ai ist ihm mittlerweile egal, er hat sich nicht einmal gefreut, als ich —«

»Genau, als *du*«, ging Isaac dazwischen, »einen Vertrag angeboten bekommen hast, nicht ihr beide, sondern nur du. Du hast ihm seine Angst, dass er im Vergleich mit dir nicht gut genug ist, direkt vor Augen geführt. Natürlich war er da wütend. Aber er weiß auch, dass Wut eine Attacke auslösen kann, also ist er abgehauen, um runterzukommen.«

»Oh, das … das habe ich so nicht bedacht«, kam es leise von Ryoko und Isaac hoffte, dass er endlich zu ihr durchgedrungen war. Aber dann straffte sie sich erneut und fuhr die Schutzmauern wieder hoch. »Okay, ich habe ihm das Angebot falsch vermittelt, aber er hat auch Fehler gemacht.« Ihr Schmollen verwandelte sich rasch wieder in Ärger. »Er hat sich tagelang nicht gemeldet, weil du wichtiger warst, und jetzt tauchst du mit ihm hier auf. Was soll ich denn denken, als dass er mich nicht mehr braucht?!«

Isaac hatte, wenn er ehrlich zu sich war, keine Ahnung, wie er darauf reagieren sollte. »Und du weißt nicht, wie du damit umgehen sollst? Weil Ren immer an erster Stelle für dich steht?«

»An erster, zweiter und dritter, ich war krank vor Sorge, weil er mich weggestoßen hat.« Tränen quollen in Ryokos Augen über und liefen in dicken Rinnsalen über ihre Wangen. »Auf einmal hat er jemand anderen, dem er alles anvertraut, er singt für dich und geht einen Weg, von dem er mir weder etwas erzählt noch darf ich daran teilhaben.«

»Aber Ryoko, du hast Schauspiel studiert, einen Netflix-Vertrag in der Tasche und lebst deinen Traum, eine Synchronsprecherin zu sein – und das alles ohne Ren«, warf Isaac ein. »Meinst du nicht, dass du deinem Bruder gegenüber unfair bist?«

Und auch ihm gegenüber unfair, denn er hatte sich nicht mit Absicht zwischen die Zwillinge gedrängt. Jedoch vermutete Isaac, dass es ihr ähnlich erging wie ihm all die Jahre zuvor. Sie hatte niemanden, mit dem sie offen und ehrlich reden konnte, und deswegen alles in sich hineingefressen. Bis zu dem Moment, wo sich die Worte nicht mehr aufhalten ließen.

Ryoko wischte sich vehement über die Wangen, aber die Tränen hörten nicht auf. »Was, wenn er all diese Dinge macht, ohne dass wir uns regelmäßig sehen, und dann der Krebs zurückkommt? Was, wenn er ...« Ein Schluchzer mischte sich unter die Krokodilstränen. »Was, wenn er wieder ins Krankenhaus eingeliefert wird und ich nicht in der Nähe bin?«

»Du bist wirklich auf Rens neue Selbstständigkeit eifersüchtig«, hakte Isaac verwundert nach, »auf das Berklee ... und mich?«

»Was gibt es daran nicht zu verstehen?«, zischte Ryoko. »Ich hab’ nur Ren!«

»Willst du ihm Ai überhaupt wegnehmen?«, fragte Isaac, nun zunehmend verwirrt.

»Natürlich nicht!«, stieß Ryoko hervor. »Ich will meinen

Bruder zurück!«

»Dann sag ihm das doch einfach?«

»Bei allen Göttern, wieso bist du so ... so?!«

»Hab' Nachsicht mit Isaac, seine Familie besteht aus Arschlöchern.« Ren erschien im Türrahmen und eilte mit großen Schritten auf sie zu.

»Du hast gelauscht«, meinte Isaac säuerlich.

»Natürlich.« Ren zuckte mit den Schultern. »Was dachtest du denn?«

Das entlockte Ryoko ein Schmunzeln und Isaac gab vollends auf, die Geschwisterdynamik verstehen zu wollen.

Kaum dass Ren auf dem Sofa Platz genommen hatte, zog er seine Schwester in eine feste Umarmung. Ein erneutes Schluchzen schüttelte Ryoko durch, sodass Ren ihr über den Rücken strich. Die Geste erinnerte Isaac unangenehm daran, wie Jae-Sun ihn gestern getröstet hatte, aber er ließ sich äußerlich nichts anmerken.

»Mir passiert schon nichts, wenn du mich für eine Weile aus den Augen lässt.«

»Woher willst du das wissen?«, kam die gemurmelte Antwort.

Ren seufzte. »Lass uns eins endlich klarstellen. Du bist meine Schwester, dein Job ist es nicht, dich um mich zu kümmern.«

»Aber ...«

»Ah!«, mahnte Ren.

»Aber was wenn ...«, erklang es gedämpft, weil sie ihr Gesicht immer noch an Rens Schulter vergraben hatte.

»Nein, das will ich nicht hören«, meinte Ren. »Ich weiß, dass du dir immer Sorgen machen wirst, aber du musst mir auch vertrauen, dass ich das hinkriege.«

»Und dass er sich Hilfe sucht, wenn er Hilfe braucht«, fügte Isaac von der Seitenlinie aus an. »Du musst nicht so böse schauen, Ryoko.«

»Kannst du nicht endlich verschwinden?«, murrte sie und

spießte Isaac wieder mit einem eisigen Blick auf.

»Nein.«

»Warum bist du überhaupt auf seiner Seite? Du warst auch in der Notaufnahme.«

»Ja, und ich habe auch die Male miterlebt, in denen er einen Anfall eisern abgewandt hat.« Ren hatte die halbe Nacht Boston nach ihm abgesucht und die Ausnahmesituation unbeschadet überstanden. »Warum ich also auf seiner Seite bin? Weil er die schlüssigeren Argumente hat und in dieser Situation im Recht ist.«

»Und wenn er das nicht wäre?«

»Wäre ich auf deiner Seite«, meinte Isaac prompt, was zumindest Ren ein Lachen entlockte.

»Wenigstens einer von uns denkt immer rational«, scherzte Ren und strich seiner Schwester über den Kopf. Zum ersten Mal wirkte es so, als würde sie sich an Ren anlehnen wollen, anstatt sich schützend vor ihn zu stellen.

Isaac dämmerte jedoch, dass der Feldzug, den er vorbereitet hatte, um Ren und Ryoko zu gleichwertigen Partnern zu machen, sodass sie beide über Ai bestimmen konnten, völlig umsonst gewesen war. Er sollte nicht immer vom Schlimmsten ausgehen, nur Lügner, Betrüger und schlechte Menschen hinter jeder Ecke vermuten.

»Entschuldigung«, meinte Isaac deshalb und zwei Paar identisch honigbrauner Augen musterten ihn verwundert. »Ich dachte wirklich, Ryoko denkt nur an sich und —«

»Du meinst, dass sie genauso ist wie dein Erzeuger?«

Isaac nickte kleinlaut. Doch Ryoko hob bei dem letzten Wort den Kopf und ihr Blick richtete sich auf die grüngelben Verfärbungen des verblassenden Blutergusses.

»Halb so wild, du kennst es nicht anders«, wiegelte Ren ab.

»Es tut mir wirklich leid.«

»Es ist auch mein Fehler, okay?«, lenkte Ren ein. »Ich wollte glauben, dass Ryoko mir Ai wegnimmt, weil ich immer der Verlierer war, egal, wie sehr ich mich angestrengt habe.«

»Verlierer? Du?«, echote Ryoko, schlug auf einmal mit voller Kraft gegen Rens Schulter und setzte zu einer erneuten Schimpftirade auf Japanisch an. Zu Isaacs Verwirrung lachte Ren über diesen Ausbruch und drückte seine Schwester an sich.

»Isaac gehört jetzt mit dazu«, meinte Ren, während er weiterhin Ryoko im Arm wiegte. »Du hättest das miterleben sollen, er ist drauf und dran gewesen, *Sony Music Entertainment* zu verklagen, hättest du bei denen unterschrieben.«

Daraufhin starrte Ryoko ihn aus roten, verquollenen Augen an. »Bist du vollkommen übergeschnappt?«

Isaac ließ sich zu einem zerknirschten Grinsen hinreißen. »Ich hatte einen Plan und ich kann dir versichern, dass ich für Ren gewonnen hätte.«

»Verdammt, du meinst das wirklich ernst.« Ryoko löste sich von ihrem Bruder, überwand den Abstand zu Isaac und zog ihn in eine Umarmung, die sich überraschend aufrichtig und gut anfühlte. »Meinetwegen darfst du bleiben.«

»Wie großzügig von dir.« Isaac legte zögerlich seine Hände auf Ryokos Rücken ab, er war immer noch nicht gut darin. »Ich könnte fast glauben, dass du nett zu mir bist.«

»Vergiss es.« Ryoko wischte sich über die Mascara verschmierten Augen. »Zehn Prozent.«

»Wie bitte?«, hakte Isaac nach. Ren schien gleichermaßen verwirrt.

»Du bist hiermit als Manager engagiert«, bestimmte Ryoko aus heiterem Himmel. »Zehn Prozent von allen Gigs, die du Ren als Solokünstler verschaffst.«

»Wieso sollte ich das wo-«

»Fünf Prozent, wenn du mit bei Ai einsteigst.«

Isaac runzelte die Stirn. »Willst du mich gerade kaufen?«

»Nein, sieh es als Entschädigung für all den Stress, der auf dich zukommt, weil mein Bruder pures Chaos ist.«

»Hey«, protestierte Ren, allerdings eher lahm, da er anscheinend genau wusste, was Ryoko andeutete.

Isaac traute dem Angebot noch immer nicht. »Das wird mich nicht daran hindern, dass ich mit deinem Bruder zusammen bin.«

»Deine Entscheidung, wenn du Beziehung und Beruf vermischen willst«, hielt Ryoko ungerührt dagegen und starrte Isaac so konzentriert nieder, als wäre der wahre Verlierer derjenige, der zuerst blinzelte. »Okay, fünfzehn Prozent bei Ai und du regelst das Geschäftliche mit Ren allein.«

Isaac hielt jedoch genauso unerbittlich dagegen. Sie wollte ein Duell, bitte, dann würden sie das jetzt ausfechten. »Falls ich Ai und Ren vertrete, werde ich dir keine Gesundheitsupdates schicken.«

»Das brauchst du nicht, aber wenn ich einen Anruf aus der Notaufnahme kriege, nutze ich meine Kontrakte zur Mafia und …«

Sie kam nicht dazu, ihre Drohung zu beenden, da Ren sie an der Hand ergriff und zu sich umdrehte. »Können wir bitte über das wirklich Wichtige reden? Ein Label ist an uns interessiert?«

Die beiden sahen nicht, wie Isaac mit den Augen rollte, da Ren das Einstellen eines Managers nicht als wichtig betrachtete. Vielleicht war das von Anfang an sein Plan gewesen, dass Isaac ihn nicht nur solo, sondern auch Ai vertreten sollte.

»Das war nicht nur ein Trick?«, setzte Isaac nach, weil er die Möglichkeit nicht ausschließen wollte.

»Natürlich ist die Anfrage echt«, erwiderte Ryoko entrüstet. »Bei so was lügt man doch nicht!«

Ren stieß einen erleichterten Seufzer aus. »Ich hätte mich echt gewundert, wenn du so was als Vorwand nutzt, um Aufmerksamkeit zu bekommen.«

»Also wirklich, Brüd… oh halt, warte … *onii-chan*.« Wie aus dem Nichts zauberte Ryoko eine quirlige, süße Betonung hervor und klang dabei wie Ai. Als hätte man einen Schalter umgelegt, strahlte Ryoko auf einmal genauso breit wie Ren. »Wurde aber auch Zeit, oder? Ich meine, die letzten Releases

haben jeweils in kürzester Zeit die fünf Millionen Views ge-
knackt – und die melden sich erst jetzt?«

Isaac nahm derweil auf dem gegenüberliegenden Sessel
Platz, atmete tief durch und ließ die kühle Maske fallen, die er
für das Gespräch aufgesetzt hatte. Mit einem Lächeln lauschte
er den Zwillingen und freute sich auf die Songs, die Aktionen
und die Freude der Fans, die in den kommenden Jahren auf
sie warten würden.

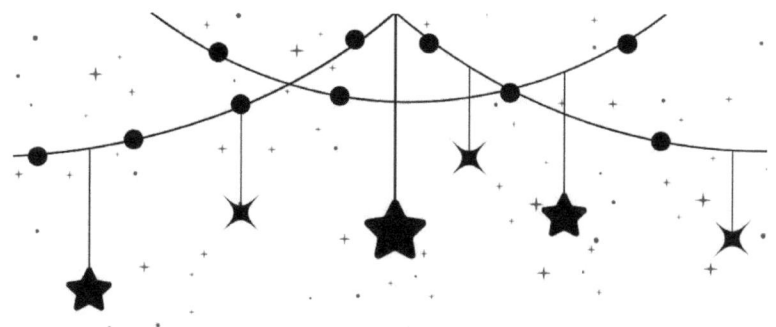

KAPITEL 30

Obwohl sich die Fronten geklärt hatten, blieb Ren mit Isaac den Rest des Kurztrips im Gästezimmer von Henry und Jae-Sun untergebracht. Ren machte seiner Schwester keine Vorwürfe, wie sie sich verhalten hatte, aber der Abstand würde ihnen beiden guttun. Ansonsten würde sich Ryoko endlos entschuldigen und Ren sich schlecht fühlen, weil er ihr das Schlimmste zugetraut hatte.

Sie hatten alles besprochen und würden von jetzt an besser miteinander umgehen. Wie genau sie dies umsetzten, blieb eine Frage für die Zukunft. Aber sie würden eine Antwort finden. Gemeinsam. Zu dritt.

Außerdem würde Ren einen Riegel vor die Kontrollanrufe setzen, so, wie er es schon in den letzten Wochen gehalten hatte. Als er Ryoko aus Zeitmangel und kleinlichen Gründen ignoriert hatte, war er auch nicht unter dem Druck des Colleges zusammengebrochen. Außerdem sollte sich Ryoko nicht bei ihm melden, um seinen Gesundheitszustand zu checken, sondern einfach so. So wie früher, vor seiner Krebserkrankung.

Ein Klingeln an der Haustür riss Ren aus seinen Gedanken und er schreckte vom Küchentresen hoch, an dem er an seinem Tee nippend in die Ferne gestarrt hatte. Wer konnte das sein? Jae-Sun, Henry und Isaac, die aufgebrochen waren, um Frühstück zu holen, würden nicht klingeln.

Kurz huschte die Erinnerung an die Begegnung mit Isaacs Erzeuger durch seine Gedanken, aber Oren Taylor durfte sich zum einen Isaac nicht mehr nähern und zum anderen hätte er niemals diesen Ort finden können.

Als Ren öffnete, entdeckte er Ryoko auf der Schwelle. Die Hände in der Tasche ihres Hoodies vergraben und mit den Zähnen ihre Unterlippe malträtierend, was sie nur tat, wenn sie wirklich unsicher war.

»Hey.«

Ren starrte sie wie eine Erscheinung an. »Sorry, mit dir habe ich nicht gerechnet.«

»Soll ich wieder gehen?«

»Nein, komm rein«, meinte er. »Wie ich Jae-Sun kenne, holt er Frühstück für eine Armee. Sie müssten jeden Moment zurück sein ... Außer Isaac hat irgendwas kulturell oder historisch Interessantes gefunden und quetscht die beiden dazu aus.« Zwei originale Großstadtpflanzen aus Queens und ein Tourist – kein Wunder, dass sie noch unterwegs waren.

Mit hängenden Schultern schlurfte Ryoko ins Innere und Ren schloss hinter ihr die Tür.

»Ich dachte, wenn du schon in Reichweite bist, kann ich ein bisschen Zeit mit dir verbringen, ohne dass wir ...« Sie brach ab. »Sorry, ich ...«, begann sie, fand aber nicht die richtigen Worte.

Ren wartete geduldig, er kannte sie gut genug, um sie nicht zu drängen.

Ryoko atmete tief ein, straffte sich und blickte Ren direkt in die Augen, als sie meinte: »Es tut mir leid, dass ich dir vorgeworfen habe, dass die Krebsbehandlung unsere Gewinne aufgefressen hätte! Ich habe es bereits bereut, kaum dass ich es ausgesprochen hatte. Aber ich war so wütend und dich mit Isaac zu sehen, tat so weh und ...«

Ryoko biss sich auf die Lippe und wirkte so zerknirscht,

wie Ren sie schon lange nicht mehr gesehen hatte.

»Entschuldigung angenommen«, erwiderte er schlicht. »Ich weiß, dass du das nur im Zorn gesagt hast und nicht, weil du es wirklich meintest. Und mir tut es auch leid, dass ich dich ignoriert habe, aber ...«

»... du bist verliebt, schon klar.«

Anscheinend ist es für sie offensichtlich, dachte Ren.

Da Ryoko genauso oft in der Wohnung ein und aus ging wie Ren, machte sie sich auf den Weg in die offene Küche und wurde von Snow begrüßt, die Streicheleinheiten einforderte. Storm, der in einem Flecken Sonne in der Nähe döste, hob kurz den Kopf, empfand den Besuch jedoch als uninteressant.

»Wir sehen uns spätestens Ende Juni wieder«, meinte Ren und stellte seiner Schwester ebenfalls eine Tasse Tee hin. »Sobald ich weiß, wie meine Schichten bei meinem Sommerpraktikum bei *JAM'N 94.5* sind, wollte ich noch mal nach Hause kommen.«

Bei all dem Chaos in den letzten Wochen hatte Ren beinahe vergessen, dass er demnächst einem Radio-DJ über die Schulter schauen durfte, während Isaac eine bezahlte Praktikumsstelle bei *Big Day Talent*, einer kleinen Musikagentur, ergattert hatte.

»Das heißt, du bist an unserem Geburtstag nicht in New York?«, fragte Ryoko ihn mit weit aufgerissenen Augen.

Ren zuckte mit den Schultern, sie hatten so viele gemeinsam gefeiert, was machte es da, einen getrennt zu verbringen? »Ich dachte, du hast schon was vor.«

Doch Ryoko sah ihn so verloren an, als hätte sie damit gerechnet, den Tag mit ihm zu verbringen. Vermutlich war sie ähnlich isoliert wie er zu Beginn des Jahres. Zwischen Studioaufnahmen, Ai, dem Pendeln und der immerwährenden Sorge um ihren Bruder hatte sie nur selten von Freunden oder Kollegen erzählt.

»Weißt du was?«, schlug er vor. »Komm nach Boston und

dann lernst du Serge und Anya und ein paar meiner Engineering-Leute kennen.« Er war nicht mehr allein. Ganz im Gegenteil. Und er würde es schaffen, dass sie nächstes Jahr auch eine Handvoll Vertraute hatte. Eigene.

Ryoko hielt sich für einen Moment an ihrer Teetasse fest. »Das würde ich sehr gern.«

»Nur um es gleich klarzustellen«, meinte Ren, »Isaac wird auch dabei sein, kein aggressives Anfeinden mehr.«

»Aber passiv-aggressives ist okay?« Ryoko legte den Kopf schief, musterte ihn für einen Moment und fragte dann: »Seid ihr zusammen?«

»Nicht offiziell, aber irgendwie schon.« Ren frustrierte es selbst, dass er keine klare Antwort darauf hatte. »Er hat mir seine Gefühle gestanden, ich weiß nicht, ich ...«

Ryoko brauchte nur einen Blick, um zu verstehen, warum Ren mit sich haderte. Wie um ihm auszuweichen, konzentrierte sie sich auf die Teetasse, die sie in ihren Händen barg. »Ich werde das nie mehr wiederholen, aber Isaac ist ein Guter. Also setz mit ihm einen vernünftigen Vertrag auf. Ich habe das Gefühl, dass er für dich umsonst arbeiten würde.«

Ren verdrehte die Augen, da sie bei dem Thema nicht lockerließ. Er hatte nicht vor, eine Solo-Karriere zu starten. Warum beharrte sie immer darauf? Was wusste sie, das er nicht ahnte?

Ryoko hielt ihr Wort und zog sich nach dem gemeinsamen späten Frühstück wieder zurück, sodass Ren Isaac auf die versprochene Flushing-Tour mitnahm. So sehr Ren das Collegeleben in Boston Spaß machte, ein wenig rührselig wurde er schon, dass er bald wieder abreisen musste, als er Isaac durch die vertrauten Straßen und Geschäfte führte und gefühlt an jeder Ecke auf alte Bekannte stieß. Hatte er zu Anfang so viel Abstand wie möglich zwischen sich und Queens gelegt, bereute er nun, dass er monatelang nicht zu Hause gewesen war.

Auch Isaac schien den Stress der letzten Wochen auf ihrem Kurztrip abzuschütteln. Als würde es ihm guttun, anonym und unauffällig zwischen Tausenden New Yorkern unterwegs zu sein, weil seine Vergangenheit ihn hier nie aufspüren würde. Zum Glück war seit ihrer Ankunft kein Tropfen Regen gefallen.

»Und der Laden war wirklich mal eine Videospielhalle?«, hakte Isaac interessiert nach, als sie zum Abschluss ihres Spaziergangs am ‚Tori to Neko‘, Jae-Suns und Tante Toris Otaku-Store, ankamen.

»Ja, in Erinnerung daran steht die alte Gacha-Maschine an der gleichen Stelle wie vor zwanzig Jahren.« Isaacs Augen leuchteten auf, für Nostalgie war er immer zu haben. »Du musst unbedingt ein Gacha ziehen«, schlug Ren ihm vor. »Im Moment gibt es Idolish7-Schlüsselanhänger.«

Das *Tori to Neko* hatte sich seit seiner Eröffnung sowohl zum Treffpunkt der Otaku-Szene als auch der queeren Gemeinschaft in Flushing etabliert. Selten sah Ren so viele Regenbogensymbole und Farben aller LGBTQ+-Label an einem Ort zwischen den deckenhohen Bücherregalen und Auslagetischen mit Merch aufblitzen wie hier.

Isaac schaffte es geradeso, das Gacha in seiner Tasche zu verstauen, da rauschte Rens Tante in seine Richtung und zog ihn mit sich in Richtung der Bücherregale. Nicht, um ihm Titel zu empfehlen, sondern eher, um Isaac zu ihrer Beziehung auszuquetschen. Jae-Sun, selbst in einem Kundengespräch, schenkte Ren ein wissendes Lächeln und zeigte auf den Stapel Bücher, der am Tresen auf ihn wartete. Anstatt groß zu stöbern, griff Ren direkt danach, schließlich waren dies die Vorbestellungen der Reihentitel, die seit Weihnachten darauf warteten, dass er sie abholte.

Mit einem Seufzen ließ sich Ren in den Sitzsack in der kleinen Leseecke am Fenster fallen und schlug das erste Buch auf. Doch seine Konzentration schwirrte zurück zu einem anderen Thema, die Geschichte wollte ihn nicht fesseln, auch, weil er die Kapitel schon online bei Erscheinen gelesen hatte.

Warum konnte er nicht zu seiner Beziehung zu Isaac stehen? Auch bei Ryoko hatte er sich in Ausflüchte verloren. Warum fiel es ihm nur so schwer, in Worte zu fassen, was er für Isaac empfand? Isaac würde ein simples »Ich liebe dich« reichen. Aber für Ren wäre es das erste Mal, dass er diese Worte aussprach. Er hatte bisher nur »Hab' dich lieb« zu einem Menschen gesagt, im familiären und auch freundschaftlichen Kontext.

Für das nächste erste Mal, das er Isaac schenkte, wollte er den besten Moment abwarten. Vielleicht war es albern, einmal ausgesprochen würde er diese drei Worte oft wiederholen. Wenn es nach Ren ginge, sollte Isaac die nächsten zwei, fünf, zehn Jahre an seiner Seite bleiben. So lange, wie dieser es wollte und Ren Zeit in diesem Leben blieb.

Er versuchte wirklich, seinem Dasein kein Ablaufdatum zu geben, aber zurück im Store, in dem er so viele Stunden während seiner Chemotherapie verbracht hatte, suchten ihn diese Gedanken heim. Jae-Sun und Tori hatten es zwar nie gesagt, aber Ren wusste, dass die Sitzmöglichkeiten insgeheim für ihn eingerichtet worden waren. Damit er von zu Hause raus konnte, aber einer von beiden ein Auge auf ihn hatte.

Ren hob kurz den Blick von den Buchseiten und entdeckte, wie Tori Isaac mit einem Katzenlächeln in die Ecke schob, die exklusiv mit Ai-Merch bestückt war. Schließlich war der Store der einzige Anlaufpunkt, sowohl direkt vor Ort als auch im Onlineshop, bei dem es Sticker, Schlüsselanhänger, Buttons, Shirts und allerlei anderes Merch für ihre Fans gab. Hoffentlich dachte seine Tante daran, Isaac Familienrabatt zu geben, sprich, ihm die Sachen zu schenken. Er würde vermutlich alles davon haben wollen.

Wie soll ich Isaac meine Gefühle gestehen?, kehrte Ren zu dem Thema zurück, mit dem er sich seit Tagen beschäftigte. Ren hatte während seiner Krankenhausaufenthalte, Therapien und auch in der Highschool unzählige Menschen kennengelernt, aber bei keinem hatte er je so viel auf einmal und so stark gefühlt wie bei Isaac. Er konnte es kaum erwarten, ihn wiederzusehen, meist schon in der Minute, in der sie sich voneinander verabschiedeten. Und wenn sie durch Jobs, das College oder andere Verpflichtungen eingespannt waren, nutzte Ren die erste freie Minute, um ihm eine Nachricht zu schreiben. Ren wollte ihm beistehen, wenn er Hilfe brauchte, wollte mit ihm feiern, wenn er etwas geschafft hatte, wollte, dass er seine kühle Maske für immer ablegte und der Welt nur noch mit einem Lächeln begegnete.

»Ist die Reihe gut?«, fragte Isaac, als er zu Ren herantrat. »Ich habe schon viel davon gehört.«

»Ja, ich hätte niemals damit gerechnet, dass sich Callisto zu meinem Favoriten entwickelt«, erzählte Ren wie von selbst. »Ich bin immer noch entsetzt, dass sich Penelope im aktuellen Band gegen ihn entschieden hat.«

Isaac stellte zwei prall gefüllte Canvastaschen – eine vom Store mit Büchern und eine Ai-Tasche mit Merch – ab, und nahm neben Ren Platz, obwohl das Sitzkissen fast zu klein dafür war. Aber Ren rutschte automatisch zur Seite, bis sie dicht beieinandersaßen.

»Deine Tante hat mir einen Haufen Leseexemplare geschenkt«, erzählte Isaac und legte den Arm um Ren. »Dabei lese ich kein BL«, schloss er mit einem kleinen Lachen.

»Tori wird versuchen, dich für ihre Leidenschaft zu gewinnen, da mussten wir alle durch.«

Die Glocke des Ladens klimperte, Kunden gingen ein und aus, sprachen über Bücher und ihre Lieblingsanimes, ein Teenagermädchen fläzte neben ihnen auf der Bank und so wie alle anderen schenkte sie ihnen keine Beachtung. Ren verstand, warum sich Isaac am Berklee bedeckt hielt, es gab noch immer genug Idioten auf der Welt. Dennoch wünschte sich Ren, dass sie, zurück in Boston, nicht mehr auf Abstand gingen. Dass Ren Isaac in der Öffentlichkeit berühren konnte und Isaac das genauso wollte.

»Sie hat uns morgen zum Karaoke eingeladen, wobei ich mehrfach gesagt habe, dass ich nicht singe. Und du vermutlich auch nicht, oder?«

»Die Battles zwischen Jae-Sun und Ryoko sind Unterhaltung genug, glaub mir. Aber ich habe für morgen Abend Tickets für das *Edge Observation Deck* besorgt, gerade zum Sonnenuntergang soll das total ro-«, erwiderte Ren und brach mitten im Wort ab.

»Romantisch sein?«, schlussfolgerte Isaac.

»Da-das ist ein toller Sightseeing-Spot«, haspelte sich Ren durch eine Antwort. »Von dort oben kann man meilenweit über die Stadt blicken.«

Schon wieder hatte Ren es nicht geschafft, auszudrücken, was er für Isaac empfand. Ein Geständnis im Sonnenuntergang über den Dächern von New York kam ihm auf einmal schrecklich falsch vor. Isaac würde so eine große Geste sicher als unangenehm empfinden.

Wie nur sollte er das Gefühl, das seit Wochen in seinem Herzen wuchs, am besten zur Sprache bringen? Es hatte Ren bereits zu zwei Songs inspiriert und ... Warum schrieb er Isaac nicht ein Liebeslied? Gleichzeitig wollte er nicht so lange warten. Vielleicht konnte er sich die Worte eines anderen Sängers leihen? Zumindest für den Anfang, bis er seine eigenen gefunden hatte.

Ren klappte das Buch in seiner Hand zu, reckte sich ein Stück, bis seine Lippen fast Isaacs Ohr streiften.

»*You're the first, the last, my everything*«, stimmte Ren den Barry-White-Song an, den sich Isaac gewünscht hatte, von ihm zu hören. Leise und sanft, ganz anders als das Original, aber so, wie Ren ihn für das Sandbox-Album aufgenommen hatte.

»*You're my sun, my moon, my guiding star.*« Ren sah, wie sich Röte über Isaacs Wangen ausbreitete, spürte, wie Isaac ihre Finger miteinander verschränkte. »*My kind of wonderful, that's what you are.*«

Für einen Moment berührten Rens Lippen Isaacs Wange, bevor er sich zurückzog und den Kopf an Isaacs Brust barg. So viele Gefühle tobten in ihm, dass er für einen Moment die Augen schloss und Isaacs wild pochendem Herzen lauschte. Er hatte gesungen, in der Öffentlichkeit, irgendwie, wenn auch nur kurz und sehr, sehr leise. Aber diese Tatsache und die Lyrics sollten Isaac alles sagen, was sich Ren nicht auszusprechen traute.

Isaacs stumme Reaktion, dass er Ren festhielt, als sich dieser von ihm lösen wollte, war Ren Antwort genug.

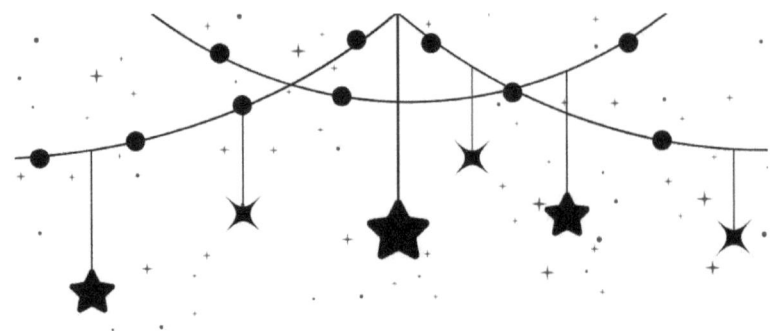

KAPITEL 31

Juli

»Seid ihr so weit?«, fragte Isaac die Zwillinge, die es sich auf dem Sofa in Rens Wohnung bequem gemacht hatten. Entgegen ihrer früheren Zusammentreffen wirkte Ryoko zum ersten Mal in seiner Anwesenheit entspannt und losgelöst.

Die zweistimmige Antwort erklang, dass es losgehen konnte, und Isaac überprüfte ein letztes Mal Licht, Kamera und das Sammelsurium an Laptops und Tablets, mit denen er den Live-Chat und den Discord-Server verfolgen konnte.

»Far-?«, hakte Isaac nach, wurde aber nach der ersten Silbe von einem »Grün!« unterbrochen, noch während er sich zu ihnen umdrehte.

Ren und Ryoko spielten ihren Zwillingscharme mit den identischen T-Shirts voll aus, aber Isaac wusste, dass wenn er ihnen sagen würde, wie niedlich das war, er Ren unnötig ablenkte. Und Ryoko würde ihn vermutlich dafür mit einem Kissen schlagen.

»Okay, es geht los in …«, warnte Isaac und zählte mit den Fingern die verbleibenden Sekunden herunter, bevor das Internet an diesem Moment teilhaben konnte.

Ren setzte sich aufrecht hin und schien vor Aufregung zu

vibrieren. Ihm bedeutete dieser Tag mit Abstand am meisten: Sobald der Livestream startete, der allererste seit dem Beginn von Ai, würde die Welt wissen, dass sich die Zwillinge hinter dem Künstlernamen verbargen.

Isaac rechnete mit einer Vielzahl an Nachrichten, die es später zu beantworten galt, blieb jedoch im Gegensatz zu Ren und Ryoko entspannt. Sein Herz klopfte nur aus einem Grund schneller: Und zwar, weil sein rosa Schmetterling endlich aus den Schatten trat.

»Überraschung und willkommen zu unserem großen Reveal!«, startete Ryoko fröhlich, ja, geradezu aufgedreht, »Nach fünf Jahren dachten wir, es ist Zeit, euch einzuweihen. Denn hinter Ai versteckt sich nicht nur eine Person ...«

»... sondern zwei!«, beendete Ren die Einleitung.

Die Zwillinge tauschten ein identisches Grinsen, bevor sie zumindest ihre Vornamen preisgaben, da der Künstlername weiterhin bestehen sollte. Danach wechselten sie, wie angekündigt, ins Japanische. Zuerst wollten sich Ren und Ryoko an ihre japanischen Fans wenden und das waren anhand der Analyse, die Isaac mit Ryokos Datensätzen hatte machen dürfen, erstaunlich viele.

Während die Zwillinge lachten und scherzten, checkte Isaac, wie viele Fans mittlerweile zugeschaltet waren sowie die ersten Kommentare. Wie vermutet erhielt Ryoko einen Haufen Komplimente, aber auch die Überraschung Ren betreffend war groß.

Da er bis auf ein paar Floskeln und einfache Sätze kaum etwas von der Sprache verstand, driftete Isaac einen Moment in Gedanken ab.

Er konnte immer noch nicht fassen, dass er mit Mr. Faubrey nach den ersten Wochen des Sommerpraktikums besprochen hatte, seinen Schwerpunkt zu verlegen und ein Semester zur Neuorientierung zu nutzen. Anstatt weiter auf dem Management-Track voranzuschreiten, hatte Isaac sich nur einen Kurs ausgesucht, den alle Studierenden besuchen mussten, und sich ansonsten für Kurse im Bereich Entrepreneur und Marketing eingeschrieben. Die endgültige Entscheidung hatten sie auf Ende des Jahres verlegt.

Noch weniger konnte Isaac es glauben, dass demnächst der erste Gerichtstermin stattfinden würde, bei dem sich sein Erzeuger zu verantworten hatte, und die Chancen auf eine Haftstrafe, laut seiner Anwältin, tatsächlich gut standen.

Isaac blickte von den Bildschirmen auf, als die Zwillinge ins Englische wechselten und die Entstehungsgeschichte von Ai wiedergaben, in deutlich abgespeckter Version. Ren hatte sich dazu entschieden, seine Krebserkrankung öffentlich zu machen, jedoch würde er weder auf Nachfragen eingehen noch Details verraten. Ryoko, zumindest war es so mit Isaac abgemacht, sollte den Geschwisterkomplex zurückfahren und bei aufdringlichen Fragen oder Kommentaren gelassen reagieren.

»Und damit ihr Ren besser kennenlernt, geht direkt nach dem Livestream ein Video mit einem Song meines Bruders online«, verkündete Ryoko stolz. »Sein Channel ist noch neu, den Link findet ihr in der Beschreibung.«

Isaac hätte nie damit gerechnet, dass die Präsentation ihres Sandbox-Albums Rens Selbstvertrauen solch einen Schub geben würde, dass er mit seinen eigenen Songs ins Rampenlicht treten wollte. Nicht in dem gleichen Maße wie Ai, dennoch hatte er sich getraut, hinter seiner Musik zu stehen.

Mit einem Lächeln dachte Isaac daran zurück, wie ihre Sängerinnen und Rens Talent, eine Show aufzuziehen, das Publikum zum Schwärmen, Schwelgen und schließlich zum Mitsingen gebracht hatten. Wie sich ihre Arbeitsgruppe danach in den Armen gelegen hatte, berauscht von all dem Lob, und Ren gestrahlt hatte, als wäre es der beste Tag seines Lebens gewesen. Wie Ren ihn zu sich gezogen und ihm ins Ohr geflüstert hatte: *Was meinst du? Stehe ich eines Tages mit meinem eigenen Song auf einer Bühne und –*

Isaac hatte bejaht, bevor Ren die Frage hatte beenden können.

»Der Song heißt *Shape of Love*«, erzählte Ren, während er mit einem Auge den Chat mitlas. »Warum ich ihn geschrieben habe? Also er handelt von den Erfahrungen eines mir sehr wichtigen Menschen … und ich hoffe, dass er nie wieder seine Gefühle anzweifeln muss.«

Isaac hatte sich endlich dazu durchgerungen, Ren einzuweihen, warum Regen manchmal diese mentalen Aussetzer bei ihm auslöste, und ihm gestanden, dass Ais Songs und natürlich auch Rens Werke das Rauschen übertönen konnten. Eine Woche später präsentierte Ren ihm *Shape of Love* und hatte es geschafft, Isaacs Gedanken so treffend in Lyrics zu verwandeln, dass es ihm die Sprache verschlagen hatte.

Mittlerweile hatte Isaac regelmäßige Sitzungen bei dem Psychologen des Colleges. Mr. Peterson wollte helfen, dass er sich Schritt für Schritt von seinen Traumata löste sowie lang verinnerlichte Verhaltensweisen und Schutzmechanismen aufbrach. Eines hatte Isaac sowohl durch ihn als auch Ren bereits gelernt: Er musste nicht mehr der ‚Eiskönig‘ sein. Er hatte in den letzten Wochen nicht unzählige Freunde gefunden, aber auf einmal gab es Menschen, die er gerne als solche bezeichnen würde. Wie eines der Mitglieder der queeren Studentenverbindung, das ihm vorgeschlagen hatte, bei einem kleinen, freien Musikmagazin mitzumachen. Oder die beiden Sängerinnen ihres Sandbox-Albums, die die Gruppe zu einem Indie-Festival eingeladen hatten, bei dem sie auftreten würden.

Die Zeit würde Isaac zeigen, was für ein Mensch er sein könnte.

»Wer jetzt hinter der Kamera steht, wenn ich das bisher bei Ai gemacht habe? Beziehungsweise wer das bei meinen Songs macht?«, las Ren die Fragen im Chat ab und legte den Kopf schief, sodass Isaac wieder seine volle Aufmerksamkeit auf die Aufnahme richtete.

»Wir haben in den letzten Wochen unser Team erweitert«, antwortete Ryoko losgelöst. »Wenn ich Rens MV aufgenommen hätte, hätte das die Qualität einer Schulaufführung.«

Beim Musikvideo zu ‚Shape of Love‘ hatte tatsächlich Isaac seine Finger im Spiel gehabt. Es war kein Meisterwerk an Video-Editing, aber Takumi hatte es ohne große Verbesserungen durchgewunken und das Gesamtkonzept war das Beste, was Isaac eingefallen war: Ren am Klavier. Versunken in seine eigene Welt. Damit sich Zuhörende und Zuschauende auf seine Stimme konzentrierten.

Isaac rechnete damit, dass Ren die Fragen nach dem Team hinter Ai abwiegelte oder auf Takumi verwies, der auf allen möglichen Plattformen als Senior Designer gelistet war. Oder auf den Pool an kreativen Köpfen des Discord-Servers zurückgriff. Immerhin hatte er darüber Editoren, Grafikdesigner und allerlei andere Leute abgeschöpft. Stattdessen richtete er den Blick für alle gut sichtbar auf einen Punkt hinter der Kamera und machte eine auffordernde Handbewegung.

Isaac schüttelte entschieden den Kopf.

»Er ist schüchtern und möchte nicht dazukommen«, meinte Ren mit einem Schulterzucken, woraufhin Ryoko teuflisch grinste.

Isaac wappnete sich für das Schlimmste.

»Pfft«, machte Ryoko, ihre Augen blitzten schadenfroh. »Du willst deinen *sexy Boyfriend* unseren Zuschauenden nur vorenthalten.«

Was das sexy anging, hatte Isaac keine Ahnung, auf was Ryoko anspielte. Den Boyfriend-Status hatte er allerdings etabliert. Sie waren zusammen, so richtig, exklusiv, *and all that jazz*.

Wie immer, wenn Ren verlegen war, stammelte er ein paar zusammenhangslose Silben, woraufhin Isaac ihm ein Fingerherz sandte. Ren, mit Wangen, die genauso rosa waren wie seine Haare, richtete erneut den Blick auf Isaac und schickte ein Fingerherz zurück.

»Und so was muss ich seit Wochen ertragen.« Ryoko hielt sich gespielt genervt die Finger an die Stirn. »Schaut euch das Video an, die Kameraführung ist wie eine Liebeserklärung an meinen Bruder. Würg.«

Das konnte Isaac kaum abstreiten. Leider hatte er noch immer keine Antwort von Ren erhalten, was dieser für ihn empfand.

»Du bist nur eifersüchtig«, stichelte Ren.

Mit einem Seitenblick nahm Isaac wahr, dass sich der Chat des Livestreams überschlug, weil plötzlich alle Kommentare zu Rens geheimnisvollem Partner abgeben mussten.

»Ren hat das Lied für mich geschrieben«, warf Isaac mit einem Schmunzeln aus dem Hintergrund ein und schon ratterten die Zeilen im Chatfenster schneller als fürs menschliche Auge erfassbar. »Sorry, da kannst du nicht mithalten.«

Ryoko stieß einen Laut der Empörung aus, und wenn überhaupt möglich, strahlte Ren noch glücklicher.

»Eine Frage«, gab Isaac nach, »kann ich beantworten.«

Ryoko widmete sich dem Tablet, auf dem die Zwillinge die Reaktionen des Livestreams mitverfolgen konnten. »Der Chat fragt, wie ihr euch kennengelernt habt.«

»Durch den Ai-Discord-Server«, antwortete Isaac, weiterhin aus dem Off.

»Am Berklee«, sagte Ren zeitgleich. Und dann: »Verdammt.«

Ryoko warf zuerst den Kopf in den Nacken, stieß ein ungläubiges Lachen aus und setzte sich dann wieder aufrecht hin.

»Haben wir euch schon von unserer Überraschung zu Thanksgiving erzählt?«, wechselte sie das Thema mit der Contenance einer erfahrenen Schauspielerin. Allerdings legte sie dabei ihre Hand auf Rens Schulter ab und packte so fest zu, dass es selbst Isaac wehtat. »Ich weiß, es ist noch eine Weile hin, aber ihr wollt bestimmt rechtzeitig Flug- und Zugtickets buchen, weil wir an diesem verlängerten Wochenende ein Meet & Greet in Queens veranstalten. Wir wollen gemeinsam mit euch den Start des ersten offiziellen Mini-Albums feiern und daher wird es als Dankeschön für eure Treue an diesem Tag auch exklusives Merch geben.«

»Unser Discord-Server erhält die Daten zuerst, B2M wird euch informieren und ihr könnt ihm alle Fragen stellen, die euch auf der Seele brennen«, fügte Ren an.

Ren hatte vermutlich nicht daran gedacht, dass er, Isaac und Anya vor Wochen ein Foto auf den Server hochgeladen hatten, um Hilfe bei ihrem Sandbox-Album zu erhalten. Der halbe Server kannte Chos Gesicht, der komplette Server schaute gerade zu. Viele davon standen seit Jahren mit Cho in Kontakt, doch niemand hatte geahnt, dass sie sich mit einem Teil von Ai austauschten. Sein Postfach würde vermutlich ebenso explodieren wie Isaacs.

Isaac rollte mit dem Schreibtischstuhl ein Stück Richtung seines eigenen Laptops, den er am Rand des Equipments aufgebaut hatte, und sah, wie die Verlinkungen auf seinen Usernamen rasch in die Höhe schossen. Ebenso wie eine Diskussion im Hauptchannel aufbrandete, da jemand ein neues Meme des ‚Oblivious Anime Guy‘, der auf einen Schmetterling deutete, gepostet hatte. Mit der Schrift: *Wenn dir klar wird, dass ChoCho Ai ist.*

Gefolgt von einer weiteren Version, bei der Isaacs User-Name quer über den Anime Guy geschrieben war, und der Frage: *Ist dies eine Liebesgeschichte?*

So viel dazu.

Doch dieses Mal würde Isaac die Gerüchte im Keim ersticken, er hatte mehr als genug von den unsäglichen Geschichten, die über ihn am Berklee zirkuliert waren.

Der Preis für ein Gespräch mit dem Schmetterling war das Vernichten von 1000 Internettrollen. Alles Weitere bekommt ihr vermutlich in Rens nächsten Songs zu hören, kommentierte Isaac, während Ren und Ryoko im Hintergrund Fragen beantworteten, und stellte dann seine privaten Benachrichtigungen auf stumm.

Für den Moment wollte er sich auf das Hier und Jetzt konzentrieren. Wollte stolz dabei zusehen, wie sein Schmetterling die Flügel ausbreitete und in die Höhen aufstieg, die er längst hätte erreichen können. Und sich darüber freuen, dass er ihn jeden Schritt des Weges begleiten würde.

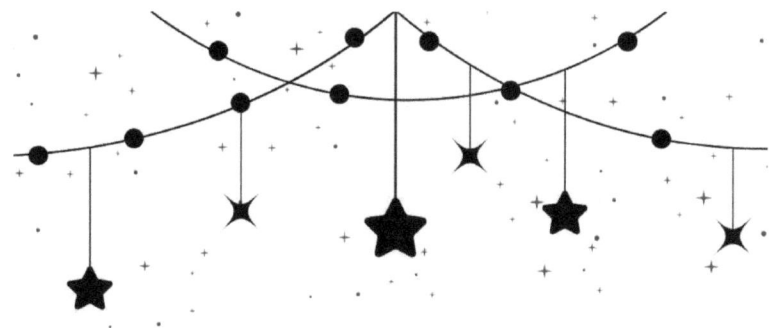

EPILOG

Thanksgiving – Queens, New York

Ren grinste so breit, dass es wehtat, als er den Pausenraum des *Tori to Neko* betrat. Adrenalin rauschte durch seinen Körper, er fühlte sich leicht, als würde er mit dem nächsten Schritt abheben und davonschweben. Seit Tagen war er aufgeregt gewesen, dass heute ihr erstes offizielles Meet & Greet mit ihren Fans stattfinden würde, aber das Erlebnis selbst war so außergewöhnlich, dass er es kaum beschreiben konnte.

Natürlich war seine Familie vor Ort, Anya und Serge waren mit ihnen aus Boston angereist, selbst wenn Serge nicht viel mit Ais Songs anfangen konnte, war er als Support mit dabei. Ren hatte so viele Gesichter vom Discord-Server heute zum ersten Mal live getroffen, aber damit hörte es nicht auf. Jae-Suns Otaku-Store platzte fast aus allen Nähten, weil über den Nachmittag verteilt stetig Fans dazugestoßen waren, um Ai zu treffen und sich die signierte Limited Edition ihrer EP zu holen. Natürlich kannte Ren die Anzahl ihrer Follower, aber das waren nur Ziffern, nichts Greifbares, im Gegensatz zu all den Menschen, die heute wegen Ryoko und ihm hergekommen waren. All diese Menschen mochten seine Lieder, seine Texte.

Ren wollte ein ungläubiges Lachen ausstoßen, aber es ging in einem keuchenden Husten unter. Seit gut einer Woche quälte ihn eine hartnäckige Erkältung, doch nichts, nicht einmal Fieber hätte ihn heute davon abgehalten, mit Ryoko die kleine improvisierte Bühne zu teilen. Sich auskurieren konnte er ab morgen.

Isaac, der ihm wie ein Schatten in den Pausenraum gefolgt war, klopfte ihm sofort auf den Rücken, und bevor Ren protestieren konnte, legte er ihm einen dicken Wollschal um und manövrierte ihn zu dem kleinen Tisch mit den zwei Stühlen, damit sich beide hinsetzten.

»Ich bin völlig fertig von der Aufregung«, gestand Ren ehrlich und mit einem Lachen, denn es war nur eine Feststellung. Er fühlte sich deswegen nicht bitter oder frustriert. »Ich glaub, ich brauch eine Atempause.«

»Dann kann Ryoko eine Weile übernehmen. Sie schafft das schon.« Isaac musterte ihn dennoch forsch, um einzuschätzen, wie es Ren ging. »Ich glaube, du hast Takumi zum Weinen gebracht«, mutmaßte er, nachdem Ren ein paarmal tief Luft geholt hatte, ohne dass der Hustenreiz zurückkehrte.

Ren konnte immer noch nicht fassen, dass Takumi sie hereingelegt hatte, um sie mit seinem Besuch zu überraschen. Ohne ihren Senior Designer wäre dieses Treffen auch nicht das Gleiche gewesen.

»Das Lied erinnert ihn an seinen Dad«, erzählte er, auch wenn Isaac dies vermutlich ahnte. »Er ist schon so viele Jahre tot, aber er vermisst ihn bitterlich.«

»Das war der Song, den du mir geschickt hast, um mir zu beweisen, dass du ein Teil von Ai bist, nicht wahr?«, hakte Isaac nach.

»Ja.« Ren zögerte einen Moment. »Aber im Gegensatz zu früher möchte ich kein Schmetterling mehr sein. Sondern genau hier, jetzt, mit dir und allen anderen da draußen.«

Darauf erwiderte Isaac nichts. Stattdessen griff er nach Rens allzeit bereiter Thermosflasche, um ihm Tee einzuschenken.

Vorsichtig nippte Ren an der heißen Flüssigkeit und genoss die Wärme, die sich von seinem Hals bis zu seinen Lungen ausbreitete.

»Sorry, dass ich ‚Shape of Love' ohne Vorwarnung ausgetauscht habe«, meinte Ren dann. »Dabei wollte ich etwas für dich singen.« Als Ryoko Takumi in der Menge ausgemacht und begrüßt hatte, war Ren ‚Butterfly' über die Lippen gerauscht, bevor er dies hatte verhindern können.

Isaac zuckte mit den Schultern. »Dann beim nächsten Mal.«

Ren grinste breit in seine Tasse und trank brav weiter Tee. Vor einem halben Jahr war er fest davon überzeugt gewesen, dass sich kaum einer für seinen ersten Song interessieren würde. Er hatte nicht mit den treuen Fans von Ai gerechnet, die zu ihm gepilgert waren. Nicht, um ihn mit Ryoko zu vergleichen, sondern weil sie seine Stimme ebenso mochten. Und von da an hatte Ren mit Staunen beobachtet, wie die sozialen Netzwerke sein Lied zu einem Selbstläufer machten.

Und mit seinem zweiten Song hatte sich das Ganze wiederholt.

Ren strebte keine Karriere als Musiker an, der Hallen und Stadien füllte, der Ruhm und Reichtum mit seinen Shows erlangte, diese schillernde Vorstellung reizte ihn nicht. Viel lieber wollte er auf seine Weise Musik machen und Menschen erreichen, und wenn er ehrlich war, war dieses gemütliche Aufeinandertreffen, wo er allen Zuschauenden in die Gesichter sehen konnte, wenn er sang, tausendfach besser.

»Hast du dir das Meet & Greet so vorgestellt?«, fragte Isaac und verschränkte dabei die Finger mit Rens Hand, die auf dem Tisch lag. »Ryoko hat daraus eine totale Show gemacht.«

Rens Blick glitt zu dem Garderobenständer, auf dem Ryokos Kostüme, die Ais Avatare widerspiegelten, und Alltagskleidung hingen. Er dagegen hatte sich recht schlicht in dunkle Jeans und weißes Hemd gekleidet, war dadurch jedoch nicht im Hintergrund verschwunden.

»Wir wollten schon als Kinder Idols werden, mit all dem

Glitzer, den Rüschen und den bunten Kostümen«, antwortete Ren und trank den letzten Rest Tee aus. »Und heute haben wir uns jeweils einen Traum erfüllt.«

Abgesehen davon, dass Ren unglaublich stolz auf seine Schwester war, hatte Ren seinen Spaß mit den Fragerunden, den Spielen und dem Austausch mit ihren Fans gehabt. All die Menschen, die es ein Stück mit ermöglicht hatten, dass sie bei einem Label unterschrieben hatten.

Ein lautes Niesen sorgte dafür, dass sich Sorge in Isaacs Blick schlich.

»Das ist nur eine Erkältung«, krächzte Ren und Isaac drückte ihre verschränkten Finger fester. »Also vertreib die schlechten Gedanken.«

»Die dich schon eine Weile plagt und —«

»Das hat bei mir schon immer länger gedauert«, widersprach Ren und schenkte ihm ein warmes Lächeln. »Alle Check-ups und Kontrolluntersuchungen waren unauffällig. Mir geht es gut, Isaac.«

Isaac schloss für einen Moment die Augen und atmete tief durch, bevor er diese wieder öffnete. »Okay, entschuldige. Ich will dir den großen Tag nicht versauen. Aber die letzten Monate waren besser, als ich es mir je vorgestellt hätte und —«

»Wenn überhaupt, solltest du dir Sorgen machen, dass du nur die Hälfte meiner Joggingrunde schaffst.« Ren lehnte sich vor und pikte ihm spielerisch in den flachen Bauch. »Ich frag mich wirklich, wo der ganze Zucker hin verschwindet, den du in deinen Kaffee kippst.«

Das lockte zumindest ein Lächeln hervor, das nicht einmal verschwand, als Isaac auf dem Tablet, das auf dem Tisch gelegen hatte, den Ablauf des Meet & Greets und die Zeit checkte. Ren sank gegen die Lehne seines Stuhls, holte tief Luft und versuchte, sich trotz all der Aufregung ein wenig zu entspannen. Dass Isaac so meisterhaft im Hintergrund agierte, war einer der Gründe, warum sich Ren überhaupt getraut hatte, live auf einer Bühne …

»Ich hab' gesungen«, stieß Ren auf einmal aus, als würde diese Erkenntnis erst jetzt bei ihm einrasten. »Vor all diesen Leuten hab' ich gesungen.«

»Vor euren Fans, also nicht nur Ais, sondern auch deinen.« Isaac spielte auf die wachsenden Follower seines YouTube-Channels an, die Ren meist schon wieder vergaß, wenn er den Laptop zuklappte.

Vermutlich lächelte er ziemlich dümmlich, als er wiederholte: »Ich hab' wirklich gesungen.«

»Und du hast es großartig gemacht.«

Isaac würde sich nie völlig an die vielen Menschen gewöhnen, die Ren und Ryoko wie eine Großfamilie umringten. Bunt, laut, queer und mit so viel Herzlichkeit, dass Isaac es nicht in Worte fassen konnte.

Wie geplant, hatten sie sich nach dem Meet & Greet im Appartement von Jae-Sun und Henry versammelt, der Tachibana-Hinazuki-Clan, Freunde, Bekannte und Leute, die im Hintergrund für Ai arbeiteten. Würden sie als Gruppe ein Erinnerungsfoto schießen, würden sie sehr eng zusammenrücken müssen. Aber selbst wenn es Isaac ein wenig einschüchterte, ihm gefiel, dass er ein fester Bestandteil davon war. Dass es mehreren Menschen sofort auffallen würde, wenn er nicht dabei wäre.

»Ich hätte nicht gedacht, dass so viele Leute kommen«, gestand Takumi, während er wie Isaac den Blick schweifen ließ.

»Warum?«, hakte Ren nach. »Wir haben alle eingeladen, die uns in den letzten fünf Jahren begleitet haben, um Danke zu sagen.«

Isaac freute sich jedoch über einen Gast besonders. Takumis Überraschungsbesuch war erst zu ihm durchgedrungen, als sich er und sein Partner den Feierlichkeiten angeschlossen hatten. Zuerst war Isaac mit ihm in ein ruhiges Zimmer des Appartements geflüchtet, um Takumi zu gestehen, wie sehr er sich ein Treffen gewünscht, sich aber nicht getraut hatte, danach zu fragen.

Auch jetzt saßen sie zusammen am gläsernen Esstisch, während die Grüppchen um sie herum lockere Gespräche führten, Gelächter erklang und alle eine gute Zeit hatten. Alejandro, Takumis Partner, unterhielt die Gäste mit einem spontanen Live-Cooking-Event und den glänzenden Augen von Jae-Sun und Ryoko nach zu urteilen, genossen sie jeden Augenblick davon.

»Es ist nicht der beste Zeitpunkt, das anzusprechen …« Takumi zögerte und Isaac realisierte, dass er genauso aussah, wie er ihn von ihren Videotelefonaten kannte. Das gleiche, wilde schwarze Haar, die gleiche Denkerfalte zwischen den Brauen, wenn ihn etwas beschäftigte.

»Das klingt wie eine schlechte Neuigkeit.«

»Nicht direkt.« Takumi zuckte zuerst mit den Schultern und wandte sich dann mit bitterernster Miene an Ren. »Mir ist egal, wie lange wir schon zusammenarbeiten, Cho. Wenn du Isaac wehtust, bin ich die längste Zeit euer Designer gewesen.«

Isaac spürte, wie seine Wangen vor Verlegenheit glühten und sich aufgrund dieser Ansage eine angenehme Wärme in seiner Brust ausbreitete. Doch Ren grinste über den Einschüchterungsversuch so breit, als würde er sich darüber freuen.

»Henry«, meinte Ren, da dieser gerade den Tisch passierte. »Ich hab' meinen ersten *shovel talk* erhalten. Was macht man da? Muss wer von meiner Seite zurückdrohen?«

»Das haben die Frauen deiner Familie schon gemacht«, meinte Henry gelassen und legte Ren eine Strickjacke um, die für ihn mindestens zwei Nummern zu groß war.

Isaac hatte Ren nicht erzählt, wie Furcht einflößend das erste Aufeinandertreffen mit der Granny-Mafia Flushings gewesen war, die Rens Oma mehr oder weniger anführte. Ryoko hatte ihn mit authentischem Tee, Snacks und Mah-Jongg gelockt und ihm dann neugierigen alten Damen ausgeliefert. Die nicht miteinander verwandt waren, aber beschlossen hatten, eine Familie zu sein.

Kurz spürte er Henrys Hand auf seiner Schulter, wie eine stumme Bestätigung, dass Isaac dazugehörte. Der Mann war genauso geprüft worden und der überraschend heitere Austausch über diese beängstigende Erfahrung hatte sie nur noch enger zusammengeschweißt.

»Wenn du meinst«, krächzte Ren und schlüpfte ohne großen Protest in die Ärmel der Strickjacke.

Isaac rätselte immer noch, wie Ren seine kratzige Stimme mit purer Willenskraft verscheucht hatte, um live für Takumi ,Butterfly' zu singen. Immerhin hatte er Ren dazu gebracht, wieder den Schal umzulegen, den er beim Event nicht hatte tragen wollen.

Takumi hatte Ren bei der Unterbrechung nicht aus den Augen gelassen und wirkte immer noch angriffslustig.

»Ich lass Isaac nie wieder gehen«, versprach Ren, dem das ebenfalls aufgefallen war, und wie zum Beweis verschränkte er ihre Finger miteinander. »Außerdem habe ich dich fest beim Label eingeplant.«

»Welches …? Wovon sprichst du?«

Besser, Isaac übernahm, sein Freund war seit dem Meet & Greet so sehr in einer Blase aus Glückseligkeit gefangen, dass seine Gedankensprünge nicht immer Sinn ergaben. »Ren hat die Idee, das, was sie mit Ai geschafft haben —«

»*Wir* mit Ai geschafft haben«, ging Ren mit einem Krächzen dazwischen, was Isaac zum Schmunzeln brachte.

»All das zu professionalisieren und es auch anderen Internetkünstlern zu ermöglichen. Im Moment ist so viel zu tun, dass wir«, meinte Isaac diesmal, woraufhin Ren ihm ein Lächeln schenkte, »noch nicht einmal entschieden haben, ob es eine Agentur oder ein Label sein soll.«

In den letzten Monaten hatten sie kaum Zeit für irgendetwas gehabt. Neben dem Gerichtsverfahren gegen seinen Erzeuger, den Besuchen beim Label, bei dem Ai unterschrieben hatte, der Arbeit rund ums Album und dem neuen Semester am Berklee – Isaac war noch nie so beschäftigt und gleichzeitig so zufrieden gewesen.

»Wie auch immer«, fuhr Takumi fort, doch Isaac sah ihm an, wie er die Idee bereits durchdachte. Wenn sie es durchzogen, war er auf jeden Fall mit am Start. »Wenn du Isaac schlecht behandelst, bin ich raus, klar?«

Isaac tat es leid, dass er sich bei Takumi im letzten halben Jahr nur spärlich gemeldet hatte, und wenn, hatte er die Beziehung zu Ren nie angesprochen. Nicht, weil er es ihm verheimlichen wollte, sondern weil er nie einen guten Start für »Ich bin mit einem Teil von Ai zusammen« gefunden hatte.

»Warum sollte ich das?«, stellte Ren die Gegenfrage und unterbrach damit Isaacs Gedanken. »Ich liebe Isaac und … oh!«

Vor Schreck riss Ren die Augen weit auf und Isaacs Herz galoppierte auf einmal los. Bisher hatte Ren dies noch nie laut ausgesprochen.

»Wir sind gleich wieder da«, meinte Isaac, stand auf und zog Ren mit sich. Er war sich sicher, dass sein Gesicht, sein Hals, vermutlich sogar seine Ohren rot glühten, aber Takumi ging nicht darauf ein.

Sie würden über das lange Wochenende genug Gelegenheiten zum Reden haben, jetzt war ihm jedoch Ren wichtiger.

Rens Gedanken rasten, als er hinter Isaac auf den Balkon trat. Am Horizont glitzerte Manhattan wie ein Schmuckkästchen voller Träume, und doch hatte Ren nur Augen für Isaac.

Eben noch war er voller Euphorie gewesen, nun schlug Ren das Herz vor Nervosität bis zum Hals. Er hatte nicht groß nachgedacht, als er Takumi antwortete, er hatte gewiss nicht vorgehabt, sein Geständnis wie nebenbei auszusprechen.

»Komm her«, forderte Isaac ihn auf und breitete die Arme aus. Das ließ sich Ren nicht zweimal sagen, sofort flüchtete er sich in die Umarmung.

»Es tut mir leid«, nuschelte Ren gegen Isaacs Pullover, »du wartest seit Monaten auf eine Antwort und ich …«

»Du meintest, dass du in Ruhe darüber nachdenken möchtest.« Isaac zuckte mit den Schultern und Ren hob den Kopf. Seine sonst blaugrauen, in der Dunkelheit fast schwarzen Augen, sahen Ren liebevoll an. »Ich hab' hin und wieder versucht, eine Antwort hervorzukitzeln, aber ich wollte dich nicht drängen.«

»Dennoch habe ich eine Ewigkeit gebraucht«, erwiderte Ren und runzelte dabei von sich selbst genervt die Stirn. Isaac hatte ihm vor sechs Monaten seine Gefühle gestanden!

»Nur eine halbe«, scherzte Isaac und hielt Ren ein wenig fester. »Außerdem hast du es mir längst gesagt – nur nicht in Worten.«

»Habe ich das?«

»Ren, du wartest jeden Freitag nach meinem letzten Kurs mit zwei Ai-Thermobechern auf mich, gesüßter Kaffee für mich, Tee für dich. Ich bin mir ziemlich sicher, dass der halbe Campus es mitgekriegt hat …« Sie waren zwar kein Paar, das ohne Hemmungen im Gang oder den Lounges herummachte, aber Isaac hatte sich immer weniger zurückgehalten, Zärtlichkeit zu zeigen. »Abgesehen von dem halben Dutzend Songs, das du über uns geschrieben hast«, schloss Isaac.

»Erst so wenige?« Ren stellte sich auf die Zehenspitzen und Isaac kam ihm entgegen, bis sie sich an der Stirn berührten. »Da muss ich wirklich abgelenkt gewesen sein.«

Isaac schmunzelte sanft.

»Aber du solltest für mich an erster Stelle stehen.« Ren zog sich wieder ein Stück zurück. »Tut mir leid.«

»Das will ich nicht«, gestand Isaac, beugte sich vor und drückte Ren einen Kuss auf die Stirn. »Deine Musik sollte dir das Wichtigste sein. Du bist deine Musik. Deine Melodien, deine Texte sind so eng mit dir verflochten, da sollte niemand gegen konkurrieren. Und du strahlst so hell, wenn du das ausleben kannst. Heller als die Sterne, heller als Manhattan bei

Nacht.« Verlegen sah er zur Seite und murmelte: »Mir reicht es, wenn ich nach deiner Musik an erster Stelle stehe.«

Ren umfasste Isaacs Gesicht mit einer Hand und drehte es zurück, sodass sie sich wieder in die Augen sahen.

»Ich … Ich liebe dich, Isaac«, murmelte er, auf einmal schüchtern, obwohl er diesen Satz oft in seinen Gedanken ausprobiert hatte.

Isaacs Lächeln war so voller Wärme, dass Ren sein Geständnis am liebsten direkt wiederholt hätte. »Ich dich auch, mein rosa Schmetterling.«

Verlegen kuschelte sich Ren an Isaacs Seite, genoss die Wärme, lauschte Isaacs wild schlagendem Herzen und richtete den Blick auf die funkelnde Skyline von Manhattan. Dieser Moment, hier zusammen mit dem Menschen, der ihn wie kein anderer verstand, der ihn bei sich haben wollte, was auch geschah – fühlte sich an wie ein wahr gewordener Traum.

Was die Zukunft ihnen brachte, würde sich erst zeigen, aber zum ersten Mal sah Ren ihr freudig entgegen.

Ende.

Vielen Dank, dass du Isaacs und Rens Geschichte bis zum Ende gelesen hast!

Wenn du einen Moment Zeit hast, würde ich mich darüber freuen, wenn du mir eine Bewertung oder kleine Rezension auf Amazon oder einer anderen Buchplattform hinterlässt.

Und wenn du keine Neuigkeiten über meine Bücher verpassen möchtest, folge mir gern auf Instagram oder Patreon.

WEITERE TITEL DER REIHE

Jae-Sun hat der Liebe abgeschworen. Stattdessen hat er sich seinen Traum eines eigenen Otaku-Stores erfüllt und in der LGBTQ-Community von Queens eine Zweitfamilie gefunden. Zwar schwärmt er seit zwei Jahren für einen seiner Stammkunden, der vermutlich hetero ist, aber was ist schon dabei? Bisher hat niemand Jae-Sun aufrichtig gewollt, warum sollte es bei Henry anders sein?

Jeden Freitag hofft Henry, dass er im Store Nicky wiedersieht. Stattdessen trifft er immer auf Jae-Sun, der sich weder von seiner kalten Fassade noch den knappen Antworten abschrecken lässt. Mit jedem Buchtipp, jedem Lächeln wächst in Henry eine tief verborgene Sehnsucht, die er sich nicht erlauben darf. Selbst wenn Jae-Sun seit Langem ein wenig Sonnenschein in sein tristes Dasein bringt ...

Erhältlich als E-Book und Taschenbuch!

Nach einem Unfall verliert James einen Teil seiner Erinnerungen, und obwohl ihn seine ‚neue' Gegenwart in Seattle und seine ADHS-Diagnose überfordern, ist die WG mit Takumi ein Traum. Wenn nur sein Herz aufhören würde, in Takumis Nähe so schnell zu schlagen! Denn Takumi ist die einzige Konstante in seinem Leben und James will ihre jahrelange Freundschaft nicht riskieren.

Takumis größte Angst ist wahr geworden: James hat sowohl ihre Beziehung vergessen als auch, dass Takumi trans* ist. Damit hadernd, ob er James dabei helfen soll, sich zu erinnern oder sich erneut in ihn zu verlieben, versteckt er sich lieber vor all ihren Problemen. Nur wie lange kann Takumi dabei zusehen, wie sich James immer weiter von ihm entfernt?

Erhältlich als E-Book und Taschenbuch!

DANKSAGUNG

Mein Wissen über Musik ist begrenzt und ich spiele kein Instrument – Isaac und ich ähneln uns da sehr –, daher habe ich in diese Geschichte verwoben, was und wen ich gerne höre und welche Musikmachende ich teilweise schon seit über einem Jahrzehnt liebe und im Netz verfolge:
Also danke an Kensho Ono, deine Synchronsprecher-Rollen haben Rens Stimme eine Form verliehen. Danke an Takumi Kitamura, einer der Vocalists von DISH//, für mich bist du Rens Gesangsstimme. Danke an FantasticYouth und Honey-Works und Yoasobi, zusammen seid ihr und eure Karrieren meine Inspiration für Ai gewesen.

Danke, Sabrina, dass du mit so viel Sorgfalt und einfühlsamen Überlegungen auch aus dieser Geschichte das Beste herausgeholt hast. Danke, dass du mich motivierst, beim Schreiben noch ein Stück weiterzugehen, und immer alles im Blick hast, wenn ich mich zwischen den Zeilen verliere.

Danke, Bianca, dass du auch für diesen Band eine wunderschöne Hülle gezaubert hast!

Vielen Dank an all die Menschen, die STAR geordert oder auf den Reader geladen haben, die es gelesen, rezensiert und in den Sozialen Netzwerken verbreitet haben. Ihr seid der Grund, warum ich mich nach einem anstrengenden, langen Arbeitstag noch einmal an den Laptop setze, egal, wie müde und energielos ich auch bin.

Und natürlich danke an sibismumblemanja für deine Unterstützung auf Patreon.

Manchmal reicht ein zufälliger Funken, um einen Traum zu finden und dafür zu brennen, und selbst wenn der Weg lang und beschwerlich ist, so hoffe ich, dass die Träume von euch allen in Erfüllung gehen.
Meiner ist es mit der vollständigen Veröffentlichung dieser Reihe.

Bis zum nächsten Buch!

Cornelia

CONTENT NOTES

Rens POV: Ableismus, Auswirkungen einer chronischen Erkrankung auf den Alltag

Isaacs POV: Folgen von häuslicher Gewalt in der Jugend, explizit ausgelebter Rassismus gegen queere Personen

Explizite Beschreibung von:
- Queerfeindlichkeit: Kapitel 11, 15, 17, 19, 25
- Mobbing: Kapitel 10, 15, 18
- Krebserkrankung: Kapitel 4, 6, 8, 9, 13, 16, 17, 19, 29, 30, 31
- Dissoziation: Kapitel 10, 16, 24
- toxische Eltern-Kind-Beziehung aufgrund eines narzisstischen Elternteils, seelische und körperliche Gewalt durch ein Elternteil: Kapitel 23, 24, 25, 27

Erwähnung von:
- Tod durch Überdosis: Kapitel 23, 25
- Tod durch Autounfall: Kapitel 28